走近中国·作家文丛 | 丛书主编 钱林森

开放的中华

〔法〕老尼克——著

钱林森 蔡宏宁——译

LA CHINE OUVERTE

Old Nick

中央编译出版社
Central Compilation & Translation Press

图书在版编目（CIP）数据

开放的中华 /（法）老尼克著；钱林森，蔡宏宁译
．—北京：中央编译出版社，2023.9
ISBN 978-7-5117-4178-3

Ⅰ．①开…　Ⅱ．①老…　②钱…　③蔡…　Ⅲ．①游记－作品集－法国－近代　②中国历史－史料－清代　Ⅳ．① I565.64　② K249.06

中国版本图书馆 CIP 数据核字（2022）第 080689 号

开放的中华

出版统筹　张远航
特约策划　贾宇琰
责任编辑　景淑娥　周孟颖
责任印制　李　颖
出版发行　中央编译出版社
地　　址　北京市海淀区北四环西路 69 号（100080）
电　　话　(010)55627391（总编室）　(010)55627318（编辑室）
(010)55627320（发行部）　(010)55627377（新技术部）
经　　销　全国新华书店
印　　刷　北京文昌阁彩色印刷有限责任公司
开　　本　880 毫米 ×1230 毫米　1/32
字　　数　360 千字
印　　张　18.75
版　　次　2023 年 9 月第 1 版
印　　次　2023 年 9 月第 1 次印刷
定　　价　118.00 元

新浪微博：@ 中央编译出版社　　**微　　信：**中央编译出版社(ID: cctphome)
淘宝店铺：中央编译出版社直销店 (http: //shop108367160.taobao.com) (010)55627331

本社常年法律顾问：北京市吴栾赵阎律师事务所律师　闫军　梁勤
凡有印装质量问题，本社负责调换，电话：(010)55626985

为“走近中国”文化译丛作序

雷米·马修

在古希腊古罗马时代结束了很长时间之后，欧洲世界转向了中国，却丝毫不了解中国之文化何其博大、中国之历史何其流长、中国之疆域何其广袤、中国之人口何其众多。那么，为什么要走近中国？要知道，要不是因为那条自罗马帝国时代以来就闻名天下的丝绸商贸之路，中国对欧洲一直也并未表现出多少兴趣。钱林森教授主持了一项卓越的事业，就是通过主编这套“走近中国”文化译丛，从历史和跨文化的角度，来回答这个宏大而复杂的问题。该译丛收录了丰富多彩的著作（原著多为法文和英文），以帮助人们理解这样一些对中国都充满着热爱，或者最起码充满着浓厚兴趣的欧洲知识分子是如何从自己的旅行记忆、宗教信仰以及各自时代所获得的科学知识出发，自以为是地对中华文明加以解读和诠释的。

在欧洲与远东交往的历史上，起初有三种动机推动着欧洲人去发现中国：宗教、商贸和对未知事物的了解欲。可以说，这样一段发现的历程多少是遵循了这样一个历史演进规律的。在信奉基督的欧洲，人们有一种要引领新的族群皈依“真正信仰”的信念。正是这种信念帮助天主教扩张到了美洲、非洲，当然还有亚洲。尽管欧洲早已有人远赴中国探险，但西方渗入中国的最初尝试，应该算是传教士们（在十六世纪末）的成就。他们甚至还为此设立了一些长期稳定的传教使团，其中大多由耶稣会会士或多明我会会士领导。这些传教使团在中国大陆的存在一直持续到将近1950年时才告终结。所以，欧洲最初获得的有关中国的信息，要归功于这些教士，他们在努力培养信徒的同时，执着地自以为从中国人的思想和信念中发现了属于原始基督教的一些遥远的、变形的元素。当然，我们现在都知道，他们的这些先入为主的观念导致他们在理解中华文明时犯下了多么重大的错误。

紧随传教使团之后，或者说与之同步，掀起了解中国第二波浪潮的，是商人。这波浪潮在十七世纪，也就是路易十四时期，渐渐成为时代的潮流。那时，全欧各国贵族以及从事商贸的资产阶级的家里都充斥着来自中国的丝绸、瓷器和青铜器。资产阶级也希望能在亚洲，尤其是在中国，为自己的商品找到一片广阔的市场，而不需要承受太多的道义负担。这些富裕的家庭以及这些掌权的贵族对这些他们连产地名称都不清楚的“中国货”趋之若骛。我们都知道，这样一种进攻态势的经济帝国主义发展到十九世纪，就导致了一些政治争端和军事战争，其中的标志就是两次鸦片战争以及随后那些给中国留下如此糟糕记忆的一系列“不平等条约”。无论如何，西方的商人们还是获得了对这个丝绸及牡丹之国的认识，尽管这种认知是以经济利益为基础的，并且因为方法论的缺陷而常常充满了误解。

最后，从十九世纪始直至今日，以西方文人为主体构成的“汉学家”群体一直致力于解读和传播古代传统中国的语言、文学、艺术、社会学和历史……要想理解中国是如何被西方“走近”的，首先就应该向他们求教。虽然不可否认，这些学者中有相当多也曾是传教士或商人，在解读古代和现代中国的运作机制上曾经有过宗教信仰或经济利益上的考量，但从此，欧洲涌现出了众多懂得中华文明的专家。当然，也不要忘记日本的学者，他们对汉字文化的熟悉程度是他们的明显优势所在。

本套丛书收录的著作并不能完整地反映欧洲汉学研究的全貌。要知道，所有的西方国家都曾经从各自的传统、各自的经济利益、各自的地理位置以及各自当时的政治或军事实力出发，来寻找通往中国的道路。葡萄牙、波兰、俄罗斯、荷兰、瑞典……这些国家虽然算不上欧洲汉学研究的大国，也算不上最强大的帝国主义列强，但它们也都曾开辟了自己通向中国的道路。这第一批书目收录的只是一些英文和法文原著的作品，但还是能让中国读者窥见现当代西欧对中国的看法。它也使读者可以重新发现一些伟大的学者，比如洪堡（Alexander von Humboldt，1769—1859），其研究领域虽然主要集中于自然科学和世界地理，但他其实也是最早关注中国语言的德国科学家之一。他曾和雷慕沙（Jean-Pierre Abel-Rémusat，1788—1832）合出过一部题为《关于汉语有益而有趣的通讯》（*Lettres édifiantes et curieuses sur la langue chinoise*，*1821—1831*）的文集，为法国学院派汉学研究贡献了一块主要基石。

汉语，因其不属于印欧语系并且表现出诸如“单音节”“多音调”等与欧洲语言完全不同的特征，而常常成为西方作者进行自我观照的一个选项。本套丛书收录了一些或多或少涉及此类问题的作者及著作。比如白吉尔（Marie-Claire Bergère）和安必诺（Angel Pino）在1995年出版的《巴黎东方语言学院百年汉语教学论集（1840—1945）》（*Un Siècle d'enseignement du chinois à l'École des Langues orientales, 1840—1945*）就回顾了东方语言学院汉语教学的历史。而在那之前，在雷慕沙的推动下，巴黎的法兰西公学院（Collège de France）早在1815年就已经开始了大学汉语教学。

在语言方面，中国诗歌在现代出版物中占据重要地位。这在很大程度上要感谢朱笛特·戈蒂耶（Judith Gautier, 1845—1917），她把许多中国古诗译介成法语，于1867年编成了一本非常出色的集子《玉书》（*Le Livre de jade*），成为第一位编纂中国诗集的作家。这部作品令法国人了解了从上古至十九世纪的中国诗歌浩瀚的数量和卓越的品质，更让法国的诗人们领略了中国的诗歌艺术。1869年，她又[以其婚后姓名朱笛特·芒代斯（Judith Mendès）]出版了《皇龙》（*Le Dragon impérial*），深刻地影响了那个时代法国的精神世界，受到了维克多·雨果（Victor Hugo）和阿纳托尔·法朗士（Anatole France）的高度赞誉。到了离我们更近的时代，仍有一些法国作者将心血倾注于伟大的中国古诗，或加以研究，或进行译介。正如郁白（Nicolas Chapuis）在其于2001年出版的《悲秋——古诗论情》（*Tristes automnes*）中所出色完成的那样。他所因循的，是葛兰言（Marcel Granet, 1884—1940）在一个多世纪前走过的道路。葛兰言曾经出版过一本《中国古代的节庆与歌谣》（*Fêtes et chansons anciennes de la Chine*），试图通过对《诗经》中许多诗歌的翻译和解读勾勒出古代中国社会的轮廓。走在相似道路上的，还有英国的大汉学家阿瑟·韦利（Arthur Waley，1889—1966），他为欧洲贡献了大量中国和日本诗作的翻译。他之所以被收录于本套丛书，凭借的是他最有名的那部献给伟大诗人李白的著作《李白的生平与诗作》（*The Poetry and Career of Li Po, 701–762 A.D.*），这部著作迄今依然是西方汉学研究的权威之作。而美国杰出汉学家狄百瑞（William Theodore de Bary，1919—2017）的研究显然更加集中于哲学层面，他于 1991 年出版了《为己之学》（*Learning for One's Self: Essays on the Individual in Neo-Confucian Thought*），努力地向好奇的西方读者介绍中国的"理学"思想。他可以算是一位向本国同胞乃至向全世界大力推介远东哲学的学院派汉学家。从一定程度上说，于 1924 年出版了《盛唐之恋》（*La Passion de Yang-Kwé-Feï, favorite impériale*）的乔治·苏里耶·德·莫朗（George Soulié de Morant，1878—1955）也是如此，他改编了唐朝杨贵妃的历史故事，并借机引述翻译了杜甫的一些诗篇。同一时期有一本题为《论中国文学》（*Essai sur la littérature chinoise*）的小册子也是他 [以笔名乔治·苏里耶（Georges

Soulié)] 发表的作品。

许多关于中国的作品，都是西方的学者文人编著的他们在中国旅行或生活的记录，但也有一些出自普通西方旅行者的笔下。他们只是想把自己的印象告诉当时的同胞，让后者了解有关中国这个遥远国度的真实或假想的神秘之处。其中最古老的一部，大约是《曼德维尔游记》(*The Travels of John Mandeville*)，该书作者身份不明，应该是生活在十四世纪的欧洲人；他以极尽奇幻绮丽的笔法详细地记载了他远行东方的历程。该书有可能对马可·波罗（Marco Polo，1254—1324）的精彩故事也产生了影响。本套丛书收录了离我们更近的克洛德·法莱尔（Claude Farrère）于1924年出版的《远东行记》(*Mes Voyages: La Promenade d'Extrême-Orient*)，令人不由得联想到皮埃尔·洛蒂（Pierre Loti）、亨利·米肖（Henri Michaux）、亚瑟·伦敦（Arthur Londres）等欧洲记者及作家，他们都曾在二十世纪初启程奔赴这个尚不为世人了解的远东国度，然后又都把充斥着令他们感觉奇特的画面、声音和气味的回忆带回到了西方。路易·拉卢瓦（Louis Laloy，1874—1944）在1933年出版的《中华镜》(*Miroir de la Chine: Présages, Images, Mirage*) 也属于这一大类。拉卢瓦对中国的音乐着墨颇多，因为他是当时为数不多的对中国音乐颇有钻研的专家之一；他还发表过多项关于中国乐器和中国戏剧的研究成果。值得一提的，还有乔治－欧仁·西蒙（G.–Eugène Simon，1829—1896），他的《中国城》（*La Cité chinoise*）讲述了自己作为领事的回忆，在欧洲大获成功。许多曾经在中国居住或生活过的法国或英国的作家都用各具风格的文字记述了自己在中国的见闻，他们的作品不仅体现了他们的美学情感、文化体验，而且具有重要的文学价值。其中，值得人们铭记的名字有谢阁兰（Victor Segalen，1878—1919），他创作了大量中国主题的文学作品，包括本套丛书收录的优秀作品《中国书简》（*Lettres de Chine*）。还有毛姆（William Somerset Maugham，1874—1965），他于1922年发表的《中国屏风上》（*On a Chinese Screen*）是一部以中国作为背景的旅行日记式短篇小说集。哈罗德·阿克顿爵士（Harold Acton，1904—1994）发表的题为《牡丹与马驹》（*Peonies and Ponies*）的集子也很有名，那是他在长居北京期间写成的，用一种纯英式的幽默记录了英国人和中国人之间的文化碰撞。从奥古斯特·博尔热（Auguste Borget，1808—1877）的笔下，也能读到同样的文化碰撞，他的《中国和中国人》（*La Chine et les Chinois*）采用欧洲中心的视角去观照中国文化中“奇丽”的一面，颇受向往异域情调的西方读者们的欢迎。与此观点一致的，还有法国记者保罗－埃米尔·杜朗－福尔格（Paul–Émile Durand-Forgues，1813—1883）以笔名“老尼克”（Old Nick）创作的《开放的中华》（*La Chine ouverte*，1845 年首版，2015 年再版）。这本书如其书名所示，讲述了在惨烈的鸦片战争之后，中国被迫向西方列强打开大门。但最妙的，还要数儒勒·凡尔纳（Jules Verne，1828—1905）在其 1879 年的杰作《一个中国人在中国的遭遇》（*Les Tribulations d'un Chinois en Chine*）中虚构的幻想之旅，充满了丰富的创意，后来在法国还被改编成了电影。

雷威安（André Lévy）在 1986 年翻译推出的《1866—1906 年中国士大夫游历泰西日记摘选》（*Les Nouvelles lettres édifiantes et curieuses d'Extrême-Occident par des voyageurs lettrés chinois à la Belle Époque, 1866–1906*）的一大成就，是展现了十九世纪末到欧洲游历的中国旅行者的反应，由此让我们看到了东方人对当时他们极为陌生的欧洲世界的看法。同样属于中国对西方进行见证这一类型的作品，还有陈丰·思然丹（Feng Chen–Schrader）在 2004 年出版的《中国文书——清末使臣对欧洲的发现》（*Lettres chinoises: Les diplomates chinois découvrent l'Europe, 1866–1894*），让我们

了解到清末中国的来访者在接触到欧洲时的所思所想。要知道，在那个互不了解的时代，中国和欧洲对彼此的认识同样少得可怜。

如前所述，中国艺术对欧洲的渗入始自路易十四时代。在法国，这种渗入在路易十五及路易十六时代进一步增强，这与中国的清朝在十八世纪达到鼎盛时期是一致的。中国艺术在法国登堂入室，对于十九世纪前夕的法国人了解中国文化至为关键。与此同时，中欧之间的商贸交流获得了重大飞跃，渐渐形成了欧洲产品对远东的经济入侵之势。亨利·考狄（Henri Cordier，1849—1925）1910 年发表的名著《18 世纪法国视野中的中国》（*La Chine en France au XVIIIe siècle*）对这种同时出现在艺术和经济两个领域里的现象进行了研究。虽然直到二十世纪初，欧洲人对中国的思想一直不甚了解，但他们对中国的艺术表达却知之颇多，考狄的研究正好能够帮助我们理解这一点。当然，欧洲人对中国文化表达方式的认识并不局限于绘画、雕塑或丝绸艺术。中国的文学，尤其是中国的诗歌也进入了西方知识界，并给予了西方文学家和诗人们许多灵感和启迪。我们之前已经说过，这首先要感谢朱笛特·戈蒂耶。2011 年，岱旺（Yvan Daniel）通过其在《法国文学与中国文化（1846—2005)》中出色的研究，对历史这一尚不甚为人所知的方面进行了分析。他考察了约1840年前后的法国文学作品，尤其是保罗·克洛岱尔（Paul Claudel）以及谢阁兰的作品，论证了戈蒂耶译介中国诗歌对他们产生的影响。而在1953年，即新中国成立几年之后，明兴礼（Jean Monsterleet）在其《当代中国文学的高峰》中，对百年之后的中国文学文化重新进行了一番梳理。这种以竭尽全力打倒旧文化为目标的新文化，将中国的一种新面貌呈现在了对中国革命时期（1920—1950）涌现的当代中国作家知之甚少的西方读者眼前。我们还要指出的是，明兴礼是曾经在中国和日本传教的耶稣会士，因而他当然是从天主教的视角来对革命中国的社会政治实践进行考察的。

走近中国，恰如钱林森教授为这套丛书精心遴选的文本所证明的那样，是欧洲历史中一段形式极其丰富、历时极其持久的历程。这些著作既反映了欧洲人认知中国的水准何其之高，也反映了他们认知中国的程度何其局限。这些局限是人所共知的：每个民族都会因其信仰、科学知识以及风俗习惯而在某种程度上视自己为“世界的中心”，从而使自己受到了局限。理解他人、认识他人是困难的，难就难在我们总是顽固地以为我们可以以己度人。这一点，庄子和淮南子等伟大的思想家早已作出过论述。我们也看到，正如清朝文人在游历西方时发表的感言所揭示的那样，中国人在认识欧洲的过程中也存在着同样的现象。尽管如此，还是必须强调，要是没有欧洲的（正面的以及负面的）影响，中国就不可能成为今日之中国，同样，没有中国为欧洲文化和技术带来的贡献，欧洲也不可能成为今日之欧洲。这便是雷米·马修（Rémi Mathieu）在2012年出版的著作《牡丹之辉：如何理解中国》（*L'Éclat de la Pivoine. Comment entendre la Chine*）中所捍卫的观点。他提醒人们不要淡忘中国和欧洲为彼此作出的贡献，以及双方有时都不愿承认的对彼此欠下的债务。这套囊括众多著作的丛书彰显了分处欧亚大陆两端的欧中双方希冀提升相互理解的共同愿望，的确是一件大大的功德。

雷米·马修（Rémi Mathieu）

2020年9月10日

（全志钢 译）

理解中国：法兰西的一种热爱

——为“走近中国”丛书作序

郁　白[①]

“中国是一个巨大的存在。她存在着。无视她的存在，是盲目的，况且她的存在日益显要。”（夏尔·戴高乐，1964年1月8日）

2014年，为纪念法国与中华人民共和国建立外交关系五十周年，法国外交部档案室对有关十八世纪以来曾经代表法国来华的学者、外交官及译者的一系列文献进行了整理汇编，结集成册，以《中国：法兰西的一种热爱》（*La Chine: une passion française*）为题出版。

钱林森教授在这套“走近中国”丛书中推介的法国学者文人们关于中国著述的中文译本，强化了这样一种认识，即

① 20世纪法国汉学家、翻译家，资深外交家。

法国的知识分子一直和中国保持着一种充满激情的关系。英国大汉学家史景迁（Jonathan Spence，1936—2021）在其于1998年出版的关于西方对中国的想象之作《大汗之国：西方眼中的中国》（*The Chan's Great Continent: China in Western Minds*）中，将此称作“法国人的异国情缘”：“当时（十九世纪末）的法国人把他们对中国的体验和见解凝练成了一套颇为严密的整体经验，我称之为‘新的异国情缘’。那是一段交织着暴力、魅惑和怀念的异国情缘。皮埃尔·洛蒂（Pierre Loti）、保罗·克洛岱尔（Paul Claudel），还有维克多·谢阁兰（Victor Segalen），他们三人都在1895年至1915年期间在中国生活了一段时间。他们都坚信自己看到了、听到了、感受到了真正的中国。因为他们都是拥有巨大影响力的作家，所以他们把自己对中国的见解刊印出来，既拓展了西方对于中国的想象，同时又遏止了这种想象的泛滥。”

如果确如亚里士多德的名言所说，“理解欲乃人之天性”（《形而上学》），那么走近中国，对于法国而言，曾经是，现在依然常常是这种欲望的升华。正是在这种欲望升华的驱使下，诸多法国人深度地亲身参与到这个进程中，为理解中国投入了大量心力，并为之痴迷。这种痴迷，归根结底，就是受到了一个在众多方面都超乎理解的国度的吸引。中国的读者或许会问，法兰西对中国的这般“激情”是合理的吗？对于他们，我们只要简单地回答说：要想达致真正的理解，就必须先学会爱。

本套丛书辑录的文本所反映的，就是这样一个求索的过程。在中国，有太多人抱持这样一种论调，认定西方“不理解”中国。这些文本应该可以为这样的论调画上句号了。诚然，法国知识分子对中国的印象与中国在不同历史阶段想要向世人展现的印象可能并不一定相符。但在文化关系中，感受与实际同样重要。一味宣称“实际情况不是这样的”，并以此为由去否认另一方的理解，这样的做法不仅毫无建设性，甚至是有害的。更有意义的做法，应该是对两者之间的差异、距离甚至是鸿沟进行测量评估，以便架起新的理解的桥梁。

且以安德烈·马尔罗（André Malraux，1901—1976）的名著《人类的境遇》（*La condition humaine*，获得1933年龚古尔文学奖）为例。它讲述的是1927年上海工人起义遭镇压的故事。有评论说这部小说“消解了（西方人对中国的）幻想但又不致令人绝望”，而这一效果的达成，虚构在其中起到的作用要比纪实大得多。而且这本书是欧洲第一部预言中国革命的作品。

离我们更近一些的例子，是尼古拉·易杰（Nicolas

Idier，1981—）在2014年出版的《石头新记》（*La musique des pierres*）。易杰曾任法国驻中国大使馆文化专员，他笔端流露地对画家刘丹（1953—）的真挚感情令读者感动。他说刘丹“画的是中国（未来）在经历了一段漫长的阴霾后迎来的复兴”。这本书延续了三个世纪以来以中国为题的法国文学的传统，把一段充满个人主观体验的讲述打造成了一份关于艺术及艺术家在当今中国所发挥的作用的证词。

我在这里提及这些并未被钱林森教授收录进这套丛书的作品，目的是吊一下中国读者们的胃口。要知道：对中国的热爱是法国文学的一个鲜明特点。除了在法国，还有哪个国家会有那么多以中国作为核心研究对象的院士？前有阿兰·佩雷菲特（Alain Peyrefitte，1925—1999）和让－皮埃尔·安格雷米（Jean-Pierre Angrémy，1937—2010），今有程纪贤（François Cheng，中文笔名“程抱一”，1929—），他于2002年当选法兰西学院院士，是法国历史上第一位华人院士。

这套丛书是钱教授特地为法国的一些汉学家准备的颁奖台。我们要热烈地感谢他记录下法国汉学家们在理解中国的进程中所作出的重大贡献。而且他们的贡献常常超越法语世界的边界。葛兰言（Marcel Granet，1884—1940）、雷维安（André Lévy，1925—2017）、白吉尔（Marie-Claire Bergère，

1933—）和雷米·马修（Rémi Mathieu，1948—）培养的一代代学生如今已经成为执掌法中两国关系的主力。法国的中国文化教学也从未像今天这样兴旺繁荣，而中文也已经成为法国中学生的一门选修外语。这一切，都为法国在未来更加全面地走近中国打下了基础，为唤醒法国文学的全新使命打下了基础，为法国对中国更深沉的热爱打下了基础。

郁白（Nicolas Chapuis）

2020年5月3日，北京

（全志钢译）

“走近中国”文化译丛主编序言

钱林森

“走近中国”文化译丛书系，是21世纪初我主持编译的西方人（欧洲人）“游走中国”“观看中国”的小型文化译丛。这套文化译丛的酝酿、构想，始于20世纪末与21世纪之交，而最终促成其创设、实施的机缘，却源于遐迩闻名的山东画报出版社一位素未谋面的年轻编辑曹凌志先生的一次造访。2002年10月深秋的一天，曹先生手持一部大清帝国时代的法文原版精装书来宁见我，他一见到我，便开门见山地介绍道：这是他们山东画报出版社从西南四川等地，经多处庙堂辗转而得手的一部图文并茂的法语原著。社里领导很想将此书翻译成中文正式面市，但不知它写的什么内容，值不值得翻译出版刊行。所以要请专家评估一下。曹先生庄重地申言：“我们曾首先咨询过北京社科院外文所法国文学大家柳鸣九先生的高见，是柳鸣九先生建议我们来宁登门拜访您的。”——不由分说，便把他手持的法文原版书递过来。受宠于我所敬重的权威学者之举荐，岂容怠慢？我就诚惶诚恐地连忙接过客人递过来的这部精装珍稀读物，认真地翻阅起来，方知这原是 19 世纪法国一位匿名游记作家老尼克（Old Nick）所撰，并由同时期法国著名画家、旅游家奥古斯特·博尔热（Auguste Borget）作插图的图文并茂的“游记”[①]，是西人“游”中国、“看”中国、想象中国、认识中国的时兴文体。初看起来，内中虽不无作者舞笔弄文的杜撰，但其历史文献的意义，却是显而易见的，加之书内附有清朝时期罕见的栩栩如生的写生插图画，其珍贵的文化价值和收藏价值，毋庸置疑，因此，它也就被顺理成章地收进了敝人酝酿有年的“走近中国”文化译丛书系。

“走近中国”文化译丛最初的构想，是想编选“域外人”（包括东洋人和西洋人）“游”中国、“看”中国的大型文化游记书系，而域外的中国游记，浩如烟海，受制于个人精力、能力和出版诸因素，编选者最终只取一瓢饮。选择的标准有二：一是该文本的跨世纪影响力，即这些文本迄今为

① 指〔法〕老尼克著，奥古斯特·博尔热作插图的《开放的中华——一个番鬼在大清国》。

止还时不时地影响着西方人对中国的看法，是西人眼里的经典。二是该文本的文学、历史价值，即这些文本不仅有较强的可读性，且有重要的历史价值和文化意义。首辑仅选法、英两国10部长短不等的中国游记，即（法）老尼克的《开放的中华》（*La Chine ouverte*，1845）、（法）格莱特（*Thomas-Simon Gueullete*，1683—1766）的《达官冯皇的奇遇——中国故事集》（*Les Aventures merveilleuses du Mandarin Fum-Hoam: Contes chinois*，1723）、（法）奥古斯特·博尔热（Auguste Borget，1808—1877）的《中国和中国人》（*La Chine et les Chinois*，1842）、（法）绿蒂（Pierre Loti，1850—1923）的《在北京最后的日子》（*Les Derniers jours de Pekin*，1901）等组成一套小型书系，于21世纪头10年间，由山东画报出版社、江苏人民出版社、上海书店出版社出版。首辑译丛正式面世时，我曾就其编选动因和译丛的创意与宗旨作了如下说明：

中西方文明的发展与相互认知，经历了极其漫长的道路。两者的相识，始于彼此间的接触，亦可以说，始于彼此间的造访、出游。事实上，自人类出现在地球上，这种察访、出游就开始了，可谓云游四方。“游”，是与人类自身文明的生长同步进行的。“游”，或漫游、或察访、或远征，不仅可使游者颐养性情、磨砺心志，增添美德和才气，而且能使游者获取新知，是认识自我和他者，认识世界、改变世界的方式。自古以来，人类任何形式的出游、远游，都是基于认知和发现的需要，出于交流和变革的欲望，都是为了追寻更美好的生活。中西方的互识与了解，正开始于这种种形式的出游、往来与接触，处于地球两端的东西（中西）两大文明的相知相识和交流发展，正由此而起步。最初的西方游历家、探险家、商人、传教士和外交使节，则构筑了这种往来交流的桥梁，不论他们以何种机缘、出于何种目的来到中国，都无一例外地在探索新知、寻求交流的欲望下，或者在一种好奇心、想象力的驱动下，写出了种种不同的“游历中国”的游记（包括日记、通讯、报告、回忆录等）之类的作品，从而构成了中西方相知相识的历史见证，成为西方人认识自我和他者、认识中国、走近中国的历史文献，在中西交流史上具有无可取代的价值和意义。对这些历史文本作一番梳理、介绍，它本身就是研究“西学”和“中学”不可忽略的一环，是深入探讨中西方文化关系无法回避的重要课题。翻译出版“走近中国”文化译丛最初的动因正在于此。

在中西方两大文明进行实质性的接触之初，在西方对东方和中国尚未获得真实的了解和真确的认知之前，西方人——西方旅游家、作家、思想家和传教士，总习惯于将中国视为“天外的版舆”，将这个遥远、陌生而神秘的“天朝”看作不同于西方文明的“异类世界”，他们在其创作的中国游记，以及有关中国题材的其他著作中，总是按照自己的意愿与想象塑造自己心目中的中国形象——一个迥异于西方文化的永远的“他者”形象。在西方不同时代、数量可观的中国游记中所创造的这种知识与想象、真实与虚构相交织的“中国形象”，无疑是中西交通史上一面巨大的镜子，从中显现出的不仅是“中国形象”创造者自身的欲望、理想和西方精神的象征、文化积淀，也是西方视野下色泽斑斓、内涵丰富复杂的“中国面影”。这就决定了，西方的中国游记和相关题材的著作，既是中国学者研究“西学”的重要历史文献，又是西方人研究“中学”的历史文本，其深刻的学术价值是显而易见的。西方的中国游记对中国的描写和塑造，不仅激发了西方作家、艺术家的创作灵感，也为西方哲人提供了哲学思考的丰富素材，启发了他们的思想智慧。一如有些文化史家所指出的，“哲学精神多半形成于旅游家经验的思考之中”[1]。西

① 艾田蒲:《中国之欧洲》（上），许钧、钱林森译，河南人民出版社 1992 年版，第 197 页。

方早期的中国游记，虽然多半热衷于异乡奇闻趣事的报道而缺乏哲学的思考，但它们所提供的中国信息、中国知识和中国想象，却给人以思考，为西方哲人，特别是16世纪以降人文主义、启蒙主义思想家提升自己的哲思，建构自己的学说，提供了绝好的思想资源和东方素材，并且成为他们描述中国、思考中国不可或缺的参照。这样看来，西方的中国游记所蕴含的思想价值和哲学意义，也是不言而喻的。我们还注意到，历代西方的中国游记所传递的中国信息、中国知识，不仅使西方哲人深层次地思考中国、认识中国提供了可能，而且也直接地促进西方汉学的生成和发展。西方中国游记和类似的“中国著作”，特别是17、18世纪来华耶稣会士的游记和著述，所展示的中国形象、中国信息、中国知识，直接构成了18世纪欧洲“中国热”主要的煽情材料和思想资源，直接助成了19世纪西方汉学生长和自觉发展的重要契机，其文化意义也毋庸置疑。如是，文化译丛“走近中国”的创意，正基于此。

那么，在难以数计的西方游记和相关著述里，中国在西方视野下究竟呈现着怎样的面貌？这难以数计的游记、著述又如何推动西方汉学的生成与发展？它们在西方流布，到底在传播着怎样的中国神话、中国信息、中国知识，从而深化西方人对中国的了解和认识，使之一步步走近真实的中国？这便成了本译丛梳理、择选的线索和依据，以此而为读者提供一幅中西方相知相识、对话交流的历史侧影，正是本译丛的编译宗旨。

新编“走近中国”文化译丛，严格遵循首辑译丛所确立的编译宗旨和编选标准，但在入选作者国别和作品文体、内容方面却有所不同。首辑出版的“走近中国”文化译丛入选作品，主要是法、英旅游家、作家所撰写的中国游记、信札、日记等文类，而新编入选作品，则集中择选法国作家、汉学家（含中国驻法使节、留法学人）所撰写的思考、研究中国文化的著述，除游记、信札、报道类外，还包括散文随笔、传奇、戏剧、哲学对话和学术专论等各类文体在内的著作。这就是说，行将推出的新编“走近中国”文化译丛，不止于西人“游走中国”的游记，着重收入的是法、中两国作者所撰的研究中国文化的著述，包括文学创作和学术研究两类著述，是法、中学人互看互识、对话交流的跨文化学术丛集。“走近中国”文化译丛的编选做这样的变动，实出于编选者能力与知识积累的现实考量，也出于编选者自身研究的实际需要与诉求，因为此时编者也正担负着主编《中外文学交流史》之在研课题。如此面世的文化译丛，必将为源远流长的中西（中法）文化文学关系研究搭建一方坚实、宽阔的跨文化对话平台，也必将为日趋深入拓展的跨文化比较文学研究提供新的学术场域。

新编的“走近中国”文化译丛，以“游记”类和“文库”类两辑，即文学作品之“作家文丛”、学术著述之“学者文库”两辑刊行面世。恪守首创宗旨和选择准则，本译丛精选自17世纪以降，侧重18世纪至20世纪的法国作家、思想家、汉学家（含留法华人学者）研究中国文化有影响力的近20部作品。每部中译本皆有导读性的译者序或译者前言，并且尽可能地附有原著插图，以图文并茂的新风貌展现于世。具体书目为：马塞尔·葛兰言（Marchel Granet，1884—1940）著《中国古代的节庆与歌谣》（*Fêtes et chansons anciennes de la Chine*），白吉尔（Marie-Claire Bergète）、安必诺（Angel Pino）主编的《巴黎东方语言学院百年汉语教学论集（1840—1945）》（*Un siècle d'enseignement du chinois à l'école des langues orientales*，*1840–1945*，1995），岱旺（Yvan Daniel）著《法国文学与中国文化》（*Littérature française et culture chinoise*，2000），雷米·马修（Rémi Mathieu）著《牡丹之辉：如何理解中国》(*L'Eclat de la pivoine: comment entendre la Chine*, 2012),郁白(Nicolas Chapuis)著《悲秋——古诗论情》(*Tristes Automnes*, *libraire-Editeur You Feng*, 2001),路易·拉卢瓦(Louis Laloy,1874—1944)著《中华镜》(*Miroir de la Chine: Présages*, *Images*, *Mirage*),乔治·苏里耶·德·莫朗(George Soulié de Morant,1878—1955)著《盛唐之恋》(*La passion de Yang Kwé fei*, *Mercure de France*, *revue*, *septembre-octembre*, 1922),毛姆(W.Somerset Maugham)著《中国屏风上》(*On a Chinese Screen*)等。近20部不同文体的作品与著述,敬献于广大读者,就正于海内外方家。感谢一直与编者一起携手共耕的译者朋友们,感谢始终默默地关注着、支持着本文化译丛的亲朋挚友和学界师长、同仁们。

“走近中国”文化译丛选载的上述作品,皆属18至20世纪法国(含英国)作家、汉学家“游走中国”“观看中国”“认识中国”、思考和研究中国的各类不同文体的优秀之作,是法(英)国作者,一代接一代,瞭望中国、想象中国、描写中国的色泽斑斓、琳琅满目的集锦荟萃,堪称法、英文苑的奇花异草,构成了一道靓丽的风景线。这些作品的作者们,之所以一代又一代心仪“他乡”“远方”“别处”,不断地瞭望东方——中国,关注中国、描述中国,并不总是出于一种对异国情调和东方主义的“痴迷”，实出于认知“他者”和反观“自我”的内心需要。“在中国模子中，我只是摆进了我所要表达的思想。”——20世纪法国作家谢阁兰的这句话最好不过地表达了这一代法、英作者关注中国、了解中国、描写中国的真实愿望，旨在借中国这面镜子来反观自己，确立自身的形象。他们之所以一往情深地渴望远方、别处，寻找“他者”，恰恰反映了他们对自己认识的深层需求，一种“时而感受到被倾听的需求，时而（抑或同时）产生倾诉、学习和理解的需求”，一种杂糅了自我抒发与理解他者的“必要”。克洛岱尔将处于地球东西两端的法中两个不同民族、不同文明之间的这种相互瞭望、相互寻找、互证互识的双向运动比作一种自然现象——“海洋潮汐”[①]。从这个意义上说，他们“瞭望”东方、“游走”中国、“寻找”他者，也许正是另一种方式的寻找自我，或者说，是寻找另一个自我的方式；他者向我们揭示的也许正是我们自身的未知身份，是我们自身的相异性。他者吸引我们走出自我，也有可能帮助我们回归到自我，发现另一个自我。由此可见，即将面世的“走近中国”文化译丛，呈现于诸君面前的这些作品的作者们，之所以如

---

① Paul Claudel, *La Poésie française et l'Extrême-Orient* (1937), in *Œuvres en prose*, Paris, Gallimard, coll. *Bibliothèque de La Pléiade*, 1965, p.1036.

此一代接一代地渴望东方，远眺中国，寻找他者，如此情有所钟地"醉心"于中国风景，采撷中国题材，一部接一部地不断描写中国，抒发中国情怀，认知中国，正是他们认知自身的需要，他们"看"中国，正是反观自己、回归自己的一种需求，一种方式和途径。如此，从跨文化研究的方法论学理层面看，"走近中国"文化译丛所提出的课题，不仅涉及这些法（英）国作家在事实上接受中国文化哪些影响和怎样接受这些影响的实证研究，还应涉及他们如何在自己的心目中构想和重塑中国形象的文化和心理的考察，研究他们的想象和创造；不仅要探讨他们究竟对中国有何看法，持何种态度，还要探讨他们如何"看"，以何种方式、从什么角度"看"中国，涉及互看、互识、互证、误读、变形等这一系列的跨文化对话的理论和实践的话题，是关涉中外（中法）文化和文学交流史研究的基础性工程，其学术价值和意义，毋庸置疑。

采撷域外风景，载运他乡之石，是当年创设"走近中国"文化译丛之动因、初衷，同理同道，广揽域外风景，汇编成集，呈现于国人，不是为了推崇异国情调，追寻异国主义，而是为了向诸君推开一扇窗户，进一步眺望远方，一览窗外的风景，旨在借助外来的镜像来反观自己，认识自己，从而确立自身的形象。众所周知，他山之石，可以攻玉。打开室内窗户，直面窗外景象，一览无余，我们自身的面貌也就清晰地浮现出来，一如有西方学者所言，在天主教“三王来朝”的时候，在我们的对面肯定会有一张毫无掩饰的面孔出现：“在面孔中所反映出来的他人，从某种意义上恰恰揭示了他本人的造型特征。就像一个人在打开窗户的时候，他的形象也同时被勾画了出来。”① 我们编译出版“走近中国”文化译丛，希望诸君看到 17 世纪以降至 20 世纪，这一时代映现在西方人眼中的中国，这个时代西方人注视中国、想象中国、创造中国的“尤利西斯式”目光。那目光可能不时流露出傲慢与偏见，但其中表现在知识与想象的大格局上的宏阔渊深、细微处的敏锐灵动，也许，无不令人钦佩、击节，甚至震撼。总之，诸君倘能闲来翻书，读到“走近中国”文化译丛，击节称奇，从中感到阅读欢愉，发出会心的微笑，那便是对我们的勉励，倘能借助这面互证的镜像，打开“窗外的风景”，反观自己，审视自己，掩卷长思，从中受到教育，那便是对我们最大的奖励。

值此“走近中国”文化译丛付梓刊行之际，我们由衷地

① 〔法〕埃马纽埃尔·勒维那斯：《他人的人道主义》，袖珍书，图书馆散文集，1972 年，第 51 页。

感谢出版方中央编译出版社的诸位领导，感谢他们始终坚守契约精神和不离不弃的支持、合作，感谢编译社诸位编辑的悉心编审，感谢翻译团队师友们携手共耕、辛勤付出，感谢法国知名汉学家雷米·马修先生、郁白先生在百忙中欣然赐序，拨冗指教。

钱林森

2023 年 5 月 30 日，大病未愈，居家养病期间定稿

南京秦淮河西滨，跬步斋陋室

译　序

钱林森

本书《开放的中华》法文原著首版作者署名是一个化名（笔名）老尼克（Old-Nick）。根据法国学者研究，老尼克，是英国老百姓给魔鬼起的名字[①]，这个名字非常符合作者水平和他对英国的熟知。这种有点撒旦似的风格在当时是一种时尚，激起了当代人的好奇心，并奠定作者本人“富有建设性、中肯的、不失严厉甚至可以说是相当尖锐的独立批评思想”与写作风格，预示着他作为闻名于世的19世纪法国文界专栏作家、文学家、批评家，必将获得普遍性的赞誉。老尼克这一特立独行的化名，确实给作者一生罩上了一层极其神秘难测的外

① 老尼克（Old-Nick）这个名字，据说是英国老百姓给魔鬼取的名字。“这一笔名非常符合作者水平和他对英国的熟知。这种有点撒旦似的风格当时是一种时尚，激起了当代人的好奇心，一直到他终于出名，不再是一个神秘人物。这一笔名被福尔格沿用终身。福尔格有建设性、中肯的、不失严厉甚至可以说是相当尖锐的独立批评思想，应该说获得了赞誉。”转引自吕西安·潘韦尔（Lucien Pinvert）著《司汤达之友》（*Un ami de Stendhal*）第6—7页，巴黎，勒克莱尔书店（Librairie Henri Leclerc），1915年版。

衣，直至20世纪初叶得益于法国作家吕西安·潘韦尔（Lucien Pinvert）的力作《司汤达之友》的问世，人们才得以知晓其真实的面貌，获悉《开放的中华》作者本名原是E.D.（Émile Daurand）福尔格（Paul-Émile Daurand Forgues，1813—1883），他是以老尼克（Old-Nick）化名而享誉于19世纪法国文界的文学家、批评家，本时期小说大家司汤达之挚友。

E.D.福尔格，1813年4月20日出生于巴黎。他的家庭来自于法国比利牛斯山地区。生父作为骑兵军官参加过拿破仑帝国战争，1815年波旁王朝复辟后，以上校身份退伍。福尔格最初在外省上学，随后转入巴黎圣-维克托（Saint-Victor）寄宿学校、波旁（Bourbon）高中，即如今的孔多塞（Condorcet）高中，1833年在图卢兹（Toulouse）获得法学学位。他在当地报纸发表了几篇试炼之作，获得一笔稿酬，以支持当时的先锋党派——自由党。从此，福尔格便成为自由党的毕生拥护者。回到巴黎之后，家里人为他谋得一个律师资格，使之进入德朗格勒（Delangle）事务所实习。成为《法院公报》（*Gazette des Tribunaux*）最活跃的合作撰稿人之一。不久之后，福尔格成为律师公会的秘书和德朗格勒律师事务所长的首席秘书，深得律师事务所长德朗格勒的赏识和信任，得以一展其满腹文采，造就其撒旦似的写作风格。[①]这就使他得以得心应手地平步青云，于1835—1838年期间，先

① 参阅吕西安·潘韦尔著《司汤达之友》第2—5页，巴黎，勒克莱尔书店，1915年版。

后担任过巴黎几家重量级的刊物《宪章》（*Charte*）、《商业报》（*Le Commerce*）、《巴黎评论》（*la revue de Paris*），以及著名的《两世界评论》（*la revue des deux Mondes*）、《画报》（*L'illstration*）、《国民报》（*National*）的主笔或编辑，大展才华，深得19世纪法国文界和学界的好评[①]。如此，福尔格作为专栏作家和文学记者的才华逐渐展露出来，在法国文学界崭露头角。

福尔格，痴迷英国文学，长期为《英国评论》（*La revue Britannique*）撰稿，他是一位多产的作家，一生亦有多部重要著作问世，均“显示出他细腻入微、深刻透彻的观察”[②]。例如1841年出版于巴黎的《人生的小苦难》（*Les petites misères de la vie humaine*）、1844年出版于巴黎的《开放的中华插图本：一个番鬼在大清帝国》（*La Chine ouvete: Avantures de Fan Kouei dans le pays de Tsin avec illustrations*）、与阿道夫·若阿纳（Adolphe Joanne）合作翻译的德斯伯勒·库利（Desborough Cooley）的《旅行通史》（*l'Histoire générale des voyages*），以及1856年出版的《德·拉·梅内先生著作集》

---

① 19世纪法国文界学界对E.D.福尔格初登文坛，好评如潮：“文风鲜明有力，虽然今天看来有点过时，但文笔流畅、文字高雅。可见，青年才俊并非都比不上司法前辈。”“文笔细腻，遣词考究，观点中肯，作者的其他文学作品已崭露头角，如今读者们更是备加喜欢。”吕西安·潘韦尔著《司汤达之友》第3页和第5页，巴黎，勒克莱尔书店，1915年版。

② 参阅《两世界评论》，卢昂德尔 & 布尔克洛“当代文学”——E.特谢尔《记者传记》，J.C.F.赫费尔《新名人传记》46卷，1852年。

（*Les Oeuvres de M.de la Mennais*）[①] 等。福尔格作为 19 世纪法国文界非主流派、特立独行而又极富创造力的“另类”作家、报刊专栏通俗作家，却与同时期主流派大作家和诗人巴尔扎克[②]、雨果[③]、波德莱尔[④]等有过文字交流和相当友善的关系，特别与大牌的正统文学大家、小说家司汤达拥有终身不渝、真诚永恒的友谊和与众不同的美好合作关系，成为司汤达这样出类拔萃的复杂天才其人其文的知根知底的知音与挚友[⑤]，深得 19 世纪法国文界的好评。诚如 20 世纪法国作家吕西安·潘韦尔在其《司汤达之友》所指出的，E.D. 福尔格，“这位多产的作家备受同代人推崇。在浪漫主义萌芽的年代直至后来，他始终占有一席之地。这位司汤达的朋友，是浪漫主义的反对者，而且长时间致力于笔战浪漫主义。至少，他应该得益于这个年代，人才辈出、百花齐放的艺术复兴年代”。[⑥]

正是受益于 19 世纪法国浪漫主义人才辈出、百花齐放的

---

① 同上注。

② 参阅吕西安·潘韦尔著《司汤达之友》第 34—35 页，巴黎，勒克莱尔书店，1915 年版。

③ 参阅吕西安·潘韦尔著《司汤达之友》第 35—39 页，巴黎，勒克莱尔书店，1915 年版。

④ 参阅吕西安·潘韦尔著《司汤达之友》第 57—58 页，巴黎，勒克莱尔书店，1915 年版。

⑤ 参阅吕西安·潘韦尔著《司汤达之友》第 12—29 页，巴黎，勒克莱尔书店，1915 年版。

⑥ 参阅吕西安·潘韦尔著《司汤达之友》第 1 页，巴黎，勒克莱尔书店，1915 年版。

艺术熏陶和滋养，E.D. 福尔格于 1844 年奉献出了一部名极一时的《开放的中华：一个番鬼在大清帝国》[①]。那么，《开放的中华》究竟是一部怎样的著作？它的问世为何能名震一时呢？这是很值得深思、细究的问题，必须深度推究、解题解谜。

《开放的中华：一个番鬼在大清帝国》，是作者 E.D. 福尔格应当时中西关系之时代风云感召，天马行空、风云际会地构想出的一本“应景”的书——“应当时时代之景”的“应景”[②]之作。众所皆知，19 世纪前期中欧关系受制于欧洲列强于 1839—1842 年、1856—1860 年对大清帝国悍然发动的两次鸦片战争的影响。1842 年 8 月 29 日，《南京条约》签定，中英战争结束。“紧锁国门”的大清帝国，在西方列强坚艇利炮的逼迫下，向欧洲大陆“开放”，准许英国在部分港口进行贸易活动。第二次鸦片战争（1856—1860）迫使清政府签订中英、中法《天津条约》，除增添新的通商口岸外，还使传教权扩展到全国范围。1860 年，英法两军再度挑起战事，向京城进发。在法军统帅孟斗班与英军联手下，一举洗劫了乾隆时期耶稣会士主持修建的圆明园。紫禁城虽幸免于难，但在法军武力胁迫下签订中法《北京条约》，给法国列强以新

① 《开放的中华：一个番鬼在大清帝国》，奥古斯特·博尔热作插画（共有 215 幅插画），巴黎，富尼耶（Fournier）出版社，1844 年，八开本，6 卷 396 页。参阅吕西安·潘韦尔著《司汤达之友》第 47—48 页，巴黎，勒克莱尔书店，1915 年版。

② 同上注，第 48 页。

的利益，除开设天津租界外，并允许外国公使进驻北京。如此，“闭关自守”的大清王朝“紧锁”的国门，便随之向西方“开放”，在西方列强的铁蹄下，日薄西山、风雨飘摇的大清帝国便成了“开放的中华”，即西方列强梦想的“新生的中华”。E.D. 福尔格，才思横溢，放飞想象，在其《开放的中华》构想出一个名叫莫菲・岱摩（Muphy-Dermoty）的英国医生平西（Ping-Si），欧洲“番鬼”（英国魔鬼）——亦即本书署名作者老尼克，作为串联全书故事和构架的男主角。全书以第一人称的叙述方式，借助男主角平西医生在大清帝国所见闻、所思所感来表达作者福尔格的思想观念，这是何等奇异、精妙卓绝的构思！作者在作品中不惜挥洒才思和笔墨，浓墨重彩，描写这位男主角——这个欧洲番鬼在大清帝国的奇遇。《开放的中华》一开篇，亦如戏剧的一个楔子，开章明义就写到这个闯荡到中国的欧洲番鬼莫菲・岱摩医生（平西）在广东眼科局给其伦敦的朋友帕特里克・多诺凡（Patrick Dnoyan）致函，讲述自己闯荡到这一陌生中国所遭遇的不可思议的奇遇，作者通过他由此而展开了全书故事和描写，真是绝妙的构思，出手不凡。

福尔格所设计的主角是一个远征中国的英国番鬼年轻医生平西（莫菲・岱摩），这个闯荡到中国的欧洲番鬼机缘巧合，由于为清庭广东巡抚林琛的女儿治好了白内障，得以结交这位大清国的高级官员，获得这位中国高官的信任和赏识，继而跟随林琛游历中华，身历西方人难能遭逢的人生奇遇，也学会了中文。于是，英国医生平西便伪装成中国学生，跟随林琛巡抚从广东游历中国沿海城市，一路抵达北京。毫无疑义，这是难以复制、不可思议的绝妙构思，借此作者可以尽情展开描述这一刚刚成为举世关注焦点的东方帝国神秘国度的风土人情。显然，福尔格在这里想要打造“一个类似马可波罗式”的人物。对此，人们不禁会问：若要成就马可波罗式的人物，那么，作者必须首先要亲历中国，才能了解中国，进而描写中国、塑造中国。然而，福尔格从未到过中国，他的《开放的中华：一个番鬼在大清帝国》，纯粹是天马行空、放飞想象的虚构的游记之作。为增添其阅读的趣味和真实性，这部著作特地配置了许多生动、丰富的插画，但插画内容绝非异想天开。出版推广书写道：“为了帮助作者描述那些模糊的记忆，我们邀请了一位刚刚从道光皇帝的帝国旅行归来的艺术家共同参与创作”。而这位艺术家就是著名的奥古斯特·博尔热（August Borget，1809—1877）。奥古斯特是19世纪法国周游世界的旅游家、写生画家，他是巴尔扎克的朋友，他曾游历过澳门、广东，著有《中国与中国人》（*La Chine et les Chinois*），巴尔扎克还曾为此撰写专论，向法国读者力荐《中国与中国人》，并以《无神论者望弥撒》专文致敬奥古斯特。

而事实上，据我们考察，E.D. 福尔格的《开放的中华：一个番鬼在大清帝国》所涉及、描述的内容，需要作者花时间、下功夫查阅西方历代旅游家、神学家和经院汉学家的广泛著作和资料，诸如：马可波罗（Marco Polo）、汤士选（Gouvea）[①]、斯比赛尔（Spizelius）[②]、基歇尔（Kircher）[③]、小德金（Guignes）[④]、

① 汤士选（Alexandre de Gouvea，1751—1808），天主教传教士。葡萄牙埃武腊（Évora）人。1767—1770 年间在埃武腊大学学习。1769 年入圣方济各教会一教派。1773 年 12 月 2 日在里斯本正式入会。1779 年获科英布拉大学数学博士学位。1782 年被选为北京主教。1783 年 2 月 7 日在里斯本郊区一修道院中领主教神品。1783 年 4 月离里斯本东来。1784 年 7 月 28 日入澳。1785 年 11 月 8 日抵达北京。1787—1807 任钦天监监副。钦天监是掌管观察天象、推算节气历法的机构，从顺治到乾隆、嘉庆，兼用欧洲传教士，索德超和汤士选二人均为葡籍传教士，在钦天监当差。钦天监由内务府大臣管理，所以禀贴由内务府大臣苏楞额转呈嘉庆皇帝。

② 斯比赛尔（Theophilus Spizelius，1639—1691），德国路德教会神学家，1660 年著有《论中国文化》一书，该书详细介绍了中国的太极阴阳八卦图，介绍了中国的“阴阳生二一,二一生八卦，八八六十四卦”的数学模型，有人认为其中就有“二进制”思想的“种子”。

③ 基歇尔（Athanasius Kircher）是欧洲 17 世纪著名的学者、耶稣会士，1601 年 5 月 2 日生于黑森 - 拿骚的富尔达，1680 年 11 月 28 日卒于意大利的罗马。他是一个百科全书式的人物，一生兴趣广泛，著书四十多部，在物理学、天文学、机械学、哲学、历史学、音乐学、东方学上都有建树，被称为“最后的一个文艺复兴人物”。

④ 小德金（De Guignes，Chretien Louis Joseph，1759—1845），法国汉学家德金（Joseph De Guignes）之子。幼承家学。乾隆四十九年（1784）与罗广祥同船来华，曾任法王驻广州代表。五十九年，随荷兰特使德胜（Isaac Titsingh）至北京，觐见高宗。嘉庆二年（1797）离广州，六年返法。著有《北京、马尼拉、毛里西亚岛游记》（三卷，1808）、《汉法拉丁文字典》（1813）等。

巴罗（Barrow）[①]、小斯当东男爵（Staunton）[②]、阿禆尔（Clarke Abel）[③]、基姆科夫斯基（Timkowski）[④]、阿贝尔·雷米

① 巴罗是马戛尔尼的挚友，也是其顾问兼私人秘书。巴罗担任英国海军部秘书这一职务长达近 22 年，仅次于海军大臣，对英国海军部有广泛影响力。1793 年随马戛尔尼访华可视为巴罗一生中最重要的事情。他因教授使团副使斯当东爵士（Sir George Leonard Staunton）之子数学，得到斯当东推荐，担任马戛尔尼内务主管。访华期间，他迅速掌握大量有关中国知识，回国后将中国见闻写成文章发表，并成为中国事务专家。其所著《我看乾隆盛世》（*Travels in China*）至今仍在不断再版。之后，一方面他因此次出行益发受到马戛尔尼重视，受邀担任后者私人秘书，由此步入政坛，直至担任英国海军部秘书；另一方面，他在结束使团之行后即被接纳为英国皇家学会会员，后参与创建皇家地理学会，促进和组织非洲和北极探险，对科学发展多有贡献。

② 小斯当东男爵（Sir George Thomas Staunton，2nd Baronet，1781—1859），汉学家。在 12 岁时（1792—1793）曾陪同作为乔治·马戛尔尼使华团副使的父亲乔治·伦纳德·斯当东男爵（Sir George Leonard Staunton，1st Baronet，1737—1801）到过中国。小斯当东通六国语言，略识中文，乾隆对他格外喜欢。嘉庆二十一年（1816）小斯当东又以第一副使身份陪同阿美士德勋爵（William Pitt Amherst，1st Earl Amherst，1773—1857）率领的英国使团第二次访华。两次访华期间都发生了英国使团与清廷的礼仪之争。第二次使华觐见，小斯当东坚持不行三跪九叩之礼，使团被拒绝进京，未能谒见嘉庆帝。

③ 阿禆尔（Clarke Abel，1780—1826），英国人，植物学家、医生，曾来华旅行。编著有《中国旅行记（1816—1817）——阿美士德使团医官笔下的清代中国》，讲述了 1816 年，英国政府为解决中英贸易争端，派遣阿美士德使团前往北京，面见中国皇帝。使团离京后，从运河乘船南下广州，途径直隶、山东、江苏、安徽、江西和广东数省，历时四个月，于 1817 年 1 月 1 日抵达广州。

④ 基姆科夫斯基（Timkowski，1790—1875），1820 年俄国使团团长，著有 *Travels of the Russian mission through Mongolia to China*，*and residence in Peking*，*in the years 1820—1821*。

萨（Abel Remusat）[①]、德庇时（Davis）[②]、儒莲（Stanislas Julien）[③]、Ad. 巴罗（Barrot）[④]、唐宁（Downing）[⑤]、基德

① 阿贝尔·雷米萨（M.Abel Remusat，1788—1832），法国著名的东方学家。1788 年，雷米萨出生在巴黎，受过良好的教育，之后学习医药专业，从而接触到关于中医草药的论文并引起他的兴趣，开始自学中文。经历近五年的学习之后，1811 年，雷米萨发表了一篇关于中文和中国文学的文章。自 1814 年，雷米萨出任法兰西公学院汉学讲席，自此他致力于研究和讲解遥远的大清帝国的文化和历史。雷米萨的汉学著述颇丰，主要有《汉文简要》《汉文启蒙》《鞑靼语研究》《老子生平与观点研究》《法显传》等，他还首次翻译中国通俗文学的名作《玉娇梨》等，对欧洲汉学的发展作出了巨大贡献。

② 德庇时（John Francis Davis，1795—1890），英国人。他是一位中国通，18 岁就到了广州，在东印度公司任职。1816 年作为英国使团随员到过北京。1833 年英国成立驻华商务监督署，被任命为商务监督。1844 年 5 月 7 日，德庇时抵港，5 月 8 日就职第二任香港总督，并兼任英国驻华公使，直至 1848 年 3 月 21 日，任期 4 年。他对中国文化很有研究，给自己起的中文名字叫德庇时。晚年，隐居布里斯特尔，潜心中国历史文化的研究。1876 年获英国牛津大学荣誉博士学位。

③ 儒莲（Stanislas Julien，1797—1873），法国籍犹太汉学家。儒莲的研究范围很广泛，他向西方介绍有关中国农业、蚕桑、陶瓷方面的汉学书籍，并把一些中国小说、戏曲等译成法文。年轻时学过希腊文、阿拉伯文、希伯来文、波斯文、梵文，受过非常扎实的教育，后来追随雷米萨学习中文和满文。在法兰西学院教学中，儒莲放弃用系统方法讲授汉语语法，更喜欢通过诠释文献，来归纳汉语语法结构准则。儒莲的教材使用和教学方法有自己的特色。

④ Ad. 巴罗（Théodore-Adolphe Barrot，1801—1870），法国七月王朝时期、第二共和国和第二帝国时期的法国外交官，著有《游历中国》（*Voyage en Chine*），1839 年刊发于巴黎著名的《两世界评论》（*Revue des Deux Mondes*）。

⑤ 唐宁（Charles Toogood Downing），1838 年著有 *the Fan-qui in China in 1836—1837*。

(Kidd)[1]、郭士立[2]，以及《中国丛报》（*Chinese Repository*）的编撰者们的著作和资料，并作全面的研习。仅凭某部书籍或手记，抑或是个人提供的资讯，是无法完成其《开放的中华》这样一部举重若轻却又涉猎极广、内容丰富的严肃作品。可以说，上述每一位作者所著的著述都为本书作者福尔格贡献出了几页素材或灵感。总之，《开放的中华：一个番鬼在大清帝国》是一部集上述众书之源的游记，一部虚构的游记。

E.D 福尔格在《开放的中华：一个番鬼在大清帝国》这

---

① 塞缪尔·基德（Samuel Kidd，1799—1843，一称“修德”），英国新教传教士，汉学家。1824 年赴马六甲，历任英华书院中文教师、院长等职。1828 年，在马六甲创办了《天下新闻》。回国后为伦敦大学第一任中文教授，从事推广中国语文及文化的工作，培训西方汉语学者，对中西文化的交流影响至深。

② 郭士立（Karl Friedrich August Gützlaff, 1803—1851），中文名也译作郭实腊、郭实猎、郭甲利、郭施拉、居茨拉夫，笔名“爱汉者”，德国基督教路德会牧师、汉学家。生于波美拉尼亚。1823 年加入荷兰传道会，后来脱离传道会成为一名自由传教士。1831 年到澳门任英国东印度公司翻译。曾七次航行中国沿海口岸，在上海等地贩卖鸦片并在“阿美士德”间谍船上活动，同时散发宗教书刊。1833—1837 年主编《东西洋考每月统记传》（月刊），该刊除传教文字外，还刊载政治、科学和商业方面的文章。鸦片战争期间，随英军到定海、宁波、上海、镇江等地进行侵略活动，一度任英军占领下的定海“知县”，1842 年 8 月参与签订《南京条约》，是英方三位翻译之一。1844 年在香港设立汉会，又名福汉会，意为汉人信道得福。他是德国教会传入华南的开创人。在华曾参与圣经汉译工作。在麦都思指导下学习马来语和汉语，学成后前往马来西亚、新加坡等南洋地区传教。他一生著述多至 80 多种，语种、内容纷杂，关于中国的就有 61 种，如《中国简史》（*A Sketch of Chinese History*，1834）、《开放的中国》（*China Opened*，1838）、《中国沿海三次航行记：1831、1832、1833 年》等，从横向、纵向介绍中国历史。

部独出心裁的虚构游记里，提取了历代旅游家、神学家、汉学家著述中的某些素材和灵感，对大清帝国进行了百科全书式的、全方位的想象和描述。作者出手不凡，机杼独出，构想出一个英国医生莫菲·岱摩（后改名平西），作为贯穿全书的主角。这个在鸦片战争中闯荡到中国的欧洲番鬼，在广东给英国伦敦同事帕特里克·多诺凡致函——“莫菲·岱摩的信”，作为本著全书正文的引言（楔子），以第一人称手法在信札里向同胞友人叙及自己如何落脚到广东欧洲商行当医生的惊险奇遇，描写他首次在广州第一时间，所见到的官民的生活百态，街巷景象和鸦片帝国形象；讲说他如何神出鬼没地治愈了广东巡抚林琛的女儿的白内障，被后者“比作华佗和扁鹊，天朝帝国的医神埃斯科拉庇俄斯和希伯克拉底”[①]，因而得以结交这位大清国的高级官员，获得其信任和赏识，继而被视若亲子跟随这位清廷高官林琛巡抚为随员游历中华。全书接下来以“书生平西之游记”“秀才治学”“番鬼游北京”三个部分（三个章节）的文字和篇幅，对鸦片战争中日薄西山的大清帝国的政治、经济、军事、外交、教育、文化、文学、语言、历史、哲学、宗教、法律、医学、地理等诸多方面，进行了百科全书的想象和全方位的描写，塑造了一个被否定的、邪恶的中国形象，呈现于读者受众面前的是西方19世纪最终落实定型的否定的、负面形象——鸦片帝国形象。

---

① 参阅本书正文第56页。

“书生平西之游记”，莫菲·岱摩医生，“换上了中国学生的制服，剃了光头”，摇身一变为中国书生平西。作者在“书生平西之游记”这一章中以十二节文字的篇幅叙说平西跟随广东巡抚林琛率领的皇家舰队从广东广州港口出发，游历中国沿海城市：广州—澳门—福州府—厦门—舟山—宁波—上海—南京，对大清国沦陷为鸦片帝国的政治、经济、社会风俗进行全面的扫描。在澳门，扫荡寇。一路北行到福建，平西看到了，当地人到处都囤积了各种不知名的肥料——“中国式的厩肥”，用烟灰或动物尸体改良，用从河底掏出的淤泥给土地大量施肥。他们在最不适合耕种的地方播种、灌溉、施肥，努力精耕细作，以便获得最大收获。而在土地贫瘠，没有耕地的地方，就栽种甘薯、甘蔗、草莓、棉树和茶树等经济作物。在福州府，平西还亲历了斗蟋蟀、斗鹌鹑的乐趣，目睹到渔船带着鸬鹚捕鱼的场景①，进而止不住诱惑，冒险游历了武夷山的红茶乡，见证了茶树的种植与采摘的趣事。沿着福建的陡峭海岸继续前进、北上，停留在厦门港。在这个曾经是第一个向欧洲开放的港口的厦门，平西在城里、城郊和海边，见到了无数的寺庙，他还亲历了为一座新建的寺庙举行的盛大的祝圣仪式的罕见壮观场面，零距离地观察到中国巫师和算命先生种种面貌。在海岸边、市郊中，随处可见算命先生、预言师们的明码标价的流动摊位。摊主通常是一

① 参阅本书正文第138—140页。

位看起来令人敬仰的老者，摊位的摆设讲究、神秘。他往往身兼医生和占星家双职，在一小张红纸上既开药方也写占卜，然后郑重其事地交给轻信的顾客。中国巫师通常是一位有“半腹经纶”的读书人，举止阿谀奉承，一副得了神灵启示的神态。“在那张跟随他踏遍城市各个角落的桌子上，总是不变的一套什物：一面光亮的大铁盘，写着黑色和红色的神秘字符，几支粗细不等的毛笔，一个装着一束竹签的木筒，签上写着神秘的语句，一个小凹槽，里面放着几卷写满字符的纸，最后是一本算命书，占卜术的箴言手册。在足以引起路人注意的高高的椅背后，博学的算命先生挂起一幅略显矫饰的招牌，写着他的名字、卜卦的价格，此外，还有对自己才华的颂词，用尽所有夸张的辞藻，宣称他如何精通风水之道。风水，即中国巫术，能说出天气的温度、雨期、风向、炎热天气的持续时间，这些是需要解决的大事。询问‘先生’时，通常依循以下程序：根据价目表，把钱放在先生的面前，然后递给他一支竹签，以及一卷如上所述的放在凹槽中的纸。巫师在镜盘上写下竹签和纸卷上的标记，加上其他几个辅助符号，每个标记便变成一个普通的汉字。这些字组合成一句话，但是这句话晦涩难懂，必须通过巫师的解释才能明白。解释是即席而作的，但似乎不会出错。他解读着晦涩的语句，合情合理，诚心诚意，稍有疑问时还会咨询在场的人。旁人的赞同加重他的话的分量，无论是让人宽慰的话或是可怕的凶兆，总是带着最诚恳的语气”[①]。平西栩栩如生地描述大清国时期厦门港寺庙巫师的面貌，真是令人叹为观止。

在舟山群岛，平西游历舟山定海普陀两座寺庙，发现中国人对宗教建筑的理解与西方不同：“他们为神明们选择了乡下居所，不是隐蔽封闭的独幢楼，而是一种散布着精致房屋的花园。首先选择风景秀丽的一座山，然后种满高大的树木，在起伏不平的悬崖峭壁上铺设蜿蜒曲折、纵横交错的小径，绿荫繁花夹道。寺庙的每一座殿堂都错落有致地隔开一定距离，虔诚的朝圣者沿着这些林荫小道就能到达这些庙堂。”[②]走进普陀的那两座寺庙，每座都有四间独立的大殿，周围还有许多僧人们居住的小屋。第一座大殿类似于门厅，树立着四尊巨大人像，一动不动的门卫。过了门厅便是高大的主殿，摆放着三尊宝贵菩萨的坐像（三宝佛），即前世、现世、来生。过去佛掌管前世，现在佛统治现世，未来佛是未来的主宰。过去佛在左边，双手搁在膝上，让人想到他注定的归宿是永恒的沉睡，其他两尊则两臂高举。每尊神像前都有一个祭台，摆放着供品、香烛、瓷花瓶、雕花青铜香炉，信徒不停燃着香，烧烫金纸。第三座大殿通常是供奉有无数的手臂、救助世人的“千手观音”，或是佛教中最重要的人物之一——“观音”。寺庙的最后一部分是第四座大殿，殿内立着青面獠牙的怪兽塑像。有地神，不远处是天神，下方是以前的儒教

① 参阅本书正文第 119—121 页。

② 参阅本书正文第 162—163 页。

长老“先师孔子”，接着是天兵天将，“道路之神”（军队途经的道路之神），“火炮之神”。掌管旌麾和军旗的降妖神，中国的埃斯科拉庇俄斯“神医”，两边是旧时掌管农业的“神农”和旧时掌管丝绸制作的神。四周是已逝的慈善家、忠臣、杰出文人、殉道者，等等，各自的肖像，最终组成了一个神明和圣人的大军。在这间大殿内，在奇形怪状的众神的陪伴下，还有那位游历世界、审查世人行为的神。寺院通常还有藏书馆，普陀南端那座寺庙的藏书馆收藏六七千卷佛经……[①]。平西如数家珍地展现了寺庙内的神像百态。

书生平西跟随林琛，穿过福建的红茶之乡，又经过佛教名山——普陀山，进入比广州和厦门更为漂亮的宁波，这儿种植桑树替代了福建的茶树，丝绸业成为最高尚的劳动，因为“皇后是这一工业的统领者，就如同皇帝是农业的统领者一样”[②]。平西在宁波养蚕场，亲眼目睹到“中国人的有条不紊和耐心的性格”——他这样写道：“养殖场耸立在桑树的梅花阵中央，尽可能远离嘈杂。一声尖叫、一阵雷鸣或是一声犬吠都有可能吓死处于发育第一阶段的幼蚕。当蚕还在蚕卵中时，尤其必须留心环境温度的变化。蚕农非常聪明地交替变换蚕卵的放置地方，忽冷忽暖，达到催生或延缓孵化的目的，使蚕出生时恰好是桑叶食用的最佳季节，甚至在桑叶挑选和用量上都十分讲究。首先，将桑叶切成碎块，随着蚕的成长，

---

① 参阅本书正文第 163—166 页。

② 参阅本书正文第 173 页。

逐渐加大分量，直至用整片叶子喂食。室温稳定适中，四周安静，无异味。蚕在盛满桑叶的匾中从容不迫地蜕变。旁边放着另一个匾，铺着更新鲜的叶子，通过气味吸引蚕。就这样，蚕农细心地腾出蚕生长所需的更多空间。每个筛子上的蚕数减半，以此类推，直到原在同一个筛子上的蚕最终分布在至少六个匾上。到了最后一个生长阶段，蚕的体色略微发黄，蚕农便将蚕转移到专门为吐丝准备的方格蔟。大约八天后，蚕茧形成。这时必须赶紧阻止蚕的进一步发育，也就是阻止最后的变态阶段，否则会破坏了珍贵的蚕茧。蚕农拿出一部分蚕蛹用于孵化，余下一堆堆放置在撒了盐的桑叶上，将蚕'扼杀在蚕茧中'。接下来将蚕茧放在热水中，离解聚合蚕丝的黏稠物质，随后直接用绕线车缫丝。中国织机看起来极其简单，工人操作却又那么娴熟，细心，灵巧，我们欧洲工匠们至今仍然无法企及。艳丽无比的绣花锦、花缎等等都出自这一双双完美的手。虽然苏格兰的佩斯里镇、曼彻斯特的马基斯菲特、法国里昂都能生产，不过，中国的双绉至今抵得起任何赝品的冲击，而且，我们无法生产与纺绸相媲美的织品。纺绸这种熟丝布料十分耐洗，不仅如此，多次洗涤后布料变得更柔顺，更漂亮。"[①] 生动地再现、彰显了中国人的耐心细致、心灵手巧的非凡工匠技能。

在"宛若一艘停泊洋子江口的大船"的崇明岛，平西了

---

① 参阅本书正文第 174—175 页。

解到，崇明岛的主要财富来自盐田和棉花种植。人们用淡水冲洗海土提取盐。棉花种植也带来丰厚的利润，而且比稻米更容易种植。崇明岛的农民在刚刚结束收割的稻田里播种棉花，不需要另加准备，只用耙子重新翻地。雨水和露水很快滋润种子，渐渐地，棉芽破土而出，长成一株两尺到两尺半的矮树。八月中旬，初次开花，花色偶尔呈红色，大多是漂亮的橙色。不久后，花儿被一种荚果形状、核桃大小的小苞替代。四十天后，荚果从三处裂开，可以看见三四团雪白的棉花，形状相当像蚕茧。棉花团长在裂开的荚果底端，包裹着来年的种子。只需分离棉花和种子，分离工具是一种两轮纺车，一侧木轮一侧铁轮，表面非常光滑。棉花在两个轮子之间自动散开，甩开异物之后即可梳理。平西实地观察到，这种棉花处理加工的小作坊遍布崇明岛。

在上海港，平西看到了这个贸易和工业运作中心，绝不逊色于广东港。上海港借助大河渠，更方便与帝国的大部分地区保持往来。在这个国家，很少有驮重的牲口和平整的道路，因此，唯有这些河渠格外方便。经由上海西面的太湖，可以到达一个货物集散大城市苏州。苏州地跨忽必烈汗的伟大工程“帝国大运河”。运河自杭州府起，绵延六百英里，到达距北京几里处，将首都等北部城市与沿途如上海这样的海岸城市相连。不仅如此，上海位于洋子江的支流吴淞江沿岸，因此可直接抵达洋子江，再经由洋子江这条大河深入西部，直至帝国和西藏的边境。苏沪一带的主要产业是盐田、布匹和漆器，小作坊、小手艺比任何地方都更普遍，如果说广州的商业还只局限于商行附近，则苏沪的范围就远远扩大。平西这样向西方读者报道："浙江和江苏的农民有理由以他们的工艺而闻名。除了耕作，几乎所有人都兼作小手艺，帮助维持生活。在上海附近，我第一次走进这样的茅屋，屋里织布工人忙碌不停，地上堆积着大量的以城市南京命名的黄色棉布。种植、采摘、梳理纺线和织作都出自同一人的手。因此，很自然地，即使是同一株棉树上的棉花也拥有了特殊的色彩。这是欧洲染坊极力仿制却无法实现的，而且听说只有用茶水洗涤布料才能保持这种色彩。一匹普通的南京布在这儿只卖三四个芒斯，但通常认为这是帝国最好的布料。"①

在苏沪地区，平西有幸参观古玩商店，"亲眼所见，亲自把玩，用尽所有观察研究奇迹的方法"，零距离地目睹到举世无双的"如此微妙、如此精细、如此完美的工艺"与工艺品，诸如象牙球、檀香木、屏画、青铜器、古瓷器、灯笼。他这样赞叹，"从来没有一个民族的人像中国人这样酷爱毫无用处的装饰品。正因为有了中国人孩子气的偏执，蕴含独特工艺的无用之物具有了某种价值。中国人有猴子的灵活、海狸的耐性和蚂蚁的勤劳。毫无结果的超凡能力实现了大量各式各样的无法解释的创造。我们欧洲人做不到，永远无法媲及"②。古玩店内随处可见让人眼花缭乱、超凡绝伦的工艺品。他这

① 参阅本书正文第 183 页。

② 参阅本书正文第 189 页。

样写道:“铁木座的屏画，完美地再现了由浓渐淡的晚霞，映照在翠绿大理石镶片做成的水面上，寿山石和鸡冠石镶片做的岩石，岩上还立着几株青铜竹子，轻盈得甚至看得见竹叶在摇曳。这些美轮美奂的玩物，每一件玩物都经得起最细致的观察和研究，每片叶子朝外一面都有浮雕或镂空雕，地面是玛瑙做的，几只白色大理石的小鸟在点缀着艳丽花朵的翠石草坪上踱步。除了这些华丽的工艺品，店商又为我展示了鬼斧神工和人工巧匠相结合的杰作。一块纹理奇特的石头，或是一段盘根错节的树根，只要看似有潜质，人们就拿给专业工匠。工匠精于捕捉一丝一毫的相似点，利用各种变化，凸显出相似性。刀子在工匠手下灵活顺从地修剪枝条，绕过凹陷，突出重点，最终，树根变成一个面目狰狞的可怕怪物。必要的话，工匠们会上色加以衬托。就这样，这件涂着清漆的树根变成一件颇受欢迎的作品。在我们看到的漂亮根雕中有一个猛禽根雕，脚爪里还抓着一只鹤，价格和另外一只精美花瓶一样昂贵。这只花瓶由整块玛瑙做成，瓶身上盘着花果雕饰，小鸟蝴蝶嬉戏其间。每一件都如此完美无瑕，新奇独特，透着浓浓的中国色彩。”[①] 平西还描述了中国人对焰火的钟爱和创造，他告诉我们，“我见过这样的神奇焰火，就像一株葡萄树，葡萄蔓颜色的闪亮的叶子，接着是一串串珠光闪闪的金黄色葡萄，盘根错节的褐色枝蔓，几只彩蝶飞舞其间。

① 参阅本书正文第 191—192 页。

盛开的焰火不断地在漆黑的夜空洒下点点繁星，彗星，长蛇，飞龙。葡萄树消失在闪亮的帘幕后，升腾起上百盏五彩灯笼，勾勒出水果、花朵、写着诗歌的折扇。烟花帘幕落下了，随即，二十柱焰火打着耀眼的螺旋直冲云霄，几分钟后点燃，火花依然耀眼。火光持久通亮，直至最后一柱焰火超越了以往的精彩。这最后一柱是一条中国龙，有着五只龙爪的中国龙，在空中舒展巨大的身躯，身边环绕着数不清的蛇，火红的旗帜……”[①] 平西就这样赞美了中国人超凡卓绝的工艺技巧和创造智慧，热情描述了中国特有的民俗风情。

在本书第二章（部分）“秀才治学”，书生平西跟随林琛巡抚沿海北上，在上海亲历过清茶门教黑社会的圣战与谋反，目睹了大清帝国刑事法律的残酷腐败。在动荡不安、担惊受怕的日子里，他依然刻苦地坚持学习中文，且取得了令人难以置信的进步。对汉语书面语的历史、汉字字体变迁了如指掌；对汉语口语、官话、地方方言耳熟能详。平西“幸运”地结识了一个福建赴京城参加科考的“落魄”秀才，将之收留为家庭教师，自此通过这位家庭老师，平清不仅了解到大清国的“习俗、哲学、宗教和这个民族的文学”，还获得大量的信息，并在他的鼓舞、帮助下，得以赴京科考而一举成为“蓝眼睛”的中国秀才，使他亲历、见证了大清帝国的科举、教育和社会习俗的腐败。“秀才治学”这一部分的主要内容，

---

① 参阅本书正文第 199—200 页。

就是由英国番鬼平西现身说法，以十一节的篇幅向西方读者讲述他所亲历的匪夷所思的讽刺传奇，进而对东方帝国的宗教、哲学、文化、社会历史、科举、教育及民风习俗，进行全面地描述。

他首先告诉人们，儒释道三种宗教遍及中国全国，他的中国家庭教师信奉第一种宗教，国教和文人的宗教“儒家”(孔教)。但不大关心释家（佛教)，“我相信他一定也信奉道家或称道教（道的学说)，因为经常重复一句折中主义的话：‘三家，一家’（三派学说本为一家)。他的话很有道理。每一个中国人对这三种教派的信奉程度是相当的，内心也怀有相同的怀疑主义思想。如果从起源上说，有一种深奥的自然神论最受普遍大众信奉。”[①] 道教在老子之前就已经存在，老子将这种宗教缩减为一种学派，劝说民众崇尚古代德行，从而与儒教形成对立。根据道家圣师们的说法，除了至上（天或上帝)，所有存在或可能的存在都是物质。所有物质都通过“阴”与“阳”的积极面与消极面、阳性与阴性、动与静的形式包含于“太极”中。物质构成元素是从“太极”生发的相生相克的“阴”和“阳”各部分。共有五种元素（金、火、水、木、土)，构成三种造物能量，称为“三才”，即天、地、人。三种能量各自为一种自在组合，形成与三种能量相似的物质存在。物质可能变化、变形，进入上级或堕为下级。一

---

① 参阅本书正文第 242 页。

块铅块、一朵花、一棵树、一头丑恶的野兽、一位智者，都由原初的元素微粒构成，并被相继投入不同物质中。除了完全物质性的形变，道家还认为人的灵魂可在不同躯体中实现转世。对道士来说，人的灵魂由自然界最微妙的物质构成。他们将人的灵魂分成两种元素："灵"和"魂"。"灵"最为纯净，更能形成智慧。人死后，躯体湮灭，恢复为初始元素，以便再次构成新生。"灵"和"魂"继续存在，结成一体，成为精神世界中的一员。如果这个人生前得道，他的灵魂体就成为"仙"，也就是圣人，他将跪拜在"上帝"跟前，进入不死的极乐世界。如果生前略有瑕疵，那么灵魂的超生就无法那么辉煌。他将晋升为比圣人略低一级的"神"……道士们还认为，人的机体中存在第四种元素，既不是躯体，也不是"灵"和"魂"。这种元素具有其他三类的性质，位于三者之中，当躯体完全分解为初始的颗粒，这种元素才彻底离开躯体。从此消失，永不复生。要理解中国人错综复杂的宇宙起源论，就必须求教于道教大师。

儒学始祖孔子创立了抽象晦涩的哲学。他的弟子们接受他的教导，严格恪守既成的信仰礼仪，不得进行改革，也不能有所精简，一心只求内心的纯净，忠实于君主、国家和人民。儒教理论以坚持不懈的中庸之道为基础。也就是说，保持激情和理智之间完美的平衡，集谨慎、威严和仁爱于一身，即智慧开明，能攻能守，对所有同仁热情相待。这些准则主宰着社会关系，形成五项最主要的职责，称为"纲"："君臣"

纲，臣子与皇帝之间相互应尽的职责；“父子”纲，父亲与儿子之间的职责；“夫妇”纲，夫妻双方应尽的职责；最后还有兄弟之间和朋友之间的职责。此外还有人与人之间的四种关系。这些关系都是“礼”，即各种礼节和礼仪规则。孔子生前受到人们的尊崇，死后他的教义荣幸地成为国家法规，但还是不能将他奉为哲学家。他并没有创立新的学说体系，没有一项个人论点能够主导他的社会关系或政治关系理论，没有自成一派。他接受上天公道明智的观点。他也接受道士们关于灵魂转世的说法，认为死亡并不是真正的毁灭，而是一种解体，回归自然本原。不过，今天的儒家信徒所信奉和身体力行的教义已经不再是孔子的学说。公元 11 世纪以来，一位改革家——朱熹修改了儒教教义。朱熹精通中国各家各派的理论体系，通晓所有教派教义、异端学说。他对比研究各种学说观点，纵观古代作家，对他们的观点或加以证实或批驳。完成专著《周易本义》，这部著作，六百年以来，一直是儒家的哲学圣经。书生们试图通过朱熹这部巨著理解“八卦”中的神秘关系、伏羲的神秘符号，以及自然界生发的一切精神能量或物质能量。“八卦”有八个最基本的符号，每一个符号由三条线组成。应该是用于替代文字，因为当时文字可能还没有产生。从那时起，人们认为，即使类比很牵强，也必须借助各种类比将这些符号联系起来。从而引发无数的阐释。不久以后，符号的数量增加了，仅仅是简单的相乘，成为六十四个符号。这六十四个符号成为中国文字的起源，由于渊源悠久，这些符号变得神圣。

佛教在老子死后的六百年才进入中国。公元65年，第一位印度佛僧在汉朝皇帝“明帝”的邀请下来到中国。公元6世纪，婆罗门教教徒战胜佛教异教徒，将佛教徒驱逐出印度，于是，佛教徒逃往周边国家，中国也受到了侵扰。佛教学说在中国取得极大的发展。佛教没有与任何原有的信仰发生直接冲突，也没有让信徒们敬而远之的苛刻教规。佛教不要求信徒们恪守戒律，而是帮助他们借助供奉神灵来赎罪。只要慷慨布施，僧人的信徒就能得到来世享福的承诺，可以满怀信心地离开这个世界。佛教的宇宙起源论或说是思想理论自然而然地融合了中国古人的“太极”“阴”“阳”的观点。至高无上的造物主“菩萨”并合两种更神圣的化身构成三位一体，与“太极”“阴阳”合为一体。芸芸众生湮灭在大千世界中的说法，灵魂转世的教理，没有与老子或孔子的思想发生直接的矛盾。最多只是僧人必须独身和崇尚无所事事的悠闲，与中国政府的道德准则有所冲突，应该受到指责，使佛教成了一种危险的异端邪说。不过，虽然佛教受到指责，但指责毫无作用，佛教不动声色地得到下层百姓的信奉。渐渐地，得到下层信徒供养却受到文人鄙视的僧人们与道士一起主宰着中国的一切迷信行为。如今，佛教教规已经缩减为五戒：不杀生、不偷盗、不邪淫、不妄语、不饮酒。但这些戒律并没有被严格遵守。

平西的家庭教师为其介绍了中国书生的书目。首先是关于儿童教育的经典《小学》，浅显易懂，作者是12世纪的大家朱夫子。全书共分二十章三百八十五条，主要讲述道德品行，父亲对儿子的关爱，王公贵族的行为准则，丈夫与妻子的互敬互爱，等等。《孝经》（关于儿子应承担的职责的书）根本不是经典著作，也算不上是启蒙书。这是从孔夫子名言和他与弟子曾参对话中挑选出的语录。另一部家喻户晓的著作《三字经》，作者是宋代儒家学士伯厚，他将全书分为多列，每列两句，每句三个字。《三字经》也是由上至下、从右到左地读。全书共一百七十八句，论述人性、教诲、责任的重要性、数字、三大权威、四季、五方、五行、五常、六谷、六畜、七情、八音、九族、十义、课堂、通史与朝代，最后强调学习的重要性，并举例为证。

随后是四书（四部书），《大学》（成人之学问）、《中庸》（不变之中道）、《论语》（孔夫子格言）以及《孟子》（唯一一本由孟子写的书）。这些著作已经翻译为多种欧洲语言，在此只需略微介绍。《中庸》统领整个思想道德体系，要求在两个极端之间保持绝对中立。孔夫子说，“中”（中间）、“和”（和谐）是一切秩序和品行之源。《大学》论述了贤明的政府所应遵守的规则。如此重要的论题，只用三言两语来论述。《论语》收录孔子格言，有一些是关于明智的无聊表述，一些是关于治国之道。四书之后，随即学习五经。第一本是《易经》，或称为《自然之道》，是中国哲学经典中最著名、最受推崇的一本书，也是外国人最难读懂的一本书。第二部经典是《诗经》，是一部诗歌选集。《书经》则记录了古代帝王和臣子们的谈话。《春秋》（春与秋）是一部孔夫子时代的史书，以一年中两个季节为书名，因为这两个季节是这段历史的起始和结束时期。《礼记》是一本著名的礼仪法规，规定了大部分的中国社会关系、官方或私人礼节。两千年来，在我们列举的所有这些书中，这本书最具权威性。

除了上述这些入门经典，平西的家庭教师还特地为其罗列了雍正皇帝和他的父亲康熙皇帝的《圣谕》、《资治通鉴》（使人明智的宝镜）、老子的《道德经》、《太上感应篇》和《通鉴纲目》（中国编年通史）、《三国志》等必读书目。不久后，平西在中国老师的帮助和精心准备下，提前获知每份考卷的内容和答案，他得以和中国书生们一起赴京应试，一举演绎出令人捧腹大笑的讽刺“喜剧”。科举阅卷主考官发现平西如此完美的答卷，毫不掩饰其惊喜、赞叹，称：“我主持历届各省科试，可以说，所有秀才举人中不乏有才之士。然而出类拔萃之人，可遇不可求。你的文章透出辉煌才气，可谓天赐之才。思想深邃，与众不同。文笔大胆，激情澎湃，犹如神龙。我原以为出自一位阅历深厚的老生。”中榜的颂文通告，对平西更是格外吹捧：

玉树临风耀宫阶，附仰自得似归鸿。
腹有诗书气自华，笔翰如流承殊渥。
高谈雄辩落珠玑，才高倚马冠世雄。

"我的上帝！极尽吹捧之辞，倾尽中文最好的文墨，其实是为了颂扬一个可怜的番鬼。一个偷偷混进天朝帝国的番鬼竟然名列'秀丽的才气'（'秀才'这个词的字面意思真是恰如其分）。要是知道真相，那会是怎样的情景，真是无法想象！"①——平西这样辛辣讽刺的描述，充分表达了本书作者当有的理性评判精神。林琛举办一场盛大宴会庆贺平西荣升秀才，宴会之前的龙舟赛和晚宴期间的演唱会、中国戏，使这位"蓝眼睛"的中国秀才平西零距离地欣赏《元剧百种曲》中传统剧目，诸如《窦娥冤》《赵氏孤儿大报仇》《灰阑记》的中国艺术和戏剧表演。

混迹天朝帝国的番鬼，摇身一变为中国秀才的平西，接下来为西方读者讲述中国历史。他这样声言，"在此，我不想谈神话故事，不想谈那些一万八千年的纪、地皇、人皇，或是所有那些无人了解的神秘年代，我只想谈为理性的人所接受的历史，也就是说天朝帝国的半信史和信史，从伏羲皇帝开始，也就是公元前 2953 年"②。从夏、商、周（春秋战国时期），大约公元前 750 年，诸侯割据开始，持续了将近五个世纪。在这段时期里，帝国分裂成二十一个诸侯国，硝烟四起，战乱不断，但没有阻碍已经出现的哲学思想运动的发展。战乱本该耗尽这个国家所有杰出人才，但所有的著名学派，所

① 参阅本书正文第 301—302 页。

② 参阅本书正文第 316 页。

有的经典著作，都是自这个纷乱年代开始。老子、孔夫子、孟子都生活于周朝。自秦朝始皇帝登基，其一切行为都表现出一种精明的专制主义，科学和文化便随之遭受最可怕的迫害。秦始皇付出难以想象的努力将中国的版图扩大到鞑靼地区。他活埋了帝国最出色的四百六十名文人，焚烧史书和哲学著作。据说，他的梦想是磨灭一切回忆，让帝国创立者获得至高无上的声望。他的另一种念头就是逃避常人的命运，求得永生不死。他受了一位假道士的蒙骗，派遣一支远征军漂洋过海寻找一座神岛，岛上的仙草可以让人长生不老。秦始皇后，世袭制使权杖落在一个低能愚笨的皇子手中，诸侯国割据使中国再次走向诸侯纷争的恐怖年代，直到一位幸运的冒险家推翻了秦，使“汉”登上金銮殿，成为一个留下最辉煌历史的皇族。大约公元前200年的这场变革标志着中华帝国古代史的结束。平西告诉人们，虽然一位厌恶文人的独裁者之后往往会出现一位保护文人的君王，但别期待历史事件及其内在联系的性质从此有所改变。汉高祖，尤其是汉武帝都在极力弥补秦始皇那场可怕的文人迫害。虽有始皇帝修建的长城，但是西北边境仍然不时遭受匈奴的侵扰。勇猛的匈奴骑兵擅长骑射（中国人称鞑靼为匈奴），几乎从不感到疲惫，他们翻越最陡峭的高山，渡过最湍急的河流，凭借天生的策略悟性，挑战训练有素、更加精通战术的中国军队。汉武帝试图借助和平手段使帝国摆脱这些恼人的敌人。他直接与首领谈判，将一位皇族公主嫁给他。匈奴人没有因为这种特殊的讲和方式而停止劫掠，虽然屡次镇压，但是一直到公元 90 年，匈奴发生内部分歧之后，劫掠才暂告结束。匈奴各部族相互厮杀，那些承诺保护中国皇帝的部落得到臣属身份，毫不费力地战胜对手。汉朝统治四百二十六年之后（直到公元 220 年），汉朝被黄巾起义推翻。起义首领张角及其追随者被皇帝的将军镇压，其权力越来越大，甚至超过了皇帝。将军的儿子曹丕没有父亲那么忠君，他勾结权贵，夺权了皇位。从此以后，中国形成魏蜀吴三国割据，共存了四十年。四十年后，一位名叫司马炎的将军获胜，为晋朝，后进入南北朝时代。中华帝国一分为二，北部王国和南部王国各自为政，直到最后一个朝代。隋的第一位皇帝杨坚原是北部一个王国的大臣，他杀了国王，夺得王位，灭掉晋的最后一个王国，统一了中国。然而，他不过是一个无知的蛮人，他仇视文人，毁掉了汉朝花费巨资在所有大城市里修建的学院。他的儿子炀帝则具有完全不同的思想，他将父亲聚敛起来的财富用于大兴土木，建造精美绝伦的建筑和大有裨益的学堂。中国人的运河、圆明园的奇思妙想都应归功于他。那些供皇帝们消遣的园林，至今依然是最出色的建筑。虽然炀帝做了这么多善事，可是暴动依然不断。最后一次暴动由帝国的一个小官员李渊发起，从此，唐取代了隋。唐朝统治持续二百七十五年，即自公元 622 年至 897 年，是中国历史上最辉煌的朝代。政策变得温和，历法得到改善，迷信被加以制止，大部分的王公贵族品德高贵。不过，这个皇族出现了一位凶残的女人

“武后”，她的所作所为根本无法与那不勒斯的让娜、俄国的叶卡捷琳娜相提并论。武后死后，高宗的儿子登上皇位。唐朝也躲避不了世袭朝代的致命规律，在享乐中逐渐萎靡不振，权力慢慢落入始终陪伴身边的宠臣宦官手中。人民不满，怨声四起，又到了政权更替的时候。不出所料，朝廷衷心的保护者朱温凭借自己的影响推翻了唐。叛变的理由是剿杀乱臣宦官。朱温大约杀了几千个宦官，最后一个唐皇帝被废黜，后被杀死。篡权者很快又被另一位觊觎皇位的人驱逐下台。五代完成五十三年的过渡阶段（公元907—960），隔开了唐的灭亡和宋的到来。宋王朝的统治持续了三百一十九年，历任皇帝开明、公正，可谓史无前例。皇帝们推动印刷术的发明，知识文明迅猛发展。朱熹注释孔子经典，发起一次真正的哲学改革，他的著作至今依然作为哲学道德教育的基础。

元朝最初的几位鞑靼皇帝忽必烈、铁穆耳、海山，他们的统治政策和思想与被他们征服的汉民族格格不入。被征服的民族拥有强大的文明，渐渐重新获得影响力，至少，他们的蒙古主人接受了司法观念、温和谦恭的风气、智慧，以及汉民族最突出的特点，即对文学的爱好。蒙古统治者没有摆脱定律，他们的皇权渐渐变得阴柔，失去阳刚之气，最后一位皇帝顺帝在一座满是杂耍艺人和舞女的宫殿中惊闻叛变，被一个大胆的冒险家朱元璋推翻。他原是一个僧人，后被招入旨在推翻成吉思汗的军队，做了一个小兵。明的历史与所有先辈一样：礼仪繁琐，宦官当道，皇帝轻信道士的花言巧语，相信神力能带来永生，权力逐渐丧失，朝野无序，最终，皇帝无能致使国家分裂。而鞑靼部人却再次形成一股新生力量，满族人所向披靡，获得了对其他所有部族的统治权。面对满族人的进攻，一团糟的中国不堪一击。趁着一场暴动的时机，满族人长驱直入，到达北京。当时的北京被一位反叛者占领，他刚推翻了明朝末代皇帝崇祯。这位皇帝的死颇为壮烈：他斩断独生女的头，皇后和六个嫔妃在他身边自杀，然后，他给征服者写了一封求情信，请求放过他的臣民，随后果断地用御腰带自缢而死。他的死讯传到被派往狙击鞑靼人的军队中，统帅的将军随即与敌军首领联盟。于是北京再次被攻占，落入鞑靼人手中，明朝被推翻。进入满人统治的清朝，满人吸取前人教训，谨慎明智地统治着中国。他们竭力不触犯这个被征服民族的任何正统观念和成见，反而十分尊崇他们的思想。顺治皇帝在位时倡导混合型国民教化，他将继承人康熙的少年教育托付给四位辅佐大臣。康熙是天朝帝国历任统治者中最杰出的一位，随后是雍正、乾隆、嘉庆。“他们的统治都没有标志性大事，人们往往想不起与俄罗斯争夺边界的三十年耗战，也想不起那些被幸运镇压了的叛乱，甚至想不起以保护为借口、从达赖喇嘛手中获得了西藏。与此同时，大英帝国刚刚获得印度割让的加瓦尔或者说是加瓦尔首都斯利那加，这使两国拥有了一道共同国界。不过，多亏了中国胆小怕事，从未提交任何关于边界的政治或商业活动的报告。现在的皇帝道光应该感谢他的父亲为他保住皇帝宝座。嘉庆年间，当皇帝不在紫禁城的时候，一小撮胆大包天的人曾经叛变谋反，但嘉庆守住了宫殿。迄今为止，道光的统治相安无事，除了不久前归入帝国版图的伊斯兰地区喀什的叛乱。”[①]

林琛巡抚一行因副将赵海勾结清茶门教谋反，被清廷传至南京，等候圣旨到达。“九卿”的判决对林琛很宽容，仅仅责备他身居要职却时而失误，但予以从宽处理。对赵海则不然，将之列入天子签署的死囚名单中，将由南京官员现场执行。平西陪伴林琛亲临现场，目睹到极刑以及“凌迟”这个恐怖处决场景。他这样写道：“行刑地点定在一条空旷的大街上。大街一侧是一排房屋，另一侧是围墙禁闭的花园。街道两端架起临时栅栏，正中央摆放着死刑架。一个新木做成的十字架，底部放几个圆桶，听说是用来装砍下的头，送回死囚的家乡。几分钟后，囚犯被带上来，有的关在囚笼里，有的关在柳条筐里。大部分囚犯早已被酷刑折磨得半死不活，对衙役的举动全无反抗之意。衙役将他们扔在地上，又拖起来，押着跪下，就如同摆弄死人一般。囚犯每人背着一块木板，上面写着对他们的判决。斩犯（判处斩首的罪犯）被一批批带上来，每批三四个人，跪在地上，头向前伸。按察使发了一个信号，鸣炮三响，宣告最后时刻的到来。卫兵首领举起刀，六名行刑人将手中的大刀砍向罪犯。场面非常可怕，

① 参阅本书正文第 328—329 页。

但我还是忍不住要赞赏行刑人动作强劲有力、干脆利落。他们的屠刀有三尺长，两指宽，锋利无比，几乎从来都不必补上第二刀。另外还有两名行刑官员，穿着绣有绿色图案的红色缎袍，头上两侧各插着一根长长的羽毛，一动不动地监督这场恐怖的屠杀。”[①] 更恐怖的是“凌迟”，就是千刀万剐，剁成碎块。本书作者老尼克通过亲临现场的平西这样写道：“就像在我们国家曾经有过的几次车轮刑。皇帝的命令完成了，官员们随即离开。离开之前，他们没有忘记相互恭维一番。我还留在刑场，被一群好奇的人推来推去。流民几乎立即占领了街道中央。我根本没有预料到即将要发生一件可怕的事件。中国民间医学有这样一种先见，认为人体各部位都具有特殊功效，例如喝了勇敢的人的胆汁就会变得勇敢。我曾经听说过这种奇怪的观点，我以为说的是古代食人民族的习俗，从来未曾想到竟然能够亲眼看到这种观点得到实践。然而，事实就是如此。一群人围住赵海的绞架，我也凑上前去看个究竟。我只见几个屠夫正手脚麻利地切割那个可怜人的尸体。其中一人手中已经拿着胆囊，正在将米粒塞进胆囊中。在场的几个人已经提前预订，用几个钱买下一小块这种令人恶心的药，给胆小的人治病。没人感觉恶心，也没有人觉得羞愧。目睹这样可笑又可怕的场面，我的心提到了嗓子眼。我不知道自己是怎样离开，又是怎样回到了家。我几乎无法再痴迷

---

① 参阅本书正文第 333—334 页。

于这种所谓博大精深的中华文化。”[①]

“番鬼游北京”是《开放的中华》第三章，全书的最后部分。英国番鬼（中国秀才）平西跟随林琛巡抚游历中国两年来，经历多重历险与考验，使林琛对他的信任与日俱增，不仅委任他为“贴身秘书、医生、与高官们往来的中间人、隐私的倾听者”，也把他当作自己家里的一员。在出发赴北京前，林琛让他去江西景德镇接女儿阿思小姐，并赠送他名叫“如意”的玉棒，作为他一路保驾护航的安全通行证。足见中国秀才在这位清廷高官心目中是何等亲近信赖。在“番鬼游北京”这一章，作者借助平西亲临东方帝国的首都之所见所闻所思，用十二节文字的篇幅，对大清帝国的都城北京的风情习俗和帝国的政治、经济、文化等方面进行了全方位的深度发掘和描写，完整地展现了一个日薄西山、风雨飘摇的鸦片帝国形象，一个定型的、否定的负面形象。

番鬼平西回想两年前，从中部首府南京出发，在安徽平原远足时，所见到的情景：“洋子江两岸的平原长满了橘子树、崖柏和各种各样的树。正是农忙的季节。广阔的平原被刻意淹没在水中，灰色的水牛拉着钉齿耙在稻田上犁开一道道沟壑，下半身陷在淤泥中的农民唱着歌，跟在这个大大的牲车后面。山岗上种满白色的山茶花，犹如覆盖在白雪之下，走近前去，又仿佛走进一座巨大的花园。女人们填补了

① 参阅本书正文第 334—336 页。

牲口的不足，一会儿引锄，一会儿又专心把犁。整片田地上均匀分布着成百上千的用于灌溉的溪流……”[①] 中国人的勤勉和天资禀赋曾使他为之惊叹不已。亲临遐迩闻名的瓷都景德镇，中国瓷匠的巧夺天工和美轮美奂的瓷器工艺与神奇历史，更使番鬼平西赞叹不已：景德镇原是一个村镇，而今已是一个百万人口的瓷都，“我到达时已是夜晚，站在村镇近郊的山岗上，我以为发生了一场大火灾。浓烟滚滚的穹顶下，成百上千的火炉冒着熊熊烈焰，南边一里宽的河流倒映着闪闪火光。要不是蒸汽装置的汽笛声和轿子从容的摇晃，我准会以为走在曼彻斯特或伯明翰的守城桥上。不过，景德镇不是炼铁，而是生产一种脆弱、高贵的材料。五百名工匠为全中国供应焙烧过的陶土器皿，工艺之精湛一直以来令我们欧洲的仿效者们感到懊恼。瓷器，欧洲之所以称为‘Porcelaine’，是因为瓷器类似于一种贝壳（porcella），同时也因为圆圆的外形极像肥硕的年轻公猪（pourceau）。多亏了传教士们不屈不挠兢兢业业的长久研究，尤其是长期住在景德镇的殷弘绪（Entrecolles）神父，瓷器制作各程序的原料已经众所周知。高岭土和白不子是制作陶瓷的两种主要原料。高岭土从鄱阳湖畔的花岗岩中提取，选择表面土质发红含云母的地点。白不子是一种石英质花岗岩，用一种带臼槌的研钵磨碎成糊状，一块块地卖给工匠。工匠们加入一种含碱蕨粉以使瓷器表面

① 参阅本书正文第 340—341 页。

光滑如镜。最好的白不子产自江南省的徽州。其他原料还有滑石和雪花石膏。瓷器漂亮与否取决于这些原料的比例。一等陶瓷中，高岭土与白不子比例相等；二等陶瓷中，四分高岭土六分白不子；至于三等也就是最普通的陶瓷，高岭土与白不子的比例为 1 ∶ 3。滑石用来增强高岭土质量，使纹理更细腻，更容易入色，不过价格是高岭土的三倍。石膏用于上漆，同时加入生石灰和蕨粉共同烧制的混合物。烧制依次需要二十几名工人，加工直至最后一道工序需要四十几名工匠。这世界上找不到另外一个国家像天朝帝国这样分工精细。这种制作程序同样也有不足之处。纯粹工序操作限制了工匠的创作才能。因此中国瓷器上的画总是略逊一筹，因为不是出自一位艺术家之手，而是十几位工匠共同创作，称为'画胚'，一位只懂得画花，一位只懂画宝塔，另一位只懂得画美人或绅士……在中国，古瓷器比现代生产的瓷器价值高得多。每年，工匠们会将大量新瓷器埋入土内，一段时间后取出，能得到古瓷器的效果，提高价格。这些所谓的'古董'用黄土掩埋，形成一种海蓝色的色泽。第一次焙烧之后，工匠将瓷器放入一种十分黏稠的浆液中，在混浊的池中浸泡几个月之后，赝品就完成了。而且具有古董真品的另一个特点，即用手敲打不会发出鸣响。"①

平西到达景德镇时，林琛女儿阿思正身患重病，番鬼平

① 参阅本书正文第 346—349 页。

西摒弃中医把脉等医治程式，又一次奇异地治愈了阿思的病症，再次赢得了这位迷人少女的信任，“自此以后，她几乎把我当成了哥哥”[①]。随之在平西一路陪同护驾下，他们一行畅通无阻到达目的地北京。“站在城郊周围的山上，我们看见了这座期盼已久的大城市。远远望去，墓地四周的树丛，寺庙和大宅子外成行的大树，使北京城犹如隐藏在浓密的森林中，这是南面的景象。如果游客从北边进入北京，高高的城墙遮挡住焦急的视线。每隔一段就有一座造型奇特的高大塔楼掩护着城墙。一旦过了城门，另一幅景象顿时呈现眼前。远处望见的高大塔楼不见了，富人的宅子和最普通的房子坐落在围墙环绕的院子中。街道宽敞笔直，房屋表面看起来斑驳陈旧。道路中央立着水井，四处弥漫着恶臭，每条小巷的角落的坑里散发出令人难以忍受的臭气，这一切都表明中国有钱人的讲究和极度的挑剔尚未成为一种民风。不过，商业街倒是呈现了一幅美妙的景象：流动小摊上摆满各色瓜果、各类家禽，琳琅满目；商店门前挂着各种各样的装饰，尤其是朱红色和天青色的生动图画，各家相互攀比，令人眼花缭乱。广场四周耸立着门形纪念碑，称为‘牌楼’，这些纪念碑不仅有凯旋门，还有某位名人的好友或子孙建造的纪念碑。牌楼或用木头或用石头建造，根据不同的布局有三个或五个出口。北京城由四部分组成：市中心是城堡，或者说是皇宫（紫禁

---

① 参阅本书正文第 353 页。

城）。外围是‘朱城’，或者说是皇城，城墙确实漆成朱红色，屋顶铺着黄瓦。再往外是‘内城’，四面城墙环绕，至今仍视为战地，虽然早已变成一个名副其实的市场。最后是‘外城’，严格地说是北京南面的郊区，不过有城墙环绕，因为外城内有两座祭坛，而且有大量的游客在这里落脚，也可以看作是一个销往都城的货物的集散地。外城没有严格的军事管制，常常是悠闲的有钱人的散心之地。一般说来，城门前门、‘鲜鱼口’和大栅栏是最热闹的享乐场所。”[①] 平西、阿思一行穿过外城和内城，到达林琛驻扎的兵营，他管理着那里的全部官兵。林琛见到女儿和平西，就像见到两个一起回家的孩子。

番鬼平西在北京第一个月一直在学习相关政治知识，并在抵达北京两个月后，借助林琛的保护和帮助，谋得一个内阁翻译的职位，属于最高级别的文人头衔。混迹于天朝上层的番鬼，得以从内部和深部对大清国的社会政治、等级制度、政府模式、行政管理，进行全面的观察和描述。平西看到，“从哲学的角度看，中国政府不过是一个贫乏无力的专制政府，支撑这种专制政府的是活跃的间谍活动、无止境的遵从、以恐怖来保证权力的专制暴虐的家长制。”这个专制暴虐的家长制，在皇帝与百姓，贵人与贱民之间得到集中的体现——皇帝是上天的儿子（天子）和代理统治者，拥有至高无上的

---

① 参阅本书正文第 364—366 页。

特权。百姓轻信文人的误导，视天下为皇帝所有，其他民族的君主都是皇帝的诸侯。一切行政权力都来自皇帝。帝国的一切开支和收入都由皇帝掌握，整个天下都属于皇帝一个人。广大的权力网络也在皇帝的掌控之下。没有任何法律可以消减皇帝的权力。大清国同时区分统治者满洲人和被统治的汉族。满洲人拥有特权。中国法律列出了八种享受特权的人：议亲（皇亲国戚）、议故（长期效忠皇帝的故旧之人）、议功（斩将夺旗、功勋卓著之将）、议贤（大德行之贤人君子）、议能（才华横溢的帝王之良辅佐者）、议勤（秉公职守、勤谨辛劳之人）、议贵（爵一品及文武职事官三品以上散官二品以上者）、议宾（前朝国君后裔被尊为国宾者）。严格意义上的贵族是那些位居九品之首的人。还有五种世袭头衔：公、侯、伯、子、男。这样暴虐的等级专制，不可避免会带来可怕后果。中国排斥智慧，排斥对真理的探求，排斥对进步的渴望，总之，中国停滞不前。中国工业无疑表现了中国人的艰苦和耐心，也表明了中国百姓遭受层层剥削和强取豪夺的事实。①

大清帝国的行政管理：中国行政部门一般包括两个议院、六个部、一个边疆民族管理处、一个监管机构、一座学院和若干次级法庭。两个议院为内阁和军机处。内阁只负责处理日常事务，类似皇帝秘书处。内阁有六位大臣（大学士）、十位下属大臣（学士）和大量职官。军机处官员称为军机大臣，

① 参阅本书正文第 369—373 页。

即统领军队的大臣。军机处从内阁选派官员组成，同时高等法庭的法官和副官，各大城市的首要行政官员，也是常务成员。六个部，分别负责行政事务。首先是吏部（内务部），行政官员的推荐、文职的分派、各级官员的管理与监督、罢免、调度、提拔、增加薪酬、惩罚、世袭头衔的授予、追封先人，等等，都由吏部各部门负责。户部（财政部），负责赋税升降、工资分发、官仓管理、帝国地籍管理、人口统计，等等。遇上荒年灾年，也由户部负责救济灾民，开仓放粮。每年由户部的一位官员主持农节。所有人都知道，皇帝也出席这一庆典，他将亲自耕作一块麦田。礼部制定奢华的礼仪仪规，同时监督公学院、科举考试、各等官员的数量、人员挑选与职权。礼部的一个机构“祠祭司”总管各类祭祀，祭先帝、祭圣贤、祭贤良，月食日食时举行仪式避免“巨蟾吞噬日月”。礼部另一机构“主客司”管理帝国与属国、藩国往来的公文，就是这个机构接受广东省的奏折，将夷人请求进入天朝领地的奏折递送皇帝。各国大使直接与礼部交涉，礼部是唯一设有翻译、处理外交事务的部门。乐部，即音乐部，乐部官员几乎都是最高官品，负责研究乐律乐均、发明乐器、作曲。娱乐歌舞与军舞也是他们的事务。兵部（战事部），负责一切军命下达、练兵、检阅。特设机构“车马司”管理马、骆驼、各类交通、驿站、皇帝的车马。另有“职方司”负责军功评定、伤员抚恤。此外还有一个负责军事考试的机构，和一个惩罚机构。刑部，管理刑罚的部门，制定刑法，审判刑事案件，记录法律条文中的变动，行使加刑特权。工部，管理国家工程的部门，负责全国的基础设施、建造军事工程、修建寺庙、开凿与维护运河、度量衡管理、造钱、充公房屋的分配和使用。工部拥有建设团兵营、云梯设备等，负责炮弹制作。一个边疆民族管理处（理藩院），管理“外藩”事务。“外藩”，即“来自外国的番人”，指那些既不属于中原也不属于满洲，但向天子纳贡、承认天子权威的国家。其他的国家甚至不算外国人，而是野蛮人（夷人）。因此，理藩院管理蒙古游牧部族、部落首领的婚姻、各部落的分合、征收各部落愿意缴纳的贡金。这个部门有权管理西藏和逐渐出现鞑靼独立的伊斯兰国家，虽然都是间接管理。一个监管机构（谏诤部，即通政使司）由六位官员组成，接受各省题本和各地上诉，校阅后送内阁。重大案件需请示刑事法庭大理寺，提交三法司（都察院、刑部、大理寺）审理，三法司必须达成一致意见，万一意见不一则请示皇帝，由皇帝最后定夺。一座历史学院（皇家学院翰林院），负责起草重要文件。分为若干级部门，各部的负责人必须努力促进各类学科的发展，为皇帝培养尽忠尽职的人才。翰林院的两位主席“掌院学士”，与皇帝同住宫殿，监督学院里学士们的学习。每年两次向皇帝呈交学生名单，皇帝可从中挑选学生，作为传统节日的演说者。这些演说者必须用满文或中文撰写论文，在皇帝面前诵读。他们还负责撰写著作，由政府出资出版。院士们不时要参加严格的考试，以检测他们的水平，根据考试结果，他们将得到晋升，或者连降数级。历史学院还分设国史馆和年表编著部起居注馆两个下属部门。国史馆负责编写重要时期的史书。起居注馆有二十二名职官，四人一组，负责陪同皇帝的每一次出行，记录皇帝的每一个举动、每一句话。皇家子弟的教育由一所学院特别负责，称为詹事府。[①]以上便是中央政府的大致结构。

番鬼平西升任清庭内阁翻译后，接手翻译一份关于英国政府代表与广东省当局交涉事务的文件和皇上指派翻译的英国报纸资料，这使他更清晰地见证鸦片帝国的无能腐败，深感中英两国的冲突必不可免："大英帝国怎么忍受得了被没收价值二百万英镑的两万箱鸦片？怎能相信，中国政府会接受号称和平谈判的诡计？我预见到了战争。1840 年 7 月初，强大的英国远征军，三艘载着七十四名士兵的舰艇，两艘快速护卫舰，十二艘双桅横帆船，四艘汽轮，堵住虎河口，挑起了战事。7 月 6 日，舟山岛被一部分登陆军占领，导致从宁波直至洋子江口的海域被封锁。8 月 11 日，英国舰队的一支中队占领白河口，对峙天津。北京近在咫尺，朝廷派遣特使琦善议和。争取时间最为重要，朝廷指望 10 月初西北风将影响整片中国海域，可借助西北风不费吹灰之力打败夷人舰队。9 月 15 日，停驻天津的五艘英国军舰重新启航，让北京高兴不已。两天之后，皇帝通告，番鬼只是一时糊涂，日后定会安

① 参阅本书正文第 374—382 页。

分守己……。事实上是担当英国政府使命的义律船长并没有当场向天津下达最后通牒，没有从确实被吓坏了的六部手中获得最大的妥协。义律船长驶离天津的举动让六部看到希望，以为有足够的时间准备有力的抵抗。11 月 15 日左右，琦善到达广东，受命使整座城市进入战备，同时与番鬼周旋，让他们看到和平的希望。毫无作用的谈判一直拖延到 1841 年 1 月 7 日，自以为是的中国人认为那些毫不充足的准备已经足以抵抗任何进攻。事实与他们的期待完全相反。英国舰队一驶入广东河，就轻而易举地击毁了穿鼻和沙角两处碉堡。虎门炮台遭到炮轰，广东无疑也将遭炮轰。琦善再次达成停火，赢得时间重建碉堡和炮台。这次停火获得了相应的妥协，1 月 20 日，允许英国舰队寄居香港岛。英国人随即占领了整座岛屿。一个月之后，战事再次迫在眉睫。无论琦善如何巧舌如簧，他也无法将一部分中国领地让给英国，而且，他无法再让天子相信夷人已经被打败。于是，他再次拉开战火，这样的出尔反尔立即招致反击，英国舰队再次进入广东，3 月 15 日，广东外围全部处于英国控制之中，同时英国缴获一百门大炮，摧毁若干艘战艇，击沉大量商船。就在英国军队看似必胜无疑时，义律和帝国特使又一次达成停火协议。我毫不怀疑，能够达成这些协议的私下考虑都是担心战争中止了四百万英镑的中英贸易。错综复杂的利益关系形成一个特殊的局势，从未有国家出现过这种情况：两个交战的国家停止战争，以便让他们的商人有时间做交易，而一旦交易结束，便即刻操戈开战。”[①]

果然，休战刚开始不久，皇帝便下了圣旨，封号靖逆将军的奕山奉命剿清番鬼，倾向降和的琦善被革职，由主战派鞑靼官员顶替。一切准备就绪，再次开战已刻不容缓。皇帝每天都到太液池湖畔的紫光阁观看武科学士练习骑马射箭。不久后，大将军就将出征告别，林琛受命陪同。平西是林琛随从，参加了送别会，是在宝座大殿。大殿前有一个平台，摆放着九座铜台，用于文武百官下跪朝拜。每个铜台上刻着官品，东侧为文官，西侧为武官。“这是我第一次有机会端详道光皇帝，他身材高挑，瘦颀，皮肤晒得很黑，面容庄重慈祥。在他身边，‘黄腰带’和‘红腰带’、帝国的达官贵人、文武百官排列成行，气势辉煌。国学院的一位发言人高声诵读皇上圣旨。随后，在锣鼓和军号的嘈杂声中，跪在丝垫上的奕山接过圣旨、缰绳、孔雀羽毛和其他礼物，这些赏赐算是皇帝对他此行的提前致谢。”[②]晚上，在西苑举办一次模拟庙会。

第二天林琛和平西参加大将军在首都东南部的平原举行的阅兵式。阅兵后第三天，他们出发前往南京。在途中听说1841年5月21日和22日英中两军再次开战，中国军队用防火小船进攻英国舰队，小船全部被摧毁，另有四十到五十艘战艇被击沉。持续三天的战役之后，英国人几乎已经成了

① 参阅本书正文第384—389页。

② 参阅本书正文第390—392页。

广东的主人。这座城市的“广州府”（市长）愿意给“番鬼”六百万元，请他们撤出广州河。番鬼接受了这一建议，虎河的交通恢复顺畅。不过，英国人依然占据香港。这些消息使他们停留在南京，也让林琛勉强同意了一项平西曾多次向他建议的计划。平西建议他悄悄与英军统帅取得联系，以便适时争取和平，使谈判较为容易。于是，林琛派了一名最忠实的侍卫前往广东假装落入番鬼手中。在侍卫的衣服里藏着一封信，既作为护身符，同时可以取得英国军官的信任。直到10月中旬，也就是说四个月以后，平西才再次见到他的信使。他交给平西一封伦敦同窗帕特里克·多诺凡的密件：“我已经向陆军统帅郭富勋爵转达了您的请求。虽然这场战争没有多少危险，但也不应该长久持续下去。因为耗费的钱财已经影响了我们在印度的军事实力。因此，只要中国提出合理的协议，开放贸易港口，允许外交使臣驻扎，或再加上一笔战争赔偿，我们将会很快签署。所有促进协议签署的事情都对他们的国家有利！上帝保佑您，亲爱的岱摩！”① 平西立即将这份翔实的叙述交给林琛，竭力让他看到未来的希望。他随即给皇帝写了一份奏折，请求返回北京，尝试让朝廷接受他的讲和倾向。皇帝同意了。于是，1842 年 2 月，他们启程返回北京。

广东的停战协议未能改变皇帝的大臣们的固执，局势日

① 参阅本书正文第 410—412 页。

趋严重，1842 年 5 月英国舰队再次进攻，沿着洋子江北上，占领了乍浦、美丽的城市吴淞、小城宝山，和不愿支付赔偿金的上海。自后，虽然遇到抵抗，但还是攻破了镇江府城门。皇帝命令林琛参加全权代表团与英国统帅交涉。代表团成员的名字将载入史册，他们是：林琛，广东水师统帅、皇帝的侄子耆英，前总理大臣、乍浦总兵伊里布，江苏、江西省总督牛鉴。8 月初，林琛和随从平西与代表团会合。当时，英国人占据着镇江府和皇帝过去的行宫金山。英国人宣布将进攻四十英里外的南京。沿途，他们还将攻占帝国大运河，让国内贸易陷于瘫痪。8 月 4 日，卡里奥普号舰艇堵住江口，另一艘普罗塞宾号汽船堵住运河口，阻拦一切船只通行。7 日，舰队海军士兵攻破南京城门。8 日，帝国的第二座大城市落入英国大炮控制之下。8 月 30 日，和平协议在皇后号上正式签署。皇帝的黄旗挂在高高的旗杆上，表示彻底停火。本书结尾，作者 E.D. 福尔格（老尼克）借英国番鬼平西的笔墨这样写道：

我总是能够记起一生中最幸福的这一天。梅杜斯号汽船来岸边接林琛和我，将我们带往军舰。两位英国海军统帅和很多穿着制服的军官在军舰上迎接我们。帕特里克·多诺凡也在英国将军们的随从中，不消说，看到这位年轻时的好友，我是多么高兴。……大家都知道，条约对英国很有利，洋银两千一百万元的赔偿，分四年交清，香港的所有权，广东、厦门、福州、宁波、上海五个港口的自由出入权。最后，还有释放战俘，饶恕所有与英国军队有关系的中国人。协议签署的当天晚上，我向林琛辞行。我渴望再次见到我的国家。我已经获得允许，随奥克兰号回英国。奥克兰号将把这份珍贵的和解协议带回英国。我的朋友帕特里克是这艘船的医生。

在与我的老朋友永别之前，我和他在岸边，借着明亮的月光，进行最后一次交谈。整个城市一片寂静。只有英国舰艇上，水手们在一起唱歌。胜利的欧洲似乎在嘲笑战败的中国。

看到这幅景象，林琛似乎很忧伤。“您了解您的同胞，”他对我说，“您觉得今天的协议是一项真诚长久的协议吗？”

“是真诚的，”我回答说，“至于长久，您能够预见到。如果皇帝能够忠实履行被迫签署的条约，英国就没有滋发事端的机会。但是英国再也不会忍受任何侵犯贸易利益的事情。没有人知道中国人是否会一天天、一点点地悄悄收回今天签订的那些优惠。您难道没有想过，这可能是中国人日后最希望获胜的使命？”

林琛根本不想回答这个尴尬的问题，只是摇了摇头，叹了一口气。

我接着说：“帝国政府软弱无能，不久以后，对老百姓和外国人来说都将不再是一个秘密。难道您不认为有必要发动革命吗？您不认为至今仍统治着中国的黑马民族，虽然曾经战胜过这个人口众多的民族，但已经不能再无视这个民族了吗？”

老人又一次叹息，没有回答。

我继续说道：“不过，任何一个欧洲民族都没有能力长期战胜天朝上国。政治野心不能统揽如此广阔的疆域。贸易利益仅限于开放市场，固定关税，保证代理商的安全问题。有一种思想，会让你们再次受到番鬼的入侵。”

“老天啊！”林琛打断了我的话，“这种可怕的思想是什么？”

“就是让你们接受我们的宗教思想，在您的民族中宣传基督教。”

这时，这位无神论官员轻蔑地笑了。看来他并没有完全明白我想要说的话，他从不认为他的国家会经历一场不同信仰的战争。帕特里克听见我们的交谈，虽然听不懂，但是他被林琛的笑激怒了。依然为英国胜利而极度兴奋的帕特里克，突然大喊了一句：

“总之，中国是开放的。我们等着瞧！”

林琛问我：“你朋友说了什么？”

我试着传达帕特里克的想法，尽量掩饰他话中带着的威胁。

这一次，林琛又笑了，而且带着一种强烈的嘲讽口气：

"中央之花，"他说道，"不会在第一场暴风雨之后就开放。"

这就是他最后的告别。第二天，我启程离开。在这位好心的老人的目送之下，在他的祝福中，我心满意足地离开了。

如此，林林总总，在福尔格看来，欧洲人必将进入中国，这是无法避免的。亦如法国学者所说："每天一点点地前进，最终，欣欣向荣的西方文明注定将推翻围绕着中华帝国的古老藩篱。我们已经可以感觉到这种来势汹汹的入侵和薄弱的抵抗。怎样才能战胜三万万人的毫无生气的抵抗？怎样才能改变政府根深蒂固的专制？观念和语言的艰难传播需要多少时间？肯定没人能回答，但这也肯定是西方列强领导人考虑的重大问题之一。"而亚洲"入侵"欧洲，威胁那些至少可以说是经济侵略的战胜者，这是1844年人们担心的事，最悲观的人甚至觉得是"黄祸"。福尔格认为欧洲入侵中国必不可避免，但同时他也觉得入侵并非易事，是一场长久战。他有理由如此预计，持这样的保守态度。在《开放的中华》的结尾，作者借用英国番鬼和那位媚外的中国高官林琛的谈话，表达了他的想法。英国医生帕特里克轻率地说："总之，中国是开放的，我们走着瞧！"这位天朝老人林琛笑了："中央之花，不会在第一场暴风雨之后就开放。"很多传教士恨不得血签《南京条约》中的开放要求。《开放的中华》透露了福尔格有些操之过急的夸张结论。六十年之后，人们仍然可以低调地说“开放的中国”①。

或许，这正是《开放的中华》的价值之所在。E.D. 福尔格精心构建的这部独树一帜的游记，的确是应当时中西关系之时代风云感召，机杼独抒的一部“应景”的书——应鸦片战争时代的“应景”之作。作者在这部游记中，放飞想象，挥洒笔墨和天才，对鸦片战争中日薄西山的大清帝国的政治、经济、军事、外交、教育、文化、文学、语言、历史、哲学、宗教、法律、医学、地理等诸多方面，进行了百科全书的想象和描写，塑造了一个被否定的、邪恶的中国形象。呈现于读者受众面前的，是西方 19 世纪最终落实定型的否定的负面形象——鸦片帝国形象。E.D. 福尔格对晚清中国的描述给人的感觉基本上是近距离观察的结果，尽管其中也不乏对历史的插叙和评论，但已经基本上没有早先伏尔泰等欧洲思想启蒙家那种对古老中华的理想的赞誉和热情的想象了，作者的所见所闻，所思所想，更多地是借鉴了那些来华的传教士所撰写的有关中国的书籍，包括汉学家的著作，因而显得比较客观和理性。作者没有在中国实地考察的体验，要多角度想象晚清中国的社会风貌，自然要对以往欧洲，特别是法国的和在华的传教士汉学家和经院汉学家所撰写的有关中国的书籍进行认真的研究，从中吸取大量的精华。书中所涉及到的

① 参见勒内 · 皮农（René Pinon）、让 · 德 · 马西亚克（Jean de Marcillac），《开放的中国》（*La Chine qui s'ouvre*），巴黎，迪迪埃 & 谢出版社，1900 年版。

政治、经济、文化、文学、语言、历史、哲学、宗教、法律、教育、军事、外交、医学、地理、妇女、儿童等领域的内容无疑是众多前人研究的成果，倘若一个人仅凭一次旅行就能写出一本内容如此丰富的反映晚清中国的百科全书，是难以想象的，不可思议的。作者视野的开阔、知识的渊博不能不令人敬佩。而以游记的形式表现如此丰富的内容，让读者跟着主人公的历险旅途饶有兴趣地“旅行”，如果没有文学家非凡的想象力和巧妙的艺术构思，又何以能做到呢？但也正因为想象力的非凡，许多道听途说的传闻，也当作实际描写下来，颇有镜花缘的笔调，大概作者当初也没有想给中国人看，欧洲人的浪漫主义在游记中因而也就难免露出破绽，最明显的莫过于平西参加乡试而通过作弊获得第一名。我们知道，中国古代科举考试是非常严格的，对作弊的处罚也是很严厉的，不仅有牢狱之灾和杀头之罪，甚至会株连九族，即使到了晚清道光时期也还是很严格的。平西仅凭高官林琛的信誉和一个中国秀才的帮助就作弊成功并获得第一名也太容易了，况且还是一个蓝眼睛的外国人。当然，这如果作为小说的虚构是可以的，也并不影响人们对晚清科举考试制度实质性的了解和认识，倒是增强了读者阅读的兴趣。

总而言之，老尼克的《开放的中华》这部想象晚清中国的游记，既可以把它作为一部历史书来读，也可以把它作为一本文学作品来读，甚至把它作为一部学术著作来阅读也未尝不可。介绍到今日之中国，敬献于我国海内外广大读者受众，无疑具有无可取代的东西方文明互鉴的镜像意义，它不仅是那个特定的时代，也是今天和以后中国人观照自己形象的一面不可多得的镜子。

2022 年 11 月 23 日凌晨，

于卡塔尔世界杯如火如荼之际

南京秦淮河西跬步斋

保罗－埃米尔·多朗·福尔格

作者简介

保罗-埃米尔·多朗·福尔格（Paul-Émile Daurand-Forgues），1813年4月20日出生于巴黎，1883年10月22日逝世于戛纳。法国作家、记者、文学批评家，以笔名老尼克闻名。1830年左右初入文坛，在《宪章》发表连载小说之后，他以笔名老尼克在《商业报》上发表评论文。自此，老尼克的笔名沿用下来。后来，他先后于《巴黎评论》《两世界评论》《画报》《国民报》担任编辑。痴迷英国文学，长期为《英国评论》撰稿，亦有多本著作问世，如1841年出版于巴黎的《人生的小不幸》、1844年出版于巴黎的《开放的中华》、与阿道夫·若阿纳（Adolphe Joanne）合作翻译的德斯伯勒·库利（Desborough Cooley）的《旅行通史》、《德·拉·梅内先生著作集》（1856）等。

目　录

开放的中华

书生平西之游记

秀才治学

番鬼游北京

附　录

开放的中华

莫菲·岱摩的信

致唐玛纳堡的帕特里克·多诺凡

眼科医局，广东

183……年5月

我亲爱的帕特里克，已经整整六个月没有给您写信了！您尽管责备我吧。在我内心，我总能听见您的责备，至少也能感觉到。可是，我真的无法给您写信。我险些丢了性命，多亏一位令人尊敬的人救了我。您无法想象当时的情形，更无法想象他如何神奇地救了我。现在，这位救命恩人请求我抽出几天时间，帮助他的无私仁慈的事业，我如何能够拒绝呢？又怎么能够从这几个白天，这几个夜晚中抽出一小时，

商　船

哪怕是一分钟给您写信？您会理解我的，我是因为感恩才如此吝惜时间。

您要相信我，要不是如此忙碌，我一定早就忍不住向您细述发生在身边的奇迹，这片独一无二的国度里的奇迹。

我想，我一生都会记得这一天。那是自从上岸以来，我的救命恩人兼向导、尊敬的彼得·伯驾神甫第一次允许我登上医院的屋顶平台。当时，我仍然很虚弱。羸弱的体质让我觉得外面的世界仿佛具有一种奇幻的力量，眼前的一切依旧像是多日高烧引起的浮光掠影般的幻觉。

请允许我详细描述这一切。医院位于一座旧商栈，丰太行七号。我站在平台，眼前是天朝帝国的一个小城。在这儿，天朝帝国患得患失，下令封闭了欧洲的贸易。那是一个早晨，清新的和风吹拂着商行门前四根大旗杆上的英、法、美、荷兰国旗。不远处是一条河，和流经伦敦威斯敏斯特区的泰晤士河一般宽。河上停满小船，密密麻麻，几乎无法通行。不过，慢慢地，我的眼睛习惯了这种表面的混乱，这一片密集的景象中，我看到了一种完美的对称。河船的两侧留出一块空间用于通行，纵行排列的海船也在船体之间留出足够的水道。在这座城市的水上小道上，兜售食物的货郎驶着双桨舢板，吆喝着穿行而过，如同贡多拉小船，只不过威尼斯的河水源自亚得里亚海，清澈得多。主航道的中央停着一艘来自印尼巴达维亚的大帆船，竹制的桅杆上悬挂着草编的船帆，甲板上一幅奇特的杂乱景象，男男女女拥挤不堪，混着猴子、鹦鹉、锦鸡、狸猫和极乐鸟，更有不时穿梭其间的小贩。一个女人站在船头大声指挥着水手，她是这艘奇特海船的船长。

我注意到，虎河上的很多船只都是由年轻女孩掌舵。她们穿着轻便的衣裳，一眼就能看出是女孩，但是艰苦的体力活使她们过早地有了健硕的肌肉，蓝色的长裤下露出赤裸的双脚。这可是连鲁本斯也不敢画出的景象。通常，她们的轻舟只是一种出租车，有时也同时是出售橘子和香蕉的流动商贩。我一眼就看到了一名女子，正在遭遇卑鄙的作弄。她奋力挥桨，划向一艘载着六个到八个英国水手的船。水手招呼女子过去，可等到警觉的女子匆匆划船过去的时候，他们又忽然驶船离开。这个不想失去好买卖的可怜女孩，成了水手们逗乐的对象。相同的把戏重演了两三次。看着这个中国女孩费尽全力地追赶，真让人感到怜惜。她的头饰掉落身

边，蓑衣也从肩膀滑落下来。最终，她明白了，愤然地丢下桨板。我看见她做了一个愤怒的动作，诅咒那些奸诈的外国人。“番鬼”(fan-koueï)，这个词出现在所有的咒骂中，无数次在我耳边响起。就在这时，我恍然明白了它的含义。“番鬼”，字面意思“外国的魔鬼”，指的就是欧洲人、蛮人、所有人的敌人。当番鬼的船驶过通常不设防的中国边界时，好奇的而且往往抱有敌意的人群立即跑向岸边，跑上甲板。母亲们指给孩子们看，告诫他们要蔑视、仇恨这些蛮人。我保证，孩子们会牢牢记住这些过早就开始的教育。

赤膊的小男孩皮肤晒得黝黑，在简陋无比的舢板上爬着。天真的我不由得担心他们会落水。其实，很可能他们一天落水二十次。曾有无数次，小男孩们对我致敬的手势是一只手抓着初生的辫子，另一只手划过脖子！他们让我感觉到，要是冒冒失失地信任中国政府的话，我的脑袋就不会在脖子上待太久。真是友善的孩子！可是，如果看见这些可怜的小家伙脖子上系着一个葫芦浮在水上，慢慢地顺水漂走，怎能不产生怜悯！他们早已经窒息，双臂张着，眼睛闭着，就像在睡觉。上帝啊，为什么我总是看到这样的情景！

亲爱的帕特里克，难道您不佩服我，这么轻而易举地跳转话题？现在，我请您跟随一位康复期病人离开医院的露台，您将和一位冒险家违抗道光朝廷的严格禁令，冒险航行在内陆运河上。难道您不希望我继续完成我的描述吗？那么，就听我慢慢道来。

这座船只的城市沸腾着千万种声音。时而一响鞭炮声，因为中国小孩都是绝顶的烟火玩家，时而一阵敲锣声、吹号声、打钹声，因为中国人都是疯狂的音乐家。还有小贩们的大声叫卖，每个行当都有自己的吆喝。天朝帝国的士兵，这世界上最可笑的士兵，正在附近的堡垒练习射击，浪费着大量质量低劣的弹药。

我的耳朵刚被这种喧闹震聋，眼睛又被身边五颜六色的缤纷色彩给迷住。您瞧，那儿划来了一艘金色的小船。那是一个中国贵族，也是当地的乡绅，正进行早间巡视。他慵懒地坐在华盖下，神情傲慢。请仔细端详！他的手从长袖中伸出来，您可以看见，那双手胖乎乎的，留着奇长的指甲。他一脸倦怠，却煞有其事地摇着折扇。扶手椅边的茶几上摆着茶。他小口小口地呷茶，姿势极其放荡。所有这些细节，尤其是那双白皙的手，显露着这一阶层的特点。就在这时，您的眼睛又被红白相间的船吸引住了，这些船排列成行，犹如随时准备扬尘飞奔的战马。其实，这只是一些刚从造船厂驶出，即将迎接大海考验的帆船。船体粗大笨重，船首画着大而圆的眼睛。眼睛赋予船某种生命力，变成了人类为了航行而不得不征服的巨鲸。更远处停泊着红黑相间的战船，船尾高高翘起，船体四周悬挂着大炮盾牌，绘着许多奇异的神怪。这些面容可憎的鬼怪是胜负难测的战争的守护神，面目狰狞，瞪着喷火的眼睛，张着血淋淋的魔爪。

只有荷马那样的天才，才说得清这条大河上穿梭往来的所有船只的名字。海关官员的官船，在黄埔卸货的运输欧洲货物的平底驳船，荷兰的双桅平底船（船上有一名翻译和几个行商派来检查货物的职员），国内贸易专用的没有装饰的沙船，维持治安稽查走私的官船……

官船是这个国家船舶建造的杰作，其他国家可能都无法媲及，至少就其典雅精美的外观而言。远处看去，官船如同一只停泊水面的美丽昆虫。船身底部漆成白色，上部漆着一种绝妙的云青色，船身两侧各开有三十扇椭圆形小窗，镶着亮红色的窗框，窗户里伸出无数白色船桨。这些船桨不会缩回船内，不使用时垂在船体两侧，就像一条疲惫的鱼身上的鳍。

甲板是坚硬结实的木板，经过精心的清洗，木板呈现出

官　船

自然的光泽。水兵们懒洋洋地蹲着。军官则躺在船头的一块席子上，悠闲地抽着马尼拉的方头雪茄。

他一副慵懒的神情，穿着绣花缎和云纹绸的官服，裹着一身堆起的褶皱，看不出丝毫军人应有的英勇气魄，却指挥着五十名士气更加懒散的水兵。烈日炎炎，水兵打着赤膊，戴着像筛子一样的草帽，手持盾牌。我刚提到过，盾牌上绘着鬼怪，一杆带竹柄的长矛。大敌当前的时候，全靠这些盾牌来抵御。或许，我的这番描述，让您的眼前呈现出一幅有些野蛮却也颇有威势的景象。

水兵和长官占据了船上有遮挡的位置。他们的头上是一个轻巧的圆形顶盖，由四根细长却结实的木杆支撑着。这可是真正的木制小阳伞，月牙形花边，漆着金色和朱红色。如果碰上炎热难当或是大风浪的天气，他们就在顶盖上铺上大片大片的稻草席，像乡下的茅草屋顶那样叠放。顶盖的内部装饰着绘画和铭文。

船帆是两根桅杆悬着的三角席，每个端角都挂着金色或五彩的球饰。船头一根旗杆作为前桅，挂着一面正中印有红色大字的白旗。

这些战船很难给人一种好战的感觉，我差点忘记船上还配备着两三门轻型长炮。仔细观察就会发现这些长炮其实只是随意摆放在甲板上。炮筒上铺着五彩的装饰，挂满织物和流苏，整座长炮几乎就藏在四周高高竖起的丝绸旗子里。有些旗子甚至就临时系在了这些致命武器的膛口上。这真的会让人把长炮误当作新奇花哨的道具。人们告诉我，这些长炮是生铁制的，做工粗糙，所以才套上了这样的奇装异服。当然，我无法查证这种说法的真实性。

这就是中国的官船。它在水中航行，船桨划开水面，燕尾旗随风飘动，花花绿绿的船顶反射着阳光，水兵们无所事事，长官昏昏欲睡。看着这样的船只，您只会猜想是花船，来给某次帆船比赛助兴，或只是进行一次和平的海上巡游。然而事实上，船上的这些人是蛮横的官员，或者礼貌地说，他们是督察，是河道上的宪兵。走私船（也叫作“蜈蚣”，因为装有无数的船桨）一看到官船就躲藏起来，或者飞逃而去，不想冒险开战。船上的漂亮女人也不再冲着番鬼笑，而是立即消失在席编篷顶下。各种争执，各种冲突都缓和了。各种不合法的声响戛然而止。因为，只要一个理由，甚至常常没有任何理由，长官就可以随意下令惩罚，或罚款，或没收充公，甚至可能罚棍责，总之，可以动用各类欺压手段。要是您让这些可怜人帮忙办一件有可能会连累到他们的事，他们会用蹩脚的英语对您说“Mandarin squigie mi”，意思是“满大人会碾死我”。因为他们早已被长官敲诈了无数次，仅仅因为轻微的或根本无中生有的违章。不过，虽然口口声声拒绝，其实并非不可商量。如果您愿意支付酬金，让法官和犯人都满意，那么，很少有中国人会抵住诱惑。只是这样一来助长了法官的贪婪，手下人蓄意违法的价格变得相当高。

现在，请您将视线从广东前方的这条河，从这座船之城，转移至外国商行区。您将会看到另一个毫不逊色的奇异舞台。

下次再向您描述吧。

毫不逊色

183……年 5 月

想象一下，在这个世界上地域最广袤的帝国的一角，在一座有着一百万居民的城市，一片满是泥浆的冲积地，大约方圆五百米，或许地层厚度也为五百米。在那儿，竖着三排朝南的房屋，对着一个朝向河口的小街心广场。您会认出，这是中国宽宏大量的皇帝特许蛮族商人暂时居住的地方。每年，蛮族商人带着一千五百万到两千万英镑的货物前来进行贸易。

不过，他们在地球的这个角落并非可以永久合法居住。每年初春，当大部分的船只已经启航，朝廷便下达诏书，命令番鬼返回澳门。贸易的季节已经结束。以前，广东省总督严格照章办事，诏书一到就即刻驱逐番鬼出境。现在，由于特殊恩典，番鬼获得了某些特权，可以不必离开。这种特权必须购买，不仅是用黄金，还必须付出彻底放弃温暖家庭生活的代价。不得有任何欧洲女人出现，因为她们的出现会玷污天朝帝国。中国的大门在我们这些友善的同胞前紧闭，就像天堂之门在一部分最漂亮的美人前紧闭一样。按照圣书上所说，美人们除非改变性别才可以进入天堂。您或许能够明白中国禁令的真正动机，他们试图借助所有想象得到的手段，阻止蛮人最终在帝国的领地上定居，即使是极少数蛮人也不可以。他们知道，蛮人一旦定居下来，不久就会扩张势力。印度就是一个例证。既然无法彻底摆脱这些烦人的来客，至少要引起他们对定居的反感。

一切都是基于这个原则。如果您看到这块指定给番鬼的地方到处是泥浆，没有铺路石，没有修缮，没有绿色草坪，您无须惊讶。这块地经常被水淹没，四处是沼泽，大部分房子不得不建在桩基上。屋子必定很脏，一幢紧挨一幢，潮湿，不通风，也没有阳光，屋里挤满人，堆满食物。所以，如果觉得这样的日子很痛苦，觉得受到死亡的威胁，那么，面前就是通衢大道。走吧，出境许可证的“红牌”随时为您备着。必要时，中国官员会护送您直到海边，向您致以军礼。对离开的人厚礼相待，对来客铁栏伺候。一句话，这就是中国人的待客之道。

您可以据此判断，商行区的广场绝不是一个美丽怡人的散步之地。然而，没有更好的选择，欧洲人只能住在这里。在这个国家，每个人都没有自己在阳光下的一块地方，欧洲人也不能期待拥有任何特权地，哪怕是小小的一处地方。而且，您还必须想到，即使有了自己的地方，也会挤满了当地人。

通常，欧洲人居住地是一幅糟糕透顶的景象。到处是水果贩子、剃头匠、江湖郎中、扒手、轿夫或搬运工，他们匆匆忙忙地穿梭而过，或是围在货摊和杂耍场子边大声喧哗。在露天集市里，至少有十二个这样的缴租摊位，一个紧挨着一个，占据了广场的一侧。令人惊讶的是，那些专门掌管风化德行的官员对任何有可能引发丑闻的事情格外严厉，却能容忍公开的杂耍。这是最令人厌恶的场面，您花一个“钱”（比英国便士便宜得多的钱币）就可以看到。在广东，甚至在帝国的任何一个地方，下级官员并非一成不变地秉公职守。到处都存在可以商量的交易，金额最高的贿赂算不上是最不知羞耻的行为。

我刚才向您提到了剃头匠。这里到处都是这类讨厌的家伙，比其他任何地方都多。我的眼前总是不时晃过一个个光头，也表明了这种职业蔓延之广。剃头匠通常是到处游荡，随时随地提供服务。他们就像希腊的智者一样，随身挑着全副家当。您瞧，那儿大步走来了一个矮个男人，肩膀上挑着一根形状奇特的竹竿，一头挂着一个生铁炉子，另一头吊着一个木头矮凳，腋下夹着一个匣子。这就是剃头匠。他敏锐地搜寻到一个顾客，立即不拘礼节地招呼他，这招往往都能奏效。于是，我们的这位剃头匠把矮凳摆在地上，在炉上烧起水，拿出剃刀、脸盆、夹子、一种金合欢花形状的耳刷、角质的耳挖、铁制的指甲刀、“眼珠”（象牙柄上镶着的一颗珊瑚红的珠子）。有时会有一种特殊开场，就像是引导病人进入将要忍受的手术中，也就是我们所说的“按摩”。剃头匠蹲在顾客面前，握住他的手，轻轻地按摩肩膀，比画着魔术师的手法。很快，无疑是在按摩的魔力作用下，顾客闭上了眼睛，即使不算沉睡，也是昏昏欲睡。就这样，昏沉沉的脑袋听任剃头匠的摆布。他娴熟地操着三角形的剃刀在脑门上游走，刀背很厚，因此刀身很重，相当容易操作。他的重大使命就是让顾客的脑门彻底洁净，无可挑剔的光滑。中国人的胡子和髭须一般不很浓密，无须天天打理。辫子比较费工夫，要清洗头发，编成辫子。如果顾客睡着了，他要小心翼翼地摇摇顾客，叫醒他。接着是眼睛和耳朵的细致修整。最后，这个中国人站起来，付钱，把座位让给另一个幸福的大汉子民，轮到他在流动剃头匠的阳伞下沉睡。

和陆地上一样，河上也有剃头匠。从这艘船的客人到另一艘船的客人，有时也在自己的船上提供服务。我曾经见过一个这样的水上理发师，轮流应付两种活计：一边给客人剃头，一边高声招呼另一个客人，同时划船向他驶去。我们那些最不苟言笑的审判长，见到这副滑稽可笑的场面也一定会忍俊不禁。

在我们即将离开的这个地区，（真该死，我总是这样心血来潮地跳转话题），最常见的四处游荡的人并不是最忙碌的人。在商行的墙脚边上，沿着南面的墙边，一排无所事事的穷人贴着墙躺着，晒着太阳。他们穿着南京土布做的宽大长裙，肩膀上已经破破烂烂，沾着泥污；浑身散发着一股哈喇味的恶臭，脏衣服上独特的“香气”就像腐烂的大蒜味。除了赶走干瘪的脑门上嗡嗡作响的苍蝇，从未看见他们做别的事。而且我敢说，他们吃的就是身上的那些寄生虫。至少我不止一次看见他们神情自若，嘎吱嘎吱地嚼着小虫，这些小虫一定刚刚叮过他们。这是最严厉的以牙还牙的报复。

要是您给法妮小姐念这一段，她一定会感觉到愤慨，一定不会原谅我描述这些粗俗恶心的细节。但是，如果我寄给您一盒叫作“燕窝”的著名甜点，您那位可爱的妹妹即使不是因为贪吃美食也一定会因为好奇而品尝。然后，应该告诉她这种昂贵的罐头是什么做的吗？是否应该旁敲侧击地告诉她罐头里这种明胶状的东西其实就是金丝燕（一种大燕子）消化后吐出的海草渣滓？不，当然不可以告诉她。那些中国无业游民比我更不会在乎她的感受，一定也会这样比较，而且不幸的是，他们得出的结论几乎是完全正确的：所有菜肴的烹制都是相似的。

马奎克可不愿接受这种令人懊恼的现实。他可是广东的罗伯特，广州的索耶，广州的瓦泰尔，广州的维利！[①]开在商行区小街上的那家饭店兼咖啡馆兼桌球房的旅馆就属于他。既然我已经向您介绍了商行的广场，那么就必须说说他，还有他的竞争对手圣福特和马克斯开的店。这两家店十分相似，院子一样狭小，房间一样简陋，中国仆人一样的冷漠、无表情、无所事事。屋里挤满了仆人，却只有一人招呼客人，其他人看着他忙得晕头转向，却没有抬根指头去帮他。就算专门伺候您的仆人，顶多只是稍稍在意你，灌满水壶，摆好剃须用的镜子和一条毛巾，而任何恳求和威胁都不能让他为你拿块香皂。

---

① 罗伯特、索耶、瓦泰尔、维利均为英国皇室的名厨。——译注

我请您注意这幢中式房子右边阳台上的那群抽烟的年轻人，他们朝广场投掷残羹剩饭，以此为乐。仔细瞧瞧他们身上做工精细的绉绸袍子，圆锥形的无边帽，帽檐前方镶着一颗大珍珠，玉搭扣系着腰带，每人都挂着一只绣花零钱袋，装着两只瑞士手表，挂着散发香气的念珠，穿着英国棉布裤子（比丝绸裤子更受欢迎），靴子的鞋底有靴子一半高，由一指高的厚纸板做成。您看到的那些悬在腰间的挂件不是您所认为的武器。悬在珠链末端的长针不是火器的通针，只是牙剔；丝绸套子罩着的不是涂着毒药的波刃短剑，而是南京香布做的折扇；金线缝合的皮袋不是弹药盒，而是装着火石的打火机盒，全是用来点烟袋的；那个小袋装着的根本不是火药，而是烟丝。中国政府明文规定，禁止中国人在和平时期携带武器。

这时候，一阵争吵声将你的目光吸引到猪巷（新豆栏街）一侧的广场上。不用说，肯定又是哪个大力水手喝了“三神

酒”，醉醺醺地在闹事。

我们这些钱袋装得满满的水手，一上岸就一定会来这里享受一番。“猪巷”这个名字，一定是这些享乐主义者根据他们在那儿的生活起的绰号。此时，小酒馆的老板，那些当地的骗子，纷纷从茅屋里涌了出来。他们敏锐地观察水手们对他们的信任，适度地表现亲热，热情地招呼这些憨厚的水手。他们从来不会出错。有时扮作老友，一个我们的水手根本想不起来的朋友，热情万分地抓住水手的手。有时是陌生人，他为了结识我们的水手，请他去喝几杯三神酒，让我们的水手感到受宠若惊。小酒馆很干净，英文招牌挂在中文店名边上。店名往往是某种友谊的别称，大家都认为是那些英国顾客送给店主的。怎么能够不在乎一个被称为“好人汤姆”或“好人杰米”的中国人呢？水手走进店里，坐下来，喝杯三神酒。这一杯三神酒事先被好人杰米下了强力迷幻药，只要一满杯就足以晕头转向。于是，大力水手愤怒无比，他高声诅咒，左右摇晃推搡，而新朋友们不动声色地候着，

甚至有人还手推他。渐渐地，亵渎神明的诅咒变得模糊不清。大力水手开始语无伦次，行动迟缓，眼神恍惚。最终，我们的水手睡着了。那些中国人不慌不忙地翻掏他的口袋。等他醒来时，他已经独自一人在某个空荡荡的院子里，躺在一堆肥料上。他愤怒气恼，可又不知该责怪谁。于是，身材健硕的番鬼晃晃悠悠地走回港口，随时准备将一腔怒气发泄在第一个和他说话的异教徒身上。不幸的是，他身边是一个以谦逊稳重的作风、事不关己高高挂起的做派而闻名的民族。人们纷纷散开，给他让道，任他大声叫嚷着走过，没有人会搭理他。要是他踢散了摆放在某个和气小贩跟前的一排蔬菜，小贩会好言好语地用中文告诉他，他的举止应该受到指责。如果他固执己见，小贩会停止无用的说理，快速地将打乱的货物摆放整齐。对他来说，这个昏头昏脑的外国人只是一头危险的动物，应该及时弥补损失，根本无须尝试让他冷静下来。

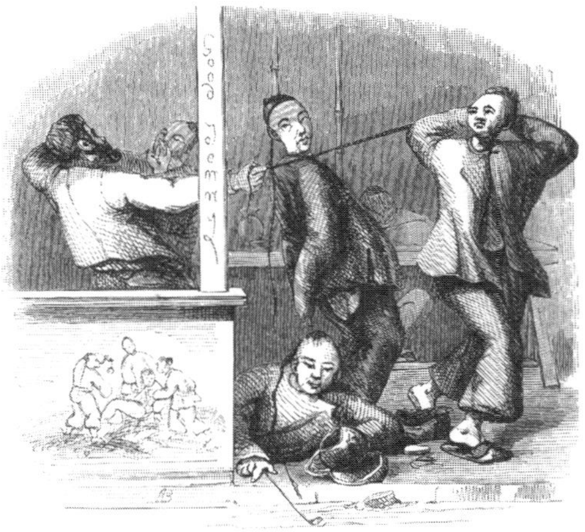

淘气的顽童一边跑一边叫着："番鬼来啦！"小孩们拿他逗乐，就像看小丑的鬼脸一样。水手只要一个动作，小孩们立刻跑散开，可是很快又聚拢回来，一边笑着，一边拍着手。如果他身上还剩下一点钱，有些小孩甚至会试图骗他。上帝保佑您，千万别在夜幕降临后穿过我向您描述的这个广场，因为在那儿，您会看到三十来个同胞兄弟，有的喝醉了，呼呼大睡，有的吼着猥亵的调子，围成圈跳着舞，剩下的人则靠着墙，垂着脑袋，晃着胳膊，眼神迟钝。

我们曾经试图关闭这些卖三神酒的铺子，这个举动最让外国人开心。外国人都是些蛮人，才能有幸成为天子的优秀子民下药或偷窃的目标。

毫不逊色

星期天

有一天，伯驾先生的一位助手突然上门，请我即刻前往候诊室。在候诊室，我见到一位行商。在我康复期间，我曾在他家吃饭。这位威严的商人是公行的首富之一。这一次他受一位大人物之托，来向我们呈送一份禀帖，一开始他没有说出委托人的名字。禀帖用中文书写，文末附英文翻译。以下是这份禀帖的内容：

吾有一女，年方十七，患眼疾。谨在此陈明一切状况，恳请指教。小女眼内有“障”（白内障），乃五六岁上一次腹疾遗留之后患。此“障”覆盖全眼，令小女近乎失明。虽多方寻医问药，仍无法辨识强光与日光。瞳孔或未患疾，仅因一层“白障”（白内障）遮盖。久仰伯驾医生大名，实为华佗再世。望能医治小女眼疾，摘除白障。即便日后无好转，吾仍感激不尽。小女不便前往医局。恳请告知是否非此不可。但求片语回复，不胜感激。

在我到达之前，伯驾医生已经得知这一出诊请求，婉言谢绝了。我们必须严守院规。女人们，包括那些上层社会的女人，已经慢慢地适应了到医院就诊的习惯，如果她们知道我们为某位女人违背规定，那么所有人都想在家中接受治疗。

进门时，我听见尊敬的神甫说：“我真心感谢行商们对医院的帮助。我不会忘记，你们的总商浩官是我最重要的捐助者之一。为了感谢您，我同意让我的第一得力助手，”他指着我，“负责这次治疗。如果他愿意，他可以到您朋友的家中治疗。”

这位行商站起身，用中国的见面礼节向我致意，即所说的“请请礼”，双手互握，举至胸口，做一个像传教士一样的动作。

然后，他说，他将如实传达这番答复。

第二天，广东海关监督的翻译带来了口讯，他奉提督林琛之命前来向名医伯驾先生致谢，并接受他友善仁慈的帮助。

“提督大人已经察看黄历，本月十二是手术的吉日。届时恭候尊敬的欧罗巴才俊良医。”

亲爱的帕特里克，这位尊敬的欧罗巴才俊良医指的就是我。我承认，虽然有些担忧，不过我还是期待月历十二日即下个周二的到来。

这封信开头有几个词或许已经吓到您。在此，请允许我进一步解释，以便您对欧洲人和中国人之间所建立的关系形成一个大致的概念。中国人过于恪守天朝帝国法令体系，这一点不可能不引人关注。

在这儿，刑法的唯一基础就是职责分级。一旦出现任何不法行为和违抗法令的举止，就必须抓到罪犯，必须有人抵罪。要是罪犯逃跑了呢？那就惩罚他的家人。如果他们提起公诉呢？那么就从行政官员开始，层层上递，从最低微的衙役到地方官，到总督，到刑部，到议政大臣，大案要案则上呈到皇帝本人。

我们见过这样的事情：由于某人谋反，整个村庄被烧毁，整个行政区遭受惩罚，整个省责令戴孝，有勋位的人被剥夺勋章。就这样，天子下达了波及广泛的惩罚。

此时，您应该能够明白公行出现的原因了。广东的外国蛮人有时会犯下严重的罪行，但罪魁祸首至今逍遥法外，或无法查明，或受到庇护得以逃脱。天朝帝国的刑法体系无法得到正常的维护，犯罪可以不受惩罚。尤其涉及贸易的罪行，偷漏罚款、弄虚作假、虚报货物、进口违禁货物，等等，由于不受惩罚，罪行不断增多。于是，朝廷下令设立公行，作为欧洲大宗买卖的中介和担保人。共设十三行，行商通常是那些已被定为犯有走私罪的商人，要么负罪潜逃，要么接下这桩危险任务。如果选择妥协，他就买下一个官阶。欧洲人的所有要求、总督（省长）和两位抚院（城官）以及其他御使的所有答复都必须由行商传达。行商之间负有连带责任：他有责任偿还其他行商的外国欠款，担保偿还外国人的所有应付款项，如关税等；为治安部门判定的番鬼们所犯下的一切不法行为作保。对于海关监督（海关负责人）而言，行商的责任尤其重大。应付海关监督的敲诈向来耗资巨大。海关监督都身居高位，行商们从来都对海关监督行跪拜礼，跪倒在地，叩首多次。即使某位骄傲的官员允许他们起身，行商的眼睛也从不会超过他的官服的第九粒扣子，因为一旦疏忽了这项严格礼节，行商就会遭受最严厉的乱棒责打，如同处罚一个普普通通的轿夫。

每个行商都有三个名字，也可以说是四个，因为中文名字转化为欧语后总有偏差。因此，浩官，中文读作伍浩官，行商名是怡和行，官名是伍绍荣。秀官是提督选定的外交使臣，他的中文名叫马佐良，行商名顺泰行，官名马展谋。其他行商都是如此。

您一定会认为，这样一个组织有序的垄断机构会带来巨大收益，形成专一的团队精神。然而事实完全不是这样。公行中总是有人因为贪婪而轻易地牺牲集体利益，一心钻营的根本不是为政府服务的强制中介事务。他们将自己的贸易特权授予朋友和熟人，甚至为了蝇头小利就默许别人在商行的庇护下直接与外国商人交涉。这样的权力下放，加上海关监督的敲诈和强加给行商的费用，有时会让行商破产。遇到这种情况，公行就得花费时日，偿还全部债款。

行商其实都是港口检疫站的公职人员。一旦进入行会，无论发财或赔钱，再无法离开行会。如同教士一样，身份再不可更改。我知道有人在效力很久之后，家财万贯甚至上亿，恳请退出而没有如愿。

周六

现在，您清楚地知道我们的朋友秀官的地位了。或许我能让您高兴一下，向您讲述我在这位显赫商人家中享受到的第一次中国晚宴。

那是在我的康复初期，伯驾先生让我暂时住在他的一位双鹰行的朋友家中（中国人称奥地利商行为双鹰行，因为徽标上有两只鹰）。那段生活最舒适安逸，也最单调无聊。所有在广东的欧洲人的生活都是如此。我感到有些羞愧，这种挥霍生活与年轻时粗茶淡饭的习惯相去甚远。还是等您听完叙述，由您来下结论吧。

上午，就在我设定闹钟响的那一刻，仆人进屋叫醒我。他扶我起床，在我身上浇了几桶水，然后给我擦洗。我没有计较他那副睡眼惺忪的楚楚可怜的样子。接着是午餐，一盘咖喱鱼或咖喱鸡，外加鸡蛋和油炸点心，还有几片从来不加配菜的冻肉、火腿和牛肉。我看书，画画，或上中文课，一直到三点。这时，我们聚集在一起晚餐。我亲爱的帕特里克，那可是丰盛无比的晚餐！当然，都柏林行会是从不曾如此奢华的。首先上的是两道或三道浓汤，配上马德拉葡萄酒、雪利酒和波尔多红葡萄酒，每瓶酒都用湿棉布裹着，以保持清爽口感。随后一盘鱼，吃这道菜的时候通常只喝啤酒。然后，也就是这个时候才开始真正的晚餐：烤牛肉、烤羊肉、烤鸡、

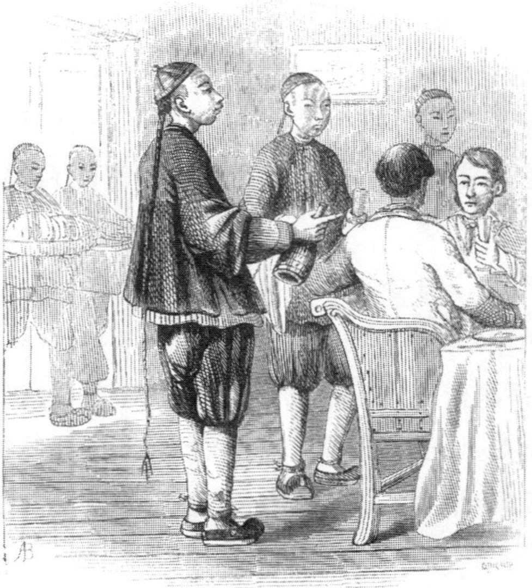

必不可少的牛峰肉（在中国，牛天生驼背）和必不可少的火腿。有时，为了换换口味，会有一块来自欧洲的昂贵的肥鹅肝或小山鹑肉。和这道菜搭配的酒是波尔多红葡萄酒和索泰尔纳酒。等所有这些菜撤掉后，开始餐中甜食和烤野味。有一种叫作米雀的本地的雪鹀，有野鸭，还有小野鸡等野味。香槟也打开了，还有波尔多红葡萄酒。紧接着加味菜，鲱鱼、孟买的洋葱、奶酪、沙丁鱼。总之，会上足够多的消化菜，用来缓解之前的五六道容易消化不良的菜。啤酒没有间断过，一直到穿着白衣服、蓝鞋子、辫子系着红发带的仆人端上餐后甜点后退下。这时，每个人根据自己的喜好和酒性品尝葡萄酒。有的人纯粹出于礼貌，只碰了碰杯口，有的人自己倒酒，一口饮尽。最后，我们来到客厅，在那儿，利口酒和咖啡为这顿奢华的日常晚餐画上句号。您可以猜猜这顿饭的费用，想想几乎所有菜的原料，甚至是烧

商馆附近的一处哨岗

菜的木炭都来自欧洲，都必须支付进口税。

这样的一顿晚餐之后，乘划艇稍微消遣一番根本不为过。而且，我总是和东印度公司的两三个最棒的划桨手一起出去，有时去花地的漂亮花园（在准许外国人游玩的时候），有时去河南岛[①]游览一座大寺庙。或许以后我会给您描述这座寺庙。

这种出游有时美妙极了。划艇是一种轻巧的无甲板小船，像独木舟一样狭长，两个、四个或六个划桨手。这种小船在最浅的水域行驶，需要一定的经验才能准确无误地驾驶，不然如果船桨深插入水，随后猛烈地回转，会撞击新手的胸口，将他扫出船外，掉进水里，狼狈不堪。您瞧，我到底还是把我的丑事告诉您了！在经历了一次不快的事故，几天后又惨遭一次教训，通常都能够成为出色的划桨手。现在，我敢挑战牛津大学最优秀的船员，即使面临伊西斯女神的凶涛骇浪，我也无所畏惧。

那么，我去了哪里了？晚上的游玩，我想，应该去了香山，或是附近的运河。怎么向您描绘我们眼前的这幅美妙奇特的景象呢？看那儿，一排漂亮的中国房子，全都有小圆柱、阳台、栅栏，镶着绿色和蓝色百叶窗，真正的透明外墙，花开遍地。透过雕着镂空花图案的墙，屋内的人影若隐若现，犹如躲在网底的蜘蛛。远处，孤零零的乡间茅屋掩盖在香蕉

① 河南岛位于珠江前航道，广义的河南指现在整个海珠区，直到 20 世纪 50 年代海珠区一直叫河南区。《广东通志》记载，海幢寺在河南，盖万松岭福场园地也。民国初年开马路，海幢寺辟为河南公园，1933 年更名为海幢公园。——译注

树的硕大叶子之间。您再看，那边有一簇簇体态优雅的竹子。另一边，在一株百年老树下，立着一座青砖小庙。远处的山丘点缀着凉亭和意大利五针松，拾级而上，有一座小桥，尖尖的桥拱，三角形的桥墩。还有什么？还有无数别出心裁的小细节。平台上到处都是妙龄女子，在松树下，鲜花如锦的栅栏后，女子们对着我们微笑，如同虚掩着的百叶窗后的澳门的葡萄牙女子。鸭农船的四周游着驯服的鸭子，只要一个信号，鸭子立即游回来。还有造船厂的船坞，只要看看门前的竹筏，就可以辨认出来。村庄到处是草坪，从远处看，仿佛是英国的小村落。在一片稻田后，一只舢板一溜烟划进了青翠的草木中，浅黄褐色的篷帆像一头可怕的猛兽。一群穷人在河里捞淤泥挑肥料，撩起的裤管一直卷到膝盖，他们搅动淤泥，用脚夹起小鱼、小虾、螯虾和虾姑。

　　我必须承认，比起那些我被禁止踏进的屋子，没有任何

东西更能激发我的想象。或许我永远都无法走进这些房子。我不停地用好奇的目光向屋里探视。我请求乐于助人的小鬼阿斯毛代[①]，请他施法撩起上着清漆和绘着图案的舷侧，撤掉似乎已经被风卷起边角的轻巧篷顶。篷顶的上方出现了牛角般的新月，犹如悬挂夜空的贡多拉。有一扇百叶窗没有关好，丝绸帘子卷了起来，走廊的门半开着，于是，我在昏暗中瞥见一盏分支吊灯或者说是旋转灯笼，一只巨大的瓷器，一柱燃着的香，竖在某位家中神明的神龛前，一张上着天然漆、点缀着金漆的桌子，桌上放着象牙或金属丝的玩物。这种异国的奢华，还有无数意想不到的新发现，让我内心惊颤不已。

我的同伴，更确切地说应该是招待我的人，他们总是取笑

① 《圣经 · 旧约 · 多比雅书》中的魔鬼。——译注

我的这种嗜好。终于，有人出于可怜，提出安排我到一位行商家吃晚饭。

在中国，遇到这样的情况，惯例是直接提出请求，由于中国人的礼貌，请求绝不会落空。您可能很难理解，因为我们骄傲的欧洲人从不会这样直接提出要求。

一天上午，东印度公司的一位代理商给秀官写了几行字。一个星期后，我收到了“递谢”（tit—sée）或者说是门票，一副对折的红纸贴，印着烫金花，折子上写着：“呈杰出卓越的医生，令人敬仰的学者”。里面又写着这几行字：

是月初七乃小弟喜辰。初六，敬洗觥筹；初十，盛酒满壶。斗胆恳请兄长大驾光临。夙钦博学，届时敢请有以教之。不知是否有幸承蒙光临？

晚生秀官顿首。

道光十六年七月初一

恭维，那是无疑的。甚至是一眼就能看穿的虚假，极具

“祈愿福气满满”（头顶两字释义）

“本人马佐良（秀官的名字）诚挚致敬。”（侧行文字释义）

嘲讽意味，因为我的东道主竟不知道我的年龄，他比我年长二十岁，却称呼我为兄长。况且，他夸大了我的学识，我不知道是否甚至连他自己都怀疑。

不过，有什么关系呢？我终于可以走进日夜想象的神秘房子。而且，不是有句关于美食的老话，“告诉我你吃什么，我就能说出你是谁”？此话很有道理。很快，我将会和一位中国人建立起亲密的关系。

两天后，又送来了一张红纸。一开始，我以为有什么误会，其实不然，不过是我的东道主再次字斟句酌地邀请我，希望我“光辉地出席”他所提到的庆典。

节日当天，将近中午，来了第三封信。我以为另有变动。正相反，秀官又一次盛情邀请我去吃“晚上的饭”（中国人这么说晚餐），正式询问我是否出席他的宴会。我答复了来信，表达了谢意。于是，两个小时后，我们出发了。

主人等着我们。如果必须相信他的话，那么他可是等得焦急万分。他以前从未见过我，因此他不是像平常那样行“请请礼”，而是说了这样一句话：

“素仰芳名！”（Soo yang fang ming）

用英语来说，意义是：“我早已经仰慕您的散发芬芳的名字。”

一番恭维后，他领着我们进了宴会厅，位于宅子的正屋，即房子主人住的地方。

大厅左右各摆放着四张印尼苏拉特木料做成的桌子，呈一个大平行四边形，留有足够的空间通向一个椭圆形的门。门边立着两只巨大的古瓷瓶，插满色彩鲜艳的花朵，花束中央高高地夹着两支宽大的孔雀羽毛。第五张桌子，也就是秀官的桌子，摆在大厅的最内侧，在进门的边上，正对着另一端的一个小戏台。晚宴期间，戏台上一直有翻筋斗的杂技演员、走钢丝的杂技演员、不停地东奔西跑的歌手，即使似乎没人瞧他们一眼，他们仍不遗余力地表演。

虽然桌子足够四人甚至六人入座，但每张桌子只坐两位客人，左右留出空间，不挡住看表演的视线。我们一坐下，立即有人端上一大杯杏仁蜜。这只是纯礼节性的开场。

不一会儿，仆人端上来一道道冷盘，装在镶金画的雕花小瓷碟里。大部分菜我都不认得。主人很客气地向我介绍了几道菜。这道是飞鱼，晒干，切成细丝儿，拌上醋和石耳（这儿叫作“石头的耳朵”，是僧侣们必吃的菜）。那道是比番鱼，纯白色，做法和格林尼治的小鲱鱼一样，油炸，味道还不错。这道是鹿脚做成的肉酱。这道是褐色的圆形切皮，叫作日本皮，要在水里泡上很久才嚼得动。这道是鸟肝和鸟胃，剁成小碎块。这道是长在甘蔗上的一种毛虫，加盐翻炒。还有几盘水果，我们熟悉的桃子、梨子、核桃，除此之外还有中国橙、金橘（一种小橘子）、荔枝、龙眼（即龙的眼睛）、黄皮（即黄色的皮）、枇杷，等等，一盘盘摆在桌上，透着几分神气。荔枝和黄皮最先端上来，整串装在盘子上，熟透的荔枝有点像草莓，不过果皮更硬，包着软软的果肉和两三粒梗核。黄皮则像葡萄或是醋栗。枇杷是一种味道有点涩的欧楂。

所有的前菜都是银质盘子，极为小巧，摆满了整张桌子，只在正中央留出位子给真正的晚餐：一盘接一盘分别端上的热菜，撤掉的速度之快也足以让巴达维亚岛的贤明君主大吃一惊。

我又要开始罗列菜名了？您一定会感到不高兴，这简直不是读信，而是看饭店的菜单！一道道菜就这样从我们的鼻子下端过。先是两三道菜，稍事休息后，继续上菜，直到有八盘炖菜：卷成团的鲨鱼鳍、裹着一层冰糖的燕窝、鹅掌、麻雀头、牛蛙、豪猪（拌生乌龟肉）、鱼肚（边上一圈海草）、用孔雀肉冠点缀的沙锥，还有从马来群岛和太平洋海域捕来的海参。

接着，十二到十五碗汤，汤里漂着切成小块的鸳鸯肉、鸡肉、野鸡肉或是鸽子肉。随后是几盘装着长长软软的细丝的菜，起初我以为是粉丝，正要品尝时随口问了菜名。主人用广东英语对我说："You wantshee grubbee（您想尝尝吗）？"

我的朋友，这可是些虫子，地里的大虫子，不折不扣的虫子。我放下了碗，或者应该说，我毛骨悚然地把碗掉在了桌上。

"My no wantshee，my thankee（我不想吃，谢谢）。"我

回答说。

这还不是这顿奇特晚餐中的唯一的可笑遭遇。您一定知道，中国人不用刀叉，而是用两根小棍子。他们形象地称为“灵活的小子”[①]（kwae-tsze，筷子），八九寸长，乌木或象牙做成，极其光滑，顶端镶银。一根夹在右手的拇指和食指间，另一根在拇指和中指间，利用两根筷子的接触点，恰如其分地夹住肉块，送到嘴里。同时，闲着的左手用来拿陶瓷或搪瓷勺子，接住那块肉在途中滴下的酱或汤汁。您可以设想，这双筷子只会把晚餐弄得无比复杂。因此，款待欧洲人的这位中国人想拿欧洲人使用这个小工具的笨拙来取乐。

秀官让我坐在他左边，不动声色地观察我的一举一动。而我也同样努力地观察他，甚至在晚餐刚开始时，我差点和他一起站起来，和他一起郑重地为我的健康干杯。但是“灵活的小子”刁难我。每当秀官敏捷轻巧地夹起最滑溜的菜，我却总是无法将扁扁的香肠片或熏

① 原文特地用斜体字强调，是对中文“筷子”两个字的字面解释。

晚宴

火腿片送到嘴里。这位可敬的行商，对我的笨拙足足取笑了一番后，开始可怜我。他将一大块黏糊糊的燕窝送到我嘴里，这块燕窝我已经竭力摆弄好几分钟。您一定在猜测我是否会很喜欢这样送到嘴里的烩肉块。我尽力忘记时间，极力忍受着烟草，所有中国人从一大早嘴里就叼着这可叹的标志。就这样，我闭着眼睛接受了好客的商人送过来的不甚合时宜的礼物。

客套礼节远未结束。礼节规定在晚餐的某些时刻要为健康干杯。轮到我时，我必须遵循以下礼仪：需要相互敬酒的两人同时起身，双手持杯，走到大厅正中，然后两人将酒杯举到嘴唇，慢慢地把酒杯放下，弯腰鞠躬一直到酒杯碰地。腰弯得越低，越有礼貌。根据不同的敬酒人，这种装腔作势的动作重复三次，六次，甚至九次。被敬酒的人只要专注地跟着敬酒人的所有动作，当他看见敬酒人决定喝酒了，他就必须同时喝酒，然后，两人都翻转酒杯，表示酒杯完全空了，再鞠躬一次，最后回到座位。在坐下之前，两人又进行了一次礼仪较量，不断地虚假客套，不停地鞠躬，各式各样的动作……结束的时刻到来时，我看见两人同时猛地坐下，犹如同一根弹簧上的两个木偶。

还有一个很重要的细节：相互敬酒时，这两个丑男人经常会互换酒杯。秀官似乎向我建议这种礼节，我已经被筷子折腾够了，于是装作没有明白他的示意。

接着是一种有点奇怪的考验，目的是让主人相信，他的客人们都很满意。盛满了菜肴的四只碗放在每张桌子中央，靠在一起，摆成方形；四只碗上面，又叠着三只碗，成三角形，也是满满的；最后，第八只碗叠在金字塔的顶端。习惯是这样的：客人们不管得到如何盛情的邀请，谁也不去动碗里的菜。于是，桌上的菜撤走了，每张桌子上都有好几道菜没有吃完。接着端上糕点、果酱一类的甜点，中间是备了一盘用最鲜嫩的竹笋拌成的色拉，想来是特地为我准备的。还有一些用水泡过的菜，闻起来就让人觉得恶心。直到这时，米饭才第一次端上来。在日常的饮食里，米饭则重要得多。

看到米饭端上来，我挺担心，因为我想起欧洲流传的一种说法，中国人吃米饭是一粒一粒地吃。对我来说，用刚才说的那种筷子吃饭粒，根本就是乌托邦的幻想。事实证明我想错了。在我冒险之前，我观察我的主人，他把碗举到嘴唇跟前，微微张开嘴，“灵活的小子”从碗里夹起米饭，不是一粒一粒地，而是一小撮一小撮地。真是太聪明了，至少这样比较开胃。

人们在饭里拌上各种调味，鸭子或咸鱼，或几勺酸汤。

最后，一道茶结束了整顿晚宴。用没有盖的小茶杯盛着，不加糖也不加奶。喝完茶，大家长时间地洗手。

“难道只喝茶吗？”您的上校舅父一定会大声叫起来。不过，您那位“反节制社会”的代表大可放心。我们还用精致的烫金酒杯喝葡萄酒，酒杯有杯耳，就像古代的水壶。葡萄酒是热的，因为中国人认为所有的冷饮都有损健康。还有米酒，三神酒，饭酒……只有上帝才知道还有多少种度数很高、酿造粗糙的酒。我们甚至还喝了中国的烧酒，不过味道很淡，几乎没有去除沉淀。

您还要告诉上校，中国人为了助酒兴还玩一种类似于意大利莫拉①的游戏。要是猜中对手举起的手指数，就可以叫他喝下相同杯数的酒。通常，玩游戏的人只要觉得有些头脑不清，他自己就会要求停止这种危险的游戏，中国绅士们相当有分寸。

总之，这场晚宴让我精疲力竭。整整花了七个小时。尽管进餐过程中允许起身在大厅里走上一圈，尽管礼仪允许偶尔抽上一两口烟，但是，这么长时间地吃着那些难以下咽的东西，呼吸着四周难闻的气味，到底是一件可怕的事情。中国菜大部分都气味难闻，因为大量使用大蒜，还有我们只在药店里用的蓖麻油。而且，除了米饭，所有的菜都是用十二到十五种原料混杂起来的。大厅的气味因此而遭殃。当然还有客人们的胃。

必须承认，中国菜的普遍特点是油腻、淡而无味。欧洲美食家熟悉的“大豆”在这儿作为调味品，只能略微补救淡而无味的缺陷。至于油腻，这儿根深蒂固的风气是，在中国

---

① 莫拉：意大利的一种助酒游戏。——译注

人眼中大腹便便、有着无数层下巴是一种美，可以得到别人的赞赏。

还有那些稀奇古怪的菜肴，如鲨鱼鳍、燕窝之类，出现的原因有二：第一，这些传统甜食价格昂贵，可以显示主人慷慨宴请的财气；第二，人们赋予这些菜某些功能，相当于精疲力竭的唐璜们食用块菰来恢复勇猛。

我们深夜才返回。街巷寂静，昏暗，只有几盏有钱人家门口的灯笼透着微弱的光线，灯笼上用颜料写着主人家的姓。时刻已晚，似乎所有的路口都已关闭，钥匙在督察手中。为了回到住所，每到一关就必须斗争一番。不过，几个钱就能让他们听话顺从，变得毕恭毕敬。

回到行馆，我们上楼看望一位朋友。他身体不适，没有能够去参加秀官的晚宴。我正要向他大谈盛宴的菜肴时，他把我打住，只见房间的所有角落都摆满了一盘盘菜，我们刚吃过的菜肴大部分都有。这就是中国人的盛情好客，比我们更细致周到，甚至把菜送到了缺席的客人的家中。

第二天，我们每人都收到了秀官的又一封来信，信中向我们表达了遗憾，觉得他的款待配不上我们无尽的功绩所应获得的盛情。这封信必须答复。于是，我们依葫芦画瓢，动用欧洲语言的所有美丽绚烂的修辞，用同样夸张的手法，向我们的主人描绘他那无与伦比的盛宴给我们带来的快乐。

此乃这首美食长诗的收场。

周一

几天后，我觉得应该到主人家里进行法国人所谓的“礼节性回访”。秀官家就在公行的附近，位于中国老街的北端。尽管距离奥地利馆不远，但途中的一次意外使这次短暂行程令人难忘。我们走过一座富人宅邸的门口，看见一堆垃圾中放着一个小背篓，格外显眼，背篓里放着白白的东西。过路人都视而不见地跨过这道障碍。您想想，对于他们的冷漠，我是何等的惊讶，因为当我走近时，我才看出那不是背篓而是一个柳条摇篮，里面睡着一个小孩。只是孩子已经死了，看起来刚刚才死。他大概不到一岁，摇篮太小，装不下他的身体，

当初应该是弯曲他的身体才勉强放进去。头已经浮肿，搭压在摇篮一侧，使得摇篮另一头翘了起来。我一动不动地凝视着这幅悲伤的画面，被我挡住路的中国人也都停住脚步，诧异地看着我，不明白这个番鬼的震惊。对他们来说，无视这个四肢健全的生命是一件很常见的事，而截然不同的是，他们对老者却是无比尊敬，对逝者尤其虔敬。

毫不逊色

周四上午

昨天是约定拜访提督的日子。上午十点，翻译敲响了医院的大门。一乘漂亮无比的轿子和四个准备为我服务的轿夫在门前候着。

这种感觉太美妙了，坐在竹竿、呢绒罩和油纸做成的笼子里让人抬着，在柔韧的位上轻轻摇晃，没有令人不适的颠簸，轿子悄无声息，就像自动地沿着街道滑行。回想曾经有几次我在不经意间步行穿过这些人头攒动的拥挤街道，我更加享受此刻的美妙。以前我总是提心吊胆，随时都可能被步履匆匆的轿夫撞到，他们大叫着“让开”，什么都挡不住他们。随时都可能被烟草贩子熏倒，他们为了夸耀自己的货

色，不停地点燃烟草。还要随时准备着逃进商店，躲避乞丐。有时在角落里一不小心会踩到蹲在地上的麻风病人，我原以为是一堆破布，直到他们大叫着抬起光秃秃的头。那时的我觉得浑身不自在。

昨天，一切都改变了。透过粗麻布百叶窗和纱罗帘子，一切看起来那么美好。我注意到石板路面整洁干净，红、黄或蓝色招牌色彩艳丽，挂在商店门前就像剧场的侧面布景。这回，我看到的是惊恐的人群在我的轿夫前四散开来，还以为轿子里的我是一位戴着红扣或金扣的大官。在屠夫街上（在这儿，每行当都有独立的商业区），我开心地看着精心摆在砧板上的色泽漂亮，不，是最漂亮的白色和红色的猪肉，还有狗肉（中国人心安理得地吃这种人类的朋友）。不过，时常会看到宰狗的屠夫被愤怒的狗群追赶，它们嗅出了他身上的邪恶，狂吠着一路追赶他。您可得钦佩狗儿们这种天赋的直觉！还有挤在笼子里的鸭子，呶呶直叫，附和着报复的犬吠声。过了一会儿，一阵喷水声告诉我到了鱼市。我很欣赏这里采用的聪明做法，将活鱼放在大水桶里，水桶里的水不停波动。穿过烟火匠的街道时，我惊讶地听到挤满老主顾的商店里发出金银碰撞的声响，似乎财源滚滚。总之，在到达我的新客户居住的老城区“北城”之前，眼前呈现的中国街道，确切地说是商业街，丰富多彩，喧哗热闹，耀眼夺目，让我这个欧洲人大饱眼福。

到了北城，景象大变。北城的街区相对冷清，四周寂静，少人走动。只有三两佛僧挨家挨户地收取某种我不知道的税或是讨要施舍。几个人拎着钱袋，另外几个人拿着些纸条和毛笔；收到钱后，他们就在虔诚的施主家的墙上作标志，可能是为了让主人一家获得行善应得的报答。

不一会儿，我们到达一座有三落楼房的大宅子前，在一扇漆成红棕色的小门前停下。门上写着几个烫金字，因为长年铁环敲门，有些字已经褪色，这些字可能写着主人的官阶。

总之，这栋宅子显得破败不堪，令我十分惊讶。我所认识的一些帝国高级官员，他们在这座城市只待三年多时间，不计较临时住处，而把钱留着用于他们打算安度晚年的老家

中国老街，广东

宅子。

我的向导从轿子上下来，上前粗鲁地敲门。门马上就开了。四五个家丁从屋内跑了出来，他们都戴着规规矩矩的大帽子，衣服极其干净。向导把名片递给他们，对他们说（如果我没有听错）：“我和先生（医生的称呼）前来拜访大人。”

家丁接过卡片，转身进屋，其他人看着我从轿子出来。翻译不等回话就向我做了一个手势，让我跟着他。我们走向宅子正面中央的大门，在那里等候。门很快就打开了，一个衣着华丽的年轻人上前迎接我们，用最隆重的礼数向我们问好。

他的身材在汉人中算是高大的，戴着一顶棕褐色的缎子软帽，丝绒帽檐上镶着一颗闪闪发亮的六刻面水晶，表明他官阶三品。此外，他胸前的丝绸纹章上绣着一只豹，表明是武官。他的“马褂”（如果您更喜欢另一种说法，可以说是男子礼服）的大袖子一直到前臂中部，下摆垂到两胯；布料是一半为棉一半为丝的柯山绸；马褂内一件绣有许多图案的蓝色丝绸上衣，袖子和下摆都比马褂长得多。这种款式的大衣服无一例外都在左胸交叉，用绦子和纽扣系住。裤子是南京绉绸，亮蓝色，相同颜色的绣花，长度和希腊独立战争的义勇军士兵的及膝宽短裤差不多，膝盖以下不是束进皮质的护腿套，而是黑缎长靴。靴子的鞋底足有两指厚，涂有三层白色清漆，格外光亮。天朝帝国的纨绔子弟最讲究鞋子和辫子。我们这位引见者的辫子显然不完全是他的头发，至少从辫子的直径和一直垂到大腿中部的出奇长度上来判断，我觉得可能混充着假发和黑色丝线。

这就是赵海，一名为中国皇帝效劳的骑兵军官。他一脸殷勤的笑容，无疑是用华丽的辞藻邀请我们走进提督的府邸。我们跟着他很快就来到客厅。

进门时，林琛坐在“木王”椅上。这是一种类似巴西香木的名贵木材，中国人奉为万木之首。扶手椅放置在一张相连的搁脚凳上，也是相同的木料。他的膝盖上横着一杆烟袋。两名下属官员一脸毕恭毕敬在他跟前站着，他似乎正在听他们的恳求，神情中透着几分高傲。他的帽子挂在一个雕花木架上，摆在大理石镶面、绣花丝绒装饰的桌子上。我们在椭圆拱门的门槛前停下，因此我有足够的时间研究家具摆设。

家具极其简单。一张长靠背椅，几张扶手椅，几张竹椅，五张或六张茶几，一幅涂着清漆的屏风，两盏角质灯笼，仅此而已。另外，墙边小桌子上一两支瓷花瓶，四处角落上四五个各种形状的痰盂。墙上悬着两块缎条，写着我熟悉的格言，因为这两句话出现在很多公共场所：民心之定倚臣官之廉，人子之孝乃圣责之最。

我正在辨认楹联时，两名属下一路鞠躬着退下了，林琛不过稍微挪了挪身子作为回应。当赵海通报“先生”到来时，他即刻起身朝我们走来，这是他这个年纪和身处的官品所能

客 厅

允许的最殷勤举止。这时，我看清了他的容貌，极具鞑靼[①]人的面容特征：扁鼻子，高颧颊，嘴唇突出，脸颊宽大。他留着长胡子和灰色的胡髭，这是年长者的特权，不是军官的标志。他的衣服和赵海的一样宽大，但更加华丽。两人都戴着喇嘛教的大串念珠，一至九科品的公职官员都会佩戴，由一百零八粒宝石或珊瑚珠组成，绕在脖子上，一直垂到腰间。

老将军滔滔不绝地对我说了一大堆恭维话，他刚留出一点空当，翻译就急忙转述给我听。大概说了些诸如“我的出生得到福鹿的庇佑，我学识渊博，我的德行如同满月一般盈满”。我没有太在意这些如波浪般涌来的客套话，我祝愿他像琥珀一样长寿，祝愿他生命的西天繁星闪耀。您肯定会想，说出这么诗意的句子可不像我。的确，这些话是翻译用英语向我建议的，我只需欣然接受就行了。

不一会儿，转入正题。提督态度极其谦恭地对我谈起他的女儿，多次强调没有儿子的不幸。对中国男人来说，没有儿子是一件难以抚慰的事。痛苦倾诉过后，我也向他说了一大番各式各样的安慰话，都是翻译向我建议的。然后，他称我为“他的父亲”[②]（老爷），请求我帮他治好女儿的病弱身体。

① 鞑靼是我们古代对北方游牧民族的统称。明朝把退据蒙古高原的北元政权及其治下的蒙古族称为鞑靼。到了清代，西人又把满族也称为鞑靼。——译注

② 原文 LAO-YE（老爷），作者认为其意为父亲，应是对“老爷”两个字的误读。——译注

因为女儿体弱多病，他无法有女婿。应该说，我不是专程来做手术的，但他恳切要求进行手术。我答应为年轻的病人治疗。林琛对我大加感谢，让一名侍者领我们前往位于宅邸正屋的小姐房间。赵海表示无法陪同我们前往，他对我们说：“这不合规矩。”

中国美人的显著特征如同小说中描绘的那样。但是，林琛的女儿阿思看起来却和您所见过的大部分葡萄牙年轻女子没有太大区别。我觉得，在宽大的一直扣到脖子的衣裙下应该是一副相当匀称的身材。黑头发，天生的褐色皮肤，不过涂了白色脂粉，两肩垂得很低，一双完美的小手，指甲颀长，指尖戴着钩形铁指套。看着指套，我猜想她是音乐家，即使她身旁红色坐垫的椅子上没有放着一把“琴”[①]（一种吉他）。她听见我们到来，便站起身。我惊讶地发现，她不像从小缠足的中国女人那种步履蹒跚，这时，我才想起满族女人不必忍受这份痛苦。所以，她步履轻盈，仪态万方，没有令人讨厌的

① 19世纪欧洲的琴是一种类似吉他的乐器。此处应指琵琶。下同。——译注

弱不禁风的样子。为了长成所谓的“金莲”（金色的莲花），中国的富家女被迫接受一种名副其实的肢体残毁，从小缠裹在脚上的绷带抑制血液流通，通常会引发严重的炎症，产生创口，即使是最全面的清洁往往也不能彻底消炎。

还是说说我这位年轻貌美的病人吧。她有一双近似“金莲”的小脚，拥有这个国家的诗人们所要求的所有完美特质：桃花般红润的脸颊（当然，她涂了胭脂），红桃般娇艳欲滴的嘴唇，柳叶般柔韧修长的身材，阳光下波浪般闪烁的眼睛。一对发针扎起的“髻”没有完全挽住她的黑发，洒过香水的辫子顺着圆圆的脸垂下来。她的神态谦逊，矜持，恭顺，聪慧。她父亲一定对她说了我将是她的救命恩人，她想向我跪下，行庄重的“叩头”礼，即前额磕地九次。虽然事先没有预料到，但我还是及时阻止了这种隆重的预先致谢。接着，我将一张矮凳挪到朝北的窗子前，正对着窗子，轻柔地拉着她坐在椅子上。她照我的话做了。

为了让房间的光线更充足，我要去掀开窗帘，这时，老林琛拉住我的手，一边招呼阿思小姐的丫环。从帘子后立即走出两个笑容满面的少女。原来她们一直躲在帘子后，我强烈地感觉到她们的好奇心，要不也是热心。最漂亮的那个女孩，我听见人们叫她“芳锁”，我觉得她最着急想知道一个“外国魔鬼”是怎样一副长相。我无法告诉您她偷偷观察的结果，因为我也不知道。

我也不想向您讲述随后的所有手术细节，我只告诉您刚开始时的一段关键步骤，因为我想您也会觉得惊心动魄。

您知道，白内障通常会被误诊为瞳孔阴影。您也知道瞳孔阴影很难治疗。因此，我的第一步就是遵循先辈的教诲，揉搓闭着的眼睑，首先确认疾病的性质。显然，那些聪明的旁观者明白这次开场检查的重要性，他们密切观察着我随着思考而变化的神情。曾有一刻我很担心，滴入眼睑间的颠茄和天仙子药液没有出现期待的效果。林琛似乎看出我的心思，一脸惊恐地看着我。终于，我放心了，于是，翻译以我的名义向提督保证"白色屏障"将会被摘除。这位和善的老人喜出望外，他不知道该如何向我表达，只是一遍又一遍地说着最亲切的"请请"，举止实在令人感动。

还有一件事值得叙述，不能一笔带过。当我拿出了斯卡帕针[①]，准备开始手术时，我叮嘱阿思小姐，手术过程中会有轻微疼痛或不适感觉，但她必须始终睁着眼睛，盯着一个固定点。这时，她笑了，说了几句话。我猜出她的意思，因为我看到林琛走过来，坐在女儿面前的一张脚凳上，抓住女儿的手。尽管视线模糊，她想注视着父亲的脸。我相信，这是最温柔的目光对视。手术采用斯卡帕方法。感谢上帝，成功了！

中国人不会忘恩负义。当我宣布肯定会治愈，同时要求

---

① 斯卡帕针：意大利医生安东尼奥·斯卡帕（Antonio Scarpa，1752—1832）发明的医治方式，这一技术在法国一直沿用至19世纪。——译注

那几位美丽姑娘平日细心照顾之后，在场的所有人好像都要向我跪下。我赶紧合上手术箱，尽可能避开令我尴尬的致敬。不过，我还是必须忍受林琛一番长长的夸张言辞，他将我比作华佗和扁鹊，天朝帝国的医神埃斯科拉庇俄斯和希伯克拉底。他称我为“乐善好施之舟”，并向我保证“叩拜慈悲娘娘，我将变得像古代的菩萨一样功德无量”。

奇怪的是，这些夸张的表达饱含着一种真挚的自然情感，就像一个英国人亲吻我的手一样。

要离开时，也就是说喝过茶后（这是所有拜访必不可少的收场），林琛执意要送我们到大门。一路上，他不停地称赞我，上轿时一遍遍地说“请请”，轿夫抬着我走远时，他还不断提高声音向我喊着亲切的告别，直到我听不见为止。我不能回答他，不过我的翻译帮我做了。他趴在小窗上，恭敬地转回头，客气地不停回应，要是再持续几分钟，他准会口焦舌燥。而我呢，我舒舒服服地，一言不发，欣赏着这场极富

喜剧效果的二人对唱。

回到内城之前（当然，时间充足，而且我有通行权），我偶然目睹了一个令人颇为震惊的场面：一个看起来属于社会最下层的男人，双手被绑在背后，辫子被钉在高台的一根柱子上。

我原以为看见了法国和英国大街上的模仿戏。一群观众围着这个可怜的家伙，男人和女人都有，大部分人似乎看得很开心。我只看到眯成缝的眼睛，咧到耳朵两边的嘴巴。被绑的人神情悲伤，更多的是一种茫然，也许他觉得被人恶意作弄了。

对我来说，眼前这一切就像一个谜。我很想知道谜底。于是，我叫住了轿夫，让其中一人请翻译过来说话。得知我的好奇后，翻译临时进行一番调查。不一会儿，他便回来向我讲述发生的一切。

一个杂货商人在他的流动货摊旁睡着了。旁边他妻子的凳子空着。一个过路人坐了下来，招呼客人，做起买卖，收了钱，他一边全心全意地做着非法交易，一边狼吞虎咽地吃货摊上最好的东西。就在这时，被他占了位置的老板娘出现了，大叫“抓贼！”可怜的人想逃跑，但被逮住了。大家认为这只是一桩小事，太微不足道，不必惊动官府，于是当场组建了一个陪审团。陪审团让他免受官府严厉得多的惩罚，仅仅判他示众两小时。

这就是这个独特民族的速战速决的审判。

毫不逊色

周一

毫无疑问，我成功了。白内障完全治愈。我是在今天早上得知消息的。

通知我候诊室有人等的时候已经过了会诊时间，我早已离开。等我返回候诊室，我惊讶地发现，不过是两名托着一块红布的仆人。我认出他们是林琛的仆人，猜想这可能是一份礼物。按照惯例，我们的治疗是免费的。每天，我们都会拒绝有钱人的酬谢，这样，即使穷人们每次都不会忘记给我们的铜板，我们可以退回他们，又不至于让他们感到羞辱。我正准备把提督的使者打发走时，他们一言不发地把红布铺在了地上。这时，一间会诊室的门打开了，年轻的盲姑娘无人搀扶，独自走进了大厅，眼睛上还蒙着我亲手缠的布条。他的父亲跟在后面，身穿官袍。这一次，我无法拒绝。不管我愿意或者不愿意，他们两人像崇拜佛祖一样崇拜我，而我又无法阻止他们这么做。

要了解这一举动的意义，您应该意识到，这个国家要求女人们行为举止必须极端保守，中国社会的苛刻戒律严禁女人和丈夫以外的任何男人接触，更别提打破禁忌，擅自出门接触蛮族男人，接触恐怖的、受歧视、受蔑视的欧洲蛮夷。不管她是什么身份，阿思小姐这样抛头露面地亲自感激我一定冒着名声受损的危险，更何况她是那样高贵的身份。

但是她愿意！她甚至还想让我看看，她能够辨别我向她指出的方向。不仅如此，她还是一名诗人，对中国女性来说，这是罕见的才华，因为女性教育通常被忽视。她作了一首以病愈为题的十六行颂诗。我要为您翻译整篇诗，但愿我能够用我们的语言传达出这首优美小诗的情趣。

这名年轻的清国缪斯详细描述了手术细节，我如何将一根银针探进“泪水的源泉”，之后，她陈述了痛苦的康复期中的感受。

三天沉迷，没有进食，没有任何感觉。
没有饥饿，没有悲伤，没有疼痛，没有希望，没有失望，
失去力量，生命似乎远离了，就在此刻，在痛苦中，

一束光线忽然射进，一束强烈的光线：我看见了！我重生了！

就像逃离了夜晚的幻象，可怕的梦魇，
就像从坟墓中走出，重见天日，
就这样，陶醉，惊讶，充满快乐，无尽的幸福，
我看见身边围着亲友。幸福的阳光，向你致敬！

接下来的诗句，对我来说，就过于恭维了，真不知道该如何得体地翻译出来。我不由得想到苏东坡（公元12世纪[①]的诗人）的一段名诗，从那段诗句可以很明显地推断出当时中国已经出现白内障手术。不过，诗里有一种您很难能体会到的古怪的夸张，真正意义上的科学从中没有获得任何收获。苏东坡称颂了当时的一位医生，他一边不停地谈天，不停地说笑，一边用一根像小斧的针打开了“空花”（眼翳），就像拆掉一座房子的墙。

苏东坡的这首五音诗描述的是六百年前的眼科医生王彦若。阿思小姐将这首诗抄在洒金的扇面上。出于欧洲人对女性的尊重，我不得不接受这把扇。诗行的下方写着几句朴素的话：

谨以此扇赠莫菲·岱摩先生，愿炎炎酷热远离他，林

① 原文有误。苏东坡（苏轼）生卒年为1037—1101年，非公元12世纪。——译注

琛之女阿思。

反面的扇面上画着四种牡丹（一种芍药），旁边注着：

赵海，林琛之友，临摹朱红、墨绿、粉红及素白芳香牡丹，以表敬意。

接着轮到林琛。他已经在一张画满鲜花的纸上用最漂亮的字体写了一篇辞藻华丽的保证。现在，他开始列数为民众所做的一切，承蒙皇恩得以屡屡晋升，并希望恩泽浩荡，未来能够继续升官晋爵。

然后，他不停说他欠我的人情，不停表示崇敬我的无私举动。

他说："他的德行远胜过一般的医生！看看他的举止，再看看我们那些最著名的医生。他们历来只会索要高额酬劳，治疗几个月后却毫无任何起色！他们只会说些无关痛痒的安慰话！而这位外国医生，漂越西洋，尽职尽责，不图赞扬，不求回报！啊！这样的人何等难求！"

事情还没有结束。翻译和伯驾先生目睹了这些感激的表示，在他们的撮合下，提督和女儿使我主动提出去看看啉呱的画，他是广东的劳伦斯，广东的雷诺[①]。而实际上，他早已

① 劳伦斯（Thomas Lawrence，1769—1830），英国肖像画家；乔希亚·雷诺（Joshua Reynolds），18 世纪皇家艺术学院的院长。——译注

接到为我作画的指示。

您忠诚的朋友的头像将被摆放在屋内的某张祭台上，就像圣母像一样。他们告诉我，每天，心存感激的主人都会在像前跪拜。哦，帕特里克，想想看，您竟然曾经在新学院的花园里一拳打青了这张将受到神一样崇拜的脸，难道您还会毫无愧疚吗？我想起了那件事，哦，那可真是对神明的大不敬！

周三

啉呱住在中国街，整条街都是当地的商人。他的房子和其他房子没有任何区别，除了钉在门上的一块黑色小牌子，板上用白字写着艺术家的名字和职业："啉呱，靓像画师"，意思是：啉呱，专画美丽容貌的画师。这种讨好的话预先恭维了任何一个找他画画的人，十分幸运的是，恭维话没有抹杀画像的逼真性。而且，为了符合同行们的惯例，他常常违背自封的头衔。

在这儿，艺术家和工匠混为一

谈。作为英国画家程纳里的学生，啉呱是他们民族中第一个采用欧洲绘画手法的艺术家。但是，他远未能自成一派，老实说，他不过是雇佣了一批中国工匠，任他们随心所欲地作画，然后卖出他们的作品。他的房子有三层，商店在一楼。在店里，可以看到大量的正式完稿的水彩画，摆在商店四壁的玻璃橱柜里；在那儿，就像在欧洲，还可以看到画纸、颜料盒、画笔，还有来自南京的米纸簿，每本有一百页。这种米纸和东印度的米纸不同，是用丝和棉制成，或是某种桑树的粗纤维髓质，通常用变软的嫩竹子的杆，先在水中浸泡很长一段时间，接着用捣槌在石臼中研碎；米纸必须表面光滑，因此首先用刷子刷，再用大理石滚筒碾。而且，用了明矾和鱼胶之后，米纸质地坚实，纸面雪白。

中国的墨不是像我们一直以来所认为的那样，不是干燥油墨的泡囊中的墨汁，而其实是混着胶的烟黑，香味则来自加入的麝香。最好的墨产自一座名叫宝鸡的城市。中国人从香气上判断这种墨，他们认为昂贵的麝香只用于最上等的墨。

所谓的“四宝”是墨棒、用来磨墨的石块、毛笔和纸。这四宝融入了天朝帝国所有子民对纯文学的崇敬。甚至踩在一张写着字或印有字的纸上，即使是不小心，也被看作是大逆不道的行为。

画室在房子的二楼。这是一间非常简朴的房间，八到十个画师卷着袖子在工作，辫子细心地盘在头上。当您走进画室，这些专心致志的耐心的画师，没有一位会抬眼看你。您走进了这间安静的工作室，却似乎没人受到打扰。他们很乐意向您展示他们的工作，告诉您他们的程序，您只能赞赏他们作画时的细腻、精致、干净利索。他们对画纸的选择有着难以置信的挑剔，力求毫无瑕疵。他们在画纸上涂上一层明矾，使画纸更加容易吸收颜料。这道程序重复五至六次，或许还需要增加质纸的坚固性，不使空气中的水汽破坏细微的色差。

大部分画像仅仅是机械式的描摹，借助一种极其透明的纸就十分容易了。每位画师都有一套印刷的草图，随后在底稿上随意添加各种元素，一艘小船，一名官员，一只鸟雀，任何他喜欢的东西。

图画的线条完成后，就开始最细致地上色，尤其是各色的红颜料。这些调料通常总是很稠密。他掺水调色，加入明矾和胶，使颜料更容易上色。这种胶比我们用的树胶干得慢，因此更便于画师修改润色。

某些图画在细节上的精细程度经常令欧洲人惊叹不已。我们吃惊地发现一些只有米粒大的小人，刻画之精细，简直可以数出衣服上的线条。这种微雕的效果来自下列步骤：画师左手持两支长短不一的毛笔；短的一支垂直于手指和掌心之间，中国人就是这么写字和绘画的；长的一支在食指和中指之间，平行于画纸。第一支笔专门用来上颜料，随即迅速灵巧地用第二支全干的画笔将未干的小滴拉成令人难以置信的直线。这道小程序是一个灵敏的机械动作的奇迹，动作之轻巧令人叹为观止。

就在这间工作室里，在这些水彩画师旁边，您可以看见几位身份相当的风景油画师和几个微雕工匠。这些微雕工匠在象牙上雕作，细致而完美，令人望尘莫及。

然而，主导着所有中国艺术创作的原则却使他们长期以来次于我们的艺术家。这些聪明的机械手法不寻求逼真再现，而是对象的现实。对他们来说，所有透视法的缩短都是欺骗，所有阴影都是无用的斑点。他们在这方面的观念恰好与伊丽莎白女王的观点相符，她也拒绝她的御用画师用讨厌的阴影玷污她容光焕发的高贵尊容。您可以在大不列颠博物馆看到这种怪癖想法的结果：那幅满是亮光的画像。

中国风景画缺乏透视法，画面极其怪诞，引人发笑。如果是画像或群体人物像，还可以通过颜色变化、人物的表情和各种动作稍作弥补。画中最远的背景和前景一样鲜明突出，而且比例相等。画面的真实性完全任由画师的兴致，挑战一切不可能性，例如坐在高高的雪松枝头上悠闲自在地钓鱼，鹳在两条河之间嬉戏。

我想让您随我参观这座工作室，每走一步，您都会在墙上的展橱里发现这种疯狂创意的杰作。不过您也可以发现一些欧洲版画的绘画仿制品，可以让您对中国艺术的未来感到放心。这些复制品和真品符合规则，颜色也是巧妙地逐渐加深，远远不像所预想的那样古怪。

对我们这些外国人来说，更有价值的是中国画的题材，巧妙地真实再现了社会各阶层的生活。有采茶图，采茶女的纤细手指似乎就要碰到散发清香的茶叶；有被放逐的清官，一脸忧郁，形容枯槁，骑着马前往白雪皑皑的达达尔荒漠；有时是一个在碧绿的湖边漫步的诗人祈求波浪给予灵感；有时是“美女图”，一个花园中的诗人，身边围着低矮的树丛和一群笑容满面的女人，他将献媚的诗歌献给这些女人们，她们则一边抽着长烟斗一边听他吟诗。

画的寓意完全取决于中国艺术家的创意和习惯手法。在两个不幸的恋人身边，他们会画上一只可怜的受伤而死的小鸟。如果是两个热恋中的人，充满希望地相爱，那么在这对温柔恋人身边是一群相互轻啄的鸟雀，展翅的蝴蝶，或是含苞欲放的花朵，温柔的和风吹拂着花萼，促成这场秘密的幽会。最后还有无数与诗有关的画，当我们的文化、传统和自然史中没有相对应的象征时，这些画对我们这些野蛮人来说就显得太晦涩难懂了。

再往上一层就到了啉呱先生的画室。四面墙上挂满画像，大部分还未完成。其中很多画着我们的水手，我们的“蓝上衣”们。不过也可以看到穿着华贵服饰、戴着高帽的袄教徒；甚至有几幅怡然自得的肥头大耳的中国人头像；还有一些从程纳里“借来”的画，虽然程纳里本人坚持说从未“借出”、送出或是卖出这些画。这两个人保持着亲密关系，同时一直进行着激烈的竞争。如果相信程纳里的话，啉呱是个拙劣的二流画家，所有的成就只是窃取他的某些模式和手法。再听听啉呱自己的说法：他是这位英国画家偏爱的弟子兼助手，他本应该及时拒绝画家的保护。和其他不好听的话一样，这些话都是出于商业竞争的目的。程纳里的才华远远高于啉呱，他的画要价一百五十个皮阿斯特，而这位当地画家“创作”的相同题材的画只要十五到二十个皮阿斯特。便宜的价格使更多不识货的买家光顾啉呱的商店。由此，积怨不断。

除了这些口角之争，确实很难遇到一个像啉呱这样殷勤好客、彬彬有礼的艺术家。第一组画像结束后，我有机会给他看了我的旅行画册，从此以后，他一心把我看作同行。于是，他送给我一套组画，过两天我会详细向您讲述这些画。今天上午时间很紧，已经到了会诊的时间。因此，我快速描绘一下他的外貌，作为弥补。

他中等身材，体格健壮，脸浑圆，眼神深邃犀利。我猜想，在他的友善外表下隐藏着适度的辛辣和狡黠。当我第一次看见他按中国人的方式拿着画笔，拳头紧握，画笔垂直于画笔时，我努力想说服他，告诉他我们的手势更好，更轻松，等等，等等。“哦！是啊，”他听完我的话，那副耐心足以奉为楷模，“my poor Chinaman，my no save so muchi”，意思是“我是个普通的中国人，我懂得不多……”但他马上又用同样的半谦逊半嘲笑的口气说，“不过请您像我这样拿着画笔试试。”

于是，我不得不承认我懂得也不多。要是我是个画家，而不是医神埃斯科拉庇俄斯的弟子，这样的间接反驳是很难接受的。

我的画像已经在提督家摆了好几天，所有人都认为很像。我也去看过了。有了医生的身份，我开始可以比较自由地出入他家。虽然阿思小姐已经不再需要我，她的父亲还是对我满怀感激，给予我特殊待遇，这使我能够更容易痴迷般地观察中国人。于是，我开始能够和这些善良的人简单交谈，而不必麻烦赵海翻译。他对我十分友善，或者更多的是好奇，看到我能够和他们交谈，他十分高兴。我没有告诉您吗？他已经被选为阿思小姐的未婚夫，将成为老林琛的女婿。

周一

画家荷加斯[①]曾在“雷克的一生”组画中描绘了一个放荡公子的一生。受到他的启发，这位中国艺术家也想通过一组画表现一个鸦片客的一生。一开始，画中的他年轻，富裕，身体强壮，家中的装饰摆设极尽奢华。在这个放荡的年轻人

① 威廉·荷加斯（William Hogarth，1697—1764），英国18世纪风俗画和肖像画的代表人物。——译注

身后，一张大理石镶面的桌子上竖着一座欧洲的摆钟；左边摆着一个半开的钱箱，露出随意堆放的金币和银条；右边站着一个殷勤的仆人；不远处，另一个佣人专心准备致命的毒药。这便是这种画笔说教的开场和序言。

翻过一页，您看到不幸的瘾君子略微消瘦，但年轻和健康仍然令他神采奕奕。他依旧叼着烟杆，身边围着一群宠妓，弹唱着小曲，骄奢淫逸的主人陶醉其中。看看她们华丽的服饰和戴满金饰的双手，可以猜想到他正走向必然的毁灭。

确实，醉人的大烟不再足够。他变得外表粗野，脸色苍白，形容枯槁，驼背，牙齿颤巍巍几乎快掉光，面黄肌瘦。他从早到晚麻木迟钝，放纵自己，游手好闲，无所事事。第三幅画中，他坐在床上，一张大床上，昏昏欲睡。烟杆、鸦片盒和所有抽烟用具就摆在手边。他的妻子们——妻子和小妾——刚刚进屋，妻子在钱箱里什么也没找到，一脸惊讶和不快的表情，小妾则惊恐地看着愚钝的主人。

再见了，地产！再见了，房产！一块破布勉勉强强盖住几块木板，这就是这个麻木不仁的挥霍的人最后剩下的一张床。甚至连脚上的鞋子也没有了。他面容憔悴，嘴巴歪斜，坐在那里费力地喘着气，饥肠辘辘的妻子和儿子衣衫褴褛地站在他面前。妻子刚刚愤怒地把烟杆和其他那些堕落的物什砸在地上，不懂事的孩子拍着手笑，以为是个游戏。没有人会看一眼这个面无表情的寻求迷醉的人。

堕落到贫穷的底线，这个可怜人还是不能克制住致命的欲望。他四处捡钱，捡到几个钱就赶紧送到那些该受诅咒的烟馆，买些“残羹剩饭”，那些富足的客人刮下的碎屑，缓解难以满足的烟瘾。这就是第五幅画。

第六幅画告诉我们这场悲剧的结局。这个可怜人越来越无法自拔，一步一步地，滑到了深渊的底部。现在他只是一个可怜的傻瓜。他没有一丝烟土可以填烟杆，他嚼着，一遍遍嚼着那种可怕东西的残渣。

味道呛人、刺激、极具腐蚀性，他不得不大口大口喝茶来缓解致命的痛苦。妻子和儿子坐在他身边，将一旁的绞丝绕成线团。这是最后的微薄收入，让她俩和他再延续几天这种无意义的艰难生活。

我向您讲述的这套组画曾遭到我们的一位商人的嘲笑。我承认，我是故意拿给他看的，想听他说说他的看法。于是，这件无关紧要的小事引起了我们俩人之间一场颇为奇怪的讨论。除了下文的这位英吉利思想代表，我从未看见有人如此冷漠、沉着、严肃地评述鸦片贸易。他的推论，虽有部分删节，但大致如下：

人们夸大了鸦片对身体健康的直接危害。适量吸食对身体的危害还不及每天饮用烈性酒。比中国更有名的印度群岛，那里的家族全体吸食鸦片，鸦片有害性并没有因此而加剧，他们还是那样积极，勤劳，身体健康。苏门答腊的富商利姆家族和巴塔·埃塞家族就是这样。

中国政府毫不在乎百姓的性命。他们公然容忍杀害婴儿的行为，缺乏公开的刑罚，囚犯的待遇极度恶劣。至少说明皇帝和他的大臣们禁止鸦片买卖根本不是为了维持民众的品行。他们允许酗酒。虽说他们禁止在天子的领地里种植罂粟，但那仅仅是形式而已，官府疏于职守，贪污腐败，使法令成为一纸空文。呈交皇帝的报告（广东出版的英文汇编上有全部译文），证明罂粟已经遍布多个省份的山区和平原。每年都有几千箱鸦片产自云南、贵州、广东、福建、浙江和山东。其他省份的情况尚未了解，但如果政府不打算严厉打击罂粟种植，这些省份极有可能向国内提供鸦片。

奇特的宽容政策使中国海关查禁鸦片的严厉政策类似于法国国内甜菜甘蔗之争，类似于我们限制欧洲大陆小麦进口的农业法，还有德国葡萄农与法国葡萄酒之间的竞争。与道德毫无干系，只需看看经济预测的灾难性结果。皇帝和他的大臣关心的是白银，不仅仅是白银的比价，还有国库中白银的现实储备。因此他们认为，当进口大于出口贸易，差价应该用现银结清时，中国处于亏损。正是鸦片贸易导致了这一结果。自从1796年鸦片进口禁令实施以来，鸦片贸易完全通过走私，走私显然不允许以货易货，必须付给鸦片商白银。白银、西班牙元和旧皮阿斯特是这片海域信任度最高的货币。从那时起，白银锐减，银价上涨。以前，一两纹银值一千文铜钱，也就是一千个作为中国辅币的锌币，而现在要一千四百或一千五百文。礼部议员、兵部的副监察员以及户部的副主席呈交皇帝的报告尤其强调这一点。当然，他们也强调了鸦片的麻醉性造成的后果，使士兵和文人萎靡不振。但不仅仅是这些证据，还有对精神造成必然后果，参见财政报告的哲学和政治附件。这些严厉的说教者，大部分最终建议允许鸦片进

> 口，但像以前那样征收高额关税。他们说，这样就可以用货物交换鸦片，白银不会外流，一方面可以吸食可恶的鸦片，一方面可以增加消费税的进账。
>
> 这些善良的人只担心如果中国国内的白银继续涨价，出口贸易会自行中止，出现贵金属流入，就像以前一样。这是欧洲经济学家都觉得无须论证的事实，很可能正是考虑到这一点，反对派大大减弱了对鸦片入口的反对力度。

我们的同胞补充说："对我们来说，很显然不能轻易相信中国政府，他们的信用靠不住，但也不必担心他们愚蠢的禁令会阻挠我们。为了恢复平衡，英国政府至少可以停止丝和茶的进口，但这种报复可能有悖于文明的重要意义。所以根本不能这么做。总比关闭一个每年六百万到七百万英镑的市场来得好，这个市场能为印度和英国提供大约五百万的进账。英国可不会卷入一场没有胜算的战争。只需暂时攻下两三个海港就足以让中国政府领教亚当·斯密和我们其他经济学家的最微妙的理论。这场战争轻而易举，无须付出太多代价，只要一支配备三千步兵和两艘汽艇的舰队。还有另一个更快捷的方法，就是北上黄海，攻入北海，从那里出发，两天就可以包围北京城。紫禁城如同美洲种植园主的木棚一般毫无防御能力。随后，我们可以要求得到附近海域的一座岛屿和一个良港。"

我觉得，这番推理中有很多诡辩的成分，虽然表面看起来非常有道理。然而，我们正是这样粉饰我们的贸易政策。在我们这个时代，还有什么道德利益能抵抗得了经济利益呢？这几百年来，没有一种贸易能够拓展得这么快。自从东印度公司的两位秘密代理人瓦特逊上校和印度副驻扎官威勒[1]设想从孟加拉湾向中国输入鸦片以来，每年的鸦片销量都是前一年的十倍之多。1767年之前，鸦片进口没有超过两百箱；1773年英国人开始独占鸦片贸易时，进口量将近一千箱；到了1800年，开始焦虑的中国政府从征收关税商品的

① 1740年，瓦特逊上校和印度副驻扎官威勒提出向中国输入鸦片。——译注

税率表中取消了鸦片税。直到那时，鸦片依然作为药物进口。东印度公司的大班们接受了这项禁令，并通报董事会。1809年、1815年和1820年，每年都加大力度重申禁令，但1806年，中国已经进口了三千二百一十箱鸦片，总价一百五十万英镑。走私日益加剧，愈演愈烈，现在已有超过三万箱的鸦片走私入境。这样递增不知到何时才会结束。毫无疑问的是，两国政府需要同心协力付出巨大努力才能摧毁这一涉及高额资本的交易体制。印度的马尔瓦、比哈尔邦和贝拿勒斯城向加尔各答市场输入将近四万箱鸦片。这个罂粟种植的垄断集团向政府提供大约两千万卢比的纯收入。连那些航行在东海上最华丽的船只，都是为了这一收益丰厚的买卖而专门建造。您可以想想他们会怎样对付走私，道光和他的大臣们发起的反鸦片战争，迄今为止依然毫无杀伤力。倘若真的达成妥协，您可以想象，他们将再无力反抗。

毫不逊色

2月18日……（第二年）

中国政府只发行一种货币，即“钱”（tseen 或 cash）。这种钱是一种混合锌和铅的铜币，钱币中央有一个方孔，可以把钱穿成长串，可以挂在脖子上去逛商场或市场。

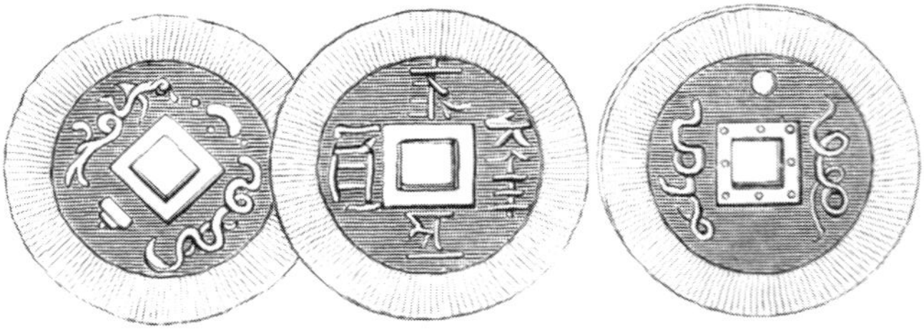

十文钱（钱是真正的铸币）相当于一个银元(candareen)。也就是说一定量的金属币等于另一种称为芒司的货币重量的十分之一，芒司又等于“银两”(tael)的十分之一。Tael是一种中国细银两，相当于我们的三个英硬币，或七法郎九十生丁。

那么现在，您认为我值多少银两呢？我知道这个问题很难回答，不过刚刚有人解决了，而且我很想知道，您估的价会不会和我的朋友林琛一样高。我猜不出他对我和伯驾医生的关系是一种怎样滑稽的想法，可确实有一天，他直截了当地向伯驾医生提出，如果医生肯转让我，他愿出四千银两。

这个出价很诱人，而且我知道几个在欧洲的朋友一定会叹息没有机会达成这么好的交易。刚开始，我们可爱的医生只把提督的误会当作笑料，但严肃实际的思维方式使他想得更多。他的思考也引发了我的思考，这个表面看起来微不足道的小事件使我陷入一个极其特别，也格外棘手的状况中。

我很遗憾您不在身边，您的一个建议，一句鼓励对我来说都是珍贵的。

我以前已经在信中向您讲述了我是怎样和这位帝国的高级官员结下亲密关系，您应该已经了解。不过，最近这六个月我一直没有给您去信，所以您还不知道我和这位可敬的老人之间感情进展奇速。他向伯驾医生出价没有其他意思，只是感激之情的表示和证明。

伯驾医生原来考虑或许可以利用这次机会，况且我的中文口语和书面语进步之快让他吃惊。现在，他尤其觉得（我将简述我们这几晚的交谈）一个欧洲人能够有幸进入这个神秘帝国，并受到林琛这样的大人物的保护和掩护，得到他的帮助和指引，他就能够完成一项对他来说有趣而对所有人有用的研究。医生认为，每天一点点地前进，最终，欣欣向荣的西方文明注定将推翻围绕着中华帝国的古老藩篱。我们已经可以感觉到这种来势汹汹的入侵和薄弱的抵抗。怎样才能战胜三万万人的毫无生气的抵抗？怎样才能改变政府根深蒂固的专制？观念和语言的艰难传播需要多少时间？肯定没人能回答，但这也肯定是西方运动的领导人考虑的重大问题之一。而且，只要能够带来新曙光，任何可靠有效的观察或是细心核查的事实都是受欢迎的。

事实上，在这个庞大帝国，确实有一些传教士，持着狂热的英雄主义，对迫害无所畏惧。他们被迫和教徒们躲藏在

最偏远的地方，住在牧羊人或农夫的简陋棚屋里，随时都有死亡的威胁，却依然坚持不懈地传教。在他们眼里，这是唯一值得献身，值得冒生命危险的事。可是，能在他们身上期待什么样的光明？现在，没有一个人有获得信息的渠道，而以前耶稣会的神父们则可以自由获取信息。当他们失去雍正皇帝的宠信时，他们仍然不屈不挠、满腔热情、灵活熟练地使用这些信息渠道，重新开始他们的任务。他们培养一种更自由的精神，至少也是一种积极明智的精神，他们影响着教徒，尽可能得到教徒的信任，他们相信可以致力于欧洲大家庭的利益。这就是伯驾先生向我建议的理想角色。我很清楚，我缺乏完成他的这些目标所需的条件。可是，他建议的这次冒险旅程中将会遇见的惊险、稀奇和令人振奋的事物却不断地刺激我的想象。

林琛在广东的三年任期只剩下几天了，他等候皇帝的旨意将他派往更远的地方，这使他决定出钱让我留在他身边。即使不提他对我倾注的父亲般的关爱，我也清楚他非常希望身边能有一个熟悉他脾性的医生，况且我已经两次为他排忧解难。对我来说，他甘愿违背所有禁令把我带在身边，这样的依赖让我感到非常宽慰。我能让他满意吗？乔装进入禁地，是否太冒险？林琛活着时，在他的权力保护下，我可以轻易地混在他的随从中，可是如果他死了，没有及时帮我离开禁地，那会发生什么事？要是哈姆雷特，他一定会说：“这是一个问题。”

5 月 17 日，18……

我的决心已定。帝国天子派给林琛一个临时任务，不是到中部省份，而是以提督师即大将军的身份巡视帝国的东南沿海，监察主要港口，恢复因走私和海寇而混乱的秩序。这似乎是上天为了缓和我的担心，安排一个让我安心的过渡期。

皇帝的诏令到达时，林琛在桌子上点起香烛，对着圣旨叩拜九次，然后宣读圣旨。不久后，我来到他家里。当他再次请求我随同前往时，我立即就同意了。至多只有几个月的时间，在此期间，我总是能够登上某艘欧洲舰船，如果发生什么惊人的意外，我可以轻易逃脱。赵海位居“副将”高职，必须跟随他的未来岳父。我想他一定会帮我的。我还没有弄清这个年轻人的脾性，他的话有时让我相信他的诚意，有时却又是敌意。有时我觉得他温和谦恭，可有时他却向我隐瞒最微不足道的小事。很久以来，我一直觉得他唯恐失去他的未婚妻（请原谅我的自命不凡），后来，我又猜想他企图让我协助他实施家族阴谋。他的若即若离总是让我觉得他在设圈套试探我的诚意。至今仍然如此。我满脑子都是赵海，我确信他缺乏坦诚和直率。尽管如此，他没有任何充分的理由怀疑或是仇恨我，因此我认为他不会出卖我。

我们还担心下属的议论。不过，林琛消除了这些异议，告诉我他会将所有知道我是欧洲人的官员留在广东。我已经告诉过您他没有儿子，而且他无法在女婿身上得到本应获得的情感，于是，他很自然地将这种无私的深情倾注在我这位医生兼朋友身上，这是所有老人对追随身边的人的感情。他渴望受人照顾，有人尽孝。我不想探讨这其中到底有没有私心。您很怀疑他的真心，您也很失望，但是我相信他的感情，甚至可以说是轻易地相信了他。我们能期待什么呢？林琛希望我对他好，把我当作儿子，仅此而已。

阿思小姐由一个亲戚陪着回到林琛的家乡，鄱阳湖东畔的江西景德镇。

5 月 25 日

明天，我们就要出发了。我剃了头，换上了中国书生的行头。从今以后，我必须循规蹈矩，而且不能说错话以免被人识破身份——这对我来说更难。幸好这里的谈话有四分之三是礼节客套，人们对举手之劳的小事也都极尽感激之辞，因此可以很得体地应付。但也不能忘了任何礼节，否则就会引起别人的注意。所以，我整天不断重复这些话："Fi-sin"（费心），意思是您用心；"Siè-po-tsin"（谢不尽），即我的感激没有止境；"Fan-laô"（烦劳），我使您腻烦了；"Té-tsoui"（抬举），原谅我的放肆；"Po—càn，po-càn，po-càn"（不敢，不敢，不敢），我不敢，我不敢，我不敢，应该翻译成"希望没有冒犯您"。如果有人对我说了一些我觉得过于吹捧的话，我就打断他的话，谦虚地说"Ki-càn"（岂敢），我怎么敢？言下之意是：其实您说的是事实。

我忘了是哪个鲁莽的法国作家曾断言"他妈的"是我们的国骂，而在这儿，这句话绝对是中国人的国骂。不幸的是，这还远远不够。

……………………………

亲爱的帕特里克，容许我最后再写几行。这些话我早该直接对您说，就要向您告别，我感到有点伤感。但希望这不是一种不祥的预兆。

如果从广东的最后一晚来判断，一切看来是个好兆头。

和商行的朋友一起开心地吃过晚饭后，我们沿河顺流而下。那时大概晚上九点。这是船的城市，在船上出生、生活直至老死的水居部族“疍民”已经在静止的舢板船底舱里睡着了，而那些大帆船依然热闹喧哗，灯火通明。船窗灯光闪烁，像猛兽的绿莹莹的眼睛一般。甲板和静索上吊着五颜六色的灯笼，在虎河平静的水面上映出粉红、湛蓝和紫罗兰色的光晕。我们和城市之间横着一片桅杆的森林，广东消失在森林之后。透过这层屏障的缝隙，我们瞥见行馆的窗户，还有英国行的大灯杆。整幅画面新奇独特，令人惊叹。

过了一会儿，我们便好奇地想知道那些“花船”里的景象，这些灯火通明的船里传出那么欢快的歌声和那么奇特的音乐。船手灵活地把船靠上一艘装饰华丽的花船。透过半开的窗户，我们的目光探进一间宴会厅，几个衣着华贵的男人正在和七八个戴着玫瑰和橘花头饰的黑头发的中国塞王女妖们享用精美的晚宴。不过，探查没有持续多久。虽然放荡公子们没有看见我们，但凭着一种神秘的直觉，他们察觉到大胆的番鬼们正在窥探，顷刻间，所有帘子刷的一声全都垂落，这种背景的更换比挥一下棍子的速度还要快。我们从耀眼的光亮中忽然掉进漆黑里，眼睛就像被打昏似的忽然看不见，几秒钟后才重新适应新的亮度。我们看见头顶的防护网外映出十来个人影，比画着威胁的动作，不知所云地吼着，让我们离开，有几个人甚至已经抓起了竹长矛（这是中国水兵最

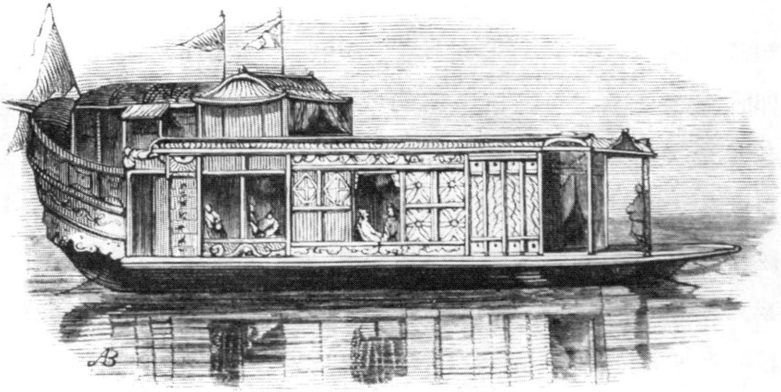

常用的武器），准备开始一场没有宣战辞的战斗。我们赶紧划桨逃开了。

另一次偷窥则成功多了。帆船的主人围着桌子，身边一群花枝招展、浓妆艳抹、满面堆笑的女人。他们看见我们并认出了我们，但不想为这点小事分心。他们举止极度谦恭，显示出高贵身份，尤其是显示出一副满不在乎的蔑视。只有一个人表现出意识到我们的存在。那是一个老者，坐在一个十分年轻的美人身边，他似乎被我们冒失的探看惹恼了，他站起身，牵着美人的手走出宴会厅。可以说，他是在向我们让步，这种十分绅士的举动使我们为自己的鲁莽感到脸红。

于是，我们略感不安地结束了这次夜航。第二天早上醒来时，仍然记忆犹新。我亲爱的帕特里克，我要再次向您道别，如果长时间没有写信，您不要担心。一个小时后，我将变成一个中国人，不能再和您通信，不能因为您这样一个

“野蛮人”而暴露身份。以后我会补偿您的，我不会给您信件，但是您将收到一份书生的笔记，名叫“平西”的懵懂无知、傻头傻脑的书生。“平西”，这将是您的朋友岱摩今后的中国名字。

书生平西之游记

一　皇家海军—快速帆船—林琛显示天朝威严—阿娘鞋岛与虎门—飞龙—追捕—廉价的英勇—宣战模式

3月25日

我们的舰队由三十艘战舰组成，每艘战舰有五十名士兵，由一名“总兵”和四名下属军官统领。这种战舰载重量只有二百五十至三百吨，除船壳板外，长度仅为八十或九十法尺，宽度十二至十五法尺。

船首高高翘起，斜切，没有破浪材，下方是两片斜航桁形状、不知什么功能的尾轴鳍。船尾向内敞开，便于舵通过。舵是一种用缆绳操纵的庞大器械。

帆由多张席子构成，接缝用竹竿固定。这种帆比我们的帆承受更大的风力。不过这一优势无法弥补其他制造上的缺陷，中国船总是行动迟缓，还不如我们最次的帆船。

中国捻缝用一种油灰填涂，比我们的松脂效果更好。而

且，船身被巧妙地分为若干独立舱室，这样，一个漏水洞只能产生局部损害。或许正是因为有了这种有效的预防措施，中国船至今都没有使用水泵。

锚由一种叫“铁木”（像铁一样的木头）的材质坚硬的厚重木材做成。他们说，他们偏好这种木料是因为它不易变形。严格地说，船上没有领航员，而是一些驶船和指挥水手的舵手。他们不适应长途航行，在大海上航行时毫不担心船的冲力，不在乎罗盘上的航向方位。不过，海岸沿线的航行确实没出差错，当然，前提是没有吸食鸦片，不至于昏头昏脑。

说到鸦片，我该在此写下这次出征中与走私犯的首次遭遇。圣旨命令林琛巡视沿海海域，言辞倨傲地责令他驱逐那些烦人的番鬼，因为他们无视法令，向中国输入蛮夷的鸦片，称为“阿芙蓉”，即浓缩的“罂粟”汁液。

于是林琛调查了零丁洋锚地的现状。走私船，也就是东

战　船

印度公司的快速帆船驶进锚地，把货卸在停于固定泊位上的“准许进入的趸船”。这些走私船是些约为三百吨位的大船，甲板上配备帆缆索具，通常顶着最猛烈的季风扬帆行驶。当时只有三艘船停在锚地，都已卸货，正准备启航。不能错过这个驱逐番鬼的好机会。于是，林琛下达总督令，郑重宣布“攻打邪恶夷船，展示天朝兵威”。

一声令下，扬帆启航。顿时，轰声大作，震耳欲聋，锣鼓震天，呐喊声乐声齐鸣。所有帆船一齐炮声雷鸣，海军军号不停地嘈嘈嚷嚷地传送口令，深谋远虑地警告蛮族，他们要迎战的是帝国最厉害的军队。

就这样，我们声势浩荡地驶过穿鼻洋的威远岬角（阿娘鞋岛），驶过虎门炮台。这些炮台曾经无数次被我们欧洲驱逐舰的大炮吓得一声不吭。[1] 我不由得想起中国将军的策略，在

① 1637 年是威德尔船长的大炮；1816 年，马克斯威尔船长的“阿尔塞斯特”号；虎门之战（1834）时内皮尔勋爵下令开炮的“安东罗灭古”号（Andromache）和“伊莫禁”号（Imogne）。

石灰地上架起上千座帐篷，威吓阿美士德号和西尔佛号。这些天真的士兵什么时候才会意识到他们这种虚张声势的幼稚做法毫无用处?

这种喧哗还有另一个作用，就是使当地走私犯的“快艇”（也叫“飞龙船”）逃往附近小岛的海湾，小心翼翼地隐藏起来。我们一眼就认出了快艇的褐色船身、土黄色的帆和无数的船桨，有几次甚至听见了船桨的噼啪声，可是没有人做出任何表示。走私犯近在咫尺！然而，他们显得毫不担心，悠闲地坐在甲板上继续打牌，无所谓的态度令我大为吃惊。似乎最有走私嫌疑的船只只要不明目张胆公然违纪，就都能逃脱追捕。这种处罚不力使走私犯不再畏惧巡警，也习惯了违抗官员。

一艘走私船冒冒失失地超过我们的一艘追捕船。眼看这艘蜈蚣船就要被套住，几个水手及时抓起竹长矛，顶开两艘船，随后疯狂划桨逃离了。

接下来的驱逐着实让我们所有人开心了一回。那些恶魔似的走私犯，脸上裹着黑纱，光着膀子，握着剑或长枪，声嘶力竭地叫着在甲板上奔跑。他们身后的指挥官毫不逊色地叫嚷着指挥。船头的回旋炮在炮架上不时转动，吐出几颗毫无杀伤力的弹丸，在离目标还有二三百法尺的水面上像平时打水漂似的弹了几下。在轰鸣声中，走私贩子使劲地划桨，渐渐地逃远了。

不巧的是，我们的逃犯选择了一段弯曲狭窄的水道作为逃生路线，没有察觉到和我们身后小舰队的一艘容克船恰好并行。局势紧张起来。飞龙船无论如何努力都无法逃身了。此刻，我领略到法律赋予执法者多大的权力，同时剥夺了违抗者多少的权利。大吼大叫的走私贩子其实只是希望没有任何人员伤亡地逃开。他们很清楚，单纯的走私不过罚些银两，但如果为逃生而稍稍碰伤官员就会被处以绞刑。可这些官兵毫不留情，无所顾忌地追赶。于是，战争继续下去。官兵终于登上了走私船。甲板上，兵帽和光头混成一团。有些光头落入水中，成为箭和标枪的目标。其他人则被揪住辫子（辫子在手腕上绕上两三圈，确实很管用），这些走投无路的

强盗就这样被揪走，捆绑起来，狠狠地打。

取得英勇战绩的凯旋的舰队，劲头十足地向内海挺进，准备清除烦人的蛮夷。泊场中仍有三艘快艇，躲在零丁洋山峰的阴面。前两艘已经启航，另一艘是这附近海域最漂亮的船只之一，正悠闲地等候皇家舰队的到来，准备上演一出早已习惯的闹剧。这时，中国容克船出现了。印度船上的水手开始忙碌起来，或者应该说是惊恐地四处奔跑。风帆陆续放下来，印度水手大声吆喝着奋力起锚。总之，快艇顷刻间逃之夭夭，我们笨重的容克船很难追到它。实际上，我们也不打算这么做，但要做做样子，因此水兵并没有歇着。我们行驶速度相当快。突然，那艘狡猾的三桅船放下帆，似乎想向我们靠拢。就在这时，舷墙的炮孔打开了，露出一排炮筒。没有比这个更有趣的玩笑了。无须命令，我们的容克船也随之放慢速度。快艇停止不动，我们也停了下来。它从一岸驶向另一岸，像个悠闲的散步者；我们紧紧跟着，一样地从容不迫，不紧不慢。最后，当确定我们根本不想挑起战事，快艇突然开动，犹如一只重新展开翅膀的翠鸟，逃向我们刚刚才驶过的海域，几分钟后便消失在视线之外，如同远处地平线上的一缕炊烟。

该是我们展示无畏兵威的时候了。锣鼓敲响战斗准备，士兵们在军号指挥下抄起长矛，军官们手握利剑，炮手们忙不迭地装炮弹。四周硝烟弥漫，炮火齐射，虽然毫发无伤，但从岸堤上看却也轰天震地。难道还会有人怀疑这不是一场最致命的战斗?

此时的林琛不过是依循约定俗成的惯例，一种早已陈旧的习惯做法。帝国的官员只需为胜利摇旗呐喊，大造声势，事实如何无关紧要，虽然只要尽力就能避免失败，但就算失败也没有人会责备他。同样，如果胜利或类似胜利，也没有人会询问他获取胜利的方式。

几个星期后，皇帝将会得知昨天发生的一切。北京的报纸将昭示天下：尽忠职守的提督师浴血奋战，大败番鬼；番鬼狼狈逃跑，内海将不再出现那些令人痛恨的船只。

我们的公报会怎么说，长篇大论，或者一笔带过?

二 澳门—海神—饕餮圣祭—岛疍民—海寇—中国的“红胡子”—海上之王—海禁—1810 年的海寇—寡妇头领—女神—梅英传奇—黑旗帮与红旗帮—和平—俘虏的回忆

3 月 29 日

长篇累牍的描述没有让我泄气，我很想再写写澳门。鳞次栉比的房子，窄窄的阶梯小径，葡萄牙的修道院，有着澳门风格屋檐的天主教钟楼，还有那别致的圆形海湾，“蛋船”穿梭往来，将你载往港口，在花岗岩的岸堤边下船。

我们的舰队没有停靠在这个港口，而是好奇心将我带到了这里。当时，舰队行程缓慢，开进堵住虎河出海口的群岛时，林琛要向澳门的官员传递口讯。口讯肯定不是很重要，因为送信人是一个舵手。于是，我抓住了这个机会。舵手让我上了船，船上有六个划桨手和两个小水手，其中一人

澳门市集

还额外担任厨师。这些勇敢的人颇费气力，我们才避开隐藏在水面下的危险的礁石和水涡。我可以肯定，他们担心呈献给“天后娘娘”（天上的女王，水手们的守护神）的用来赎罪的供品不够多。我们的那个小厨师在甲板上奔跑，向船首投掷点燃的纸片，依靠这些纸片预测我们未来的命运；随后，他们又在一尊披着蓝色缎袍和各色缎带的女神像前点燃香烛，也就是中式英语所说的“神枝”。神龛中，一盏盛满茶油的油灯日夜长明，神像四周挂

满假花、绸缎、闪亮的饰片和数不清的奇异装饰。人们用这盏神灯点燃用牛胶和木屑做成的香烛，点燃烫金、涂油的香纸。神龛前日夜摆放着呈献给天后娘娘的供品，蜜饯、水果和小杯的茶。这些茶，水手们总是一饮而尽。

船越大，面临的危险越严重，供品就越多。不过，不管供品是一只鸡蛋还是一头牛，一小撮米饭或一大块肥肉，结果总是一样的，虔诚的信徒替天后娘娘吃掉她没有接受的供品。这样就不会浪费任何东西。

从零丁洋前往澳门的途中，我被一座小岛葱翠的风景吸引住了，于是我请求在那里下船。为谨慎起见，舵手陪我上岛。他是一位高大纤瘦的老人，严肃的外表和黑色长袍外套会让人误以为是位教士。他带着我从一条迂回曲折的小径上了岸。这是一条凿在岩石上的简易小道，路面已经磨损，路边随处可见带刺的灌木丛和一簇簇的野花。攀爬了几分钟后，我们来到一组渔民的棚屋前。其中的一座棚屋就是一艘搁浅的篷船，架在砖台上，虽然依旧是一艘船，只是用途已经不同了。船边上聚集着三十来个渔民，男人和女人都有，女人们忙碌着家务活，男人则在竹荫下抽烟聊天。不远处的岩石上晾着黑色的渔网，岩石边暗绿色的淤泥中，一头水牛正在戏水，不时抬起头，茫然地望望四周。温热的空中飞舞着数不清的色彩鲜艳的蝴蝶，蝈蝈儿跳过高高的草丛，紫色的羽翅荡起一阵簌簌声。

渔民的棚层（广东省）

站在小岛的山顶上，美妙的风景尽收眼底。海面一片平静，犹如一面光滑的银盾，映着缕缕阳光，不时有几艘小船懒懒地驶过。大屿山的山峦和零丁岛的顶峰打破海平线的单调；明暗相间的山峰，阳面的淡蓝，阴面的赭色，将疲惫的眼睛拉回近处，惬意地欣赏着玲珑的小村庄，花香满径的乡间小道，秀丽的港湾，在那儿，我们的小船正一动不动懒洋洋地歇着。

于是，我开始想象，想象一种理想的生活，一种百万人的游牧生活。在这片晴朗的天空下，水上居民顺着河流不停歇地游走，过着随遇而安的生活。“疍民”属于受人鄙视甚至受压迫的社会等级，名称来自他们的椭圆形舢板船。可是，这是何等的无拘无束！一路上又是何等的多姿多彩，激发无限丰富的想象！随性地从一个港湾到另一个港湾；停歇在那片让你微笑的沙滩；一时兴起，又扬帆启航；如果思念，那么就回来；到处流浪，带着房子，带着家人；永远不会离弃那片篷屋顶，走走停停，旅程同生命一般漫长！这难道不是一种更加幸福的宿命？

我任由想象在这幅背景上尽情驰骋，直到老舵手打断了我的思绪。他拿着一管老式的英国望远镜四处张望——这东西让他颇为骄傲——他看到了起风的迹象。东边的天格外明亮，可尽头的海面一片黯淡，浪沫打破平静的水面，海面开始骚动不安。渐渐地，水手们戏称为“猫爪”的滚滚的白色浪沫，不停变幻着形状和方向，覆盖了整个海域。这时，小浪头也出现了。

这些明显的迹象要求我们立即启航。我们飞奔下山，回到陡峭的海岸。水手们正等着我们准备升帆。在渔民们的一路平安的祝福声中，我们出发了。

我什么都没有记录下来，我想不起描写这么久的这座小岛的名称了。不过应该可以在海图上找到，在大屿山的主要城市“大澳”的右上方。算是对那些严谨的人，那些地理学和批评家有所交待。

大屿山，中国人也把它叫作“大屿”，即“大的岛屿”，十五英里长，五英里或五英里半宽。昨天，从澳门返回的途中，我们沿着大屿山的海岸线航行，和停泊在岛屿东北端汲水门湾的中国舰队会合。海湾并不远，就在大陆和大屿山之间的蜿蜒曲折的海道中。几年前，帆船经常在七月到十月间停泊在此，以躲避这片海域最可怕的台风。

4月2日

今天早上，我们离开汲水门，前往一处小港湾。林琛亲口向我提起这处海港，认为定会让我印象深刻。这是一处完全隐蔽的小港，出口被一座岛屿堵住。这座岛屿保护着这块特殊的飞地不受狂风巨浪的侵袭，成为超乎想象的最理想、

最隐秘的避风港。自世纪初以来，这里就成为海寇的聚集地，海寇组织严密，在天朝帝国的沿海肆虐劫掠。

这些海寇的故事十分稀奇，提督向我讲述了一部分，赵海也补充了一些。赵海的讲述直到前天傍晚才告一段落，细致详尽，不时穿插演示，趣味盎然。可惜的是，我只能用几句话进行概述。

自古以来，中国沿海，尤其是南部沿海，一直遭到海寇的侵扰。活跃的海上贸易诱惑着海寇，皇家水师的羸弱使他们肆意妄为，更庇护了他们的海寇行径。无数的岛屿和港湾为他们提供安全无比的藏身之处。不过，是灾难和不幸迫使他们成为海寇。揭竿而起的第一支海寇招募了大批来自内海的各行各业的成员。

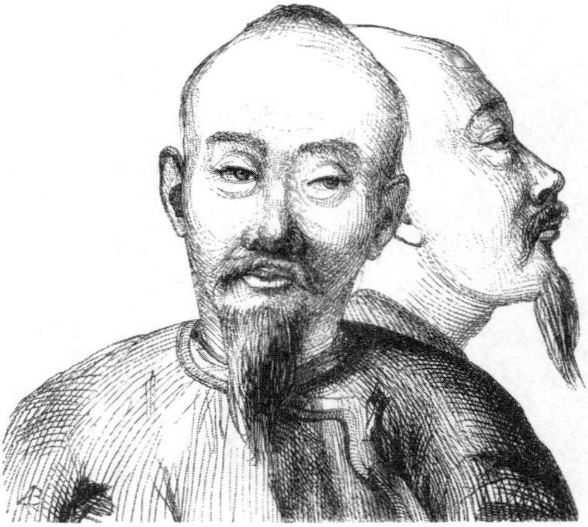

帝国的史书上记载了几位有幸成为“海上之王”的人物，他们势力强大，打败天子的舰队，与天子平起平坐。例如17世纪中叶（1640—1646）著名的郑芝龙。他出身平民，曾长时间在澳门做葡萄牙人的仆人，葡萄牙人给他起了个名字尼可拉·加斯帕（Nicolas Gaspard）；他后来到了台湾，成为荷兰人的仆人；随后，他又成为日本的商务代表，率领一艘船。老板死后，郑芝龙将托付与他的船只占为己有，装备了劫掠的行头，很快便成为海寇团伙的头领。另一海寇团伙与他结成同盟。从此，他们战无不胜，不可抵挡。皇帝意识到危险，秘密捕获了郑芝龙。这个海寇被皇帝招安，出卖了他的同盟，换得中国水军元帅的头衔。这一职位赋予他巨大的权利，他伺机以待，最终一手掌控了帝国的对外贸易。

这个危险人物被胜利冲昏了头脑，打算为儿子国姓爷（葡萄牙历史学家称为Koxinga）铺平称帝的道路。就这样，事情闹大了。于是，朝廷用美丽的谎言引诱这位胆大包天的海寇。他率领着未来君王的浩浩荡荡的随行队伍进了紫禁城，从此，再也没有走出紫禁城。

一心打算攻占一块领地的国姓爷夺取了台湾岛。岛上的居民缴纳极少量的税赋。就像从前那样，收入主要来自中国沿海海域。因此，清政府库银锐减，但又无力对抗。康熙皇帝的四位辅臣下令放弃所有岛屿，中止贸易往来，向沿海所有地区的居民下达一条奇怪的法令，要求他们向内陆迁移十二里。这道诏令或许令人难以置信。然而，更不可置信但又不得不相信的是，这道诏令竟然付诸实施了！诏令得到严格执行，历时七年，沿海海域一度荒废。诏令涉及大批港口。在教士汤若望的一再恳求下，澳门才被排除在外。还有另外一个原因就是，澳门有能力抵抗侵犯。

国姓爷死后，禁令继续执行。他的儿子相安无事地统治着台湾。孙子[1]继承王权后，直到1683年，康熙皇帝才承认他的侯王地位。

海寇的第一个辉煌时代就这么结束了，一百二十多年之后，一支海寇团公开起兵造反，皇家海军才重新夺回海域。但不应该就此认为，一个多世纪以来，中国海域摆脱了强盗的侵扰，只是没有联盟，没有组织严密的军队，没有通常的针对执法部门的挑衅。

---

① 指郑成功之孙郑克塽，其继承延平郡王、招讨大将军官爵，于康熙二十二年（1683）降清，受封海澄公。——译注

1802—1803年间，劫掠频仍。海寇团相互结成联盟。1806年，海寇团队已经拥有五六百艘帆船，将近两万五千名成员。1810年，人数上升至七千人，任何皇家海军都无力摧毁他们的势力。

他们共有六帮：红、橙、绿、蓝、白、黑，公然挂着尽人皆知的帮旗，由六名头领分别统帅，总头领是郑一。他公开表明梦想占领交趾支那。1807年，一场台风助他实现了野心。

自此形成一种奇怪的形势，郑一的势力遍及各地，不仅手下将士有权有势，甚至连他的遗孀也霸据一方。这位郑一嫂精力充沛，性格刚强，几千名匪徒对她言听计从。不仅如此，她下达了一项非常女性化的法令，强盗们竟然接受，并且严格执行。这项法令禁止海寇擅自上岸，违者处以最严厉的惩罚；劫掠所得必须上报，各帮派共同分享；任何违纪，挪用公款，均处以死刑。劫获的钱财集中分配，上交给某位头领，头领将五分之一赏给立功人，余下的作为公款开支。同时，向农民征得的粮食和军需品一并上缴，否则难逃一死。至于掠来的女人，他们索要赎金，但不轻薄这些女人；至于最漂亮的女人，或是没有得到赎金的女人，他们以一定的价格卖给单身的海寇。买到女人的海寇必须马上娶她为妻，随后会有一处篷屋给他和他的妻子。强暴或荒淫罪行处以极刑。

加入这个特殊的王国并非易事。不过，她还是招募了大量的志愿兵。但拒绝船上经验少于八个月的人，即使是那些给帮队捐赠财物的好战者。

如此严明的纪律使海寇队伍变得前所未有的强大。来自北京的剿匪命令一道接一道，皇帝的海军统帅一次又一次战败而归。很快，皇帝下令，要么凯旋，要么一死。将领们还是打了败仗，随后自杀了。政府想起了康熙未成年时四位满族摄政王为了剿灭国姓爷所采用的不得已举措。于是，政府下令所有船只退避港口，不得出海，等候新指令。这次海禁使海寇们无以营生，令他们大为恼火。他们大肆抢掠，无恶不作，杀人发火，同时劫掠二十余处。为了生存，他们被迫分成好几个小船队。许多城市都得向他们纳贡，船队经过时必须致敬。不顺从的城市被焚毁，洗劫一空，海寇杀死老人和儿童，掠走女人，带走尸体，索要赎金。恐怖程度达到极致。

中国各地都有这种针对遗骸的荒谬无理的勒索。然而，在这个国家，一个有德行的人宁可花更多的钱赎回曾祖父的尸体，而不是保住兄弟的性命。

这段时期所助长或者说是引发的血腥历史中，梅英的传奇流传最广。我是从赵海给我的一本史书上看到的。书上描绘了官员杨继宁的女儿梅英美貌如花，讲述她如何触怒了海寇女王的大将军，可怕的张保仔。梅英是张保仔掠来的女人，她公开顶撞张保仔，无视他的淫威。愤怒的张保仔将她双手反缚，高高地吊在上甲板的桅杆上。尽管痛苦，可她加倍地嘲笑张保仔。张保仔把她放了下来，用剑柄打，打碎了她好几颗牙。这个勇敢的女人佯装投降，可刚一松绑，她就往海寇脸上啐了一口带血的唾沫，诅咒了一句，纵身跳入海里。

一位史学家写道："越明年，贼平。余道经半边月，因感梅英之贞烈，而慨诸人之被获也。吟诗一首以吊焉。曰：

战气今销歇，追思重溯洄。
当时谁犯敌，有女独能摧。
溅血撄狂孽，捐躯陨水隈。
水魂波上下，英烈尚徘徊。

吟毕，流连四望，见水碧山青，不复烽烟樯影矣。咨嗟者久之。"

中国是一个恪守先例的国家。当皇帝看见他所向无敌的舰队无法剿灭海寇，海禁也无法再继续执行时，他效仿一位祖先的做法，求助于葡萄牙海军的帮助。皇帝郑重承诺，将恢复澳门的葡萄牙人的特权。于是，葡萄牙海军装备了六艘舰艇，与天子的舰队协同作战。[①] 可是，求助找错了对象。战事不断，却毫无进展。要不是海寇集团发生内讧，海寇的势力仍会继续扩张。

大将军张保仔和仅次于他的阿保泰之间发生对峙。阿保泰率领黑旗帮，张保仔率领红旗帮。一开始，他们不再协同合作，随后，嫉妒使他们相互厮杀，张保仔战败。从此，强大的同盟解体了。一道恰到时机的大赦令招安了阿保泰，于是他投靠政府，更名换姓，成了帝国的军官。

几个月的征战后，郑一的遗孀和她的大将军看到形势不利，军心浮动，战斗难以继续，因为这些手下极力主张签订

---

① 自明中叶盘踞澳门之后，葡萄牙船队曾多次主动协助中国政府剿灭海盗，最早一次发生在嘉靖四十三年（1564）柘林叛兵围攻省城广州期间。这样做一方面固然是葡人的海上贸易受海盗滋扰，另一方面也是讨好地方当局的考虑。随着全面剿捕行动展开，时任两广总督的张百龄于嘉庆十四年呈报“澳门西洋夷目派船跟同剿贼情形”，声称葡人“仰仗天朝兵威洩忿”，“自愿出力”，强调“现在师船壮盛，原无藉区区夷兵之力”，但又向朝廷报告“夷巡船仍复在彼遥相哄击，毙贼多名”，证实葡人兵船参战。《磨盾记》记载了当时百龄主动寻求“夷船”“夷兵”协助剿灭海盗的困境。在剿捕海盗过程中，先后通过大班和幕僚寻求在粤的英国和葡萄牙军舰协助。起初百龄指令十三行商人邀英国海军参与海上巡逻。随后与葡萄牙人达成协议，后者装备了一支由六艘军舰、七百三十名水手和一百一十八门火炮组成的船队参与联合作战，中方为此支付了八万两白银的舰船费用，“中外结盟”在剿灭海盗过程中发挥了重要作用。——译注

和平条约。一位下级官员首先被派到船上，达成了若干互惠条款。随后，他们必须前往广东，与总督互换正式批文。没有一个海寇有勇气担当使者。于是，女首领亲自出马，带着几个贴身女护卫，冒着生命危险，前去缔结合约。她的自信没有错。总督宣布达成的所有条款有效，并前往迎接泊在沿海的红旗帮。和以前的同伙阿保泰一样，张保仔被提升为高级军官。两人都竭尽全力，剿灭他们长期以来共同率领的同盟军的残余力量。

海寇女首领郑一的遗孀则率领着余下的海寇部队退守澳门。她一直生活在澳门，经营着一家下流赌场，过着平庸的生活，不再称霸，但应该也不会遗憾。

为了让我开心，赵海请来我们最年长的水手作证。他曾经落入残暴的张保仔的手中，倍受毒打。那时正值灾荒，吃的东西少得可怜。要洗劫一座城市时，头领会在上岸之前定下投降的奖金，最高达十英镑。俘虏受到非人的虐待，整个人用头发吊在甲板上，就这样吊着，忍受夜晚的潮湿，白天的赤热。赎金通常是固定的，根据获得信息从六百到六千英镑不等。

沿海城市和村镇每年进贡两次，船只一年一次。纳贡的船只会得到一种由某位头领签发并得到其他所有头领承认的通行证。

对皇家海军或士兵则毫不留情，格杀勿论，除非要应付抵抗，或需要他们换回看中的什物。

不论是为了得到赎金，还是为了强迫那些有意招募的俘虏投靠，他们都对俘虏施加残酷的刑罚。最常见的是将俘虏双手反缚吊在桅杆上，这种姿势会引起令人无法忍受的痛苦，而后又用三绞的荆条鞭打，经常是打死为止。

如果相信老水手的话，他曾经看见海寇将一个官船上的人两脚钉在甲板上，毒打这个可怜人直到吐血，然后，那些刽子手把他放到地上，用刀剁成碎块。还有一次，海寇们将一个俘虏吊在桅杆上，开膛破腹，取出还在跳动的心脏……我再也无法忍受这些残忍的描述，但他们却好像在展示所谓的文明，那种 18 世纪的传道士和语文学者曾经奉为时尚的文明。

老水手讲述的时候，赵海看见我发抖了。看到我恐惧不已，他们一定很开心。

三　福建—中国式的厩肥—厦门及其侨民—巫师—神秘的风水之道—魔镜—见识礼仪之道—辫子的用途—仪仗队—彩布台上的女人—神秘人物—尽显妖娆—凤凰

我们沿着福建的陡峭海岸继续前进。福建，帝国最有名的省份之一，地域广阔（五十七平方英里），人口一千四百万，民风尤为独特。地质坚硬，多山，盛产铜、铁、锡。据说，岩石里可能还含有金和银，不过政府禁止私人淘金。

福建人的性格不一般，纵观整个中国，再没有比这里更好的海军，更敢闯敢干的商人了。即使生活比天子的其他子民们更安逸，但福建人还是背井离乡，远涉重洋，寻求冒险和财富。饥荒使他们外出谋生，这是事实，但他们选择了积极抗争，避开饥荒而不是忍受饥荒。他们技能娴熟，积极主动，正直诚实，勤俭节约。广东省的剃头匠、佣人几乎都是福建人。而且，上千移民从福建前往台湾岛，在美丽的山谷里开荒种地。

自从我们沿着曲折蜿蜒的海岸航行以来，我不止一次有机会上岸。因此，我看见了广东沿海的盐田，种满甘蔗的沙田，到处是野生桑树的贫瘠的荒地。我见识了不少岛屿：三门，南澳，靖海，伶仃。

天气晴朗的时候，从海上第一眼发现这些小村落和商镇，我即刻就被吸引住了。长长的一排小屋子，散落在小港湾里，由一组排炮守护着。排炮造型精美，但毫无杀伤力。小城后面的小山丘上，常常是悬崖上，耸立着破旧的小堡垒，由几个食不果腹的可怜人守着，徒有防御之名。堡垒边上是一座多少有点高、造型还不错的塔，或是直接雕刻在岬角顶部的“妈祖婆”（女海神的另一种称呼）的超大型雕像。

可是，在你受了引诱，走进这些小村镇之后，小镇最初的魅力即刻消失殆尽。只要稍稍靠近墙壁，刺鼻的气味便会让你喘不过气来。这可不是肯特郡或萨赛克斯郡的马厩散发出的浓烈但有益健康的气味，而是所有想象得到的腐烂物的可怕大杂烩。中国人囤积各种不知名的肥料，到处都是。要了解中国农民的这种怪癖，只要看看这个国家的剃头匠们，他们细心地将剃下的胡须和头发收集在袋子里，然后将这些人体的“残墟”卖给农民。你可以知道他们的这种精耕细作，只要您看到他们在最狭窄的大理石台架上铺上某种腐殖土，播种、灌溉、艰难费力地施肥，让收获不负于这种不屈不挠的劳作。可是，不论是否丰收，都无法满足足有土地十倍之多的人口的需要。

所有这些沿海港口，以及附近的岛屿都曾经是而且仍然可能再次成为海寇的窝点，例如虎、狮、龙、象四岛。所以，我们在这些岛屿西边抛锚，停歇了两天，林琛认真地搜查这些岛屿。我们浩浩荡荡的声势似乎早已吓倒了那些连皇帝都知晓劫掠罪行的恶棍们，至今还没有一个海寇胆敢露面。

舰队的一些官员说出了内心疑惑，怀疑海寇在舰队中有眼线，及时得到线人的报信，所以总能避开我们。我不知道这些含沙射影的话有多少值得相信，也不知道哪些官员是可疑的。但有一点是肯定的，那就是在准女婿的旁敲侧击下，林琛禁止散布这类动摇军心的谣言，违者责以棒打。

4月15日

我们已经在厦门停留了好几天。这座城市位于一座很大的岛屿上，占据了一片深海港的左岸。城市的对岸有一个小岛“鼓浪屿”，岛上的排炮正对着厦门的入口，任何胆敢闯入的船只都有被击沉的危险。小岛和城市之间的海道有四分之三英里宽，水深约十二法寻。这是一个优秀的良港，船只的装载和卸运极为方便，甚至可将货物直接送达家门口。港内完全避风，进出港安全无险。这些优势使这座城市成为

中国最大的货物集散地之一，也使厦门人成为最勇敢的水手，最义无反顾的侨民。他们的家乡土地贫瘠，几乎颗粒不收，但他们从台湾岛获得给养。帝国的其他地区都因这个或那个理由而求助于厦门的富商。他们的容克船多达三百艘，一日不停地来来往往，运送侨民前往台湾，同时带回大量的大米，或者驱船北上，向帝国的其他城市供应糖和茶叶。厦门侨民的归乡意识尤为强烈。不论他们漂荡到哪个地方，交趾支那或日本，暹罗或就在天朝帝国的内陆，只要攒点积蓄，他们就返乡，花光微薄的财产，然后再次出发，重新挣钱攒钱。

这证明了某些风俗是相通的。即使是最不具魅力的地方，那也是离乡人留下美好回忆的地方。岩石和沙砾环绕的厦门，对远途归乡的孩子来说是昂贵的、不富足、拥挤的留居，但他们还是回来了，义无反顾地从最遥远的海港回来了。

这座城市本应该是第一个向欧洲开放的港口。在台湾势力强大的那段时期，荷兰人与福建市场的交易往来尤其频繁。1670 年，英国人来到这里，但当时敲诈之风盛行，加剧了交易谈判的困难。多次尝试失败之后，英国人放弃了这个地区，转而选择广东。1685 年、1734 年以及 18 世纪，英国人多次试图重建中断的贸易往来，但每一次，不论当地人多么乐意，朝廷官员仍旧设法挫败了所有的贸易或走私企图。西班牙人也没有得到更多优待，虽然名义上他们获准进入厦门港，但实际上只能在澳门进行贸易。于是，西班牙人报复了，毫不

厦门附近一座寺庙的码头

留情地向一年一度往返马尼拉的厦门和上海的中国船只勒索赎金。

4月17日

城里、城郊和海边都有无数的寺庙，让那些偶像崇拜者得以朝拜岸上海中的各路神仙。最著名的寺庙是佛寺，庙前耸立着巨大的神像。厦门人尤其迷信。如果没错的话，这种虔诚是由于他们飘荡不定的生活。危险重重的渡海之前，自然会祈求上天，或者为远途平安归来而感谢上天。水手、商人、赌徒都是如此，祈求神明给予好运。

于是，比起别处，这里的巫师和算命先生也备受信任。海岸边、市郊中，随处可见预言师们的明码标价的流动摊位。摊主通常是一位看起来令人敬仰的老者，摊位的摆设讲究、神秘。他往往身兼医生和占星家双职，在一小张红纸上既开药方也写占卜，然后郑重其事地交给轻信的顾客。接下来，不管怎样，一切听天由命。

中国巫师通常是一位有"半腹经纶"的读书人，举止阿谀奉承，一副得了神灵启示的神情。在那张跟随他踏遍城市各个角落的桌子上，总是不变的一套什物：一面光亮的大铁盘，写着黑色和红色的神秘字符，几支粗细不等的"毛笔"（带毛的笔），一个装着一束竹签的木筒，签上写着神秘的语

句，一个小凹槽，里面放着几卷写满字符的纸，最后是一本算命书，占卜术的箴言手册。

在足以引起路人注意的高高的椅背后，博学的算命先生挂起一幅略显矫饰的招牌，写着他的名字、卜卦的价格，此外，还有对自己才华的颂词，用尽所有夸张的辞藻，宣称他如何精通风水之道。风水，即中国巫术，能说出天气的温度、雨期、风向、炎热天气的持续时间，这些是需要解决的大事。

询问“先生”时，通常依循以下程序：根据价目表，把钱放在先生的面前，然后递给他一支竹签，以及一卷我刚才提过的放在槽中的纸。他在镜盘上写下竹签和纸卷上的标记，加上其他几个辅助符号，每个标记便变成一个普通的汉字。这些字组合成一句话，但是这句话晦涩难懂，必须通过巫师的解释才能明白。解释是即席而作的，但似乎不会出错。他解读着晦涩的语句，合情合理，诚心诚意，稍有疑问时还会咨询在场的人。旁人的赞同加重他的话的分量，无论是让人宽慰的话或是可怕的凶兆，总是带着最诚恳的语气。

有一天，我见识了中国人是何等的有耐心，何等的谦恭礼让。那天，我们在一个拥挤的阶梯看台上观赏一场划船赛。好几次我发觉坐在前面的一个商人模样的人不时地摆头，嘴里嘟嘟哝哝地抱怨着，小声诅咒着什么。这些话都含在嘴里，根本猜不出到底骂谁，不过我只能怀疑自己。终于，两个小时之后，我站起身，噢，老天，我终于明白了！只是未免有些太晚！原来，整整这两个小时里，那个可怜人的辫子一直绕在我的手臂上，只要我稍一动弹，那个不幸的人就不得不转头换一个姿势，一动不动，直到我再次挪动。那英雄式的耐性让我忍俊不禁，同时确也让我钦佩不已。

无独有偶。中国人的辫子是满族征服者强制施行的奴役象征。这辫子总让我觉得滑稽可笑，它可是集千种用途于一身。我见过佣人们像拿鸡毛掸子一样用辫子掸家具上的灰尘，还见过农民用辫子抽打不肯向前走的公猪。有一次，在一个人头攒动的月历谢神节日里，我看见一个鲁莽的年轻人和两个广东好市民困成一团！当时，他们正开心地欣赏焰火，压根没有察觉到辫子缠绕在一起。当人群散开，他们打算离开时，这个三人组合才猛然发觉。瞧瞧他们对视的眼神，想想那情景，真的令人捧腹！

4 月 19 日

我沿着厦门的街道逛了一圈。返回岸边的途中，一阵喧闹声引得我又半路折回。负责陪同我的县衙（一种下级官阶）很殷勤地要帮我满足好奇心。他领着我熟练地穿街走巷，来到一个类似阶梯剧院的地方。那里早已挤满了和我们一样匆匆赶来看游行的好奇的人群。如果没有理解错的话，这是在为一座新建的寺庙举行祝圣仪式，游行队列正要前往寺庙。不一会儿，游行队列出现了。我必须承认，如此壮观的罕见场面着实让我大开眼界。

中国街道向来宽敞笔直，长长的游行队伍望不到尽头，让我得以大饱眼福。队列由各种社团或行业组成，不知道到底有多少，但像在我们国家一样，各有不同形状不同颜色的旗帜，或雕刻精美的木杆和权杖。不同的方队之间隔着手持彩旗的士兵。渐渐地，走来了一群被高高抬着的女人（或许是女神！），坐在盖着彩布的台子上，有些台子还挂着绿叶环饰。虽然她们的脸上脂红粉白，眉毛漆黑，嘴唇血红，但还是不显得丑陋。她们的头饰全都精美无比，插着鲜花、金饰、宝石，还有缀着珍珠的丝质流苏，搭配色彩艳丽的绣花丝裙，完美无瑕。让我惊讶的还有这些活人偶像的眼神里的那份镇定自若。的确，在必要的时候，哪个女人会没有勇气穿上这身华丽的服饰？只是，透过那层掩饰了泛红脸颊的厚厚的脂粉，如何还能够捕捉到一丝情感？

孩子们也在这个节日里扮演了角色。不时可以看见一个六七岁的军官，三法尺高的个头，背着箭筒，手持弓箭，骑着一匹类似苏格兰高地小种马的小马。还有袖珍版的神话人物，那是中国的朱庇特神，中国的尼普顿海王。

接下来出场的人物让我觉得很困惑。在这奢华壮观的队列中，在穿着绫罗绸缎的人群中，在五颜六色的会旗、花饰、彩灯和亮铮铮的兵器中（那些兵器如同浪漫的梦中出现的阴森恐怖的人物），走着两个衣衫褴褛的穷鬼，用竹竿挑着一个方箱子，上面放着不少中国的女式小阳伞。这是一个象征吗？或者只是表示一种行业？我不知道。县衙和身边的人都无法说明白。我不敢再追问，生怕泄露了蛮夷的身份。

观众也构成一道分外有趣的风景。那幅拥挤的场面实在难

以想象，人们趴在屋顶上，挤在窗台边，贴在墙面上。每幢房屋的底层通常都留给女人。她们摇着扇子，不甘示弱地尽情展露风姿。最热情的安达卢西亚女人都无法如此娴熟地尽显俏丽妖娆。不同的头饰显露出女人的身份：一定年纪的女人缠着一块丝巾，待嫁的女子则长发垂髫，发绺直直地紧贴两颊，显得羞涩腼腆。黄花闺女落落大方，但也不会急着对那些挑逗的眼光报以微笑。

已婚女人大都戴着神鸟凤凰头饰（这是中国的不死鸟），凤首低垂额前，羽翼飞展双鬓。

至于男人，他们成群结队，毫无任何赏心悦目的特别之处。很多人赤裸着上身，一个叠一个，光秃秃的头紧紧挨着，从高处看去，整条街犹如一篓暗淡的樱桃。有人连续两个小时保持同一姿势，累得想换个位置，可是稍一动弹便堵了路，于是手持短鞭的警察马上将他赶回原位。

四 战船上的鸦片—无用的悔恨—蓝眼睛的危险—军舰—地理崇信—欧罗巴、英吉利、佛朗西之类—红毛番—夷人为何受歧视—对富有的英吉利的成见—伪币制造者

由于不得不长时间和这些中国官员同行，我有机会和他们交谈，从而了解这个国家的人和思想。

几乎所有官员都习惯于荒淫无度的生活，在鸦片带来的致命快乐中失去了最明亮的生活。对这种毒药的禁令形同虚设。上至船长，下到最穷的水手，所有人臭味相投，违背军令，违抗圣谕，却不受惩罚。四周到处散发着阿芙蓉的气味，我无处躲避。我拒绝像其他所有人一样抽鸦片，却成了让人惊讶、几乎是遭人怀疑的一大话题。

偶尔会有几个自责的官员前来向我诉苦，悔恨无法抗拒这种支配了生活的坏习惯。可是，低声下气的忏悔、痛心疾首的悔恨，其实常常是因为某次狂饮引起身体不适而不得不

求助于我。开药的同时，我总是不忘劝说一番，不挑明地责备几句，病人也总是虚心接受。

“我是一个可怜的废人，”有一天，最年长的船长乙敖对我说，“我努力要改掉坏习惯，可是做不到，我抗拒不了。这会要了我的命，我也不想这样的……”

随后，他跪倒在一尊放在一个匣子里的神像前。我听见他不停念着佛教的祷文“阿弥陀佛”来缓解悔恨。他转头对我说：

“你看，我没有朋友。有一次我的船在鼓浪屿的礁石区出事，所有酒肉朋友全都卑鄙地弃我不顾。我的收入勉强可以维持生活，但我还要养家，全家人都指望我，可我却改不掉游手好闲的脾性。”

这番话出自一个身心憔悴的白发苍苍的老者，令人感到痛心。然而交谈过后，他又一次寻求在恍惚的迷醉中忘记痛苦。

我不能不说，乙敖特别喜欢我是因为他几乎猜出了我的身份。他担心我的危险处境。有一天，他笑着对我说：

“我觉得你不是一个书生。你的眼睛是蓝色的，你是牧师……”

他以为我是一个西班牙人派来的传教士。听到这句危险的暗示，我赶紧岔开了话题。从此，他经常和我谈起欧洲人和欧洲的军舰，不过从没有打算获取一些更确切的信息。他把军舰叫作 kea-pan-ship，大概是对“captain”的误用。他曾经见过阿美士德勋爵[①]的舰队，给他留下了可怕的回忆。中国人表面上对夷人大为不屑，内心深处认为这些人借贸易为由，实为侵略作准备，总有一天会来夺取皇位。我在不暴露身份的同时尽力消除这位老军官的担忧。

“如果夷人有意发动战争，”我对他说，“为什么迟迟不动手？相反，您看，他们和平地来，和平地离开。他们是我们的朋友。您认为呢？”

乙敖摇着头，反驳了我的话。

“那可不是商船，一眼就能看出是装着大炮的大军舰。要是他们只为贸易而来，我们是会热烈欢迎的。可是做任何事都是有动机的。他们为什么要全副武装？肯定是打算攻占帝国。那些忘记将舰队的到来禀告皇帝的官员都受到了严惩。夷人的目的这么显而易见，否则事情就不会这样了。”

我想知道乙敖对欧洲国家了解多少。他笑了，他明白我是出于好奇，为了表明这一点，他很愿意根据中国地理学者提供的信息为我描绘一幅世界地图。“清国”，泱泱大国，理所当然占据庞大面积。余下的世界则是一些散落四海的岛屿。他们称大西洋为欧罗巴，以下就是乙敖眼中的欧洲。我知道，

① 阿美士德勋爵（William Pitt Amherst，1773—1857），英国外交官、殖民主义者。嘉庆二十一年（1816）出使中国，企图扩大经济侵略，后为清政府所逐。——译注

他那些渊博的知识都来自一本倍受中国海员推崇的书《海国闻见录》。

英机黎（英国）一国，悬三岛于吝因（瑞典）、黄祁（丹麦）、荷兰、佛兰西（法兰西）四国之间。自吝因沿海而东绕俄罗斯，自俄罗斯而东至西密里也，皆为北海；不能行舟，海水不解，故为冰海。

自吝因而南，至乌鬼诸国，皆为大西洋。红毛者，西北诸番之总名。净须发，披带赭毛；带青毡卷笠，短衣袖；紧袜而皮履，高后底，略与俄罗斯至京师者相似；高准碧眸，间有与中国人相似者。

这本书的作者这么描述英国人：

……英吉利本国在佛兰西之北，博尔都噶尔雅之东北，为荷兰属国。服饰相似。国颇富。男子多着哆绒，喜饮酒。妇人未嫁时束腰，欲其纤细，披发垂肩，短衣重裙，出行则加大衣，以金缕盒贮鼻烟以自随。

对法国的介绍更加有趣：

……法兰西，佛郎西，或称佛郎机，原佛教信徒，后改宗，尊天主。常聚集，前往留居大吕宋（西班牙）。与红毛（荷兰人）屡有浴血之战。英人与红毛勾结，故法人多败。此族夷人裹白头、黑绒帽。脱帽致礼。衣饰饮食皆同大小吕宋（西班牙和马尼拉）。

至于世界其他地方，乙敖所指的位置不确切也不完整。在他的地图上，非洲紧邻西伯利亚，朝鲜对岸为一个不知名的国家，他认为应当是加拿大或北美洲（亚墨利加洲）。[①]

中国人对世界的了解依然不多。他们将所有外国人混为一谈，看成同一个民族“红毛夷”。他们憎恨“红毛夷”，言辞轻蔑。这是政府有意怂恿，政府每年颁发禁令，严禁与“从未领会天朝礼仪温厚裨益、西洋教化的不可救药、反常邪恶之人”有任何贸易或往来。但也必须承认，中国人对欧洲人的鄙视并非毫无理由。除了偶有例外，中国人所见的都是我们的商人，贪婪好财，无视家庭的安逸、对祖先的祭拜、对故土的眷念，抛弃所有高尚情感和真心性情。中国人视其为卑贱之民，无比蔑视他们的吝啬贪财，难道没有道理吗？

我还在为此争辩时，乙敖为问题找到了答案。这位高深莫测的外交家认为我已经完全被他的好意感动了，他的热情

① 对比《海国闻见录》和其他清代南海图，这段描述不准确，《海国闻见录》中的海图，非洲并非紧邻西伯利亚。也可能作者为描述中国人对世界地理的讹误而如此写。——译注

最终泄露了暗藏的动机。

他和另一位名叫“海”的船长一同来找我。两人不停询问我，对欧币刨根究底。我假装只是复述从广东的欧洲人那里得知的信息。我的回答尽管有所保留，但还是相当完整。我们聊了很久有关西洋的话题，激起了他们游历西洋的欲望。他们认为，欧洲遍地是金银，简直就像中国的铺路石。

于是我告诉他们：“要知道，那可是几天几夜不见陆地。”

这句话骤然浇灭了他们的热情。

“要是遇上大风浪，”他们叫了起来，“我们要在哪里抛锚？在哪里？要是出事了，我们要去哪里避险？”

他们马上又回到欧币的话题，请我教他们用锡和铅铸币。在他们看来，这是英国人的发财之道。我的回答让他们万分失望。我告诉他们，不仅我没有这个能力，世界上没人具备这等能力。一番考虑之后，他们还是不肯相信我，坚持说：“英吉利人在广东有豪宅，海上有无数大船。他们没有其他发财方法。他们肯定有办法把廉价的金属变成白银和金子。”

我无法说服他们，却发现我的“无知”使我失去了威望。而我原来敬仰的他们的清高，现在消失殆尽。终归是道不同，不相为谋。

五 福州府—古桥—闽江—千喜阁—鹌鹑和蟋蟀—中国野味—鸬鹚捕鱼—水鼠—消磨时间—流动赌场

5月5日

巡航继续进行。我们到达了福州府。这一带的海岸悬崖林立，沿海住民都有可能是海贼。我按捺不住好奇心急着想上岸，而且，船上极其匮乏的供给也成了无法忍受的痛苦。于是，我请求林琛准许我在福州府逗留几天，如果不会太危险，我希望能前往闻名的红茶种植地武夷山。为了不招人耳目，我暂时先住在一位普通官员家中。乙敖船长奉命陪同。我承认，他同时兼任监督，不过，他的监督有分寸、礼节周到，我无可抱怨。

福州府是一座比广东和厦门都更重要的城市。我们由一条大河“闽”进入福州，河口有数组岛屿，每组约有二十座小岛，当地人美其名曰“鳄鱼”。不久我们到达东海，这里可以和在零丁洋一样安全地抛锚。继续往前，右岸边有一座堡垒，称为金牌炮台，几乎正面对着一座叫作“琯头”的小城，城中有一座有名的寺庙。

福州府与台湾、爪哇、琉球和日本贸易往来频繁，最大型的船只也能开进城内。当地出口丝绸、麻、宝石、平布、钢、麝香和水银，进口丁香、桂皮、胡椒粉、檀香木、龙涎香、珊瑚等。

船长认为有责任让我玩得开心，于是领着我观赏城内的神奇美景。古迹遗址不多，商业的发展根本与这些古迹无关。不过，无论是这种活跃的行业还是闽江的波浪，都无法胜过城外海湾上的那座桥。这座有趣的中式建筑的遗迹有一个寓意深刻的名称：“万寿”（一万个世纪）。桥长四百二十步，由三十六根花岗石柱支撑。如此多的桥墩只是为了抵挡最湍急的水流，在我们国家，这种做法用于桥梁的加固而不是抵挡水流。

福州府的北部筑有“闽江”护城堡垒，中国人提起时总是带着三分敬意。沃邦和科厄[①]肯定会对此颇有感慨。山丘上树木郁郁葱葱，碉堡散布于平台上，顺石阶而上，可以从一个堡垒到另一个堡垒，无须太费力便可到达山丘顶端。山顶风光无限，再没有比这些一小块一小块的麦田更迷人的风景了，层层金色麦浪一直延伸到干枯的石山边。石山上长满松树和桑树，点缀着小花园，四周是稻田和橘子树。站在堡垒俯瞰“闽”的山谷，一派秀丽景色。如果从一位富商的别墅的平台上看去，或许会更精彩。富商在城外修建这座宅院，取名“万喜阁”，是俯瞰万寿桥的最佳地点。

① 沃邦（Vauban）、科厄（Cohorn）均为法国 17 世纪军事工程师。——译注

福州府附近一座宅邸内的万喜阁

我们无事可做，生活悠闲，整日玩天子牌、九柱戏、多米诺或下棋。这里下象棋的规则和欧洲不同。乙敖和几乎所有水手都是下棋高手。如果他输了，我可以享受到两重乐趣，一是赢了他的铜钱，二是听到他操着远航新加坡时学来的标准的印度英语粗话诅咒霉运。我们也养斑鸠和鹌鹑，整个上午都在斗鸟，斗蟋蟀。

斗蟋蟀尤其好玩，即使偶有伤亡，也不会影响兴致。游戏是这么玩的：挑选两只大小相当的蟋蟀，根据蟋蟀的状态，确定赌注；将蟋蟀面对面放入一个直径约七个拇指大的瓷盆中；拿着一支羽毛或尖尖的树枝逗弄两位决斗者迎头前进，半途相遇，相互顶撞，这样一番会面后两只蟋蟀通常便成了势不两立的敌人。怒气一旦被激发，只需任由它们发挥仇恨的天性。两只蟋蟀怒气冲冲地相互攻击，勇猛地厮杀，直至胜负见分晓游戏才告结束。

鹌鹑甚至比蟋蟀更好斗。在一张围着栅栏的桌子上撒上一小撮黍粒，随后两只鹌鹑被放入这个竞技场。只要有一只鹌鹑动了黍粒，另一只早被主人特意有心地激起妒忌心的鹌鹑立即扑向胆大妄为的对手。于是，打斗开始了，翅膀扑腾，一啄一蹬，勇猛敏捷，直到斗败的鹌鹑落荒而逃，飞回满脸失望的主人的手中。

虽然福州府的市场到处是野味，但我还是无法以打野味为乐。对一个英国人来说，精神振奋地打死几只倒霉的野鸡或野鸽子算不上是很开心的消遣。中国的飞禽野味和我们国家的野味惊人地相似。篱笆上飞满野麻雀，小树林里尽是喜鹊嘈杂的叫声，松鸦体态优美，一身艳丽的羽毛。至于天鹅，只要猎人的枪声一响，便从四处飞起。不过，一个深思熟虑的美食家通常不会杀死这种口味不佳的鸟禽。如果按照传统的说法，天鹅临死前的啼声尤其凄美，但我敢保证，不会因为那些胆敢亵渎这种维纳斯女神的宠物的人而变得更动听。煮过的天鹅肉有一股哈喇味，油腻，难嚼，必须加入大量的胡椒和其他香料才能勉强下肚。

在福州府近郊狩猎时，多见兔子，偶尔撞见水獭，有时几只野鸭，但没有增添多少乐趣。而且，低劣的火绳枪和铁弹也使一个习惯于命中率更高的武器的猎手觉得索然无趣。这类装备充其量只能打打一动不动的或是早已死了的猎物。

钓鱼则新奇多了，尤其如果有幸拥有一只训练有素的鸬鹚，那场面就更有趣了。我目睹一支拥有七艘渔船的船队出征，带着四十五只机智灵敏的鸬鹚。看着这些鸟儿猛地扎入水中，尔后衔着满口猎物地钻出水面，真是一大享受。渔民

鸬鹚捕鱼

给鸬鹚的脖子上套了大小适中的项圈，能够自由呼吸，但无法吞下捕到的鱼儿。除了项圈，一只爪子上系着细绳。如果鸬鹚在水中嬉戏，忘了回船，主人可以将他拉回来。要是它停在甲板上偷懒，主人会用一支小竹棍轻轻地打一下，这样无声的警告之后，潜水员就会立即投入工作。如果疲惫了，鸬鹚会回到船上，休息几分钟。休息期间，鸬鹚停在船舷上，本能使它们均匀分布在船的两侧，以保持船的平衡。

我还看见中国人捕捉水鼠，类似我们苏格兰的渔民在湖上捕鲑鱼时所用的“灯照眩晕法”。水鼠夜间躲在水道两侧的潮湿的天然洞穴中。渔民悄悄地在洞口挂起一盏五彩灯。水鼠被灯光吸引着，跑了出来，不一会儿就被灯光照得眩晕，不逃也不抵抗地就这么被抓住了。

虽然乙敖想出这么多打发时间的消遣，让我耐心等待推迟行程的武夷山之行。虽然我安静地一心睡觉，从中国时刻的一点一直睡到五点，可有些时候仍然

无所事事。于是，看着那些幸福的无业游民自得其乐，我觉得无比羡慕。某个衣衫褴褛的人随处摊开一套赌具，他们便纷纷涌来，围成一圈，流动赌场就这样开赌了。

六 不可抗拒的诱惑—武和夷—崇安—在闽江上—红茶之乡—茶树种植与采摘—清明节—手套的功能—欧洲人的成见—茶的制作

5月7日

我现在知道乙敖为什么总是闪烁其词了。中国人从不会直接拒绝别人的请求。在同意了我的第一个请求之后，乙敖并不敢立即兑现承诺，而是派人给林琛送去口信。林琛许予特权，这才消除了船长的顾虑。随即，就像变魔法似的，一艘食物充足的八桨船准备停当。于是，我们出发前往建宁府的崇安县，那里有我希望勘察的名山。

从前，武和夷是出身古老贵族的兄弟。出于恭敬之心，他们拒绝继承父亲的王位，两人来到福建、江西两省分界的山区，于是整条山脉统称为武夷。昨天，我们刚参观了一座纪念这两人的庙宇，几个世纪以来这里的香火终年不断。闽江将这些方圆约一百二十里的高山分为两部分，江北

为“夷”，江南为“武”。北岸的茶被认为优良得多，或许是朝南的缘故。我们现在所在的星村镇是山区的集市，主要的货物聚散地。我在这座小镇记下了这一路的回忆。

最初的几天很不顺利，大雨瓢泼。雨停后，避雨的船舱内早已水漫金山。雨水浸湿了衣服，毁坏了一部分食物，风景也变得单调乏味，让人失望。这一地区青山延绵不断，山脚至山顶清一色的葱绿，薄雾笼罩下山形模糊，如同海面上的两朵浪花一般相似。一路上经过无数小村庄，披着不透水的芦苇罩衫的村民开心地大声喊着，向我们问好。我希望能在某个村庄稍作休息，可是乙敖却对所有这类的建议置若罔闻。于是，我认定，林琛虽然同意这次旅行，但一定再三嘱咐小心谨慎。乙敖从未让我有机会和第二个人说话。他借口熟悉当地的方言（确实和广东的方言相差很多），不容许我和当地人直接接触。他事先打听了一些我打算询问村民的问题，我没来得及发问，他说出了那些我所感兴趣的信息。或者我弄错了，可能岸上有提督师。

大雨一连下了三天。感谢无知的领航员，我们至少迷路了十次。每当到了闽江的分岔口，两条支流大小相当的时候，我们驶进看起来较大的那条支流，走了几里，河道再次分岔，支流越来越多，河道越来越浅，最后成了纵横交错的用来灌溉的溪流。这是中国主要的耕作方式。走了那么多冤枉路后，我们不得不原路返回，有几次不得已求助农夫沿着河道用纤绳拖船。有些农夫对船长唯命是从，有些人就不那么听话，反而嘲笑我们的窘困不安。我甚至看见有人朝我们扔石子。看到威信受挫，船长大发雷霆，他咒骂，威胁那些造反分子，一会儿挥舞我们唯一的防身武器，一把生锈的菜刀；一会儿挥舞他的宝典，一本年历之类的书，写着半打的被他奉为至高德行的圣贤格言和准则。

历尽千辛万苦，耗费诸多时日，经历无数暴风雨之后，我们终于到达了红茶之乡。离船上岸，我们改租轿子。这里的轿子和广东的轿子完全不同，通常用竹子做成，两根竹竿的两端由一根横杆连着，横杆就架在轿夫的肩上，轿子轻巧得令人惊讶。我们以每天半洋元[①]的价格租下两架轿子。然

① 原文为 demi-dollar。清代中后期货币混乱，道光年间，外国银元已深入内地，名称多样，根据印制图案，有大髻、小髻、蓬头、蝙蝠、马剑、双柱等。此处难以判断 demi-dollar 是钱、清代银元还是洋元。——译注

而，到达目的地后，轿夫不守信用，恬不知耻地以各式各样的理由向我们提出无理的要求，直到我们筋疲力尽。要不是有船长在身边，我真不知道该如何保住我的钱袋，对付这种蛮横无理的纠缠。轿夫要求多付钱时，船长马上建议多付给他们一顿棍子，那些可笑的人竟然同意了，当然不是同意挨棍子，而是接受原价。他们高声大笑，露出被烟叶熏黑的长长的牙齿，根本就是意大利式的厚颜无耻。我们此行的目的是参观茶的种植，不是广东的花园里那种样品式的种植，而是大批量规模种植。现在，我的好奇心得到了满足。我承认以前曾有不少误解。想象，这种带有欺骗性的能力使我构想各种奇迹，而现在我看到的不过是一个相当平凡的现实。

我们所在的这个地区人口众多，土地贫瘠，几乎没有什么耕地，手艺活也无法带来多少收成。于是，不能种稻的地方，就种上甘薯、甘蔗，或草莓、棉树、草乌桕树、月桂树。至少在含沙最多的角落种上一株生长不良的松树，提供一点木头和松脂。为了有所收成，农夫们绞尽脑汁。如果担心大风刮落稻穗上的累累稻粒，农民们把稻穗每几株扎成一束，这样可以相互支撑。这种做法同样用于大风区的甘蔗种植，并且将甘蔗叶缠在一起，形成一个外罩，一个天然的防水罩。

不过，要是与茶（tcha，这才是茶的真正名称）的精耕细作相比，这些都不算什么。

茶树是一种灌木，可以长到一定高度，茶农经常修剪，使之保持约两三法尺高。主枝分出无数四散的枝丫，叶子椭圆，叶梢呈锯齿状，两三拇指长，一拇指宽。花直径一拇指，很容易误认为是茶梅的花。果实是一种圆形蒴果，大小和榛子差不多。果实富含油脂，中国人提取出来用于照明，或用于其他工业，但极少用于烹调，因为这种油口感不佳，苦涩，而且大家认为不干净。

最博学最严密的观察者都不会认为这种土质最适宜茶树种植。勒孔岱神甫认定多石的地面最合适，而阿尔德神甫则认为必须是轻质土，多沙，无碎石。① 另一位罗马教士在福建居住了好几年，同样有资格评判，他认为最适宜的种植地是高地，土质应该是潮湿的，但不泥泞。他还认为，沙子不会妨碍茶树的生长，但石子会因为干燥而造成严重损害。

众所周知，阳光充足的南面，叶子生长加快，阴处的叶子生长较慢，卷叶时水分稠得多，汁液更少。

关于这一点，我得到的答案与肯斐、戴维斯和勃鲁士 ② 的描述差不多。至于种植方面，以下是武夷山茶农的证实，我谨在此简要复述：

中国农历的十月或十一月（即我们的 11 月或 12 月）时，

---

① 勒孔岱神甫 (Lecomte)，1697 年编写《中国历史》，提到茶树种植；阿尔德神甫（Du Halde），1735 年撰文探讨茶树种植。——译注

② 三人均撰文介绍茶树种植：肯斐（Koempfer）的《荷兰旅者》(1712)，戴维斯（Davis）的《中华帝国及其国民的简要描述》(1841)，勃鲁士（Bruce）的《上阿萨姆省茶树种植报告》(1839)。——译注

茶籽可用。将茶籽放入事先挖好的小坑，坑深三至四个拇指，注意每坑若干种子，保证不至于全军覆没。播种后第三个月，树芽开始冒出地面。

这时，随着枝干长粗，在茶株四周略微培土，但不一定非要施肥和浇水。三年后，茶叶第一次采摘。此后，每年采摘四次。多次摘叶有利于限制茶株的高度。六七年后，茶树达到生长顶峰。西北风有利于生长，东风有时会引起损害。茶树不怕冷，甚至不怕长时间的霜冻，即使四周地面上覆盖的积雪有三四指厚也没有关系。茶树最大的敌害是一种虫子，吸附在根茎的髓质内，使茶树的树干和主枝变成中空的管子。最老的茶树也可能会被一种灰色苔藓覆盖而逐渐枯死。茶树自然死亡，将会是在“服役”十年至二十年之后。

在我参观的茶园里，最显著的一个现象是最低矮的茶树的茶叶最繁茂，有些茶树甚至只有一法尺半高。的确，这样一来，茶叶极小，只有四分之三拇指长。在同一层几步远的地方，长着较高的茶树，茶叶明显稀疏得多，却有两三倍大。茶农告诉我们，这两种茶叶的收成没有区别。每株茶树平均产五两（大约五盈司）鲜叶，干燥后为一两。因为无论形状如何，茶叶至少失去五分之一重量。茶株间距约五法尺半，每亩地三百至四百株。政府每亩征税三百文（七百二十文为一洋元）。上好茶叶当地售出，每贝奇大概二十三洋元。贝奇是马来的一种重量单位，相当于六十点五千克。

四月五日称为“清明”，中国大部分地区都有这个节日，帝国年历上注明为茶叶首次采摘的最适宜日子。如果这一天天气晴朗，露水丰足，空气干燥温热，那么，茶园里就会遍布成百上千的脖子上挂着簸箕的采茶工。采茶开始了。这是一项精细的耗时活，必须一叶一叶地摘，在叶柄上留有一小截，新叶才能再长出。这种活计速度很快，一个工人一天平

均十二磅。手指左右飞舞，不一会儿，箩筐满了，随即倒空。采茶时，沙沙声不断，有些单调，就像微风吹过树叶的轻轻的窸窸窣窣声。

在日本，采茶工人从采茶前一天开始禁食粗粮，以免不纯净的口气玷污了身边的茶香。肯斐说，他们甚至戴着手套，担心手指碰了茶叶。

不过，这里没有人使用手套。手套在这里是一种鲜为人知的奢侈品，来此之前我就得到了核实。在一个寒冷的早晨，我未加思索地戴上了一副针织手套，根本没有想到这种佩件不符合当地风俗。在我们登陆的第一座小镇上，这副手套使我成了一个怪人。人们纷纷跑来观看，相互间窃窃私语，猜测渐渐传开，很快，我就被看成一个多毛动物，半猫半人，有着人的脸和猫的皮肤。他们猜想，我衣服下的所有身体部位都像戴着手套的手一样起毛。好奇心和疑心最重的人不客气地来到我面前，要求看我的“爪子”，就像看一只鬈毛狗。他请求我撩起袖子，我很乐意满足他们的要求，当我脱下手套时，四周响起一片赞叹声和笑声，让人想到一个小脚的中国女人在二十多个欧洲美人面前脱下缎鞋，然后重新穿上的样子。

要知道，我的冒险可不是三两天，总有各种趣事。这段故事打断了与茶叶采摘有关的细节描述。言归正传。让我们假设采茶已经结束，茶叶交到了负责制作的技术工人的手中。

制作工序取决于打算做成绿茶或红茶。中国人从来只喝绿茶。但他们为迎合外国人口味而制作红茶，不在乎人们所认为的红茶贬低了茶叶质量。

两种茶的区别在于干燥时间的长短、茶叶干燥的充分程度。欧洲人有偏见，认为绿茶的颜色会导致茶叶的功用减低，将一切归功于茶壶的使用、茶叶干燥时渗透入的有毒的暗绿色。有一定逻辑，但是夸大了事实。我得到了确证，因为我看到那些锻打的铁盆既用于干燥红茶，也用于干燥绿茶，例如白毫、拣焙、屯溪茶以及我们叫作“火药弹”的中国珠茶。

因此，以前的游者认为中国人驯养猴子采茶，或者认为这项工作只有天朝上国的处女们才能做，根本是疯狂的无稽之谈，我必须加以澄清。第一种说法不攻自破，因为上天并没有赐予中国这样的猴子。当然，对第二种观点的反驳不可能用同一个理由。虽然这里的人可以毫不怜惜地淹死女孩，但如果女孩长大后可以为一项需要成千上万只手的工作提供劳力，人们会看重这些可怜的中国女孩。

一直到最近几年也从来没有游客关注茶的炒制，可以说这至今还是一项国家机密。要获得这项技术的完整资料，我们真应该雇佣几百名中国工人，派送到我们在印度的领地阿萨姆省去种植茶叶。

首先，在炒制红茶之前，将茶叶放置在竹篓中，在阳光下干燥数小时。之后放在阴凉处冷却。工人用手指抓茶叶，

轻轻地在掌心滚转，搅动，直到茶叶变得柔软，颜色达到理想的褐色。然后将茶叶放到炉子上。这时，铁盆已经烧红，嘴上蒙着布的炒制工人正等待着分配茶叶。他们一把一把地分茶，每盆两斤。工人来回翻炒，直到茶叶烫得无法触摸。茶叶在烧红的铁盆中噼噼啪啪作响，流出一种腐蚀皮肤的汁液，使这项工作变得极为艰苦，可是茶叶一旦入盆就不能中断翻炒，烟雾弥漫四周令人窒息，而且炽热难当。渐渐地，茶叶变得有韧性，有经验的人稍一触摸就能测出韧度，这时，就将茶叶通风晾干，簸扬，揉捻。揉捻是一道简单的工序，女人和孩子都能胜任。如果看见用双手在盘子上揉出烟灰珠子，就可以想象揉捻的工序了。揉捻过的茶渗出暗绿色的汁液。随后将茶叶重新分摊，簸扬，交给炒制工人再次烘焙。一道工序重复三四次。

干燥后紧接着分拣。根据茶叶的大小老嫩分类。最嫩最软的芽叶为白毫，这种茶相比其他茶更昂贵，易变质。第二等为包种茶。其他表示不同等级的名称有：小种茶，工夫茶，武夷红茶（确切地说，这种茶最便宜，所有品种中最粗的茶叶）。因为这种茶是最老最粗的茶叶，因而当地人称为“大茶”，即大叶子的茶。

而且，应该指出的是，这些名称几乎都具有一种固定的含义，可以反映出制作过程所花费的功夫。“功夫”意为“工夫，勤奋”。“拣焙”（一种红茶）是一个复合词，意思是“精心挑选”。还有“皮茶”（贡熙皮），之所以这么说，因为在中国“皮”这个词近义为废品，这种茶确实是茶叶碎末，贡熙茶的碎末。

贡熙是第三等的绿茶，排名次于花茶、贡茶和以产地命名的松萝茶之后。这些茶几乎都产自江南浙江两省。

刚刚提到的这些茶，炒制工序与武夷红茶相同，不过要求更细致、更谨慎，花费更多时间。第一次和最后一次烘焙期间必须将茶叶存放在密封袋中，至少放置五到六个月。在硫酸钙和靛青粉末作用下获得颜色。靛青上色，硫酸钙定色。

七　墓地选址人—墓园—逝者的大餐—僧人和哭丧妇—犬奴—舟山与定海—圣母像—阿波罗和玛尔斯—阿弥陀佛—普陀山的寺庙和僧侣

这是我们武夷山之行最有趣的行程之一。

返回福州府途中，我们在一个名为延平的小村庄暂停歇息。风清月高的晚上，我在附近的山丘随意散步，仅仅为了享受散步的快乐，或许还有欣赏我那位好心的良师益友气喘吁吁的样子。就在这时，我看见走过来四个中国人，忙碌的神情引起了我的注意。他们没有沿着小径走，似乎随意地四处走，登上一个山丘，随即又跑下来，半途忽然停住脚步。他们不停这样四处跑，其中一个人看看地面，打算钻探的样子，望望天空，察看星座。有时，他又像画家一样研究风景，然后不甚满意地摇摇头，和同伴离开了。他的同伴们焦急却又谦和地密切注意着他的一举一动。我试着明白这些人的行为，可还是捉摸不透。

他们漫无目标地走着，不经意间接近了我们。所有人对我们视而不见。虽然我委婉地表示，如果需要的话，我愿意帮助他们寻找，但他们一言不发地走过了。于是我跟着他们，想看个究竟。

其中两人一直站在前面几步远的地方。这是两个仆人，一个扛着铁锹，另一个扛着鹤嘴镐，拎着一个装着香烛和香纸的篮子。另一个穿得好点的人似乎是他们的主人，看得出是个有钱人。他看起来焦急，但全神贯注、目不转睛地注视着第四个人，四人中的中心人物。

这个人衣衫褴褛，脚上一双破旧的鞋子，白色鞋底已经磨平。要不是他一脸忧虑的神情，备受关注的一举一动，很容易被误认为是另一个仆人。光秃秃的高前额，发亮的脑袋上几绺白发，足以扎成一根一尺半长的辫子；塌塌的狮子鼻，格外扁平的鼻根，几乎看不出一丝起伏；苍白的薄嘴唇，贴着空空的牙床，唇上一撮白胡须，连着下巴的白色的山羊胡子，显得与众不同；浮肿的眼皮下两只深陷的小眼睛透着狡黠的神情；大而扁平的耳朵远远地分布在脑袋两侧。您一定觉得眼前呈现的是一个十足的漫画人物。然而，在中国人眼中，他具有一种令人肃然起敬的风度。

他不时用手中的棍子敲打几下地面。这种类似中世纪巫师的举动，让人以为他在寻找深藏的水源，或是用榛树枝探测地底的宝藏。事实上，这几位散步客的目的完全不同。那个老人一面走着，一面小声念着根本听不懂的咒语，在不远处的一个小山岗停住脚步。他再次认真仔细地环顾四周，用他的魔棒敲打地面，向仆人们做了个暗号。紧接着，他在地上划了几个莫名其妙的符号。在他的命令下，仆人们动手挖洞，看样子会挖得很深。过了一会儿，在思考一番后，他中止了挖掘，随即笔直地向前跑去，三个同伴紧紧跟着。他们很快就消失在一个类似隘谷的地方。我真担心跟不上他们。到达隘谷尽头时，我看见他们又停了下来。中国老人划了一个长方形，喃喃祈祷。祈祷结束后，另外三个人跪在指定地点前，烧了几堆纸，然后仆人们开始挖洞，好像是一个墓穴。

乙敖马上向我揭开了这个谜，的确，我们遇见了一个为父亲挑选墓地的悲痛的儿子，身边那位是专门挑选墓地的巫师。

第二天上午，我又来到同一个地方。昨天挖出的墓穴已经填平，四周还立着几座不同造型、或简单或精美的坟墓。

不论是最简陋的坟墓还是最奢华的坟墓都挂着各种装饰。这段时间恰好是中国人带着祭品，前往祖先坟墓祭拜，以尽最后一份职责的季节。他们修整草地，坟墓四周重新翻土，点缀剪着齿形边缘的各色彩纸，尤其多白纸（在这个国家，白色是哀丧的颜色），纸上画着各种图形，枝叶繁茂的鲜花、花瓶、灯笼、彩旗、汉字、小鸟、飞虫，所有纸片都用竹签插在地上。微风吹拂着这些艳丽的装饰，不时卷起几片碎纸。

五六个人站在新建的坟墓前，地上插着几根红色蜡烛，燃着几炷香。墓台上对称摆放着若干小碟子，盛着各种菜肴，边上几杯茶，或是几盅酒。每人轮流拿着两叠纸，在蜡烛上点燃，上下挥舞着加速纸的燃烧，然后在墓前跪倒数次，或是鞠躬，嘴里快速地祷告。

所有人各自完成仪式。墓园的另一个角落，一个衣裳破

福建省坟山上的宝塔

旧的僧人无精打采地为某个有钱人家做祈祷。他右手拿着一个小铜锣，用铁棍有节奏地敲着，左手小拇指上挂着一个铃铛环，伴着敲锣声当当作响，这两种乐音为喃喃的圣歌打着节奏。僧人身边站着一位乐师，用一种双簧管吹着我曾在节日中听过的曲子，跪在地上的几个妇人号啕大哭，不停地用额头叩地。这种展示崇敬之情的举动显得装腔作势，看不出丝毫严肃的心情和虔诚的敬仰。

一个上午就这样过去了。人们渐渐离开，留下孤零零的墓园，依旧满满的碟子，不在乎会不会有人胆敢拿走。山丘上的人刚刚散去，一群饿狗立即从四周跑来，或许是受了许愿香纸的袅绕烟雾的吸引。饿狗吃着献给死者的菜肴，或舔着残留着油渍的地面。一眼就能看出哪些是最先赶到的最幸运的野狗：脑袋伸得笔直，毛发竖起，一脸骄傲满足的神情，尾巴盛气凌人地竖起，神气地摆动着。其他狗夹着尾巴，抬着脑袋，低垂着耳朵。其中一只瘦巴巴的狗老态龙钟，丑陋无比，背上已经脱毛，拖着一条光溜溜的尾巴。它渐渐远离队伍，跑向另一个方向，步态从容不迫，不是径直地跑开，而是忽左忽右地绕着路。真是一只狡猾的狗，懂得如何摆出醉态。离开队伍有相当一段距离时，它偷偷地向后张望了一眼，突然撒腿就跑。其他狗即刻尾随上去，奔向另一处美餐，另一座坟墓，转眼便消失不见。

5 月 27 日

有时，我会感到遗憾，因为海军部并没有授命我描绘中国海岸的平面图，否则这次旅行会更加有趣。并不是每一天都很忙碌，所以，我能够一丝不苟地精确测量定海港，闽江入海口福清湾和松山港。几乎所有港口都需要认真研究，以便欧洲人将来之用，迄今为止他们从未停靠过这些港口。福建和浙江海岸线上数不清的岛屿，即使是意志最坚决的水文地理学家面对这样一项工作也会失去耐心，无法悉数描绘。

但至少也要研究一下舟山群岛。这个群岛名称来自一个长约三十里、宽十五里的岛屿。群岛首府定海看起来很繁华，街道铺砌石板，集市人头攒动，市郊广阔。和其他人口最多的中国城市一样，定海城四周城墙环绕，出入城必须经过严格把守的城门。城里的寺庙供放着大大小小的男女皆有的神像。其中，“观音”是无法生育的女人的女神，她怀里抱着一个孩子。她的气质和职责让我想起了天主教圣女们，尤其是我在德雷斯顿见到的西斯廷圣母。而且，可以看出整座庙堂的建筑风格与某些罗马教堂有关系。每座小教堂都有站立或坐着的镀金雕像，色彩艳丽得极尽夸张，让信徒们能够感觉到殉教者和圣者陪伴他们身边。我敢肯定，有好几尊神像是演说家或哲学家，至少那种博学的神态、富有表情的手势表明了这一点。我永远都不会忘记庙门前毕恭毕敬坐着的两尊

寺庙内堂

塑像，一尊手捧竖琴，另一尊持一把出鞘的剑。第一尊是快乐的阿波罗，透着灵气的脸上洋溢着笑容，极富感染力；另一尊则是战神玛尔斯，双眼圆瞪，中国人认为眼睛用动物血上色可以赋予生命，真是令人毛骨悚然。[①]

我还想起了在一座省级学堂中看到的情景：三四十个人坐在一张长桌子的两边，一位长老模样的人做主持演讲，或者应该说是一种单调的吟唱，他有节奏地用槌子敲打一面红皮小鼓，每敲打一下就稍作停顿。其他人每人手持一本小册子，注视着他，跟着吟唱。后来我才明白这不是讲授文学，而是一堂佛教课，或者说是教理课。

和邻近的岛屿一样，舟山并不是中国僧侣的专有居住区。广东附近河南岛上那些神奇的大寺庙在普陀随处可见，不足为奇。这儿似乎是被上天随意弃置在贫瘠群岛上的世外桃源，风光秀丽的山上遍布着六十座修道院，其中两座为皇家修道院。可以说，鬼斧神工加上人工巧匠，装点了这块拥有两千名僧侣和同样多的神明的居住地（僧侣和神明其实都一无用处），丰富了他们无所事事的愚蠢生活。无数迷人的花园，绿茵青葱的小径上一路凿出数不清的佛龛，凹凸不平的岩石上种植着芬芳四溢的花丛。在这个充满幻想的山谷两侧，夹岸矗立着两座带着皇家标志的雄伟建筑，也就是说铺着黄色砖

① 作者以西方神来比拟中国寺庙供奉的四大护法神，此处阿波罗应指东方持国天王，玛尔斯应指南方增长天王。——译注

瓦。所有这一切，只为了供养一些养尊处优的蠢人，所谓的风调雨顺的使者。

中国人偏爱的祷词“阿弥陀佛”在普陀尤为盛行，这里的僧人拨念珠时只念这一句。每条小径的拐弯处，每座寺庙的各个角落，每个佛龛的背墙，雕刻精美的大钟上，护栏上，围墙上，到处能看到这句祷词，着实让人腻烦。我从未像这样对一个不断重复的句子感到厌烦。这种冗长的“阿弥陀佛”和数不尽的菩萨像所产生的效果，也许只有伦敦随处可见的“禁止张贴”的著名告示可以媲美。

普陀最北端和最南端分别有两座寺庙，几乎按照同一图纸建造，可能这也是几乎所有佛教建筑的标准图纸。

中国人对宗教建筑的理解与我们不同。他们为神明们选择了乡下居所，不是隐蔽封闭的独幢楼，而是一种散布着精致房屋的花园。首先选择风景秀丽的一座山，然后种满高大的树木，在起伏不平的悬崖峭壁上铺设蜿蜒曲折、纵横交错的小径，绿荫繁花夹道。寺庙的每一座殿堂都错落有致地隔开一定距离，虔诚的朝圣者沿着这些林荫小道就能到达这些庙堂。

例如普陀的那两座寺庙，每座都有四间独立的大殿，周围还有许多僧人们居住的小屋。

第一座大殿类似于门厅，树立着四尊巨大人像，一动不动的门卫。过了门厅便是高大的主殿，摆放着三尊宝贵菩萨的坐像（三宝佛），即前世、现世、来生。过去佛掌管前世，现在佛统治现世，未来佛是未来的主宰。过去佛在左边，双手搁在膝上，让人想到他注定的归宿是永恒的沉睡，其他两尊则两臂高举。每尊神像前都有一个祭台，摆放着供品、香烛、瓷花瓶、雕花青铜香炉，信徒不停燃着香，烧烫金纸。

塑像都有十到十二尺高。神的那些大弟子的塑像排列在殿堂四面，规格较小，大概只有七到八尺。塑像之间的墙面上垂挂着长长的缎带，写着教谕和教理，这种类型的缎带在这个儒教之国随处可见。

第三座大殿通常是供奉有无数的手臂、救劫世人的“千手观音”，或是佛教中最重要的人物之一“观音”。当灵魂在地狱十王“十冥王”面前受到审判时，观音作为辩护人，称赞逝者的功绩，尽力为逝者曾经犯下的过错作辩护。

寺庙的最后一部分是第四座大殿，殿内立着青面獠牙的怪兽塑像。我说不出每一尊的确切名称，有人物、动物和形态色彩各异的怪兽，随意摆放，有的直接放置在地面上，有的摆在金属台座上。有地神，不远处是天神，下方是以前的儒教长老“先师孔子”，接着是天兵天将，“道路之神”（军队途经的道路之神），“火炮之神”。掌管旌麾和军旗的降妖神，中国的埃斯科拉庇俄斯“神医”，两边是旧时掌管农业的“神农”和旧时掌管丝绸制作的神。四周是已逝的慈善家、忠臣、杰出文人、殉道者，等等，各自的肖像，最终组成了一个神明和圣人的大军。

在这间大殿内，在奇形怪状的众神的陪伴下，还有那

二十四只手臂的女神“观音”

位游历世界、审查世人行为的神。寺院通常还有藏书馆，普陀南端那座寺庙的藏书馆收藏六七千卷佛经，记录菩萨与弟子的对话，以及朝圣者必须遵守的各种礼拜仪规。这座藏书馆满足了附近的一所神学院的教学需要，在那儿，一位儒教老师教授一群将秉圣职的学生。除了学生，岛上还有数量众多的孩子也暂时托管给寺庙。我不禁想知道僧人们是否也负责孩子的教育。回答是否定的，僧人们唯一的任务就是每天向佛祖反复吟诵一定量的祷告。

说到僧人，就说

寺院

到了美食家。虽然他们偏爱素食，但我相信，菩萨的长老们没有理由责备圣贝尔纳或圣贝伯努瓦教皇的这些孩子们。至少我在穿过食堂时会这么想。食堂比寺院的其他所有地方都干净整洁，即使殿堂里空荡荡，厨房里也总会有人。有一天，我异想天开地请求见见南端寺庙的大长老，法号"大合升"（和谐、升华），可是被拒绝了，理由是这位圣人正在念经。可是，几分钟后，传达拒绝理由的僧人经过我身边，手臂上披着长老的衣服和权杖，显而易见，那位圣人还没有离开卧室。匆匆忙忙的杂务僧人忘了随手掩上阻止外人进入长老住处的栅栏小门。于是，借这个机会，我走进一侧有围栏的过道，栏杆上挂着瓷花盆，鲜花争芳斗艳。刚走了几步，我就遇见那个冒失鬼，他带着一脸不屑而又深奥莫测的神情，将我请出了禁地。我承认，这个人使我猜想，这些幸福的人逃避外人探视的原因肯定不仅仅是为了念经。

八 地理讹误—府、厅、州、县—从镇海到宁波—阿美士德勋爵号之航——位要员的权宜之策—桑树与丝绸—崇明岛—盐田—纺织工人—小作坊—慈善储金会

6 月 4 日

不应该太相信地理学者的话，因为如果根据著名天文学家达尔林普（Dalrymple）的地图，人们对舟山群岛的了解相当有误。地图上标注海深一百英寻的地方，实际测量仅为四十至五十英寻。经度和纬度也不确切。地名全都有误：Ta—sie—Shan 写作 Ty—go—Shan，诸如此类。传教士的书中同样有类似的错误。正因为如此，对中国地理的研究问题不断，难以解决。

我们进入杜巴德神父所说的金河，已经三天了。河流的真正名称是大浃江。一个急拐弯之后，河口处被一岬角环抱，

在河流和大海的包围下形成一座半岛。这就是镇海，镇海县的首府。

“府”“厅”“州”“县”，是中国各省的四级行政机关。“府”为大区，行政独立，由类似省长的官员“知府”管辖。“厅”（次级行政区）有时不受省长管辖，有时受其监管，如果不受省长管辖，那么厅称为“直隶”。“州”与“厅”没有区别，除了辖地面积较小，行政部门偏重经济。“县”算不上行政区，仅仅是乡县，或隶属于厅或州，或与其相当，经费总是较少。所有这些区或县都至少拥有一个有城墙保护的城市，作为行政中心，以区或县的名称命名。使用时偶会混淆。“福州府”不能仅称为“福州”，而我在许多地图上看到用“镇海县”表示首府“镇海”。

这座城市毫无任何值得关注的地方。我们沿大河逆流而上，当时恰逢涨潮，两个小时后我们到达宁波。途中有一处地方，河流西岸与虎蹲岛之间的一段狭长海道，我认为即使是最大型的商船也会可能有危险。而且，在这座小岛和游山岛之间，狂浪变幻不定，相当危险，船只无法抛锚。

宁波（人口三十万），比广东和厦门更漂亮，楼房更雅致。那些漂亮街区里的房子两层楼高。宽敞的街道，虽说对欧洲人来说仍算狭窄，但在中国实属罕见，三个行人并行穿过都不会相撞。装潢精致的店铺内比我预想的更宽敞。大块石头铺砌的城墙造型对称，有五千步宽，足以供三驾马车齐头并进。一条笔直的马路从城东门一直通到城西门，我亲自测量了一下，有五千二百七十四步，约一英里。东门前有一座浮桥，由六十三艘铁链相扣的平底驳船组成。

提督师的官方接待令人厌烦。相反，不久前阿美士德勋爵号受东印度公司的命令，察看中国沿海北部港口，我倒是对宁波官员的这次回忆颇感兴趣。

军官“马大老爷”向林琛讲述了他的回忆，他毫不掩饰对“英吉利人”的到来给知府和其他城市官员造成的恐惧，我看到中国人对侵略的害怕程度超越以贸易为借口患得患失的心态。东印度公司的两位代表胡夏米（Hugu Lindsay）和郭士立（Ch.Gutzlaff）都未能让浙江巡抚相信航行纯属商业行为。马大老爷奉命专程探查，即使内心有怀疑，他还是尝试采取一种极为坦诚的态度。这位满族外交官讲到和蛮夷使者的会谈，把蛮夷使者叫作“装扮成商人的红毛官”，着实把我和林琛逗乐了。

他说道："何等狡猾、何等令人生畏的蛮族！大船一进港，立刻放出多艘小船四散驶开，研究地形，绘制地图。如此一来，不消一两月，对此地的认识恐怕更甚于我们。台湾或大韩则可自由过境，只因他们天性愚笨，对眼前任何事毫不在意。曾有台湾或大韩失事船只，我们不作戒备，任由自定返途路线。而对红毛，必软硬兼施，即下陷阱又献钱……夷人拒绝……不妨，我们大可拖延，加上千般礼数，直到夷人厌烦，被礼数迷惑。曾有一夷船，胆大包天，船上只有十六水手，手无寸铁，却胆敢强行越线，真是四处凿洞的铁齿老鼠。我下令十五兵船佯装阻拦，百般劝说，终将夷船逐出境。只是夷人加增人马，卷土重来，统管四海和万里江山（这是中国人表示"世界"的传统说法）的君王恐怕也难以驱逐。"

马大老爷就是这么说的。而且我曾经在《京报》上读过浙江抚院富呢扬阿关于阿美士德勋爵号的报告，甚至还能想起那些夸张的言辞，描绘蛮夷如何遭遇浙江提督师和总兵的海上围捕。这至少是第二十次看到帝国高级官员在公文中肆意欺瞒，天子的一无所知已经不再令我感到惊讶。对天子来说，军队所向披靡，官员尽忠职守，天下一派繁荣昌盛。一旦有造反、饥荒或任何其他不幸的消息传到他的耳朵，相关的官员即刻失宠。如果官员将责任推诿于下级，便可牺牲下属而保全自身，这就是为什么富呢扬阿试图让皇帝迁怒于别人。这位抚院列出一份疏于职守或具叛国嫌疑的官员名单，外国人胆敢如此为所欲为皆归咎于这些官员，他恳请判处罪人，以“维持统辖大洋神圣不可侵犯”。军机处即刻付诸实施如此“明智”的呈请！于是，一些官员被摘掉顶戴，一些被割掉脑袋，因为他们致使广东东印度公司的大班下令进行这次天朝上国沿海的商务巡航。

6 月 9 日

宁波的贸易往来相当繁荣。我看到好几家英国呢绒店，不过更多的还是生丝或丝绸店。丝绸布料大量生产于浙江首府杭州，一座位于钱塘江和大海之间的内海小城。

沿路上，渐渐地，我们身边的茶树被桑树替代。浙江的桑树不同于欧洲的桑树，而且不是唯一用于养蚕的灌木。在桑树供给不够的地方，当地人都会种植另一种野生桑和榛木作为补充。

这种重要工业的微小细节处处体现着中国人有条不紊的耐性。皇后是这一工业的统领者，就如同皇帝是农业的统领者一样。有一本专著《纩机赋》，收集了一系列诗歌，配以丰富的图示，解释桑树的精细种植的每一道工序、蚕的饲养、蚕茧抽丝、纺织工序。工序清单朗朗上口，作者是一位名叫

“炎帝”的君王，向公众传授经验的细心之举使他获得了“神农”的美名。在浙江的每一个小镇上，都能看见这些经验的应用。

养殖场耸立在桑树的梅花阵中央，尽可能远离嘈杂。一声尖叫、一阵雷鸣或是一声犬吠都有可能吓死处于发育第一阶段的幼蚕。当蚕还在蚕卵中时，尤其必须留心环境温度的变化。蚕农非常聪明地交替变换蚕卵的放置地方，忽冷忽暖，达到催生或延缓孵化的目的，使蚕出生时恰好是桑叶食用的最佳季节，甚至在桑叶挑选和用量上都十分讲究。首先，将桑叶切成碎块，随着蚕的成长，逐渐加大分量，直至用整片叶子喂食。室温稳定适中，四周安静，无异味。蚕在盛满桑叶的匾中从容不迫地蜕变。旁边放着另一个匾，铺着更新鲜的叶子，通过气味吸引蚕。就这样，蚕农细心地腾出蚕生长所需的更多空间。每个筛子上的蚕数减半，以此类推，直到原在同一个筛子上的蚕最终分布在至少六个匾上。

到了最后一个生长阶段，蚕的体色略微发黄，蚕农便将蚕转移到专门为吐丝准备的方格蔟。大约八天后，蚕茧形成。这时必须赶紧阻止蚕的进一步发育，也就是阻止最后的变态阶段，否则会破坏了珍贵的蚕茧。蚕农拿出一部分蚕蛹用于孵化，余下一堆堆放置在撒了盐的桑叶上，将蚕“扼杀在蚕茧中”。接下来将蚕茧放在热水中，离解聚合蚕丝的黏稠物质，随后直接用绕线车缫丝。中国织机看起来极其简单，工人操作却又那么娴熟，细心，灵巧，我们欧洲工匠们至今仍然无法企及。艳丽无比的绣花锦、花缎等等都出自这一双双完美的手。虽然苏格兰的佩斯里镇、曼彻斯特的马基斯菲特、法国里昂都能生产，不

过，中国的双绉至今抵得起任何赝品的冲击，而且，我们无法生产与纺绸相媲美的织品。纺绸这种熟丝布料十分耐洗，不仅如此，多次洗涤后布料变得更柔顺，更漂亮。

除了浙江，还有其他三个省以精美丝绸著称：江南、湖北、四川。这四省几乎都在同一纬度上，那里的气候类似处于相同纬度的几个美国省。借助洋子江（意思是大海的儿子）和无数支流的滋润，这四省土地潮湿，人们用从河底掏出的淤泥给土地大量施肥，用烟灰或动物尸体改良土壤。桑树非常适合混杂种植。在整齐排列的植株之间，人们种植印度黍作为稻米的补充，同时混杂另外几种作物或蔬菜。防止虫害最花费心思，虫害会轻易毁坏娇弱的植株。为了保护桑叶，人们甚至经常在每根树枝上涂抹香精油。

每月向公众讲授“十六课”，提醒民众身负要责，其中一讲几乎全都与养蚕织作有关。天子将这项重要的劳动高尚化。至于产品，天子似乎希望垄断全国，因为他极力限制这种货品的出口。帝国法令禁止外国船运载超过一百贝奇的生丝或超过八十贝奇的成品丝。不过这些禁令无力抵挡走私的诱惑，幸好有贪婪的走私者弥补了帝国禁令的愚蠢错误。每年从中国运出五六万贝奇的丝，其中大部分丝绞送达英国生产商手中。比起其他任何布料，丝是为贵妇们制作手套的最佳选择。

上海，6 月 16 日

自从来到这里之后，我从未闲过。这个民族耽于享受，迷恋纯粹奢华的玩意儿，对工艺制作极富耐心，使我得以一路尽情欣赏。终于，我们到达崇明岛。这座岛屿如同一艘停泊洋子江口的大船，绝佳地理位置为它赢得了“江舌”的美称（即江的舌头）。一个世纪前这里还是贫瘠之地，朝廷将捕获的强盗发配到这里，希望他们在这里饿死。强盗与命运抗争，开垦种地。很快，强盗的成功吸引了大批沿海住民离开海岸，前来这里占据新大陆。今天，田野里深水渠纵横交错，随处可见舒适的民宅和大商区。这座长二十里、宽五六里的小岛变成了一个花园遍布的大城市。渔业对这个城市的繁荣没有起任何贡献，因为来自黄海的台风每天都会侵袭洋面。

岛上所有鱼均来自大陆，虽然用冰块保存，但价格极为低廉。

崇明岛的主要财富来自盐田和棉花种植。人们用淡水冲洗海土，提取盐。以下是一位曾长期研究盐田的法国传教士的描述：

“这是一种淡灰色土壤，分布于岛屿北岸多处地方。人们提取大量盐，不仅供给全岛居民，而且供给大陆。大陆人夜里偷偷前来，以低廉价格购买盐。他们担负极大风险，如被官兵抓住，船盐没收，同时依法判四至五年矿工苦役。不过，被逮住的人有一种逃避惩罚的通行办法，即托人拜访相关官员，在他的长筒靴里塞进十二两纹银，这位正直的官员马上会声明自己误将完全合法的货物当作盐。”

棉花种植也带来丰厚的利润，而且比稻米更容易种植。崇明岛的农民在刚刚结束收割的稻田里播种棉花，不需要另加准备，只用耙子重新翻地。雨水和露水很快滋润种子，渐渐地，棉芽破土而出，长成一株两尺到两尺半的矮树。八月中旬，初次开花，花色偶尔呈红色，大多是漂亮的橙色。不久后，花儿被一种荚果形状、核桃大小的小苞替代。四十天后，荚果从三处裂开，可以看见三四团雪白的棉花，形状相当像蚕茧。

棉花团长在裂开的荚果底端，包裹着来年的种子。只需分离棉花和种子，分离工具是一种两轮纺车，一侧木轮一侧铁轮，表面非常光滑。棉花在两个轮子之间自动散开，甩开异物，之后就可以梳理了。

小作坊遍布崇明岛。我看见很多家庭仅靠五到六先令维持三四口人的生活。我见过这样一家人，分别是鞋匠、糕点师傅、陶匠、裁缝、柠檬糖水商贩和流动锁匠，锁匠的锻炉总是不闲着。他们一个比一个勤快，眼睛总是敏锐地张望，

再低的报酬也愿意。他们幸福地生活着，期待在盛典的日子里能够穿上绸子衣服。一天的收入不超过一两个先令，但一半收入就足以养活全家人，余下的部分谨慎地存下来。他们辛勤工作，很久后的一天，攒下的几串铜钱终于可以换成一些银两，漂泊不定的零工转为收入较好、较有保障的稳定工作。

中国人通常手头拮据，一路艰辛。他们有一种显示中国人天赋的特殊的互助形式，即经济联盟。当一个商人生意上出了问题，同行会聚集起来共同组成社团，他即是社团成员，同时也是被保护者。社团设立一个年度基金，用于资助社团中不走运的商人。基金由成员按一定比例交纳，以一定比例逐年返回个人，七年以后最终得到与预付款相等数额的返款。这是一种慈善性质的储金会，或者说是一种组织有序的相互救助，今天遍布几乎所有欧洲国家的保险公司或许可以借鉴推广。

帝国的大运河

九　上海—帝国大运河—贸易前景—南京布—漆器制作—漆树—中国漆器与日本漆器—工资水平—谋杀—复活的孩子

6月21日

上海港作为贸易和工业运作中心，绝不逊色于广东港。而且，上海港借助大河渠，更方便与帝国的大部分地区保持往来。在这个国家，很少有驮重的牲口和平整的道路，因此，唯有这些河渠格外方便。经由上海西面的太湖，可以到达一个货物集散大城市，叫作苏州。苏州地跨忽必烈汗的伟大工程“帝国大运河”。运河自杭州府起，绵延六百英里，到达距北京几里处，将首都等北部城市与沿途如上海这样的海岸城市相连。不仅如此，上海位于洋子江的支流吴淞江沿岸，因此可直接抵达洋子江，再经由洋子江这条大河深入西部，直至帝国和西藏的边境。

根据一部论述帝国所有贸易通道的专论，上海自由通行可以给欧洲贸易带来极大便利，尤其是英国贸易和我们的毛织品出口。

现今，我们的纺织品从广东进入内陆必须经由陆路，运输不畅，大量滞留，运费和关税使价格大幅上涨。对中部和北部省份来说，我们的纺织品太贵，结果自然导致欧洲呢绒的消费仅为本应有的百分之一。一项统计数据表明，中国每四百五十人仅消费一码英国羽绒。建立更广泛的新关系会使消费增加三倍或十倍，难道没有道理吗？当所有欧洲民族专注于制造激烈竞争，用保护性高额税率关闭市场，费尽身心气力在进步道路上快马加鞭时，怎么还能严厉责备我们使这些至今未曾经历竞争的民众依赖我们的工业？中国为我们提供两倍之多的消费者，这是整个欧洲都无法提供的。三千里的海岸线，无数奔流入海的美丽河流，许多世界数一数二的港口。宽阔的沿海地区拥有众多居民，他们手艺灵巧，敢闯敢干，熟悉贸易，而且欢迎我们的船只自由进出。我曾不止一次听见官员们毫不含糊地解释说，唯我独尊的天子律法仅能提供微薄的收益，他们更愿意享用国内贸易带来的实实在在的优越。愚蠢的专制君主对最近某些诏令成为一纸空文一直耿耿于怀，就像那些僧人妒忌新教广受欢迎，这会使三千万聪慧的民众与外面的世界长期隔离！难道这是理所当然的吗？

我不知道，所谓“人权”的神秘学科是否能在尘封的古书中找到证据，足以证明文明世界应该恪守荒谬法令。我也不知道，我们这个自由民族试图迫使“天子”平等对待我们的君主，是否会因此遭到“人权”的判处。可是我觉得，在哲学家和基督教徒的眼里，传播思想观念是一种职责。我觉得，我们将带来互惠，即使这种互惠目前依然渺茫，但足以说明我们要求平等是合情合理。我觉得，欧洲盟友不会轻蔑地看着我们一次次尝试，直到最终打开中国大门，相反，他们将接踵而至，因为他们清楚地看到未来的利益。

6 月 25 日

浙江和江苏的农民有理由以他们的工艺而闻名。除了耕作，几乎所有人都兼作小手艺，帮助维持生活。在上海附近，我第一次走进这样的茅屋，屋里织布工人忙碌不停，地上堆积着大量的以城市“南京”命名的黄色棉布。种植、采摘、梳理、纺线和织作都出自同一人的手。因此，很自然地，即使是同一株棉树上的棉花也拥有了特殊的色彩。这是欧洲染坊极力仿制却无法实现的，而且听说只有用茶水洗涤布料才能保持这种色彩。一匹普通的南京布在这儿只卖三四个芒斯，但通常认为这是帝国最好的布料。

昨天，我跟着赵海前去定制了一把漆扇，赵海亲自作画，我猜想是送给阿思小姐。我借机学到了关于闻名遐迩的清漆的基本知识。

在江西省，尤其是在赣州府，有一种叫作“漆”的树，高约15尺，酷似白蜡树。这种树分泌一种液体树脂，从树皮渗出。人们在树干上高度不等的地方割开一道口子，挂上葫芦采脂。每次只能采到极少量树脂，一千株漆树一夜只能收集不到二十斤的珍贵树脂。树脂具有腐蚀性，漆工使用时须万分谨慎。工厂分为若干作坊。在一间作坊中，细木工打制木器。随后在木器上涂抹一层粗粒黏土，干燥后用一块光滑坚硬的石头刮净，这样就将黏土嵌进木头的气孔内。用刷子上第一层漆，漆干后用刚才的那种硬石块刮掉。待这一层漆几乎完全刮掉后，上第二次漆，再以同样方式刮掉，但此时木器表面色彩已经变深。然后再重新，连续涂抹三至十层，直到木器具备理想的透明度和坚实度，最后放置一定时间，等待漆干。

漆器制作

随后开始镀金装饰工序。用一把尖头钻子在事先绘制好的纸上刺出画样，将画纸铺在漆器上，涂上滑石粉末，细微的粉末透过刺孔，画样就这样复制到漆器上，再由一名工匠用凿子刻出图画。这道工序完成后，几名画师沿着那些纤细的线条，涂上第一层色彩，红色和褐色，描绘出草图，为镀金打底。

这种工艺来自日本，但中国人将它臻于完美。中国人不满足于单纯的镀金或亚光，增加了镀银和其他色彩，制作出点缀着绿叶红花的漆器。不过，虽然中国的木漆器图案丰富，变化多端，却没有日本漆器的稳固性，这是两者的区别。日本漆器图案简单，但黑色表层厚实光亮，从而被视为优于五颜六色、图案琳琅的中国漆器。

在这儿，低微的工资水平使得最小的漆器也能极端精致。赵海带我到一位漆器生产商的作坊中，这些信息便是从这位老板的口中得知的。他付给两名画师每人每月二十个皮阿斯特或四个几尼，四名作坊负责人各三几尼，其他工人一天不到一先令。从上午七点一直工作到下午五点半，没有任何休息时间，除了两次用餐，每次不得超过半小时。尽管如此，漆器的销售一天不如一天，在欧洲漆器已经过时，而且大量的赝品加速了漆器的贬值，现在漆器的价格只有十年前的一半。

参观了工厂之后，副将和我各坐一架轿子返回。途中，离我们几步远的地方忽然响起一声刺耳的尖叫声。我赶紧掀开窗子，只见一个六七岁的孩子脸色苍白，惊惶失措，一个狂怒的男人挥舞着一把长剑，追赶着男孩。我震惊不已，顿时说不出话来。没待我回过神，那个杀人狂已经追上可怜的小东西，揪住他的脖子，从地上拽起来，一边疯狂地咒骂一边打，两三下之后，孩子满脸鲜血地被丢在地上。

直到这时我才回过神，大声喊叫。几个路人聚集过来，惊讶之情甚于激动。他们的无动于衷令我愤怒无比。我一脚跳到地上，冲了过去，抓住凶手。他正怒气冲冲地来回走着，丝毫不打算逃走，反而像要刻意吸引公众的注意。被我愤怒地抓住后，一开始，他挣扎了一番，小声说了几句话，可是我听不清楚，于是他大声笑了起来，把我推开。看到这种显而易见的疯狂症状，我安静下来，冷静地请在场人帮忙。可是，所有人却都笑了。

我感觉到一只小手拽了拽我的马褂衣角，一个微弱的声音在向我求饶。是那个被打的小孩，他已经静静地站起身，走到了我和凶手之间。此时的我惊讶得几乎要昏乱，觉得自己就像一个噩梦中的玩偶。我的轿夫和赵海的轿夫赶过来，神情滑稽可笑地向我解释了这次奇遇。

原来，我被一出悲剧表演愚弄了。每天，那些满大街走江湖耍把戏的人都会上演二十次。他们让一个小孩表演刚才的角色，道具是一把匕首，空心的刀柄里装着血。打小孩时，

连着弹簧的刀锋缩进刀柄中，打开一个小气阀，喷出血。随后，小孩假装痛不欲生地嚎叫，被摔在地上，不停抽搐，总之，不会疏忽任何细节。如果像我这样仁慈的人陷入这场可笑的骗局中，是几乎不会拒绝用轻微的罚金弥补自己的天真举动。我就是这么做的，不敢抱怨一声，赶紧给了小孩一点钱，庆幸自己能飞快逃离。

十　雕镂工匠—古玩店—象牙球—檀香木—屏画—青铜器—古瓷器—算盘—“感谢”—灯笼—焰火

6 月 27 日

从来没有一个民族的人像中国人这样酷爱毫无用处的装饰品。正因为有了中国人孩子气的偏执，蕴含独特工艺的无用之物具有了某种价值。中国人有猴子的灵活、海狸的耐性和蚂蚁的勤劳。毫无结果的超凡能力实现了大量各式各样的无法解释的创造。我们欧洲人做不到，永远无法媲及。但又何必抱怨？

找一个我们的台球手不屑一顾地在绿毯上击来击去的象牙球，交给广东或上海的雕镂工，他就会为您把这个象牙球变成有一套镂空画图案的天球仪。一个球套着一个球，只有一把珠罗纱那样轻，纱上坠着最精美的花边。除非亲眼所见，亲手把玩，用尽所有观察研究奇迹的方法，否则绝难相信世上存在如此微妙、如此精细、如此完美的工艺。

我昨天就经历了一番。在一家珍宝店里，店家为我拿出了一个小玩意儿，一个由十七颗镂空珠子相连组成的一件雕刻品，小珠子能够随意转动，就像干核桃一样在果壳里转动。我怀疑有假，不相信这世上存在这样完美的工具，更有这样轻巧的手，能够成功地在这么脆弱的材质上雕凿。于是我猜测工匠分别雕刻两个半球，逐个雕镂，尔后再用某种透明粘胶合成。听到我提出这样的疑问，珍宝商笑了。他没有回答，而是为我拿来了一个装满热腾腾的醋的坛子。我亲自将珠子放入坛子，用火烧煮一个多小时后拿出，珠子完好无损。我所猜想的粘胶，如果真的那么透明，肉眼看不出来，一定稠度很低，经过如此长时间的烧煮后必定会溶解。

澄清了这一点后，我再次研究这个精巧的杰作。我很遗憾没有能够亲眼看见工人用凿子在第十七个珠子上（这个珠子只能看见一部分）完成缠绕、镂空图案，一定需要和雕刻第一个珠子时一样细心。中国人对于凹凸变化的象牙，自有一种独特的审美方式。外国人赞叹的是微雕上那些精细的线条、网格的精确比例，而中国人自己却不在乎这点，他们只欣赏雕镂的技巧。尽可能地加深、扩大象牙上的镂空但又不凿破，确实非常困难，但是最灵巧的工匠做到了，简直令人难以置信。中国人还雕刻棋牌盒，透过层叠的镂空可以看见图案相异的两层甚至三层图案。当然，价格同样令人咋舌。

要考验这些不知疲倦的艺术家的耐心和灵巧，象牙不是唯一的材料。更不易雕作的材料有珍珠、龟壳和檀香木，常用于制作扇子、盒子、匣子、佛像等等，是中国的每一位高雅人士的必备物件。

在这儿，古玩店随处可见。相比这样的商店，欧洲商人们的最超凡绝伦的展示也变得毫不新奇了。店内让人眼花缭乱的漆器，烫金的草书写着象征诗。铁木座上的屏画，完美地再现了由浓渐淡的晚霞，映照在翠绿大理石镶片做成的水面上，寿

山石和鸡冠石镶片做的岩石，岩上还立着几株青铜竹子，轻盈得甚至看得见竹叶在摇曳。这些美轮美奂的玩物，价格昂贵，我无法将它们带回贫穷的欧洲。每一件玩物都经得起最细致的观察和研究，每片叶子朝外一面都有浮雕或镂空雕，地面是玛瑙做的，几只白色大理石的小鸟在点缀着艳丽花朵的翠石草坪上踱步。

除了这些华丽的工艺品，店商又为我展示了鬼斧神工和人工巧匠相结合的杰作。一块纹理奇特的石头，或是一段盘根错节的树根，只要看似有潜质，人们就拿给专业工匠。工

匠精于捕捉一丝一毫的相似点，利用各种变化，凸显出相似性。刀子在工匠手下灵活顺从地修剪枝条，绕过凹陷，突出重点，最终，树根变成一个面目狰狞的可怕怪物。必要的话，

工匠们会上色加以衬托。就这样，这件涂着清漆的树根变成一件颇受欢迎的作品。在我们看到的漂亮根雕中有一个猛禽根雕，脚爪里还抓着一只鹤，价格和另外一只精美花瓶一样昂贵。这只花瓶由整块玛瑙做成，瓶身上盘着花果雕饰，小鸟蝴蝶嬉戏其间。每一件都如此完美无瑕，新奇独特，透着浓浓的中国色彩。要不是戒心不断提醒我，我或许会花三百洋元买下眼前的这些玩意儿。其他比较便宜的东西，我再也不可能看上眼了。和精品相比，其他东西毫无吸引力。

如果不是价格昂贵，再加上运送不便，我本会为自己买

下一个画着生活的痛苦，或者说是地狱的折磨，生动传神的画面足以与卡洛特[1]的画相媲美的大瓷花瓶。或者买下一头青铜象，镶嵌着精美绝伦的铂金装饰。或者是一块雕着浮龙的黄色石板，摆在一个精心加工的木架上。又或者是一段圆柱，顶端停着一只镶满宝石、展翅欲飞的神鸟。

同我们国家一样，在中国，人们对这类艺术品大都有崇古情怀。例如古瓷器，会因为年代久远和曾经的主人而获得近乎崇敬的地位，需另外存放，小心地锁在柜子里。古玩商千般谨慎地准备一番，然后才向您打开柜子。我想，这么做是为了提高宝物的身价。古玩商一脸探究的神情，观察着我们，似乎是为了确保我们值得信任。他掩上铺子的门，以防外行人看了他将要出示的宝贝。最后，在您的恳切请求下，他隆重地在一个漆器架上摆放了一个有缺口的花瓶，除了缺口，几乎无可挑剔。花瓶制于明初，描绘了明朝的开国君主、

① 卡洛特（Jacques Callot），法国 18 世纪画家。——译注

古玩店

著名的“洪武帝”为一座寺庙放羊的情景。我可买不起一个如此具有纪念意义的年代的文物。

昨天，我竟然当面嘲笑一位商人。他尽是无稽之谈，滔滔不绝地向我们吹嘘一面12世纪的大鼓。我还说，我觉得他的价格太高。这位商人礼貌而严肃地接受了我的批评，同时立即收起了那些被我贬低的货品。中国商人通常格外谦恭有礼，一切举止都有条不紊，细心周到，令人不得不称赞不已。他们从来不会对您的要求有任何抱怨，从来不会为您的质疑而动怒，他们甚至在商店招牌上招贴出最让人放心的箴言：“不夸”“此处无欺”“货真价实”等等，等等。这些句子有时能透露出某些信息，比如店主的喜好。因此，我曾经在一扇门上看到这样的话：“开业大吉”（开门就会有巨大成功）。又在另一扇门上看到“长谈久坐有碍生意”。还有“谢绝赊账！尊口一开，信誉即失”“细水长流”“财源滚滚”。还有对频频到访的大胆乞讨的告诫：

“僧尼免进”（僧侣、穷人不要进来）。

其实，僧人和乞丐是不会跨进商店的。不过，他们纠缠不清也确实令人腻烦，难以忍受。他们拿着两根竹竿，有时是一个铙钹，守在门口，声嘶力竭地唱着敲着，直到人们扔给他们几个钱为止。

打发了僧人和乞丐之后，中国的店家们立即为顾客提供一切所需。顾客选定商品，店家用一个叫作“算盘”的东西计算金额总数。这种算盘有点像男孩们玩台球时用的计分板。一番讨价还价之后，

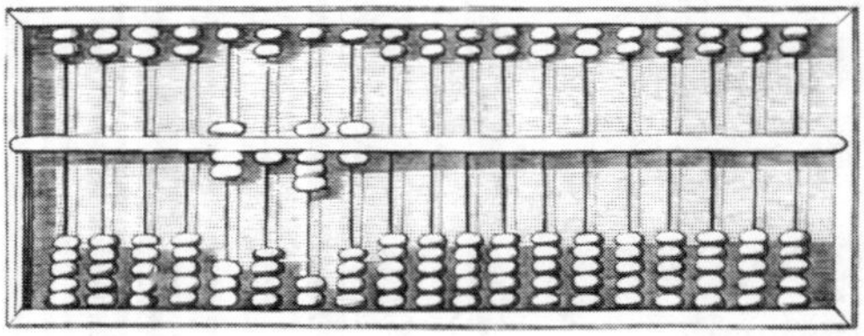

生意成交。随后，一旁静静等候的脚夫立即手脚敏捷、小心谨慎地将买下的货物装箱打包。这不花费顾客的一分钱。

此外，顾客还可以得到“感谢”(cum-shaw，礼金)。赏钱是店家送给顾客的一种礼物，表示答谢的一点心意。礼物大小不等，视顾客购买的物品而定。不管最后谈妥的价格如何，也不管折扣是否可观，礼物一般不计算在内。通常，礼物价格约为货品总额的百分之五。买家知道这一点，所以结账之后，他会挑选一个金额相当的喜欢的东西。如果他没有弄错，店家会同意这个预先看好的礼物，将“感谢”放入货品中，一并送到顾客家中。

那位正直的商人被我嘲笑之后，依然是一贯的依处世之道以理待客。于是，我最终买下几个没有多大意义的东西，同时得到他送给我的一本版画册，画上是中国人眼中的各个外国民族，尤其是法国人和英国人的样子和服饰都非常有趣。

赵海采购的东西比我多得多，他挑选了一个怪诞的青铜像作为“感谢”，一个老人骑着一头水牛。为了提高礼物的身价，店家坚持说这是著名哲学家老子的肖像。

赵海买下的东西很大一部分是形状不一、大小不等的花灯，都是送给阿思小姐的。世界上没有一个民族像中国这样使灯笼如此风行全国。尤其是在那个以灯笼命名的大节日里点亮两千盏这样的吊灯，从欧洲这头一直挂到另一头。每一个庆典，每一个私人庆宴都不会少了灯笼。人们为最贫穷的人也为最富有的人扎出各式各样的灯笼，材质有牛角、丝绸、玻璃、纸，偶尔还有棉线网中的线条简单的漆器。我见过巨大无比的灯笼，直径长达二十七尺，足可在里面办一场晚会。普通的灯笼约有二尺宽、三四尺高，六角形。雕花的梃子，四边垂下的五彩丝带或缎带流苏，衬托出透明灯纱上丰富的图案。灯纱使灯内的蜡烛或油灯的亮光变得柔和，就像天主教堂的彩绘玻璃使日光变得柔和一样。看到所有这些妙不可言的饰物，人们就能够理解中国灯笼为何会风行了。灯笼的制作和装饰还有一种非常巧妙的方法。给灯笼安上一个水平转轮，就像一个转轴，利用下方的火焰形成的蒸汽促动旋转，转轮的卡槽用几乎看不见的细线连接，带动图案剪影转动。就这样，野兽、骑士和飞鸟犹如

在透明的灯壁上奔跑、飞翔。

中国人总是把灯笼与结婚相联系，如同伞之于英国绅士的爱情。

当马克斯维尔船长试图在夜里经过威海炮台时，堡垒突然灯火通明，焰火冲天，相当准确地击中了阿尔谢斯特船的甲板。船长下令舷炮齐射，相距只有步枪的一半射程，堡垒所有的炮孔突然静了下来，原来，老实的守卫者们早已匆匆逃离了已经变得危险的岗位。

大逃命途中，所有士兵都没有忘记带上自己的灯笼。于是，英国水兵们着实欣赏了一幅奇特的景象：额头剃光的士兵奔跑着爬上附近的山坡，辫子在风中挥动，就像一只只受了惊吓的萤火虫。每个人的长枪上都挂着一个闪亮的球，正好为敌人的射手提供了一个绝妙的靶心。不过，幸好我们的士兵笑得前仰后合，实在无法瞄准。

在欧洲，意大利的烟花尤为出名。中国人对焰火的钟爱，不亚于对灯笼的癖好，因此可以看到中国人将这种无聊的工艺发展到极致。相比我们的火药，他们制造的火药差远了，可是他们对火药的使用却令人惊讶，花炮技术的每一种组合都得到精炼。

我见过这样的神奇焰火，就像一株葡萄树，葡萄蔓颜色的闪亮的叶子，接着是一串串珠光闪闪的金黄色葡萄，盘根错节的褐色枝蔓，几只彩蝶飞舞其间。盛开的焰火不断地在漆黑的夜空洒下点点繁星，彗星，长蛇，飞龙。葡萄树消失在闪亮的帘幕后，升腾起上百盏五彩灯笼，勾勒出水果、花朵、写着诗歌的折扇。

烟花帘幕落下了，随即，二十柱焰火打着耀眼的螺旋直冲云霄，几分钟后点燃，火花依然耀眼。

火光持久通亮，直至最后一柱焰火超越了以往的精彩。这最后一柱是一条中国龙，有着五只龙爪的中国龙，在空中舒展巨大的身躯，身边环绕着数不清的蛇，火红的旗帜……

不一会儿，在蓝色火光中，皇帝乘着骏马出场了。渐渐地，蓝色火光变成一片绿色，黄色……从帝王的色彩最终变成白光。

这时响起一阵震耳欲聋的轰鸣声，一道绿色的光幕遮住了道光皇帝，千万炷焰火，千万响鞭炮齐发，表演落下帷幕。

十一　危险征兆—殉道者—清茶门教—秘密组织—圣战—中国的自治区—林琛的苦衷—传单

7月4日

上午，林琛把我叫了过去。他发了高烧，看起来忧心忡忡。我竭力想知道原因，可是他只透露了只言片语。

好像是因为这一段时间以来，手下军官中出现了违抗军令的苗头。不久前，一支军队起兵反叛，派去剿平的两名军官都被杀死。两个水手同时自首，然而奇怪的是，他们显然是无辜的。这种情况非同寻常，似乎表明军队中混入了某一个共和组织的成员。如今社会上有很多这类共和组织，引发了朝廷的残酷镇压。通常，类似非法行动发生之后，就会有一定数量的人自告奋勇地投案自首。这些地下组织有一张名单，名单上的人依次站出来为非法行动请罪担责，如此，才可达成秘密组织的计划。同时，秘密组织通过各种可能的间接方式保护这些人免于责罚。如果竭尽全力仍然无法保全他们的性命，秘密组织会收留勇士的后代，让他们有足够的收入，或者给予年金，或者为他们买下一块地、一座房子，或者给他们一笔做生意的本钱。

虽然林琛相信这两名所谓的凶手其实与其自首的谋杀案无关，但他还是就地处死了他们。处决当天，一名“飞马”特使（会飞的马）带着一封信火速出发，前往北京。

自从那时起，危险的征兆便不断出现。人们在井下找到了一个叫作“清茶门教”的盟会的规约，写在一块被单上。盟会性质与其他几个秘密组织相同，都是半政治半宗教。每月初一和十五，会员们聚集在一起烧香，向神明供奉清茶（这是盟会名称的来由）。他们跪拜苍天、大地、太阳、月亮、水、火、已逝的祖先、菩萨以及盟会的创立人。

白莲教也被大清刑律典视为非法。白莲教也称为弥勒佛教，被镇压后随即又以三种名称出现：天地会（天与地）、三合会（三位一体）、娘妈教（天后娘娘）。其实，虽然从严格意义上说不存在国教，但皇帝三令五申要求官员恪守“三皇五帝”之“礼”，也就是儒教所建立的古老的道德信仰。巫师、邪教教主和异端邪说的宣言者，都是左道乱正之人，在刑律中视为有罪（第一百五十二条）。任何妖言惑众、误导民心的人，任何借文字图画煽动暴乱的人，任何在街上宣讲、分发或歌唱具有煽动言论的人，均有罪（第二百五十六条）。这部律例还定下酷刑，严惩胆敢违背国家祭仪而在夜里自行供奉“天和北斗星”的家庭。类似行为被视为亵渎神明，无视天理。

僧人和道士（即佛教和道教的教徒）若敢按照皇室祭仪私自烧香供奉，将责以杖打，甚者逐出教门。

其实，这只是表面的排斥异己，每个人的思想意识是自由的。因为这个国家的伦理道德学说实际上只规约重大仪式，没有强加任何国家信仰。禁止任何教派聚众结社，禁止宣扬邪说和异端盟约，禁止建立恐怖组织，但不禁止个人的思想观点，只是极力消除任何形式的狂热，尤其是宗教狂热。任何一个不懂得也不愿意控制宗教、不愿把宗教作为政治约束的专制政府都是如此。

或是出于不屑，或是出于害怕，中国政府总是拒绝宗教徒的协助，极力让宗教徒变得无足轻重。如果宗教徒的影响力引起了官员的注意，比如某个寺庙的香客越来越多，某些礼拜形式开始盛行，官员便会禀报北京朝廷，随即禁令下达，劝诫百姓不得随意走动，理由是宗教组织耗时费钱，有悖礼数，图谋不轨。

于是，无法信仰国教的百姓将自己的政治观点与建立宗教组织的念头结合起来。“白莲”成为谋反的象征，因为白莲是神祇之花，谋反者称为“烧香人”。三合会（误称为“三点会”）集中三大能量即宇宙构成的三大元素“天—地—人”。尚不完善的中国科学思想认为，天、地、人三者是自然的三大主要元素，他们有一本著名的百科全书，书中依照这种三分法进行归类。

三合会的成员有时仅仅为了生意而联合起来，因为可以从分部组织得到帮助，这些组织甚至扩展至国外，巴达维亚、新加坡、马六甲。不过，最常见的入会原因是希望建立一套对抗法令的完整系统，一种躲避刑罚的互助形式，并且可以报复任何引发他们仇恨的人。就像欧洲的共济会会员，他们小心翼翼地掩盖反叛观念，表面看起来只不过为了提供慈善互助。三合会的口号是：

有福共享

有难同当

他们以“兄弟”相待，一旦入会，成员之间永远互助互爱。

朝廷不会甘于这样，为秘密结社而伤透脑筋。林琛写了奏折，呈交北京，提出他认为可以令民众恪守本分的适宜办法。他建议将帝国内省的荒地无偿分给无业游民，分地可令无力缴赋的游民得以营生，不再遭受匪徒的频频侵扰。

林琛还提出另一种方法。我从未设想中国会有可能出现这样的做法。在这个世界上最专制的体制下，如何能够设想自治共和制度的萌芽？然而，我们将看到这种富有特色的萌芽真的出现了。

我们知道，中国农村人口分散于无数村镇，大部分村镇太小，不足以委派朝廷官员。但是，每个这样的小型社团都必须有一位负责人，必要时还需要一名警察。因此，村民们乐于选择某个村民做他们的行政官，愿意凑钱支付行政官的工资，只要管理得当便可连任，如果具有影响力的主要选民有不满，可以随时随地解任、替换行政官。

虽然这种民选的行政官没有官阶，不属于朝廷官员，但是尊崇传统、恪守习俗的民风赋予他一定权威。在朝廷派来的使官面前，他负责所管辖的村民。而且，朝廷使官承认，作为民众的代言人，他有权传达民意，为民请愿。他拥有一支或大或小的武装队，对小事争执作最后审判，施行某些轻度刑罚，责以棒打，处以罚金等。

如果有人认为审判不当，可以求助地方长官（知县）。而知县往往为了显示身份，错误地更改审判决定。

林琛想要纠正这种滥用职权的行为，提高自治行政官的地位。因此，他建议一定数量的村镇行政官定期召开集会，由一名官阶相当的官员主持，这名官员由行政官推选而出。共二十四名行政官，赶集日那天在一座专门建造的厅堂内召开集会，帮助需要建议的人，裁判诉讼。如果有人逃避惩罚，所有人共同签署一份诉状。集会并非公开的，所以，审判决定不会招致任何不满，地方长官（知县）也不会不关注如此郑重的起诉。

除了裁判职权，这二十四位行政官和他们的首领可以每月举行一次文学考试，检查村镇里那些希望科举中第的孩子的学习情况。

林琛为这些乌托邦的想法而激动、苦恼、焦急不安。他担心圣上发怒，又害怕民风堕落。不久前，我在一本林琛表露思想的类似回忆录的书上看到以下思考：

小庙，常有临近村姑前来为患儿求签问卜

世事变迁。民心腐化。是月，吾痛失挚友，终年九十五。彼曾坐身旁，倾诉往昔。昔日之人淳朴诚实，今已不复可见。世风日下。昔日未曾见聚财之切如此，得当日营生之后，让于他者。艄公工作半日后停止，让与其他艄公。而今日夜营生不足以满足无尽金钱渴求。河鱼变习。昔日河鱼甘于捕于不贪之人，今七日之渔不及往日一时辰之功。偷盗劫掠日盛，民心惶惶。匪贼巫师算命人泛滥。违法乱纪。不敬官绅朝臣。

佛僧道士伪善不实，满口无稽之谈，善男信女轻信，禁食守斋，建寺庙，塑佛像。呜呼哀哉，欺民之术。然民皆信，趋之若骛，又遣妻女前往朝拜。女人油鬓脂颜，青边红裳，摩肩接踵，混于僧侣、巫医、持打狗棒乞丐之中。此般行为不足以称道，滋生恶劣，为人耻笑。

6月7日

今天醒来时，我在房间里发现一张印着奇特图形的纸片，一个五边形图戳，中间写着几个潦草难认的字。我不懂这些字的意思。是这么写的：

中原民族人口众多，天朝上国繁荣昌盛
诸国臣服，万民忠诚
满夷欺我，强占为主，深仇大恨无绝期
起兵！备马！开战！
举旗！操枪！灭尽满夷！

一读完这段话，一种神秘的预感让我觉得保存这样的字条相当危险，哪怕只有五分钟。于是，我赶紧把字条交给提督师。他惊恐万分，如同看到御赐毒酒一般，面色苍白，几乎要哭了。他对我说，我在房间里发现的这种字条，只需一张就足以将我处以极刑，必须

赶紧把字条毁了！

话一说完，他一刻不迟疑地用佛烛烧掉了字条。

回到房间，我惊讶地看到赵海和其他两位官员。难道他们想出其不意地将我逮个正着？这一次该相信副将为人阴险了吧？

十二　陷害—劫匪—长刀阵—身陷囹圄的番鬼—龙爪下的赵海—政治主张—前往南京

7 月 11 日

现在，我已经确信有人想暗中陷害我。如果昨晚逃过的一劫和另一次陷害不是出自同一人之手，不是因为恨之入骨才出此毒手，那么简直就是奇迹了。

昨天晚上，我独自在上海的街道上散步。我很少这样独自散步。突然，一个老百姓模样的人（穿着下等工匠的衣服）大快步朝我走来，扇了我一巴掌，随即跑开，溜进一条窄窄的巷子。这个突然袭击令我十分恼火，我追了上去。虽然对方步伐敏捷，但借着昏黄的暮色，我紧紧跟着。他就这样一前一后地领着我跑遍市郊的大街小巷，似乎并不打算把我甩掉。突然，他转过身，大叫一声，我听出叫的是“哥”。他朝我跑来，手里拿着一把匕首。我恰好拿着一根竹竿，于是立即摆开架势。我原以为可以轻松地拿下这个匪徒，可是背后猛地被人推了一把，跪倒在地上。这时，一块厚厚的麻布从眼前落下，我被一个大麻袋罩住了。我看不见匪徒的脸，就这样无力还手地被他们一顿乱打，直到昏过去。

幸好我随身还带着一把匕首，一把伯明翰锻造的西班牙式短刀，六七年来一直陪伴着我。我差点就拿出刀子，割开这个不堪一击的牢笼，但是考虑到敌众我寡，不敢贸然行事，于是，我任由他们把我带走。他们先是扛着，然后丢在车子上，最后粗鲁地将我扔到一艘船的底舱。

甲板吱哑作响，从侧舱伸出的船桨发出沉重的桨声，除此之外，四周一片沉寂。光线似乎越来越暗。虽然有担忧，但这一切并没有增加我的焦虑。我没有想太多，船已经过了河。到了对岸，绑匪重新把我扛起。从他们颠簸的脚步中，我能感觉到他们离开了大道。脚下滑动的小石子，踏在草地上沉闷的声音，途中擦身而过的树枝，还有后来越过障碍或某种石台的艰难步伐，这都表明了此次神秘之旅已到了郊外。我们没有离开市区太远，大约一个小时后，我觉得我们进了某间屋子。随后我被抬进地下室。在一个专横的声音的命令下，脚夫把我从麻袋中放了出来，我在袋子中早已感觉很不舒服。众人按住我的手脚，不让我有任何反抗举动。刚才那个声音再次从黑暗中传来：

“来者何人？”他用普通话问我。

“一个穷书生。”我也用普通话回答他。

“撒谎！”他说，“可恶的番鬼，竟敢欺骗爷哥（即头领）！”

“我不认识爷哥。”我语气坚定地回答。我说的也确是事实。

“爷哥是清茶教的师父。他能看透你的内心。你不是清国的书生。你是黄毛派来的间谍。老实交代，饶你一命！否则就等死吧！”

威胁显而易见，而这个问题毋庸置疑，无须回答。爷哥似乎对我的沉默感到不安，于是，他问脚夫某个人是否马上就到。我没有听清楚那个人的名字。

“我以为他在这里。”其中一个人回答道。

又是一阵沉默。

“起轿！”那个大哥命令说。

于是，我听到一阵木板嘎吱声，混着兵器的当啷声。他们点燃了一支火把，按住我的那些人把我推进一条狭窄的过道。过道两边摆着两张长长的台子，插着剑和长刀，两边的刀剑在我头上交叉。过道的尽头站着一个身材魁梧的男人，穿着黄色衣服，蒙着面罩。

“给我瞧着，”他对我说，“休想泄露我们的秘密。看看这把刀，还有这只鸡。”

他亮出一把大刀，抓着一只母鸡。母鸡扑腾着翅膀，扇得火焰直晃。不一会儿，可怜的小东西发出一声尖叫，翅膀最后扑打了一下，爷哥松开手，无头的母鸡抽搐着掉落在我的脚边。

“谁胆敢泄密，这就是他的下场！”大哥说道。他的话被七八个人重复着，声音从或远或近的不同方向传来。刚开始，声音清晰可辨，随后就像从地底深处传来似的微弱。

火把熄灭了，长台和大刀也从我头上撤掉。带我来这儿的脚夫朝我走来，为了谨慎起见，他们重新给我套上麻袋，还是刚才的奇怪仪式之前用的那个麻袋。

这一回，他们没有捆住我的双手，而且黑暗对我很有利，趁着黑暗，我轻而易举地用我的那把锋利匕首割开令人不适的束缚。没有人察觉。一刻钟后，几个人从我身边跑过，迅速交流了几句模糊不清的话，一个接一个地传达某个命令，传遍了地窖每个角落。随后，我听见爷哥大叫一声，顿时令我不寒而栗，“杀死番鬼！”

在这个紧要关头，我不能再犹豫，必须背水一战了。我握着匕首，扑向我觉得最容易对付的守卫。守卫猝不及防，倒在地上，我立刻扑到他身上。或许被激怒，或者因为害怕，守卫大声惨叫，四周漆黑一片使嚎叫声显得更加恐怖，引得身边其他人开始四处逃窜。我也无方向地跑，撞上了两三个气喘吁吁的逃兵，他们一心只想着逃命，甚至把我看作自己人。于是，他们无意中成了我的向导。我们就这样一个跟着一个来到一扇大门前，门已经被其他更急于逃命的清茶教成员打开了。

一旦跑出了田野，互不信任的本能使大伙顾自逃窜。我不知道自己会走到哪里。我蹚过两三条小溪，越过两三个山谷，最后，精疲力竭地来到一座房子前。一开始，远远看去原以为是一所村舍，走近才发现是一个兵营，几天前我曾陪着林琛来过这里。看到自己终于安全，我感到再也支撑不住，我实在太累了，喘不过气，加上担惊受怕，眼睛睁不开，两脚颤抖。我倒在地上，应该说倒在门口台阶上，倒在一个惊恐不已的哨兵脚下。这是我最后一个清晰的回忆。

我就这样逃出了劫匪的魔掌。实际上，就在同一时间，一个比匪徒更强大的力量将替我报复这次残忍的阴谋。

赵海借口出门访客，乘着轿子出兵营，其实是出城，无疑是为了参加对我的审讯。途中，在一条巷子里，一支埋伏在角落的小分队冲向副将一行人，将他们逮个正着。副将还没明白自己为何被抓，还没来得及调兵遣将，也没有能够从面无表情的卫兵口中得到只言片语，就被捆上手脚，带往城

里的一座监狱。通常来说，逮捕总是声势浩大。但这一次，应该是考虑到赵海的特殊身份，担心可能会招致强力反抗，万一他果真是认定的清茶门教三大头领之一。

林琛痛苦万分。逮捕赵海的圣旨已经下达，这个指挥谋反的海军上将被革职查办，押送南京，接受特别法庭的审判。

林琛虽然是无辜的，但这并不能减轻老人的不幸。他将面对的审判团显然不会网开一面。中国刑律在某些方面非常合理，但对于谋反的判处却格外严厉，甚至可以说不公平。不仅逮捕谋反者，还要牵涉罪犯的家庭、亲友、同谋，即使是无辜的亲友也会被连累。严惩谋反的法律取自古代圣言，杀父仇人不共戴天，谋反者如同最恶劣的弑父者。

这一点不仅仅写在法律中，而且民众也都认同法律所宣称谋反的危害。疯狂的保守派习惯于将任何政治骚乱视为国家的灾难，大部分中国人都习惯于咒骂任何打搅他们休息的人。他们不会因为奴役身份而感到不安，相反，他们有这样一句俗语："宁为太平狗，不做乱世民。"大部分中国人忠实于这条原则，忍辱负重，甘于跪拜在黄缎华盖或皇帝题写的红色汉字前。我不知道那些有学识的奴隶是否真心崇拜天子，或者只是想在独裁政权中找到保护，反对单一种姓的贵族专制。他们尽忠职守，不在乎奴役地位代代相传，与生俱来的权力、工作和功绩将赋予他们优越地位。出类拔萃、功成名就，其实属于个人能力和渊博学识。他们还有一句谚语："有教使普通子民晋为大人，无教使官宦子弟沦为平民。"

总之，天子的独裁专制显然建立于令其他暴君最感到恐惧的观念：人性平等的观念。

8月2日

我的保护者被传唤至南京。于是，我们随同押解赵海的队伍离开了上海。不幸的赵海像一只野兽被关在笼子里，严加看管。尽管我们想尽办法，但还是无法和他说上一句话。

出发前，人们纷纷前来送行，他们跪

民众向被罢黜官员致敬

在路边，向我们证明了林琛并没有像他所担心那样失去民心。一路上，人们竖起摆满食物的台子，点燃香烛。几乎在每条街道的各个角落和墙上都张贴大字报，为林琛抗议。大字报是中国人最时兴的方式，表示对专制统治的抗议。语气尖锐、辛辣、诙谐，如同罗马的讽刺诗。有时，这种抗议方式会转变成报答形式，夸张的颂辞替代了辛辣的讽刺，恭维的比喻弥补了讽刺对象的缺陷。当然，墙上的恭维和墙上的谴责一样有好效果，而且，墙上的恭维话会产生一种不同于谴责的效果。

还有一种举动更有意义。众多乡绅聚集在城门，郑重地脱下提督师的靴子，为他穿上另一双靴子，将原来的靴子留作珍贵纪念。一路上路过的城市，多次出现这样的送行礼。于是，林琛几小时前刚换下的靴子再次成为人们的珍藏品，可见民众对林琛的感激和崇敬之情。

最后，林琛还收到一件具有象征意义的多色衣。这种衣服由多种颜色的布料拼成，表示这是大伙共同的心意。这样的衣服是不会穿的，而是保存起来作为受人尊敬的珍贵纪念品。官员们都会为有资格得到这样的老百姓礼物而颇为高兴。

可是，尽管得到这么多让人愉快的礼物，可怜的老人还是没有感到安心。说实话，他是一个优柔寡断、内心柔弱的人，也就是中国人所说的“纸老虎”。有一次，我给他打气时，他用手势打断我，示意赵海的手血迹斑斑。

严刑拷打！这才是让提督师害怕的事。他根本无须自责，这一点他很清楚。但是，看着赵海那双夹在三角枷中的手，他怎能不认为自己有责任？我希望历经世事的他能够挺过这次可怕的考验。

秀才治学

一 禀折—九卿裁判—王命牌（轻罪法庭的快简程序）—监牢与酷刑—流放—《大清律例》—以牙还牙

省府报纸是这样报道我们抵达南京的消息，题为《衙门报》（意思是各门的报告）。

> 上海知府副官前往府邸拜访唐大人，禀报某官革职查办，押抵南京，听候秋审。随后告退，另提审其他囚犯。
>
> 府院柯大人接折子，并已公布。布政使、按察使受命预审。布政使、按察使谢过柯大人亲自上门。布政使、按察使随后回访。

这些毕恭毕敬的官员不参加终审的审判。这是一桩大案，而且罪犯以军事天才而闻名，必须押解京城交“刑部”（即刑案审判所）问审。每年秋末，刑部官员与另外八个司的官员聚集一堂，称为“九卿”（即九位大臣），共同审核各省呈送的判决。由此形成最高法庭，判决加盖皇帝的“钦此”（即尊重这个决定）印章，再不可变更。

不过，如果是一个可怜的倒霉鬼，审判就快多了。我亲眼见识了这样的审判。赵海审判当天，就在赵海案子之后，紧接着一个佛僧的审判。这个佛僧被控多次企图勒索、诱骗、偷盗、行骗、胁迫。以下是对他的审判的描述：

> 唐大人（指府院）前来问审福建汀州府上杭县僧人。八时鸣炮，听审大厅开门。大人们就座。按察使衙役前去提犯人。犯人被带来，判定有罪，随后带走。府院拿出'王命'牌，命令几名衙役押送犯人到城门外集市广场，就地斩首。很快衙役就回来了，交回'王命'牌，禀报犯人已处决。

再没有比这更快捷、更简略的审判了。"王命"牌，意思是皇帝的命令，代表皇帝对死刑的批准。这一发明值得我们好好研究。每位行政长官都持有一副这样的权力牌，有了这张牌，他的判决就能生效。长官郑重地在犯人面前出示命牌，朝向皇宫方向摆放，犯人必须对这个神圣的象征物顶礼膜拜。就这样，犯人带着祈求的态度，感恩戴德地服从判决，接受了致命的裁决。

次一级的惩处则没有这么多的形式。事实上，再没有比这个国家的轻罪法庭更轻易动手的了。一旦被控有罪，即使

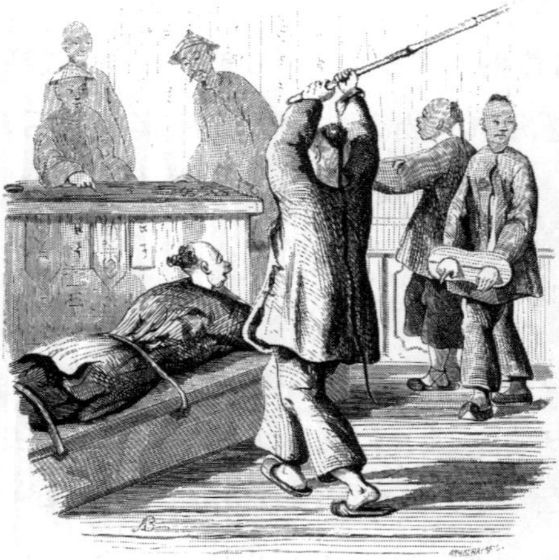

是一次小小的违法行为，也不要指望得到任何通常的司法保障。被告被扭送长官面前，没有辩护，不需要陪审团，只需要听几个证人的证词，长官就宣布裁定结果。极少有令人满意的判决。如果没有证人，就严刑拷打。一旦判决，当场执行。法官在案板上将一根象征性的竹棒折成几段，表示用竹棍鞭打犯人的次数。或者将犯人拖进一间恐怖的监牢中，牢房里肮脏不堪，万恶聚集，管理专制、恶劣，名曰“地狱”，意思是“地下的牢狱”。

那里从来都是怨声载道，呈交给天子的报告虽然虚假极多，但也从来没有间断过。有时报告一场大火吞噬了监狱和里面的犯人，有时点名指出可耻的残暴行为，尤其是官员利用职务之便猥亵女犯人。监察官们还奋起反对滥用酷刑，有位监察官甚至列出一份酷刑清单。

他说：“为使审判有成效，地方官让手指涂灰的酷吏拧捏犯人耳朵，让犯人长时间跪在链条上。动用各类刑具，如‘美杆’‘鹦鹉飞’‘烙铁’，以及另外二十余种名称各异的刑具。如果没有达到预期目的，则严刑逼供至死（昏死），醒来后再次受刑，一日多次逼供。犯人最终支持不住，写下详细但虚假的供词，或画押招供，之后，他将接受刑部的裁定。

“下级官吏在长官的纵容之下，不断发明新酷刑。他们滥用酷刑，只要可能就动用酷刑，捕风捉影、夸大其词、大肆抓人，以致无辜者为离开监狱也必须交纳赎金。”

这份报告由豫州上呈，或者是河南省的监察官递交到皇帝面前。皇帝在报告末尾用朱泥（即红墨水）批注，下令陈情入册在案。

中国人其实早有定见。刑事法庭的任何庭讯结果，大家都心知肚明，他们用屠宰场的话来称呼被逮捕的人：“砧板上的肉”。

这些天，我和林琛的交谈成了一堂名副其实的刑罚课。我懂得了何时笞杖，何时火烙（通常在脸上），何时枷号（一种中国刑具）。枷号这种酷刑使整个人看上去只剩下一双脚和一块沉重的木板。我知道了哪些罪行可纳赎，哪些罪行不可纳赎，也就是说，有些罪行允许交纳一定罚金替代体刑，而有些罪行被“上谕”（即圣上的旨谕）定为任何理由都不可饶恕的罪过。我还知道，儿子可以请求法官代父受刑，而且，这种孝心之举在这个国家并不罕见。我了解从死刑到流放的每项刑罚的赎金，死刑赎金根据罪犯的身份地位从一千二百到一万二千银两不等，三年流放则从四百八十到四千八百银两不等。

林琛最为担心会遭受枷号、苦役和终身流放。示众两个月，然后放逐到黑龙江，可能在那里终身为奴，这确实不是什么好笑的事。阿思小姐的命运与她的父亲息息相关。如果林琛被判谋反，不管判决是否有理，阿思小姐都只会稍微减刑，免受体刑。

如果流放几年，朝廷将罪犯发配矿场或盐场做苦役；如果终身流放，则发遣边疆充当军官或士兵的奴仆。于是，边疆的军官或士兵手边多达十至十二名奴仆，他们不用这些奴仆，而是将他们转租给缺人手的财主，就像出租牲口一样。这种做法很自然地会引发造反和叛乱。经常听说被压迫的奴仆起义暴动，杀死残暴的主人。

还有流放军营，整个部队编制都是流放人员，有时甚至多达两三千人。最近一次暴动，就有一支这样的部队参与镇压行动，大获全胜。作为报偿，战争中幸存下来的人被送返家乡，仅受衙门监管。甚至有几人得到晋升，获得嘉奖。

一名儿子请求判官，他愿代父缚枷

倘若违反放逐令，将被处以杖打、枷号、延长流放时间。如果涉及叛国谋反，惩罚极为严厉。曾经一名官员流放西鞑靼后私自返乡，被林琛处死。皇帝阻止行刑，将死刑减为再次发遣到更为艰苦的地方。犯人被放逐到云南山区的丽江。皇帝同时下令，如果他出现在帝国的其他任何地方，就处以死刑。

应该指出，欧洲人所了解的中国法典《大清律例》是令人尊敬的乔治·斯当东男爵[①]的译本，而自从男爵时代以来，这部法典已多次修改。当时的法典只有四百五十七条“律”（即初始条文）和一些“例”（即新律）。“例”是明代和清代的诸位帝王引入法典的新律，现有一千五百七十三条。

1829年，刑部奏请修改法典，并提出五年修例一次。理由很充分，因为民风习俗已经潜移默化改变，法令与习俗相去甚远，令人叹惋。皇帝授权刑部修改法典，重新印刷二十四卷。但是，皇帝对刑法修改没有作出明确指示，而是要求刑部尽量减少修改数量，如果修改不可避免，必须奏请朝廷获准方可更改，届时皇帝将向全国公布修正的条文，即

---

① 乔治·斯当东男爵（Sir George Leonard Staunton, 1st Baronet，1781—1859），英国探险家、植物学家，受雇于不列颠东印度公司。1793年，斯当东成为英国访华使团的副使，以庆贺清朝乾隆帝八十大寿为名出使中国，要求中国开放通商口岸。1798年他进入英国东印度公司广州商行服务，任文书；1804年出任货物管理人；1808年任中文翻译。1810年，由他翻译的《大清律例》在英国出版，这是第一本直接由中文翻译为英文的书。——译注

时生效。

这部法典为一些作家提供尽显溢美之词的机会。但是法典存在许多不尽完善的地方。我想说的是，普通条文对大量案情缺乏明确规定，使法官得以自主裁定，先斩后奏（第四十四条）。另有一条规定，任何“有悖法意”的行为，即使没有任何明示条文可以定罪，仍可杖责至少四十大板，情节严重可杖责八十大板。有了这些定义模糊的条文，各省长官随时可以违背法令，或者肆意夸大滥用而不禀报皇帝。这样一来，为了滥用职权，省官、副官、法官、税务官，官官相护。

旧制刑法中曾有一条最有名的条例，如今已经废除，不过我依然想借此指出旗人享有的司法特权。旗人和汉人同罪时，旗人罚小竹板的笞刑，而汉人则要遭受大木板的杖刑之苦。依据皇帝的旨命，竹板用于惩戒高级官员，遭受了这种加辱刑之后，他们仍然保有世袭的旗籍或爵位。

以牙还牙的同等报复法在旧律中继续有效，很多方面都让人联想到西班牙西哥特法典。我要向您讲述一个最不可思议的例子。有一个人杀死了一个家族的一个或多个人，使这个家族断了香火。这个人被判处死刑，不仅如此，他的直系后代被送入宫当太监，使家族无法繁衍。根据一条诏令，这种判决至今仍具有权威性，简直是最野蛮的时代的产物，然而这却是 1828 年的事。这条诏令是《大清律例》第二百八十七条的修正案。

二　书面语—母字—象形文字的历史—六书—蟾头—口语—官话与鄙话—要点与建议

我们天天担惊受怕，我对学习的渴求一天比一天紧迫。或许有一天，林琛的保护将不再有用，我只能听天由命。要是我因为不懂当地方言而暴露外国人的身份，被人上报到六亲不认的衙门，那将是陷入了虎口！

这个念头促使我坚持不懈地学习，而且取得了令人难以置信的进步。

中文与众不同的特性总是让人望而却步。汉字不同于字母，甚至不同于我们的古人所用的那些难懂的符号。大多数汉字表示对象本身，我们的字母则表示发音。因此，中文的书写与话语之间没有必然的联系，刚接触中文的欧洲人因此不知所措。

书面语历史源远流长。我想起了原始图形，人们将这些原始图形组合起来表示所有事物，并用类比法来表示现代思维所需的抽象概念。字根是中国人所说的“母字”，相比所构成的复合字，数量极少。共有一百一十四个字根，而在各种律例中所使用的不同汉字肯定超过十万个。日常所用的复合字大概是其十分之一，也就是七千到八千字，一部中篇作品不会超过两三千字。中国最好的十卷编年史《三国志》（即三个王国的历史）也只有三千三百四十二个字符。

仓颉被认为是发明这些文字的第一人。他生活在一个未知的古老年代。他在临摹眼前所见的事物时，产生了创造原始文字的想法。现在，晦涩难懂的文字结构更加复杂，字形已经变化。当时，为了描绘太阳，仓颉在一个圆圈中画上一个点，月亮是一个新月形，眼睛是两个同心的椭圆。复杂的概念通过类比来表达：上午，用一条横线上的太阳来表示，横线代表地平线；夜晚则是黑暗笼罩中的一轮新月。后来需要更细腻的表达的时候，两个或三个象征符号结合起来，相互解释。太阳和月亮的组合意指“光明”，门前的一棵树或栅栏表示“阻碍”，两棵树表示“树林”，人和眼睛的组合表示“看”，诸如此类。

随着文字的应用，最初描绘的图形产生很大改变。不过，如果仔细研究，仍然可以从臻于完美的图形中辨认出那些原初的线条。太阳不再是一个球体，成了长方形，正中的一点出于便于书写的需要转化为一条横线，但是一眼就可以看出这种变形，必须承认这仍然是一种象形符号。

书面语的变化有多种原因。首先，不断提高的智商使繁冗的结构趋于简化。其次，各种书写用具不断地出现。例如在孔夫子时代，人们用凿子在薄而光滑的竹板上刻字，文字线条刚硬。后来，人们用毛笔蘸着各种有色颜料在丝绸或棉布上写字。再后来，纸出现。大约公元 7 世纪，墨广为使用。

因为发生了这些演变，汉字形成不同的字体。就像我们的文字一样，同一个字母可以有哥特体、斜体，中国有六种不同的字体。

最古老的字体是篆书，大多专用于印玺和刻章，其中一种变体用于碑刻、书的封面等。接着，秦朝出现了隶书，成为官方字体，尤其用于公文。楷书，文人使用的规范字体，倍受文人们的推崇。行书，自由体，但不能随意省略笔画。

草书，正好相反，对快书速记的偏好使书写力求最简单、最快捷。这是生意人用的字体，而且只用于古书中的某些序言。

宋体的名称来自宋朝。宋朝建立前四十年的 5 世纪初，人们发明了印刷术，即木版印刷，在木板上雕刻印刷铅字。印刷术在宋朝得到极大改进，飞速发展。我们所说的印刷体大多是这种字体。

还有第七种字体，中国人称为蟾头，但这种字体极少使用，只能在一些古代手迹中找到。

我曾说过，每一种字体的意象中都包含一种完整的观念。

如果总是表达同样的事物，一种好的记忆法或许能够记下这些不同的象征。但是，对于一个外国学生来说，最艰巨的是，同一个字由于不同字体而具有不同的意思，或者表达具有微妙差别的同一个概念。大量的同义词叠用，作者在书写时会根据不同的需要改变这个或那个意思的用字，作者认为不会引起任何混淆，但是加剧了学习的困难。不仅如此，中文句法即使有法，也是最模糊不清的规则。没有足够的词缀或虚词来表示单复数、词格、语态、时态，通常只能通过词在句子中的位置来判断。同一个字词可以从名词变成动词，从动词变成副词，诸如此类，没有任何书面标示可以加以区分。

以前，我们理所当然地认为中文的书面语和口语毫无关联。法国有一本中文语法书在谈到两者区别时，特别指出："书面语不是口语的书写，口语也不是书面语的表述。"如果绝对地理解这句话，就犯了极大的错误。汉字分为六类：最简单的图形字（或者说是象形字）、指事、会意、形声、假借、转注。不过，最常用的只有形声字，也就是说既表意又表音的字。形声字包含对事物的描绘，只是太抽象无法一眼看出，必须加以解释。而解释，就是发音，音调，声调。如果完全是抽象的表意而没有表音，再好的记忆至多只能记下四分之一的形声字，而形声字总共有二万一千八百一十个字，其他五类加起来也不过二千五百字。

用中文表达思想有两种截然不同的方式。这种巨大的差异是由于中文几乎都是单音节词，单音节发音限制了词的多样化，为了比较确切地表达一个概念，说话时必须使用两个同义词，有时甚至更多。书写时则相反，符号的表意功能弥补了表音的模糊，一个字就足以完整表达思想。

这一点值得注意、不可忽略。我举例说明。中国文人写一个字就足以表达“道理”的概念。“理”这个字不会有其他解释，但如果这个文人想口头表达同样的概念，他不敢仅仅用一个字，因为可能会有多种不同的解释，因此，他说“道理”两个字，即使这两个字是同义词，但这样可以避免歧义。

除了书面语和口语之间的巨大差别，还必须注意到，多种多样的方言增加了口语的难度。有一种官方语言通行中国全国，即文人的语言，因此称为“官话”。对这两个字有一种错误的解释，容易误以为“官”所说的话和老百姓不同，其实，这仅仅是国语（公众的，众人皆知的）和方言之间的一种区别，说的方言被称为“鄙话”，即简单的语言。

中国是一个地域辽阔、改朝换代频仍的国家，必然存在大量的方言。暂且不提那些曾经或将涉及官话的历史和语文问题，我先说明几乎毫无争议的两个现象。首先，众所周知，官话起源于帝国西北部的方言，即今天的陕西省，并逐渐向南方蛮夷地区发展，影响了当地粗糙的方言，却没有吸收方言中最相似的部分。我还要指出，在最不受战乱纷争影响的地区，官话最为纯正，例如中国历代君王在都城告急时避难的江南省，还有孔夫子的故乡山东省。

官话有一个明显的特点，带着松懒感，配合说话人懒洋洋的性子，大量阴性词尾，几乎没有固定辅音，简单的一个送气，无须动用声带。

北方方言多为喉音。福建方言多为鼻音，是帝国最不受欢迎的方言之一。

广东方言音调通常很不和谐，但却是与官话最相似的方言之一，即使是最简单的对话也给人一种话中含怒的感觉。

任何一个欧洲人如果打算认真研究这种奇特、与众不同、保存最为完好的东方语言，都能从现有的大量研究著作和无数的翻译作品中获得丰富的资料。最富盛誉的作品是孔萨勒夫（Gonçalves）的《艺术中国》、阿贝尔·雷米扎（Abel Rémusat）的《语法》、耶稣会会士马若瑟（Prémare）的《汉语札记》。

我一心想掌握中文，因此特别研读了马里逊（Morrison）的《对话》、戴维（Davis）的《箴言》，以及米奈医生（Milne）的《圣旨》，米奈医生翻译了康熙皇帝在朝廷上常说的话，康熙的儿子雍正皇帝作注。

三 书生

一天，我正在利用林琛提供的材料草拟一份有关他的政治生活的简介，林琛希望亲眼看见未来人们对他的评价。就在那时，我注意到窗外有一个五十来岁、衣衫褴褛的人来回走动，似乎想引起我的注意。于是，我让一个仆人去问他是否有什么需要。仆人答复说，他来自北方，什么都不想要。出于好奇，我请这位陌生人进屋谈话。陌生人被带进了屋。仆人刚一转身，他即刻跪倒在地，向我磕头，然后站起身，递给我一张脏兮兮的破旧纸片，上面写着他的身世。

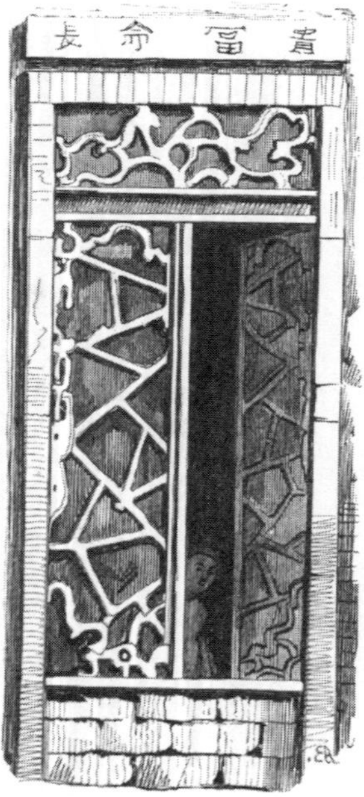

他是福建人，一个知县的儿子，已经是“举人”（即学士），三

次赴京参加更高一级的“进士”（即硕士）考试。这个可怜的书生将父亲留下的遗产全部用于学习和一无所获的进京赶考。现在，他打算参加第四次考试，但除了几个朋友的微薄资助，他几乎身无分文。他向我保证，下一次科举到来时，这些朋友一定仍会倾囊相助。

现在，他必须生活下去，必须不工作但生活下去。对于“举人”甚至是“秀才”（即高考毕业生）来说，任何体力劳动都有失体面。于是，他当了写书人，向路人卖自己写的对联。这份工作平均每天收入八十到一百文，仅供糊口，顾不上衣着，所以衣裳破旧不堪。虽然这般困顿潦倒，但他没有试图从事另一种危险的职业。这几年，科举考试的困难使这一行当格外盛行，即为没有学识的有钱人代考，冒名参加省级考官的面试，使其“一举成名”。这是中文的一种说法。还有另一种说法，将那些通过舞弊获得秀才的人称为“后座举人”，显然无疑地指出了这种举人的地位。

舞弊行为明令禁止，直接影响了考官的收入。尤其最近，皇帝下诏，声明向公众事业捐款可以换得举人资格。于是，官员们出卖那些本该免费授予的资格。几乎是公开销售，而且明码标价。因此我知道，在南京，秀才资格为七千到八千洋元。对作弊者的惩罚据贿赂金额的大小而定，枷号、示众、鞭笞等酷刑会毫不留情地落在冒名顶替的书生身上。惩罚如此严厉，这位向我讲述细节的流浪书生甘愿穷困也不敢起坏念头。

虽然他的陈述催人泪下，但是我瞧不起他。于是，我打算考验他。

我对他说：“你的衣服很破了。但是我没有那么多钱，不能给你买新的衣服。为了不伤害你的面子，我也不想让仆人带你去旧货店买衣服。不过，你可以考虑一下，买一套旧衣服要多少钱？”

他想了一会儿，一件一件地计算，然后向我保证，两个洋元可以让他买上一套与身份相当的夏装。看到他的要求如此有节制，我给了他三洋元。他千般道谢后离开了。一个小时后，我看到他回来了，手臂上绕着一卷包裹，那就是用我的钱买的衣服。他对我说，这套衣服花了二点二五洋元，说完后，这个可怜人想还给我剩下的钱，我诚心地让他把钱留下了。

从此以后，他经常来找我。我花了一点点钱，不仅让他为我上课，而且从他那里得到了一大堆信息，都是中国人通常不愿意说的事，关于这个国家的习俗、哲学、宗教，还有这个独特民族的文学。最后，我给了他再次进京应试所需的三百洋元，他则声称可以让我成为一个名副其实的秀才。这值得一试，况且连林琛也认为并非不可能，竭力鼓励我去获得文人的特权。也许林琛认为，如果我得到公认的具有官方认可的地位，他就可以名正言顺地任用我，获取我所熟知的外国科学知识。

我期待了解我到底可以得到何等珍贵的权力。一天，我问我的家庭老师，“读书生”（读书的人）是不是能够轻易地谋得公职。让我一直感到极其痛苦的是，应试者人数众多，而各级职位的录取率却很低，不幸的落榜人处境艰难。“他们不会打退堂鼓，有一个念头支持着他们。”读书人都认为，时间长了，官府会被他们坚持不懈的行为感动，才识不够或不走运的书生到老终会有报。大家都明白，这不过是一种幻想。一个秀才，到六十岁才成为举人，几乎再没有机会进入第三级，即使假设他在五六年后成为进士，得到低级官职，人们已经不能再将重要工作托付给一个年老的、生活困顿的书呆子。但是，在这个国家，成千上万人埋头苦读，依靠虚幻的壮志和同样虚幻的骄傲支撑着，盯着自摇篮中就觊觎的幻梦般的乌纱帽，碌碌无为地老死。

四 三教—哲学、道德、宇宙起源论

三种宗教遍及中国全国，我的家庭老师信奉第一种宗教，国教和文人的宗教“儒家”（孔教）。他不大关心释家（佛教），但我相信他一定也信奉道家或称道教（道的学说），至少我经常听见他重复一句折中主义的话：“三家，一家”（三派学说本为一家）。一个彻底的儒家弟子是不会这么宽容的。

其实，他的话很有道理。每一个中国人对这三种教派的信奉程度是相当的，内心也怀有相同的怀疑主义思想。

如果从起源上说，有一种深奥的自然神论最受普遍大众信奉。圣书《易经》阐述了事物起源于一种称为“太极”的神秘法则，阳性与阴性、积极与消极，两种元素“阳”“阴”是世界所有事物的构成元素。“天”或“上帝”（至高无上的主）统治一切，包括智慧与道德，“太极”不过是一种造物的气。

虽然这种学说晦涩不明，与社会道德没有直接的联

系，但对于一个知识渊博的民族来说已经足够。在中国，以及其他很多国家，自然界的奥秘困扰着自恃倨傲的人。对他们来说，生活不应只是吃饱喝足，他们发现，效忠君王的繁文缛节无法满足他们对科学的渴求，天子和他的大臣们无法回答他们内心的疑问。于是，这些苦恼、怠惰、冥思苦想的人归隐山林，归隐住满神仙的山林。早在老子之前，他们就已经在民众中种下了种子，使这种最奇特的信仰得以广为流传。

虔诚的隐士们过着与众不同的生活，是一个极具诱惑的谜。民间流传着各种关于隐士的奇迹经历，达官贵人、著名将军甚至皇帝都被毫无修饰的江湖骗术所吸引。看到隐士的小屋，百姓们赞叹不已，权贵们则低声下气地前往

恳求见面。

对道士（道即智慧、道路、本原的理）来说，最重要的一条原则就是让信徒的内心和思想绝对空虚。远离尘世，摈弃仰慕和热情，这是初学修士必须经历的第一步心灵净化的目的。只有达到这一步，他们才能希求与圣者们交流，才有希望住在由整整一颗珍珠做成的宫殿里，喝着让人迷醉的长生不老酒，享受着四周的鸟语花香。

尘世中的权贵们被这种愿望所诱惑，渴望与世无争、安逸逍遥的生活。长满桐树的昆仑山顶，天门近在咫尺，瑶池水让人长生不老。道家使他们在幻梦中流连忘返。老子等先辈们已经获得极高的声誉，他们被帝王们请进宫，担任高官爵位，在战场上指挥受到迷惑的狂热分子，被奉为超凡圣人。可是不久之后，人们开始害怕他们的影响力，帝王们担心受到威胁，于是他们再无法谋得公职。

道教在老子之前就已经存在，老子将这种宗教缩减为一种学派，劝说民众崇尚古代德行，从而与儒教形成对立。

老子的道教力求摈弃任何扰乱内心平静的欲望和激情，力求让所有人无忧无虑地存在。为此，不能回首往昔，不能企盼未来。任何事情都不能限制自身的修养，为功成名就而劳心费神、孜孜以求名誉和金钱，这些都会牺牲个人的养生，便利了他人，即我们的子孙后代。

或许应该看看这种堕落的道德信仰是依附于哪些哲学观点的。

根据道教圣师们的说法，除了至上（天或上帝），所有存在或可能的存在都是物质。

所有物质都通过“阴”与“阳”的积极面与消极面、阳性与阴性、动与静的形式包含于“太极”中。

物质构成元素是从“太极”生发的相生相克的“阴”和“阳”各部分。

共有五种元素（金、火、水、木、土），构成三种造物能量，称为“三才”，即天、地、人。

三种能量各自为一种自在组合，形成与三种能量相似的物质存在。

物质可能变化、变形，进入上级或堕为下级。一块铅块、一朵花、一棵树、一头丑恶的野兽、一位智者，都由原初的元素微粒构成，并被相继投入不同物质中。

除了完全物质性的形变，道家还认为人的灵魂可在不同躯体中实现转世。对道士来说，人的灵魂由自然界最微妙的物质构成。他们将人的灵魂分成两种元素："灵"和"魂"。"灵"最为纯净，更能形成智慧。人死后，躯体湮灭，恢复为初始元素，以便再次构成新生。"灵"和"魂"继续存在，结成一体，成为精神世界中的一员。

如果这个人生前得道，他的灵魂体就成为"仙"，也就是圣人，他将跪拜在"上帝"跟前，进入不死的极乐世界。

如果生前略有瑕疵，那么灵魂的超生就无法那么辉煌。他将晋升为比圣人略低一级的"神"。神享受有限的物质生活和永恒的快乐。神会为激情而动心，也会遭受挫折。因此，神可能遭受苦难，或享受幸福，可能晋升也可能被废黜。神

的职责是引导和监督天地各部门，使其为人类的幸福而服务。太阳、月亮、星星、风、雨、霜、流星、四季、白天、夜晚、时辰，都由神掌管。总之，神是天庭的官员，天

子的权力超越神。如果皇帝对神的工作不甚满意，他有权降职甚至废黜神。皇帝在诸神中挑选每座城市和每一省的保护神。皇帝在他的星相家们的帮助下任命保护神，指定诸神执行神圣任务的年份、月份、日期、时辰甚至是时刻。如果神违抗或无视皇帝的旨命，他们将因为渎职受到惩罚，他们将受人指责、遭人辱骂。人们鞭打他们的神像，将他们驱逐出朝拜供奉的“庙”(即教堂)。

道家的那些道士所炫耀的就是与这些半神半人的关系，而不是纯粹的神祇。这些神当然是人的朋友。而且，如果人们通过某些仪式祭典召唤神，这时，神变成了人。

“鬼”则永远与神和人处于敌对状态。如果没有神的守护，鬼就会扰乱天空，激起狂风和雷电。邪恶的魔鬼介于人和野兽之间，住在坟墓的旁边，宝藏的周围，沼泽和死水的水面，

恶臭的角落。他们钻进尸体内，借着这副躯壳，混匿人群中。他们堕落邪恶，作恶多端，令世人悚然。帝国史书所辱骂的

残忍暴君、具有致命诱惑力的女人，都是魔鬼的化身。

道士们还认为，人的机体中存在第四种元素，既不是躯体，也不是“灵”和“魂”。这种元素具有其他三类的性质，位于三者之中，当躯体完全分解为初始的颗粒，这种元素才彻底离开躯体。从此消失，永不复生。

要理解中国人错综复杂的宇宙起源论，就必须求教于道教大师。他们将告诉您，在原始的混沌中，不知从哪里产生了第一个人，宇宙的造物主，盘古。他拿着木槌和凿子雕刻宇宙的形状，凿掉满天飘浮的巨大的花岗岩。他强健有力的双手凿穿了遮盖天空的石块，露出了太阳、月亮和星星。他的身边有四个寸步不离的伙伴：飞蛇“龙”；“麒麟”，鹿身、披鳞、牛尾、马蹄的四不像怪兽，唯一防身武器是带肉的独角；“凤凰”，羽毛像麒麟的鳞片一样映着五彩；神龟，龟壳上用“蟾头”字刻着上古历史。“盘古”的工程

足足持续了一万八千年。天每日加高十尺，地加厚十尺，盘古长高十尺。工程结束后，盘古便死去了。他的头变成高山，血液变成河流，头发变成树木，长成森林，汗毛变成花草……

随后，“三皇”，即三位皇帝，分别掌管了天（天皇）、地（地皇）、人（人皇）。

三个时期对应于这段三皇统治时期，各称为“鼠”“牛”“虎”。每一段为一万八千年。“鼠”“牛”“虎”是十二时期轮回的前三个阶段，一轮回是十二万九千六百年。轮回结束后，宇宙耗尽，停止生产，宇宙恢复到原始的混沌状态。

“纪”，即年代，开始于“人皇”时期，即“虎”纪。五大元素得到控制，协调一致，构成人。“泰皇”生于神谷之源的“邢马山”，他将宇宙即陆地和海洋分为九部分。神谷分为九条河，由九省统治九河。“人皇”建造了第一座城池。贤良的统治自此开始。人第一次开口吃饭喝水，男人和女人第一次结合。从此，出现了法律、艺术、不平等、惩罚、奖赏、行政官员。

“三皇”之后是“五龙”纪，五条龙或五位皇帝。而后是“摄提”纪，蛇王时代，相当于《圣经》中的大卫王时期。五十九位“摄提”的统治结束后，三位“合洛”骑着四足翼兽“飞骡”开始统治他们的帝国，人们通常把这头怪兽视为马。

带翼的独角兽是“合洛”纪之后的“连通”纪六位皇帝的象征。随后是“序命”纪四位皇帝，“循飞”纪，“因提”纪十三位皇帝，“禅通”纪十八位皇帝。因提纪的创立者有着巨大的头颅，四个乳房。他驾着六只独角兽牵拉的战车追逐太阳，他思考、领悟，最终身心合一。是他教会了人类如何用树皮做衣服，用头发编制帽子。他的继承者“辰放”氏教会了人类将皮肤涂成棕褐色，躲避霜冻和风吹雨打。

“禅通”纪的第八位皇帝统治时期，人类过着富足安逸的和平生活。这位皇帝叫作“赫胥”，即宁静的意思，他和子民一起享受着清静无为的生活，因为他们从不为所想所知、所作所为、何去何从而烦恼。他们开心地敲着腰间的锣鼓，漫步街头，从来衣食无忧。

我随意记下了这些奇特史书中的一些情节，告诉您他们的研究何等深入细致，至少与印度的《吠陀经》和《往世书》有几分相似。中国人的神话编年史毫无意思，巨人神话让人厌烦，根本不像希腊神话或拉丁史那样有着令人捧腹的人物。

§　§

老子将印度人的灵魂不死观念融入中国思想，力主恪守传统，更专注于教义而非政治。他的弟子们自封为所谓超自然神力的使者，自称身处人和神之间，败坏了老子的学说。

他们向迷信的民众宣扬神秘的法事、巫术和各类预言，但很快就遭人怀疑，招致中国文人精英的反对。老子生活在大师孔子的时代。那时，孔子的思想更为实际，有抱负，有野心，内心深处隐藏着当代的无神论思想，他极力用理智和人性意识的法规来改造民众。

孔子创立了抽象晦涩的哲学。他的弟子们接受他的教导，严格恪守既成的信仰礼仪，不得进行改革，也不能有所精简，一心只求内心的纯净，忠实于国王、国家和人民。

大师说："君子有三变：望之俨然，即之也温，听其言也厉……敏于事而慎于言……君子不忧不惧……君子谋道不谋食……君子矜而不争，群而不党……二三子何患于丧乎？天下之无道也久矣，天将以夫子为木铎……君子应以正直为头盔，笃信为盾牌，忠信仁义为毛戈"。[①]

---

① 最后一句"君子应以正直为头盔，笃信为盾牌，忠信仁义为毛戈"没有找到《论语》出处。——译注

总之，儒教理论以坚持不懈的中庸之道为基础。也就是说，保持激情和理智之间完美的平衡，集谨慎、威严和仁爱于一身，即智慧开明，能攻能守，对所有同仁热情相待。

这些道理标准主宰着社会关系，形成五项最主要的职责，称为“纲”：“君臣”纲，臣子与皇帝之间相互应尽的职责；“父子”纲，父亲与儿子之间的职责；“夫妇”纲，夫妻双方应尽的职责；最后还有兄弟之间和朋友之间的职责。

此外还有人与人之间的四种关系。这些关系都是“礼”，即各种礼节和礼仪规则。

虽然孔子生前受到人们的尊崇，死后他的教义荣幸地成为国家法规，但还是不能将他奉为哲学家。他并没有创立新的学说体系，没有一项个人论点能够主导他的社会关系或政治关系理论，没有自成一派。他不过是从中国的古书中摘取一些形而上的观点，然后大段大段地删改。他接受上天公道明智的观点。他也接受道士们关于灵魂转世的说法。

孔子认为，死亡并不是真正的毁灭，而是一种解体，回归自然本原。精神也将回归上天。生命的“气”融入天空中的气流，地上潮湿的物质重新变成土和水。

一天，孔子心情忧郁地思考一本阐述变化的书《易经》中所提到的关于毁灭与重生的象征。一个弟子问什么事情令他苦恼，孔子回答说：

“我看到所有的存在不过是一时的表象，人的所有一切都在一点一点地变化，时而修复，但最终消失湮灭，随后以新形式再现，而后再次湮灭，被新形式所替代，如此周而复始。这些想法令我忧心忡忡。”

不过，今天的儒家信徒所信奉和身体力行的教义已经不再是孔子的学说。公元 11 世纪以来，一位改革家——朱熹修改了儒教教义。朱熹被尊称为“太师”，精通中国各家各派的理论体系，通晓所有教派教义、异端学说。他对比研究各种学说观点，纵观古代作家，对他们的观点或加以证实或批驳。完成了这项巨大的工程之后，他自信地为儒家经典作注，不容许任何争辩。不久后，朱熹又借一部教学专著提出了自己从注释中得出的理论原则。六百年以来，朱熹的专著《周易本义》一直是儒家的哲学圣经。

书生们试图通过朱熹的书理解“八卦”中的神秘关系、伏羲的神秘符号，以及自然界生发的一切精神能量或物质能量。那些八卦符号晦涩难懂，有成千上万的解释，让人想起古希腊数学家毕达哥拉斯从埃及人那儿借用的体系。我将尽力解释明白。

“八卦”有八个最基本的符号，每一符号由三条线组成。应该是用于替代文字，因为当时文字可能还没有产生。从那时起，人们认为，即使类比很牵强，也必须借助各种类比将这些符号联系起来。从而引发无数的阐释。不久以后，符号的数量增加了，仅仅是简单的相乘，成为六十四个符号。这六十四个符号成为中国文字的起源，由于渊源悠久，这些符号变得神圣。

除了这些“卦”，中国人还有一种建构数字体系的神秘莫测的图表或者说是映射图，“洛书”。这张图表由九个数字构成，数字五位于正中央，其他八个数字围绕四周，对应于最原始的八卦。这是伏羲在一只神龟的龟壳上发现的。传说公元前2250年，圣明的皇帝“禹”在洛河边散步冥想时，一头“龙马”（一种龙马合体的动物）从河中腾空而起，将“洛书”交给他。

中国人就是依靠这些符号，这些数字，以及符号数字间所谓的关系，建立起他们所有的科学研究。

例如，“洛书”中的数字一在“八卦”中为“坎”，对应意象“水”。在这个数字之下，排列五元素：水、火、木、金、土，分别对应五大行星：水星、火星、木星、金星、土星。同时，它也代表一个音符，“羽”音，相当于我们的“mi”。诸如此类。

可以看到，数字“五”在所有这些百科分类中具有举足轻重的作用。其实，中国人将数字五看作“太极”，原道，或者说是万物之主。“太极”代表了万物敬畏的中心，永恒不变的规则，天上的“上帝”，地上的皇帝。在中国音乐中，数字五代表“宫”音[①]（相当于我们的Sol）。“宫”音被定为五音的

① 原文有误。宫音应为Do，徵音为Sol。——译注

根音，就如同皇帝是国家的根基一样。

由此，万物一分为五。“五种行为或五种状态”：身、言、见、闻、思；“五种时段或五个周期”：年、月（或称为月亮）、日（或称为太阳）、辰、星；“五脏”：胃、肠、心、肺、肝；“五方位”：北、南、东、西、中；“五味”：甜、苦、辣、酸、咸；“五音”：宫、商、角、徵、羽；“五种职责”：公正、仁义、得体、正直、忠诚。

“卦”和数字在占卜术中极为重要，可以从儒家和道家的经典中得到证实。其实，中国人接纳了两种占卜术：一种是法律允许的占卜，另一种占卜具有危险性，被明令禁止，因为这种占卜具有巫术性质，最终使人沉迷。

儒教既不承认灵魂不死，也不接受因果报应的说法。对儒教而言，善恶是现世报应的。

儒教教徒，即皇帝、大臣和所有文人，他们为所有神仙和圣人举行各式各样的祭祀，分为“大祀”“中祀”“小祀”，即大型、中型、小型的祭祀。“大祀”祭拜至高无上的神明，祭“天”和“上帝”。“中祀”祭拜地祇和谷神、朝日（即太阳）、夕月（即月亮）、先师、先贤和发明巧技工艺的先人。第三等祭祀则祭拜各行各业的杰出人物，哲学家或科学家、大军事家、昭臣，和掌管各种自然现象的神明。

这种泛神论信仰具有一套完整的象征系统，充分表明了这种信仰尤其崇拜物质世界。祭天时，皇帝身着紫色祭服，祭地时则穿黄色祭服。日坛祭拜穿红色祭服，月坛祭拜穿白色祭服。天坛呈圆形，地坛为方形。

大祀之前，斋戒三日，戒日不问刑狱，不宴会，不听乐，不宿内，不问疾，不吊丧，不饮酒，不吃洋葱或大蒜。职官有任何疏忽，或选错牲牢，将被扣除薪金。如果庶民敢于擅自祭拜上天，即使不被绞死，也处以至少八十大板。

§　§　§

不管是占卜得出，或是受人启示，老子提出了不少萨满或说是佛教的思想。而佛教在他死后的六百年才进入中国。公元 65 年，第一位印度佛僧在汉朝皇帝“明帝”的邀请下来到中国。公元 6 世纪，婆罗门教教徒战胜佛教异教徒，将佛教徒驱逐出印度，于是，佛教徒逃往周边国家，中国也受到了侵扰。

佛教学说一定在中国取得极大的发展。佛教没有与任何原有的信仰发生直接冲突，也没有让信徒们敬而远之的苛刻教规。佛教不要求信徒们恪守戒律，而是帮助他们借助供奉神灵来赎罪。只要慷慨布施，僧人的信徒就能得到来世享福的承诺，可以满怀信心地离开这个世界。为此，僧人们为死去的信徒祈祷，大公无私的保护神将会在他的坟前尽情享用那些给饥饿的幽灵的供品。僧人们自愿在死者的牌位前主持祭礼，就这样，孔子的弟子们为了悼念先人而信奉佛教。

佛教的宇宙起源论或说是思想理论自然而然地融合了中国古人的“太极”“阴”“阳”的观点。至高无上的造物主“菩萨”并合两种更神圣的化身构成三位一体，与“太极”“阴阳”合为一体。芸芸众生湮灭在大千世界中的说法，灵魂转世的教理，没有与老子或孔子的思想发生直接的矛盾。最多只是僧人必须独身和崇尚无所事事的悠闲，与中国政府的道德准则有所冲突，应该受到指责，使佛教成了一种危险的异端邪说。不过，虽然佛教受到指责，但指责毫无作用，佛教不动声色地得到下层百姓的信奉。渐渐地，得到下层信徒供养却受到文人鄙视的僧人们与道士一起主宰着中国的一切迷信行为。如今，佛教教规已经缩减为五戒：不杀生、不偷盗、不邪淫、不妄语、不饮酒。但这些戒律并没有被严格遵守。

如果真正恪守这些准则，摈弃欲望激情，连续几年静心苦修，沉浸在冥想中，就能升入神圣境界，享受佛教天堂的生色极乐，一切纯粹的物质享乐，除了女人。圣人的身躯纯净，永不腐烂，散发阵阵清香。他们的面容具有一种圣洁的美，任何痛苦悲伤都不会扰乱睿智冷静的内心。他们赤身裸体，不畏寒冷。他们从不会感到饥饿，不必吃东西。不过，如果他们吃东西，将一发不可收拾。不仅如此，他们从不会感到忧伤和愤怒，也不会生病。他们永远年轻。他们总是在

中国人的天堂

金刚树下、莲花前静心冥想，眼前浮现花园、宝树，像丝绸帘子的褶皱一样起伏飘动，像蕾丝一样耀眼夺目。他们睁开眼睛，只见漫天飞舞着“佛利子陀罗”花。这就是西方极乐世界。

地狱则充满着各种可怕的苦难，而且有一本专著将地狱的景象呈现在信徒们的眼前。在欧洲，这本版画册一直以来被看作描述中国苦难的代表作，直到马里逊博士翻译了画册的文字部分才澄清了误解。人们在书中看到，在地狱之王面前受到的审判与现实中通常的审判没有区别。不同的是惩罚手段。有一幅版画描绘了群臣围绕的地狱法官正在倾听“观音”女神的慈悲之言，她恳求给一个被判处在研钵中研磨的灵魂减刑。版画一幅比一幅恐怖。那些被天主弃绝的灵魂，或被锯为两段，或被放进烤炉，或被绑在炽热的铜柱上，撒谎者被割掉舌头，骗子被抛在插满尖刀的山坡上，无数诸如此类的形形色色的惩罚手段。

审判结束后，那些无可指责的灵魂将升入圣人之地。无权升入仙境的灵魂仍有机会赎罪，他们将回到人世，在新轮回里再次接受考验。罪人被投入深渊中，接受被判处的苦难惩罚。大部分人会突然变形，就像卡吕普索岛上尤利西斯的仆人们那样，变成和他们生前性情相近、恶习相仿的那种动物。

表面上看，佛教仪式与天主教格外相似，会让外国人大为吃惊。三身的神和佛的三宝，佛陀、达摩、僧伽（即智慧、诸法、皈依），让人想起罗马。都使用钟、铃铛、念珠，都格外重视某句祷告词，诵读一定次数，都使用一门外语祈祷，一门信徒们完全陌生、教士们不过略知一二的外语，某些神祇与天主教圣母极其相似，仪仗、圣歌、教徒必须剃头、独身，这些相似令两种宗教看起来如出一辙。因此，中国人看见圣母像时自然而然会误认为是“观音”。手持火刑具的圣安东尼在他们眼中成了火神。天后也称为“娘”（圣母）。曾经，许多天主教士在中国居住的时候，一位法国御医编撰了一本中国神话全篇。在书中，我们可以看到，“耶稣基督的一生”被毫无顾忌地与其他的“番鬼”神话传说混为一谈。除了名称不同，耶稣、玛丽亚、皮拉图、密特拉等，犹太传统一字不落。荆棘圣冠成了荆棘“帽子”，十字架则是这样拐弯抹角地介绍：“一种很大很沉的木制机器，略似汉字十。”这个汉字其实就是交叉的横竖两划。

我所指出的这些相似点肯定有损天主教的传播，因为对佛教徒来说，天主教毫无新意，没有震动人心的东西。也没有一个对天主教起源的清晰明了的介绍。人们只能猜测，某些流浪到印度的景教徒将景教的宗教仪式与佛教相结合而形成天主教。

景教徒从印度来到中国，他们的教义发生了略微变化。致力澄清教史的智者们发现，景教的梵文名字已经被中国的宇宙志专家翻译改写了，而且改写得与佛教极为相似，智者们轻松了许多，但效果却更加不尽如人意了。

例如，印度人将大地分为四岛或四洲，位于“须弥山”四方。

东方为胜神洲，中国人称为“弗婆毗提 ”。

西方人称为牛货洲，梵文为Godenia，中国人则称为“瞿耶尼”。

北方是胜利之洲，中国人叫作“郁多啰究留”。

南方（印度就位于这一洲）是瞻部洲，孔夫子的同胞们称为“阎浮提”，金岛。

四条源自方湖的河流横亘瞻部洲，分出了四部圣地：东方人王圣地，南方象王圣地，西方宝王圣地，北方马王圣地。

这种圣地四分无疑来自印度的四国思想。人王统治着一个气候温和宜人、人口众多、高度文明智慧的王国，也就是中华帝国。象王为印度王，宝王为波斯王，马王为北方游牧部落首领，西叙亚、匈奴、哥特、突厥、匈奴等，统称为蛮族。

除了这些系统化的地域划分，实证方面的进步也不可忽视。印度人想象有一些附属岛屿围绕着他们海市蜃楼般的大陆。同样，中国人（有玄奘绘制的印度地图可以证明）将波斯、丹麦和波兰视为三座岛屿，位于不花刺洲西面。不过，宇宙系统观一成不变，根本没有吸收这些新观点，依然是四大陆均匀分布于“北极山”四周，每个大陆各有两座小岛。

所有这些观点在印度和中国尽人皆知。七金山（鱼口、象鼻等）、七香海（牛奶、蜂蜜水、奶油等）、五旋风、二十八月宫、欲界六重天、色界十八重天、人生终点的无色界四重天。所有这些思想为中国玄学吸收，文人学者们没有被这些奇谈怪论所吓倒，用不太尽如人意的译名勉勉强强地阐释，兼收并蓄。

我不像他们那样好奇而耐心，我可不想陷入佛教徒的混沌世界中。从来没有诗人会如此天马行空，从来没有数学家这样热衷于数字定量与组合，形成如此骇人听闻的理论。我们身边的大千世界，不过是这座巨型大厦的一层而已。这座大厦不断旋转，位于金轮上，金轮又在水轮之上，水轮在风轮之上，风轮在空轮之上。空轮由众人行为之果构成，世人的精神直接影响物质世界的存在。这个世界是一朵大莲花中的一块宝石，莲花长于香海之中，香海位于一个汪洋世界的中央。这个汪洋世界是一个无限轮回的第二环。轮回由无穷无尽的世界、海洋和莲花组成。这一切都是为了展现浩瀚天地的无边无际、无穷无尽，而有形有限的世俗造物只是迷惑人心的表象。

精神行为与产生现实后果之间存在内在关联，是这个奇特宇宙论最与众不同的教义。费解之处是无法用语言诠释的，但可以明确地体会到，谬误、激情和罪恶界定、限制并延伸了现象世界的运转。于是，世界看起来就像一个巨型机器，一切动力来自精神因缘的驱使。可以说，因缘组装了这架机器，最终又将在某个特定时间、特定的条件、以特定的行为摧毁它。在这个系统内，物质规律与精神规律合为一体，两者紧密联系。中文称这种关系为“法”，即梵文中的“达摩”。法的领悟即为大智慧。

这种基于行为善恶的价值观引发出一种道德观，类似天主教的行善赦罪的教义。这种道德观在中国得到广泛接受，形成一种与上天之间的会计学，德行可以抵偿过错，一次善行可以弥补一次轻罪，固定费率，以此类推。我的哲学老师也似乎完全接受了这种观点。例如有一次，他感到很痛苦，因为他杀死了一个同胞，这可是相当于一百个“恶点”的罪行。他力图通过救人一命或做大量

慈善事业来抵消罪过，修路、造桥、凿井，每项善行记为十点，这样，他应该已经完成了三分之一的赎罪任务。对他来说，救治一个病人可以抵消三十个恶点。而兴建坟墓又将杀人罪行降到十点。虽然看起来如此荒谬，但是基督教徒可不应该随意地嘲笑这种教义，基督教的救世赎罪观不正与它有着密切的关系？

五 迷信

渐渐地，我和这位老书生之间建立了信任，他让我知道了他内心的信仰。那是大多数中国文人的信仰，也是世界上所有国家的有识之士的信仰。从一开始，他就嘲笑僧人和道士传诵的那些荒谬作品。

从他那里，我听到了一个相信灵魂转世的可怜人的故事。僧人们告诉这个可怜人，他死后会变成一匹驿马。不仅如此，僧人还保证，如果他吃得少跑得快，在第二个来世里，这种低下地位将转为高官爵位。从此，这个不幸的人再也无法生活，他的耳边日夜响彻着马夫的鞭打声，时刻想到挨马刺，给他带来无休止的痛苦。最终，为了逃避

恐惧，他成了基督徒。

还有另一个笑话。两个行乞道士一心想要一个女人的两只肥鸭作晚餐，于是试图诱骗她。他们噙着泪水，一脸诚恳地告诉那个女人，他们从两只鸭子的羽毛中认出那是他们敬爱的亲人，看到鸭子将被杀死吃掉，他们悲痛万分。一开始，女人将信将疑，可经不起他们的巧舌如簧，女人最终满足了他们的愿望，将鸭子送给他们，因为他们承诺将悉心照料，让鸭子多活几天。他们郑重其事地接受了鸭子，动作轻柔得实在令人感动。故事的结局没有道明，天知道那两位亲人是否被送进烤炉。

甚至连神仙们都成了笑话的对象，不敬神的横溢才华有时真的会令中世纪的意大利故事家汗颜。

印度佛教庙堂早已是人丁兴旺，中国人又供奉了更多的神明，如地狱主管“阎王”。阎王具有掌管生、死、命运的希腊女神帕尔卡的几乎所有特点。他持有一本册子，上面记载着每个人的降生、一生的大事，直到阎王在生死簿上一笔将名字抹去，便宣告他的死亡。有一天，阎王想重新装帧几乎要散架的册子，于是，他按照中国图书馆常用的装订方法，一张纸做封面，一条细线将册子的书页缝起来。可是阎王没有注意到，就在这张纸条上，他写着一个叫作“彭”的名字。这个可怜的人就这样被彻底遗忘了，从此以后，他将永远不会死去。直到八百年后，八百岁的他已经连续娶了七十二个

妻子时，一次致命的鲁莽行为才终止了他漫长而丰富的人生。那是因为他的第七十二任妻子去世后来到阴间，出于一种不可饶恕的好奇心，她想知道为什么她亲爱的丈夫会如此长寿。对于一个有心窥探的女人来说，阴间似乎也无秘密可言。消息不胫而走。对老实的彭来说，这可不是一件好事。阎王爷很快得知了一切，他立即命下人取来名册，换掉封面。就这样，轻轻一挥笔，结束了彭这段享尽夫权的人生历程。

老师的批判精神在这个故事上得到体现，他提出了一个无可辩驳的异议：在彭生活的那个时代，书籍的装帧尚未采用这种会导致阎王爷犯错的方法。

不仅如此，他还痛骂同僚们的愚蠢行为。

他对我说："孔子出生时，麒麟现形。据此视麒麟为圣物，可谓荒唐之极。你相信新年插艾草、桃枝芽、芦苇枝于门槛便可辟邪？初一应藏好扫帚、取下风铃，以免招致晦气？颈上垂挂雕刻八卦（一种神秘的图）石块或金块可保长寿？飞鼠（会飞的鼠，即蝙蝠）象征幸福，乌鸦预示灾祸？有只狗吞食了谋害某位圣者的凶手，于是，狗得以入棺下葬（而不是吃掉这些狗），你相信吗？”

然而，这位怀疑论者显然由于无知，神情严肃地向我讲述了“仲康”的丰功伟绩，这位英雄用一个藏有尖刀的饭团杀死了一条恶龙。这位怀疑论者住的那所房子过去的主人是自杀而死，他担心曾经的房东会“回来”，于是在床头悬挂一种称为“刀币”的辟邪。刀币是一种古代钱币，系在某种十字架或者铁刀上。

最后，他向我讨要几个钱，为了买一个像锁一样的项饰送给一位刚做父亲的朋友。这种护身符称为“百家锁”，必须由一百个人凑钱购买。人们相信，所有这些人都希望那个得到庇护的孩子幸福长寿。

朝古井中吐痰，跨过火炉和食物，从人的身上跨过，初一歌舞，面北哭泣、沐浴或行房中之事，用肮脏的柴火做饭，这些行为对这位大哲学家来说都是大逆不道的罪过。他所谓的理由更是令我大为吃惊。

“北方乃星君府第，北方尽头为天隙缝合之处。星君统管三世十界所有灵魂，奉为‘至尊’，意思是最受人尊敬。如果你胆敢面北哭泣，吐痰或泼水，你就冒犯了神明。这是会折寿的。

“灶神主管每座房屋里每个人的生活。虽然神明近在咫尺，但不可因此亵渎神明。进屋时不能唱歌、哭泣、诅咒或大声叫骂。如果用肮脏的木柴或稻草烧火，不洁的气息会让神明感到不适。

“如果在四季的第一天，以及春分、秋分、夏至、冬至犯错，那么罪加三等。这些日子是自然界阴阳更迭的时刻，人体也随之发生变化。而且也是神明决定赏罚的日子。

“不仅不能在这个神明审判期犯错，而且不能行刑。有一名将就是因为不守规矩，每天粗暴地对待平民和士兵，遭到神明的惩罚。‘太宗’统治最后第二年的冬天（公元628年），他病入膏肓，猛然大喊一声：‘吾见一人，托一盘，盘中有一新鲜南瓜。’冬天怎么会有南瓜？他的手下都十分吃惊。他又开口了，把手下吓得浑身发颤：‘哎，南瓜原是来人的脑袋，前来索要我的性命。’说完一命呜呼。

“除了提到的这些规矩，还必须注意到罪罚相当的准则。毫无理由地杀死乌龟或蛇，这两种动物对应于北极星宿‘玄武’，将会招致与刻意犯下的罪行同等的惩罚，女儿被淹死，或妻子被刺死。对士兵暴虐的将军，无视病人疾苦的医生，深夜赤身裸体起床、冒犯了习惯深夜出行的神明的人，都会遭到同样的惩罚。有一本关于因果报应的书《感应篇》，书中写道：‘掌管一生的神会纪录一生犯下的每一次罪行，根据罪行轻重，减去百天至十二年的阳寿。阳寿耗尽，这个人就会死去。如果仍有罪过未弥补，那么不幸将延续到他的子女甚至孙辈身上。’”

说到迷信，最有趣的莫过于观察道士对待病人的一举一动。那些病人不再相信人间的药，而是直接求助于道士，请他们驱除魔鬼的邪气。于是，江湖道士一心驱除妖魔，丝毫不考虑病人的病症，把病症归因于妖魔之王作怪。道士用丰盛的佳肴缓解病人的苦痛，用最美妙的言辞安慰病人。随后，道士与妖魔展开激战，他敲锣打鼓，高声喊叫，咒逐妖魔。要是这种驱魔法没有吓走妖魔，道士就会试图甩掉妖魔。半夜，寂寥无人之时，他带着病人沿着最蜿蜒曲折的小路，来到某个妖魔找不到的神秘之地。如果病人的房子在河岸边，道士会用一种特殊的方式，建造一艘绘制精美、金碧辉煌的船，然后施用全身法术，将妖魔引进船内，随后立即将船推离岸边，让水流将妖魔带走。

六 启蒙读物—四书—五经—科举

一切教化的基础都是研读经典著作。以下便是中国书生的书目。

首先是关于儿童教育的经典《小学》，浅显易懂，作者是 12 世纪的大家朱夫子。全书共分二十章三百八十五条，主要讲述道德品行，父亲对儿子的关爱，王公贵族的行为准则，丈夫与妻子的互敬互爱，等等。尤其开篇的几章是关于古代启蒙教育的珍贵信息：怎样在妻妾中挑选一名乳母；何时教授孩子使用左手；儿童必须养成哪些言行举止和着衣习惯，掌握哪些循序渐进的教育。例如，七岁时，女孩和男孩不再一起吃饭，一起睡觉；九岁时，开始学习计算每个月的天数；十

岁时，男孩被送往私塾，学习书写和算术；十三岁，学习音乐和诗歌，诵读诗歌；十五岁学习射箭和驾车；二十岁最终长大成人，他们第一次穿上丝绸和皮料衣服，诵读纪念“禹”的诗歌，开始承担一切作为儿子和兄弟所必须承担的责任。

女孩们则从九岁起不得随意离家。她们将会有女教师，教她们言谈和矜持的举止。接着，她们开始学习纺纱、织布、编织。让她们参加祭祀庆典的准备活动，教她们如何摆放祭品供物。十五岁时，学习作为女人的一切特长；二十岁时，她们可以嫁人了，除非恰逢父亲或母亲去世，就必须将婚期推迟三年。如果是按照六大礼仪接进门，那么就是正规合法的妻子，成为“妻”，否则只能是名分和权力都退居二位的“妾”，也就是说，处于奴婢的地位，只是因为有了主人的宠爱或许稍微可以提升一些。

以上是我翻译的《小学》中的一节，您可以领略到这本书，了解主导中国教育的准则。这些准则在付诸实施时自然会因人而异，但是基本原则不变。这本书被注过上百次，至今仍为公众所熟知。

《孝经》（关于儿子应承担的职责的书）根本不是经典著作，也算不上是启蒙书。这是从孔夫子名言和他与弟子曾参对话中挑选出的语录。秦始皇焚书之后，人们在孔子府第的墙缝中找到了《孝经》。这本书由多位作家加注，最著名的注家是唐朝皇帝玄宗。

选妾

另一部家喻户晓的著作《三字经》尤其以文章的行文结构闻名，也因此得名。作者是宋代儒家学士伯厚，他将全书分为多列，每列两句，每句三个字。和其他书一样，《三字经》也是由上至下、从右到左地读。全书共一百七十八句，论述人性、教诲、责任的重要性、数字、三大权威、四季、五方、五行、五常、六谷、六畜、七情、八音、九族、十义、课堂、通史与朝代，最后强调学习的重要性，并举例为证。全文清晰明了，前所未有，诗歌般的韵律也让人很容易就牢牢记住这部百科全书似的手册。

随后是四书（四部书），《大学》（成人之学问）、《中庸》（不变之中道）、《论语》（孔夫子格言）以及《孟子》（唯一一本由孟子写的书）。这些著作已经翻译为多种欧洲语言，我在此只需略微介绍。

《中庸》统领整个思想道德体系，要求在两个极端之间保持绝对中立。孔夫子说，“中”（中间）、“和”（和谐）是一切秩序和品行之源。某些段落极富说服力，先师孔夫子讲述圣人时极具雄辩，但是仍然难以弥补通篇的单调乏味。

《大学》论述了贤明的政府所应遵守的规则。如此重要的论题，只用三言两语来论述。

《论语》收录孔子格言，有一些是关于明智的无聊表述，一些是关于治国之道，不过论述毫无深度。

孟子不像孔子那样出名，孔子死后七十年他才出世，但他将孔子视为师父。他和孔子一样出身卑微，在母亲的照顾下得到极好的教育，渊博的学识使他经常参加王公贵族的沙龙。和孔子一样，他发现自己理论僵化，总是影响仕途，从此，他闭门不出，潜心研究文学。

他的书收录了他与多位权贵的交谈，阐释了他的道德观念和政治学说，尤其以言辞犀利和近乎共和主义的哲学思想著称。他并没有构想某种政府形态，而是追溯民众权力的根源。他警告王公贵族，不仅要为子民着想，还要让子民感到愉快，否则他们的皇冠不会长久。他说："三代之得天下也以仁，其失天下也以不仁；天子不仁，不保四海。"他倾向于用合理的法令教化百姓。他和大部分中国哲学家不同，他认为人性需由教化引导向善，放任自由则作恶多端。"民之归仁也，犹水之就下。"在他看来，逆境是最好的学校，能够锻炼坚强的性格。"舜，发于畎亩之中；胶鬲，举于鱼盐之中；傅说，举于版筑之间。天将降大任于斯人也，必先苦其心志，劳其筋骨，饿其体肤，空乏其身，行拂乱其

所为，所以动心忍性，增益其所不能。”

四书之后，随即学习五经。第一本是《易经》，或称为《自然之道》，是中国哲学经典中最著名、最受推崇的一本书。也是外国人最难读懂的一本书。至于我，我承认，看到普遍性阐释都是基于在神秘龟壳上发现的“卦”和八个符相图，我感到非常惊讶。

“卦”的智慧之处往往是中国哲学家们所欠缺的。首先是孔夫子，他为这种神秘的事物着迷，赞赏其特有的魅力，他将大部分的精力都用来注释《易经》，但还是没有完全明白这些卦所蕴含的意义。

第二部经典是《诗经》，一部诗歌选集。《书经》则记录了古代帝王和臣子们的谈话。《春秋》（春与秋）是一部孔夫子时代的史书，以一年中两个季节为书名，因为这两个季节是这段历史的起始和结束时期。

《礼记》是一本著名的礼仪法规，规定了大部分的中国社会关系、官方或私人礼节。两千年来，在我们列举的所有这些书中，这本书最具权威性。

对中国人来说，家庭的职责，尤其是孝心，是一切道德与政治体系的根基。“礼”是为了规范一切内心情感的外在表现，寻求知足常乐，安于一成不变的现状。书中说，习俗与祭典活动可以上溯至三千年前，当时早已有裁判庭或者说特设部门，称为“礼部”，负责管理这类重大事务。

科　考

除了这些入门经典，我的家庭教师为我罗列的书目还有：雍正皇帝和他的父亲康熙皇帝的《圣谕》，也称为《万言谕》（万字书）；《明镜宝鉴》（使人明智的宝镜）；老子的《道德经》；《太上感应篇》，或者说是论述因果报应的书；几本编年史，如《通鉴纲目》[①]（中国编年通史）；《三国志》、《平南后传》（狄青南征的故事，1020—1050）。不久后，我将和勤勉刻苦的书生们一起应试。考试日程已经告示公布，南京的文人早已牢记在心。

1. 考试日期：考试日期固定在八月十八日。告示上说，这一天是秋季正中，精神状态最旺盛的时候。

2. 考试时间：

辰时（上午七点至九点），所有考生在“文华厅”（文学如花的大厅）集合。

巳时（上午九点至十一点），书法。包括一页普通书写，一页草书，一页官体，一页古书体。

午时（上午十一点至下午一点），作文。

未时（一点至三点），作诗。

申时（三点至五点），雅文。

酉时（五点至七点），古代史问答。

3. 考题：考题是一小时一小时逐份送达，礼部官员司礼

---

① 原文有误，应为《资治通鉴》。下同。——译注

太监[①]将考题呈送总督，总督用毛笔标出题目，派信使快马送达考生手中。

试卷一旦完成，由同一位信使将答卷送交总督府。下一道试题随即进呈总督大人。这样就避免了试题泄露及舞弊行为。

4. 考试结束：完成所有试卷。所有考生一同前往总督府，等待总督宣布何人通过，何人落榜，以及奖惩。在总督府，

① 这场考试在八月的南京，应该是清代乡试。乡试考官分为内外簾。主考、房官、内提调、内监试、内收掌为内簾官，监临、外提调、外监试、外收掌、受卷、弥封、誊录、对读等官为外簾官 。内外簾官不相往来，有公事按规定只能在内簾门问答授受，所有膳食用品由供给官分送，杂役人须持腰牌出入。总之，所有考官必须各守职分，不得违制越规 。这些都与原文对不上，不论是 ssé-li-tai-kien，还是作者的解释（礼部的官员）。可能是民间说法或者作者的误读，把乡试、会试和殿试环节混为一谈。——译注

无人敢喧哗吵闹。

一切准备工作必须万无一失，还须公然避开检查。我的书生老师在这方面可谓行家。借着林琛的名号，他提前得知了每份试卷的内容，随后花钱让人为我送来了答案。

七　题目与答案—诗喻—中国小说

府院的一位秘书将考试中最主要的问题交给我们，收取小小一点酬劳。与古代史有关的问题有十道：

上天虚空中能发现什么？

伏羲皇帝的两位大臣是谁？

大海中央，哪三座是神仙居住的岛屿？

商山四皓是谁？

汉五陵（陵墓）位于何处？

唐六典的内容是什么？

竹林七贤是谁？

穆王八骏的名称是什么？

香山九老为哪九位老者？

哪些表述暗指萧观音皇后十香词？

所有的回答都必须用七言诗写成。我的老师早已为我准备好了。

第一个问题我必须这样写：

虚无所示守其一
缘起空离至其和

第六个问题的答案则是：

朝政混乱无朝纲
百姓苦无以聊生
嫔妃伴君不胜数
轩窗敞宇尽辉煌
挥金如土无穷尽
谣言诽谤无了时
乾隆何苦胜六祷？

第七题是关于一个深受老子学说影响的享乐主义学派，或者说是犬儒主义学派。

七贤品评日长久
刘伶迷醉阮籍痴
王戎挖李世人笑
嵇康悠闲柳下烹

阮咸向秀常瞪目
山涛一人自清高
手持杆秤做廉官
衷心禀折日日呈

其他答案大都如此，不值一提。

关于雅文的试卷稍难一些。而且不知道将会是论说或叙述。不过我做了两手准备。如果是论说文，那么我将解释一些诗歌中常用词组的出处。例如，我将解释为什么中国的诗仙、著名的李太白总是提到嵇康；我将讲述美人莺莺的风流韵事以及她被蹩脚文人张生拐走的传奇，当代无数诗人散文家不时提到她；我将解释为何人有三魂，为什么岳父又称泰山。

除了这些历史性的阐释，我还将强调某些优美的表述，虽然取自俗语，但用清晰明确的意象替代专名，例如将剪刀称为“燕尾”，将面粉称为“银沙”，井水为“明镜”，墨棒为“龙柄”，假发为“乌云”，鸬鹚为“雪的主人和春天的使者”。

中国诗人大量使用这类的表达，有些生动丰富，有些则毫无新意。“心”称为“天君”，坟墓称为“夜台”，想念远方的友人是“春树暮云之思”，“冰山”是不能长久依赖的靠山，富家女的住处称为“红楼”，穷人家女孩的小房间则是“绿窗”，德政之官为“有脚阳春”，“抛白眼”表示不欢迎，“青睐”则是喜欢。

麒麟儿（天之骄子）希望获得人们对他的学识的赞赏，“渴望平步青云”。为了实现愿望，他必须摒弃“红香”（纵欲享乐），“寥若晨星”（像早晨的星星一样生活在寂寞中）寒窗苦读，或者至少“结交龙凤”（与有声望的学识渊博的人交往），长时间“如坐春风”（得到名师教导）。如果做了这一切，但依然落榜，那么人们会说他“龙门点额”；如果他金榜题名，“状元”及第，将收到“紫泥封”（宣布他中榜的诏书），“雁塔题名”（名列博士榜单），“六马”护队，赐乘御马（皇帝的马），戴“石青色绦”（知县级别），随后晋升“赤马”（府尹）、“灰白斑纹马”（巡抚）、“春官”（礼部尚书），娶“名门”（出色的女孩），过上“玉蒸金煮”（奢侈的菜肴）的生活，“拂尽世间尘”（无视世俗烦恼），一直到“吞红”（一直到死）进入“金殿”（神仙的府第）。

如果特别要求写一篇论说文的话，我可以在文中引用所有这些表述。如果要求一篇叙述，听说总督更喜欢轻松优雅的文学，于是，我也做好了准备，我将讲述道家最奇特的一

诗人雅趣（宫廷画）

段传奇。神话的题目如下：

神 鸭

1

唐玄宗年代，有一个“王”姓年轻人，乳名（奶的名字）叫作“青”。他在幼年时就失去了父亲。他结婚后不久，安禄山叛变，攻占了首都，他和母亲移居江南省，哥哥则加入皇帝的护卫队。

天下恢复太平之后，王青想回老家看看逃难时被迫放弃的产业。他相信自己武功高强，没有带什么护卫，只带了一个叫作旺福的仆人，便启程了。

2

一天晚上，他穿越一片森林，忽然听见一株老树下有人说话。然而，那不是人在说话，而是两只野鸭，它们拿着一本古老的手稿，似乎正在讨论其中一段话的意思。

对文学不过略知一二的王青对这两位动物身份的学者不屑一顾，却对古树下的一把好弩十分赞赏。他勒紧缰绳，把马停住，用一直戴着角质指套的手拿起弩，装上了一颗球弹。弩弓像满月般拉开，铁弹如流星般飞射出去。响声惊动了鸭子们，它们抬起头，但已经来不及，铁弹打中了那只拿着书的鸭子的右眼。鸭子丢下手稿，哀痛地呻吟着跑走了。

王青捡起珍贵的手稿。对古文字一窍不通的他根本看不懂这本写满蝌头字的书。不过，他想应该会有学者为他解释书中的意思。于是，他继续上路。

3

他在一家旅馆停下来，打算在那里过夜。老板毕恭毕敬地招待了这位军威凌人的重要客人。不一会儿，一位陌生的客人也来到了店里。这人看起来像是一位军官，没有带任何行李，虽然神情有些可疑，老板还是很高兴地接待了他。

王青即刻就注意到，来客用袖子挡住了半边脸。正想向老板示意时，客人开口抱怨起右眼的灼痛。他一脸和善的样子，说自己在追逐田间两只又叫又跳的鸭子时受了伤。

这段话引得王青讲起了自己的奇遇。当提到两只博学的鸭子读的那本手稿时，这位客人表现出极大的好奇。王青在袖子中找手稿，想请他为自己解释。就在这时，老板的孙子，一个五六岁大的小孩跑进了屋。他一进屋就坐在了军官跟前，认出了他的真实身份。他对爷爷说："你瞧！这里坐着一只多丑的鸭子！你不赶它走吗？"

客栈

听到这番话，王青顿时明白了，眼前的这位就是被他射伤的鸭子。他拔出剑，冲向门口，冒充的军官看到有危险，一翻身现出了原形，惊恐万分，夺路而逃。王青手持宝剑紧追其后，追踪的足迹将他引到了一处墙角。当时天已黑，看不清鸭子变成了什么。

晚饭之后，我们的这位英雄在旅馆中睡下，又一次梦见了这次奇遇。这时，他听见有人敲门。来人声音哀怨，英雄认出是鸭子的声音。鸭子请求归还珍贵的手稿，他说："如果你把手稿还给我，我会报答你。否则，你必遭不测。"

威胁没有吓倒王青，反而激怒了他。王青跳下床，悄悄地穿上衣服，拿起宝剑，决定杀死这只神秘的鸭子。可是，下了楼梯，他发现旅馆的大门紧锁。叫人打开大门，又唯恐惊扰其他住客，于是决定暂且作罢。

4

两天之后，王青收回了战乱时不得不放弃的产业。他正神气地坐在布置一新的家中，一个穿着丧服的仆人走了进来。他认出是家中那个名叫旺福的家丁。来人交给他一封信，信中，临危的母亲请求儿子回家尽最后的孝心。

王青是一个大孝子。悲叹不幸之后，他即刻换上孝服，命人预备母亲的后事。同时，急匆匆地卖掉刚刚到手的房子和地产。旺福没有休息，坟场的墓坑挖好之后，他先出发前去安慰家里人并通报主人的到来。

5

王青在途中时，他的母亲和妻子十分担心他的平安。一天，她们正为他担虑时，有人来报，说佣人旺福请求呈交主人的一封信。信中宣布了所有的好消息，产业重新购得，王青被引见给一品大人，大人授予他官位。因此，他命人赶紧卖掉江南省的产业，将母亲和妻子接到京城相聚。

不仅如此，旺福坚持说应该即刻启程。这个忠实的佣人虽然因为旅途劳累右眼受伤，但仍希望即刻出发。没有人怀疑他的衷心。她们给了他一大笔钱，让他操办一切，护送她们直至京城。于是，他准备了王青的母亲和妻子的行程。排场自然应与主人新的身份相当，于是租下一艘华丽的帆船，贱价卖掉所有的地产、房屋和物件，得到的银两一大半交给一位僧人，请他挑选出发的吉日。邻居们也纷纷前来恭贺发财。就这样，一家人神气十足地出发了。

6

另一边，焦虑万分的王青赶到扬州河岸边。在一家旅馆门前，他坐在行李上休息，忽然听说佣人旺福以他的名义租下了一艘船。他简直不敢相信自己的眼睛！在一艘逆流而上的官船上，他看见了家里所有的佣人。随后，在船舱的竹船栏前，一位妇人伸出头，张望着……那是他的母亲！他马上站起身，大声呼喊，冲上前去……可是，想到身上的孝服不能再穿了，因为母亲还活着，他赶紧脱下衣服和白纱，从身边的行李中取出其他衣服和一顶合适的帽子，然后，向船跑去。大船已经停住了。

很容易就能猜想到是怎样的误会让这个家庭这样相聚。一方面，旺福（真正的旺福）发誓说从未给王青送过信，王青的母亲也从未写过信。另一方面，当人们指认旺福前来向王青母亲报告主人高升时，真旺福（不是独眼龙旺福）瞪大了一双如铜铃般明亮清晰的大眼睛。最后，更令人惊讶的是，那两封造成这两次行程的信变成了两张白纸。

更让王青一家伤心的是，他们的财产损失惨重。起初，痛苦不堪的王青只想到是巫术作怪。最终，想起假旺福伤了一只眼睛，他猛然间明白了一切，原来是那只被他打伤的野鸭在报复。

现在该怎么办？京城的产业和江南省的产业都已经卖掉。在两个地方，这场天大的误会定会成为街头巷尾的谈资笑料。想到这些，王青和家人决定移居樊川。在那里，他们租下一所宅子，隐姓埋名，过得郁郁寡欢。

7

一天，王青正看着家丁干活，一个男人走进了大厅。他戴着一顶老式的黑纱帽，穿着一件道士的青绸衫。帽子上镶着玉石和蓝宝石，颜色各异的宽丝带从腰间一直垂到长衣的下沿。缎子鞋比白雪更洁白，靴底如彩霞般艳丽。

此人正是王燮，王青的哥哥。兄弟俩激动地拥抱在一起。一番寒暄问候之后，王燮问起家中的这般变故。当他听说了有关野鸭的奇遇之后，他严厉地指责弟弟：为何伤害手无寸铁的动物？为何抢夺他们的书？为何当他们讨还书时，拒绝归还？拿这本书有何用？

“这本带来不幸的书，”王燮继续说，“是否很厚？书里写些什么？什么字体？”

“我不知道。”一番责备使王青感到十分惭愧，“书里的所有字我都不认识。”

“真是奇怪。我很想看看。”

王青拿来了手稿，交到哥哥手中。哥哥一页页地翻看，目不转睛。接着，他猛地站起身，走出大厅，两眼瞪着王青，对他说：

“那个假旺福，就是我。现在我拿到书了。保重……再会！”

说完，这个怪人拔腿就跑。王青一把拽住他的衣服，一边大声叫喊。王青身强力壮，神鸭如何反抗都无用。随后，只见他嘴里喃喃地念着什么，突然，他用力挣扎，挣脱了衣服，现出原形，如一阵旋风般消失了。

王青和闻声赶来的手下追到马路上，可是，什么都没有看见……什么都没有，除了一个独眼老道，坐在屋檐下的门槛上。他们问他是否看见一只鸭子，它朝哪个方向跑走。老道没有作声，只是伸手指了指东方。

王青和手下立即朝东方跑去，可是还未跑过第六间屋子，就听见老道叫唤：

“王青，独眼旺福就是我！……你的哥哥在不远处！”

就这样，两只鸭子拿着它们的书，从敌人眼前蹦蹦跳跳地跑掉了，还公然嘲笑敌人。王青一伙想追上它们，可是它们脚步飞快，犹如插了翅膀一般，跑走了。

8

回到家中，不幸的王青打算检查一下他拽下的鸭子的衣服。刚一碰到衣服，衣服立即显出了原形：缎子褂原来是一片香蕉叶，乌纱帽是一支睡莲秆，玉石和蓝宝石是一段腐柳枝切出的小木片，腰间的紫色丝带原是用来编制蓑衣的藤蔓，白鞋不过是白纸，艳丽的鞋底是两张旧纸片。

更糟糕的是，被鸭子们愚弄的王青得了一个令人恼火的绰号"强盗"，因为他抢了鸭子的书。有以下句子为证：

蛇窜虎跳各自逃路
鸭子取回心爱圣书
房子倒了地产卖了
书也不见了
笑王青笑王青
贻笑千年

八 科举

我的学识实在是少得可怜，只能勉强安静地待在小阁子里，像其他考生一样被关在里面。唯一让我放心的是，考题一题一题送达，和事先告诉我的完全一致。而且当我看到诗的主题是“纸鸢”时，我几乎是稳操胜券。一切都在预计之中。以下是我稳操胜券的原因。

总督对本省的一位监察官尤其怀恨在心。这个人的名字恰好和中国儿童最喜欢的这种玩具是同一个发音。总督选择了这个题目，就像玩一个同音异义词的文字游戏，由此察看考生的洞察力。这不仅为考生们提供了一个指桑骂槐的机会来嘲讽总督大人的敌人，而且如果考生

一位官员的书房

富有敏锐洞察力，促成这次狡猾的阴谋，他希望借此牺牲他的政治对手，取悦北京朝廷，同时又不会招致谴责，不致牵扯上与所有高官密切相关的争议。

我早已知悉其中的奥妙，事先准备了讽刺短诗。林琛暂且搁下忧郁的心情，十分想看看我的这首诗。这是有史以来最成功的一首短诗，我被吸收入文人们的圈子里，一夜成名，成了考试结束后一个传奇人物。请允许我转抄几段这篇总督已经准许公布的颂文，这样就不必自己称颂自己了。

总督首先讲述了他特地闭门谢客，以便安心评判呈交于案的答卷。

> “……发现了一份如此完美的答卷，”他毫不掩饰地说，“似乎纸上布满了珍珠和宝石。优雅的文笔，睿智的思想，如此出类拔萃……”第二天，他张贴告示，宣布他将郑重公布中榜考生的名单。
>
> 当天——也就是昨天——尊敬的主考官大人坐在一张高椅上，身边站着一排评委，下方是所有考生。试卷被取来，一份份开启，宣读名字。第一份的名字就是平西，生于福建省。于是，人群中走出一位像“青女”（掌管冰雪的女神）一样有着蓝眼睛的学生。
>
> 这位年轻人朝前走到主考官面前，深深地鞠了一躬说：“在下便是。”

主考官大人看到这位如此与众不同的年轻人，喜出望外："你就是平西？"

"正是。"年轻人微红着脸回答道。两颊犹如仙宫的红墙一般。

"今年几岁？"

"家人依循古制为在下周岁晬盘，已有二十三载。"

"学诗多久？"

"三年有余。"

"我主持历届各省科试，可以说，所有秀才举人中不乏有才之士。然而出类拔萃之人，可遇不可求。你的文章透出辉煌才气，可谓天赐之才。思想深邃，与众不同。文笔大胆，激情澎湃，犹如神龙。我原以为出自一位阅历深厚的老生之手。"

这番话似乎令谦虚的平西有些无措，于是他主动请求当场编一段故事，作一支曲，一首格律诗或自由诗，一段散文。

主考官谢过平西，继续公布其他名字。之后，他开始

童趣嬉戏

高声诵读这位年轻人的诗。这确实是一首出色的诗，写在一张花纸上，最多只用了半杯茶的工夫。

（这首诗以宋词的格式写成）

纸 鸢

巧作片楮凭风飞，愚儿痴人羡。
扶摇洒然垂尾长，浓彩细描若比风中花。

无奈身关一线微，高下岂随人。
谁夸任我沧溟远，莫笑残骨一日落泥滓。

每一段之后，听众不停地跺脚捧腹来表达他们的快乐，那场面根本无法控制。

随后，主考官继续宣布中榜名单。中榜人数之少表明了考试的严格程度，丰厚的回报也证明了考官们希望激发考生们的才能。每位新秀才饮下三杯酒，收到一束花用于点缀马匹。他们从总督和司礼太监前一一走过，司礼太监朝他们的肩膀上扔一块红丝巾，送给他们一吊钱。

和这次仪式的史官纪录一样，我看见中榜才子们眉开眼笑，前呼后拥，万千种乐器齐响，我看见颂文通告。对

平西更是格外吹捧，特地公布了这段颂文：

玉树临风耀宫阶，
附仰自得似归鸿，
腹有诗书气自华，
笔翰如流承殊渥，
高谈雄辩落珠玑，
才高倚马冠世雄。

我的上帝！极尽吹捧之辞，倾尽中文最好的文墨，其实是为了颂扬一个可怜的番鬼。一个偷偷混进天朝帝国的番鬼竟然名列“秀丽的才气”（“秀才”这个词的字面意思真是恰如其分）。要是知道真相，那会是怎样的情景，真是无法想象！

九　生日—乐师—戏剧与剧作家—《窦娥冤》—中国滑稽剧

昨天，林琛举办了一场盛大宴会，庆贺我荣升秀才，同时也为他自己庆生。中国有一句俗语："树倒鸟散。"庇护着我的这棵老橡树看来还未失去全部根基，因为前来贺喜的客人络绎不绝，向这位前任提督表达了最崇敬的祝贺，同时尽情享用林琛为他们准备的佳肴。有一种表达十分奇怪，有几个人将他称作"公祖父母"和"祖母"。

晚宴之前，有一场龙舟赛。晚宴期间，乐师不停地演奏，一会儿是"八音"（在这里，这就算作一个完整的乐队），一

会儿吟诵最著名的杜甫和李太白的诗。必须承认，欧洲从未有过如此不和谐的音乐会。中国人从不写曲子，也从不调音。两百个人齐奏，铙钹、锣鼓、喇叭和弦乐齐响，简直震耳欲聋。更令人震惊的是，音乐一直被视为一件国家大事，被哲学家们视为一种教化手段，简直就是一种文化落后。他们说，孔夫子听了一段激动人心的音乐之后，三年感知不到食物的滋味。孔子将乐音研究置于与礼仪研究相当的地位，仅次于哲学与历史。

有好几位皇帝都是乐器的发明者，并亲自填写圣歌。宗教庆典仪式总是少不了锣和蛇皮鼓。仪式的乐师通常是文人和隶属于寺庙的秀才。

还必须指出，几乎所有中国戏剧都是真正意义上的歌剧，配有吟诵的续唱和诗文。例如林琛的晚宴上就有一出《窦娥冤》（窦娥复仇记）。

在宴会厅的窗台前，家丁们匆匆用竹竿搭了一个六七尺高的戏台，三面用红幕布遮挡，只在戏台的后面给演员们留出一小块后台，用一块大帘子隔开。留下两扇门：左边一扇

老街戏台

为进口，右边一扇为出口。还有一扇活板门用于饰演神仙鬼怪的人物上下台，称为“鬼门”。有了这种装置就无须舞台换景或活动布景，而且演员们也对活板门下传来的台词和手势的提醒感激不已。除此以外，女人的角色都是由少年扮演，因为政府不允许女人登台表演，即使是身份最卑微的女人也不能登台。

这道禁令倒是让我有机会混身于准备上台的江湖艺人中，而不会有损名声。这些艺人组成一个流浪戏班，为了节省费用，他们沿着大河顺流而下，从一个省流浪到另一个省。在比较富裕的大城市里，富人们请他们唱戏，有时一个晚上，有时持续一个季节。虽然这种游牧的职业不足以致富，但也解决了绝大部分的花费。不过，唱戏被视为最卑贱的三种职业之一。

对于戏班的头领来说，演员是真正意义上的奴隶，得到的是奴隶的待遇。不过，如果有人胆敢滥施淫威，强迫儿童进戏班，将被责打一百大板。

公认的最富盛誉的戏班通常来自南京城。为我们演出的

后台的演员

这个戏团就有幸多次在皇太后最喜爱的坤宁宫献演。他们表演更大型的剧目，戏台也是平常的两倍或三倍大，也就是说戏台是两三层楼。在同一出戏中，演员们根据角色需要出现在不同的戏台楼层，表演格外吸引人。

在这儿，剧作家的工作条件和意大利歌剧作家差不多。他们跟随着戏班到处流浪，创作对戏班有用的剧本，拿取微薄的酬劳。他们不能指望成名，也不指望得到任何荣耀。即使一部剧幸运地广受欢迎，被收入称为《元剧百种曲》（意思是元代的一百部剧）的保留剧目中，人们也不会写上作家的名字。不过，大家都知道剧作家纪君祥根据司马迁的编年史写了《赵氏孤儿大报仇》，耶稣会会士马若瑟翻译了这部剧，伏尔泰据此写出《中国孤儿》。李行道取材一部名案录，写成《灰阑记》。但是，对我们来说，《老生儿》、《合汗衫》或是《汉宫秋》的作者就鲜有人知。中国戏剧从未捧红任何一位诗人。

不过，也不应该太轻视中国戏剧。即使因为手法太天真，中国戏剧继续走向极端，即使和天朝帝国的所有艺术科学一样，它很早就已经成熟，随后一千多年来一成不变，但不可否认中国戏剧独特的构思、迸发的激情和细腻的刻画。例如《赵氏孤儿》中有一幕戏，程婴手持描绘赵家经历的画卷，向这个不幸家族最后一个孩子讲述那段悲痛的往事。我认为，这是所有剧中最奇特、最催人泪下的一场。我也欣赏《窦娥冤》中的一场戏，我相信我们最倨傲的诗人都会为之动容。

少妇窦娥被冤枉毒死公公。她被带到法官面前，虽然高声喊冤，但还是被判处死刑，随即执行。负责复审的是一位职位较高的官员，也是窦娥的父亲。他显然不知道女儿正遭受痛苦，而且由于一个未知的原因，女儿的名字改变了，更迷惑了他。正打算翻阅案卷时，他忽然觉得特别困乏，渐渐闭上了眼睛，就在这时，一个鬼魂出现了。那是窦娥的鬼魂，她走进屋，看着父亲，泣不成声。老人在梦中看见哭泣的女儿，突然惊醒过来，发现自己身边的司法官员正在沉睡。烛灯四周一个若隐若现的身影晃动着，每当他抬起头修剪烛芯时，鬼魂便翻过他的书页，翻到那桩极不公正的判决那一页。最终，窦娥现了形，她的父亲惊恐万分，可刚回过神来，他便立即开始讯问，就像女儿依然活着。在决定是否为女儿迟来的上诉翻案之前，这位高级法官希望保持头脑清晰，秉公办事。在听女儿解释了一切之后，他才承诺将还女儿公正，于是，窦娥满意地回到了九泉之下。以下这段简短对话是这悲怆一幕的最后几句对白。

[魂旦暂下]

[窦天章云]

呀，天色明了也。张千，我昨日看几宗文卷，中间有一鬼魂来诉冤枉。我唤你好几次，你再也不应，直恁的好睡那。

[张千云]

我小人两个鼻子孔一夜不曾闭，并不听见女鬼诉什么冤，也不曾听见相公呼唤。

[窦天章做叱科，云]

今早升堂坐衙，张千，喝撺厢者。

《包待制智勘灰阑记》，意译为《灰阑记，包待制（政府官员）巧施计谋，揭开真相》。这部剧其实讲述中国的一位法官，圣明的包拯的一次所罗门式断案。两个妇人都声称自己是同一个孩子的母亲。为了辨明真相，他将孩子放在一个用白粉画成的圆圈中，宣布说谁先将孩子拽出圈子，谁就是孩子的亲生母亲。测试进行了两次，亲生母亲不敢用劲，生怕太用力拉扯会伤了孩子，她的对手则根本没有考虑到这一点，一心用力将孩子拽往自己一边。圣明的包拯很快看出了真相，将孩子判给亲生母亲。

这类谜一般的案件总是诉诸法官的洞察力，而法官也总能够略施巧计，揭开真相。这样的故事于是成了中国作家们最常用的题材之一。

其中一篇倍受推崇的小说《瀛洛图》（神秘的图）就是取自几乎相同的题材。故事围绕着一个老人留给庶子的一份遗产展开。为了避免庶子嫉恨正房的儿子，老人将他的财产列

明在一张图纸上。这张图晦涩难懂，但是，在一位睿智的法官的解释下，这幅图成为一份名副其实的遗嘱，根据这份遗嘱，财产平均分给两个儿子。

至于演员，待遇就不同了。表演前一天，林琛派人将需要的服饰送到他们住的船上。这些衣服几乎都是古典款式，有几件十分昂贵，必须格外细心。第二天上午，我们的演员前来在已经搭好的戏台上放置摆设。三四十个小伙子，年纪相仿，一样地瘦颀。中午，第一出四幕剧开演，称为“段子”。这出戏持续了将近三个小时。随后，翻筋斗的杂技演员占据了戏台，他们灵活、熟练、有力，让我想起了曾经看过的阿斯特雷和杜克瓦马戏团[①]更精彩的表演。和我们欧洲一样，他们用一出独幕剧结束表演。通常就是一段相声，精彩与否取决于喜剧演员的手势和鬼脸。

① 欧洲19世纪最著名的两个马戏团。——译注

您在这儿读到的应该说是一篇对中国滑稽剧的分析，或许会让您感到不快。不过，请原谅我还是要为您一幕一幕地介绍林琛家的演出。这部剧的名称叫《补缸》，即粘补破缸的意思。

戏台被看作是一条马路，走来一个可怜人，沉重的谋生家当将他压得直不起腰。一根扁担两端挑着一张板凳和两只箱子，这就是他的流动作坊。他的脸上涂着稀奇古怪的颜色，活像我们马戏团的小丑。

他唱道："我日日穿街走巷，靠双手图个糊口。可怜世事无常，如今我无以为生，只有靠补破缸！"

他停下，在身边摆起小作坊，然后坐下，手里拿着一把扇子，继续唱：

"可怜老矣！"接着说，"真的万般不幸！连着几天雨不断，门不能出，今早终见云开了，风也温和，赶忙上街谋生计，漂泊不定何时是尽头。"

他唱道：

天一露白就出门
一路吆喝无人睬
挑起这担子走四方
从东门到西门
从南门到北门

走遍城墙四周
没人招呼补缸人

“思想起来好心伤！初来南京，一心把缸补。白白坐等凳子上，荒废了光阴，错失了机会。赶忙挑上担子把路走。”（他挑起家当，高声吆喝）：“锯锅咪——锯缸哎——”

这时，从戏台的侧面传来一声尖锐的女声。那是王大娘听见补缸的吆喝，从家里走出来。她叫住补缸人，不停地讨价还价。最后，他们达成协议，一直郁郁寡欢的工匠开始变得极度奉承。王大娘交给他一个破旧不堪的缸，然后表现出心生诱惑的样子，转身走进梳妆间。

“王大娘，”她说道，“要去梳妆打扮。左边梳个龙头髻，右边戴上香花，嘴唇涂上红唇脂。打扮后，她要坐在台阶上看补缸匠干活。”

补缸人独自一人开心地干着活儿，伴着节奏哼着调子。王大娘出现了，穿着漂亮的衣裙。工匠抬起头，看见了她。

“真是奇迹！”他说，“刚刚还是一个老妇，现在却变成一个如此迷人的少女！唇若桃李，笑开了嘴，凤眼迷人，金莲（指很小的脚）只有两指长。”

梳妆的女子

他一心欣赏美貌，刚刚修补的珍贵的缸落在了地上。王大娘很不高兴，要求他当场更换一个新缸。补缸人跪在她面前，请求原谅他愚蠢的笨拙，只因为她太迷人。“原谅我，”他说，“我马上就娶你。”

这个建议对王大娘来说似乎太突然了。“鲁莽的老家伙，”她说，“你怎么知道我会做你妻子？”

补缸人：“确实，我比王大娘年纪稍大了一些。可是，我很想娶她。”

王大娘：“好了！不要再说了！马上离开这里！”

补缸人：“既然你原谅了我，我要挑起我的家当，去别的地方寻找妻子。老天作证，我再也不会靠近王家。你以为自己是一个贵妇！你不过是一个穿着破衣裳的小女人，你会上当受骗，嫁给那些不如我的男人！……”

就在这时，老补缸人身上的破旧衣裳忽然不见了，他变成一个穿着华缎锦衣的翩翩少年。刹那间的变化顿时改变了王大娘的决定。

“以后，”她说，“你不再做这种到处走的活儿。我的丈夫不会是一个补缸人了。来吧，开始安逸舒适的下半辈子生活吧！”

两个人亲热地拥抱之后，一句话也没有说，就离开了。

十　历史学家

我们像中国人一样了解中国历史，这么说绝对不夸张。其实，即使大家一致宣称司马光的二百九十四卷《通鉴纲目》中所收集的史料均为真实，但我们仍然指出，所有这些史书蕴含一种不言明的信念。

在这儿，我不想谈神话故事，不想谈那些一万八千年的纪、地皇、人皇，或是所有那些无人了解的神秘年代，我只想谈为理性的人所接受的历史，也就是说天朝帝国的半信史和信史，从伏羲皇帝开始，也就是公元前 2953 年。要解释我的怀疑主义，只需要一条理由：怎么能够相信七百五十年的时间只有九位统治者？这么一来，平均每位统治者岂不是统治了八十三年？然而，忽略这些随处可见的、显而易见的错误，我们必须接受将不可靠的传说历史当作中国古代的风貌图景这一事实。根据最可接受的假设，华夏民族来自蒙古鞑靼高原，在今天的陕西省定居下来，最初仅仅依靠狩猎生活，不了解任何艺术，没有温和的文明。如果相信史书，那么，科学的进步和财富的积累完全得益于首领的智慧与才能，首领们总是一心一意造福子民。有的首领是建筑师，有的是音乐家，有的发明了将细绳打结的方法，使历史得以流传后世，就像印加帝国时期用来计算的结绳，不过，和秘鲁人一样，书写最终取代了这种方法。总之，每一位统治者都带来一项发明，并且超越了先辈。文化不断进步，从未曾后退，也未曾经历曲折。确实，最初的君主由选举产生，而且几乎总是听从已逝皇帝的第一大臣的决定，从而促成一系列与自然法则极其不相符的历史事件。

伏羲继承了燧人氏的皇位。他不仅征服了河南省和山东省，而且开垦林地，炼铁，教授子民圈养家禽。总之，他将一个依靠狩猎生活、好战的游牧部落变成一个农牧民族。最后，他教人民尊重婚姻，使自己的德行变得完满。

随后的神农制作了第一架耕犁，组织第一个易货市场。而且，他还是一个技术高超的医生。

发明计量与尺寸，最初的计算法则，第一辆畜力车，第

一艘小船，第一座桥，第一间砖瓦房，第一部规范每个社会阶层着装的法令，迈向历法的第一步，第一个纺织业，所有这些都归功于黄帝。他在神农年老糊涂后继承了他的皇位。这位“王子”拥有弓箭手、刀兵和盔甲部队，而且首次使用军旗。因此，他自然得以大大扩展皇权，超过任何一位先辈。他选择了他的一个孩子作为继承者，中国人虽然接受了他的选择，但是不满意这种首次君权世袭，他们很快恢复了选举制。尧和舜这两位伟大的君主都应感谢黄帝，因此，在他们的史书中，黄帝时代是一个极乐年代。禹，曾长期做舜的第一大臣，随后继承了皇位，建立了第一个君权世袭的朝代夏朝，夏是禹的领地名。从此，历经专制政权不可避免的政变与改革，帝国雏形一直沿用至今。

除了微不足道的变化，总是上演同一场戏：萎靡不振的皇帝沉溺于享乐，被一个率领一小撮不满者的大胆诸侯推翻统治，接着，篡位者忘记了从自己的胜利中吸取教训，而是陷入声色犬马的纵欲享乐中，最终被另一个觊觎皇位的对手取而代之。很多书中都提到“少康”或“履癸”，类似罗马提多或加力古拉的人物。中国人描述的履癸是一个十足的暴君形象。他娶了一个和他一样邪恶的女人，这对可怕的夫妇沉溺于一切最残忍的酷刑，以杀人为乐。他们的宫殿以象牙为墙，铺满宝石，特地挖了一个酒池，四周堆着山一般高的肉。想要品尝佳肴，就必须喝下大量令人疯狂的酒。神奇的宫殿里，皇帝和皇后不停地举办狂饮宴会，大理石台阶流淌着酒和鲜血。碧玉门后的百姓听见临死的哀号混着靡靡的乐声。若有正直的人感到愤慨，圣明的臣子胆敢进言反对，皇帝便将他捆在铜柱上。铜柱外层涂着树脂，铜柱内装满烧红的木炭，任何人附在柱上都会立即丧命。两位暴君统治着沮丧的中国，民众的嚎叫声、毫无希望的挣扎、疯狂的抽搐成了他们的娱乐。这就是履癸和妹喜，纣辛和漂亮的妲己的故事。第二个朝代是商朝，公元前1122年结束于纣辛统治末年。

接着，周朝开始，持续了八百七十三年[①]。建立周朝的武王不得不给某些诸侯封地，因为他们拒绝承认他的绝对权力，反而要求他接受他们的至高权力，拒绝臣服和进贡。这就是诸侯割据的起源。无数世纪以来，诸侯割据使帝国纷争四起，战乱不断。大约公元前750年，诸侯割据开始，持续了将近五个世纪。

在这段时期里，帝国分裂成二十一个诸侯国，硝烟四起，战乱不断。可是奇怪的是，战乱并没有阻碍已经出现的哲学思想运动的发展。战乱本该耗尽这个国家所有杰出人才，然而，所有的著名学派，所有的经典著作，都是自这个纷乱年代开始。老子、孔夫子、孟子都生活于周朝。相反，随后的

① 孔夫子撰写了夏、商、周三朝的历史，除了最后的几年。此后又有大量史学家撰写这段历史。

那个朝代，第一位和第二位皇帝建立了强有力的中央集权，可是科学和文化却遭受最可怕的迫害。

秦朝的第二个皇帝称为“始皇帝”，他的一切行为都表现出一种精明的专制主义，他付出难以想象的努力将中国的版图扩大到鞑靼地区。他活埋了帝国最出色的四百六十名文人，焚烧史书和哲学著作。据说，他的梦想是磨灭一切回忆，让帝国创立者获得至高无上的声望。他的另一种念头就是逃避常人的命运，求得永生不死。他受了一位假道士的蒙骗，派遣一支远征军漂洋过海寻找一座神岛，岛上的仙草可以让人长生不老。一场风暴吞噬了他的使团，而他自己不久后也死去了。他未曾预见到帝国即将失去子民，所以没有指定皇位继承者。最后，世袭制使权杖落在一个低能愚笨的皇子手中，从此，他的父亲付出巨大心血极力消除的诸侯割据又重演了。

诸侯国割据使中国再次走向诸侯纷争的恐怖年代，直到一位幸运的冒险家推翻了秦，使“汉”登上金銮殿，成为一个留下最辉煌历史的皇族。大约公元前 200 年的这场变革标志着中华帝国古代史的结束[①]。

虽然一位厌恶文人的独裁者之后往往会出现一位保护文

---

① 随着社会文明的进步，历史资料越来越丰富。秦代和汉代的历史学家不可胜数，聪明的编撰者必须在他们的史书中概述内容庞杂的史料。中国有了他们的西罗多德（司马迁），他们的普卢塔克（董仲舒），甚至有了一部刘向写的女性传记。

古代服饰——文官上朝

人的君王，但别期待历史事件及其内在联系的性质从此有所改变。汉高祖，尤其是汉武帝都在极力弥补我刚刚提及的那场可怕的文人迫害。历史研究得到复兴，朝廷重新录用文人，帝国大地重现和平。

虽然有始皇帝修建的长城，但是西北边境仍然不时遭受匈奴的侵扰。勇猛的匈奴骑兵擅长骑射（中国人称鞑靼为匈奴），几乎从不感到疲惫，他们翻越最陡峭的高山，渡过最湍急的河流，凭借天生的策略悟性，挑战训练有素、更加精通战术的中国军队。说实话，中国军队所向披靡，似乎把他们吓呆了。虽然帝国军队一路追击，匈奴骑兵仍然将途经的城市劫掠一空，随后各路四散，消失在难以进入的地带。

汉武帝试图借助和平手段使帝国摆脱这些恼人的敌人。他直接与首领谈判，将一位皇族公主嫁给他。匈奴人没有因为这种特殊的讲和方式而停止劫掠，虽然屡次镇压，但是一直到公元90年，匈奴发生内部分歧之后，劫掠才暂告结束。匈

奴各部族相互厮杀，那些承诺保护中国皇帝的部落得到臣属身份，毫不费力地战胜对手。一些部落逃往西伯利亚、进入欧洲大陆，于公元5世纪在可汗阿提拉的率领下，掀起新一轮对古罗马帝国的烧杀焚掠。

这时，汉朝已经不存在。统治四百二十六年之后（直到公元220年），汉朝被一场起义推翻。根据叛军使用的联络标记，人们称这次起义为“黄巾起义”。但是，起义首领张角和他的追随者被皇帝的军队打得落花流水。不久后，镇压张角的将军权力越来越大，甚至超过了皇帝。将军的儿子曹丕没有父亲那么忠君，他勾结权贵，夺权了皇位。

从此以后，中国形成割据状态，三个独立的王国共存了四十年。四十年后，一位名叫司马炎的将军获胜，开始一个称为“晋”的朝代[①]。同时，一个蒙古部落首领建立了一个统

① 三国、汉、晋的历史成为我曾经提到过的一本最负盛名的史书《三国志》的内容，此外还有郭璞的《资治通鉴》（司马相如续写），刘知幾的四十九卷通史。（原文有误。《资治通鉴》为司马光主编，非郭璞或司马相如。《史通》合计二十卷五十二篇，非四十九卷。——译注）

治家族，称为“赵”。晋尤其软弱，赵则格外奢侈。有一个赵王甚至拥有一支骑兵队，全是美貌迷人、技艺高超的少女，她们既是皇帝的护卫，又是皇帝的乐师。

一百五十五年的统治之后，晋皇族被一位请来帮忙的首领推翻了。篡权者没有能够将皇权集中在自己的家族，此后二百年，帝国依次为多个家族所统治，中国史学家称为“五代”。“宋”统治五十九年，“齐”统治二十三年，“梁”统治五十五年，“陈”统治三十二年，“隋”统治二十九年。[①]中华帝国一分为二，北部王国和南部王国各自为政，直到最后一个朝代。隋的第一位皇帝杨坚原是北部一个王国的大臣，他杀了国王，夺得王位，灭掉晋的最后一个王国，统一了中国。然而，他不过是一个无知的蛮人，他仇视文人，毁掉了汉朝花费巨资在所有大城市里修建的学院。他的儿子炀帝则具有完全不同的思想，他将父亲聚敛起来的财富用于大兴土木，建造精美绝伦的建筑和大有裨益的学堂。中国人的运河、圆明园的奇思妙想都应归功于他。那些供皇帝们消遣的园林，至今依然是最出色的建筑。

虽然炀帝做了这么多善事，可是暴动依然不断。最后一次暴动由帝国的一个小官员李渊发起，从此，唐取代了隋。唐的统治持续二百七十五年，即自公元622年至897年，是

---

① 原文有误。宋、齐、梁、陈为统称南朝，上承东晋下启隋朝，而非与隋并称五代。——译注

中国历史上最辉煌的年代。[1]政策变得温和，历法得到改善，迷信被加以制止，大部分的王公贵族品德高贵。不过，这个皇族出现了一位凶残的女人“武后”，她的所作所为根本无法与那不勒斯的让娜、俄国的叶卡捷琳娜相提并论。她控制了高宗皇帝的思想，自己却听信一位宦官和一个道士的话。为了夺取皇位、巩固权力，她心狠手辣，手段残忍。尽管如此，这个女强人还是无法将皇位传给自己家族的人。她死后，高宗的儿子登上皇位。

唐朝也躲避不了世袭朝代的致命规律，在享乐中逐渐萎靡不振，权力慢慢落入始终陪伴身边的宠臣宦官手中[2]。人民不满，怨声四起，又到了政权更替的时候。不出所料，朝廷衷心的保护者朱温凭借自己的影响推翻了唐。叛变的理由是

① 原文有误。唐的统治持续了二百八十九年，即 618—907 年。——译注

② 唐和五代的历史由刘昫和李昉撰写。

剿杀乱臣宦官。朱温大约杀了几千个宦官，最后一个唐皇帝被废黜，后被杀死。篡权者很快又被另一位觊觎皇位的人驱逐下台。五代完成五十三年的过渡阶段（公元907—960），隔开了唐的灭亡和宋的到来。宋王朝的统治持续了三百一十九年，历任皇帝开明、公正，可谓史无前例。皇帝们推动印刷术的发明，知识文明迅猛发展。我曾经提到的朱熹以作注孔子经典为借口，发起一次真正的哲学改革。虽然他遭受迫害，那些自恃衣钵的门徒们怂恿皇帝，谕令严禁一切从古书中寻求真理的研究，但不可否认，他发动的思想运动产生了重大影响，尤其是他的著作至今依然作为哲学道德教育的基础。

中原大部分地区遭受鞑靼人①的入侵，预示着金即将胜利。金原是一个鞑靼部落，进入中国北部边界，随后逐渐在洋子江以北各大城市定居下来，将都城定在开封府。宋失去了部分疆土，从西部博格达山到阿尔泰山之间一望无际的辽阔平原落入金人手中。此时，归顺铁木真的蒙古部落似乎想要征服整个亚洲，几年征战胜利不断，铁蹄一直打到金国边界，战争随即拉开。大宋皇帝原以为可以利用这个机会夺回失地，于是与蒙古游牧部落联盟，打击文明程度较高的金国。铁木真的继承者窝阔台在大宋皇帝的协助下彻底消灭了金国。胜利一旦取得，获胜者就开始因划分战利品而产生不和。这是很容易预见的事。蒙古人强大得多，忽必烈，也叫

① 清朝时，鞑靼和蒙古会混用，故此处遵从原文。下同。——译注

忽必烈汗发起战争，很快夺取了宋朝最大的城市——长久以来作为中部省首府的南京。宋朝最后一个皇帝被四处追击，最终逃到一条河上，为了不让蒙古人活捉，他自杀了。时年公元 1279 年。

最初的几位鞑靼皇帝忽必烈、铁穆耳、海山，他们的统治政策和思想与这个被他们征服的民族格格不入。被征服的民族拥有强大的文明，渐渐重新获得影响力，至少，他们的蒙古主人接受了司法观念、温和谦恭的风气、智慧，以及这个民族最突出的特点，即对文学的爱好。蒙古统治者没有摆脱定律，他们的皇权渐渐变得阴柔，失去阳刚之气，最后一位皇帝“顺帝”在一座满是杂耍艺人和舞女的宫殿中惊闻叛变。仅仅有一个大胆的冒险家（朱元璋）就足够了。他原是一个僧人，后被招入旨在推翻成吉思汗的军队，做了一个小兵。八十九年的强权统治之后，元（鞑靼皇族）将皇位让给了明，中央帝国的最后一个汉皇族。

明的历史与所有先辈一样：礼仪繁琐，宦官当道，皇帝轻信道士的花言巧语，相信神力能带来永生，权力逐渐丧失，朝野无序，最终，皇帝无能致使国家分裂。而鞑靼部人却再次形成一股新生力量，其中一个部族“满洲”，所向披靡，获得了对其他所有部族的统治权。面对“满洲”的进攻，一团糟的中国不堪一击。满洲人趁着一场暴动的时机，长驱直入，到达北京。当时的北京被一位反叛者占领，他刚推翻了明朝末代皇帝崇祯。这位皇帝的死颇为壮烈：他斩断独生女的头，皇后和六个嫔妃在他身边自杀，然后，他给征服者写了一封求情信，请求放过他的臣民，随后果断地用御腰带自缢而死。

他的死讯传到被派往狙击鞑靼人的军队中，统帅的将军

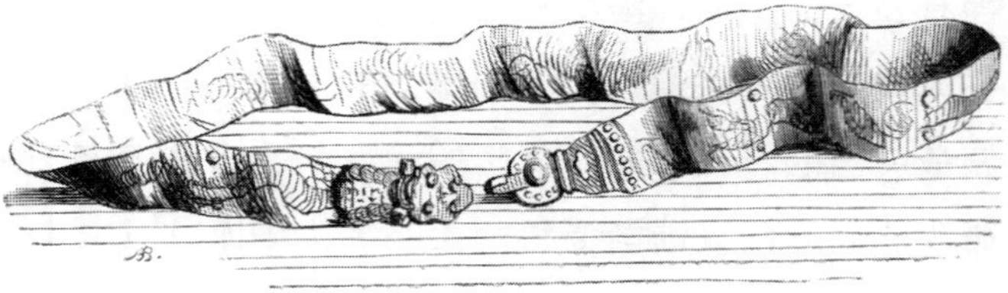

随即与敌军首领联盟。于是，1652 年，北京再次被攻占，落入鞑靼人手中。

满洲人吸取前人教训，谨慎明智地统治着中国。他们竭力不触犯这个被征服民族的任何正统观念和成见，反而十分尊崇他们的思想。顺治皇帝在位时倡导混合型国民教化，同时，他将继承人康熙的少年教育托付给四位辅佐大臣。康熙是天朝上国历任统治者中最杰出的一位，他的统治结束于 1722 年，随后是雍正（1736）、乾隆（1795）、嘉庆（1820）。他们的统治都没有标志性大事，人们往往想不起与俄罗斯争夺边界的三十年耗战，也想不起那些被幸运镇压了的叛乱，甚至想不起以保护为借口、从达赖喇嘛

手中获得了西藏。与此同时，大英帝国刚刚获得印度割让的加瓦尔或者说是加瓦尔首都斯利那加，这使两国拥有了一道共同国界。不过，多亏了中国胆小怕事，从未提交任何关于边界的政治或商业活动的报告。

现在的皇帝道光应该感谢他的父亲为他保住皇帝宝座。嘉庆年间，当皇帝不在紫禁城的时候，一小撮胆大包天的人曾经叛变谋反，但嘉庆守住了宫殿。迄今为止，道光的统治相安无事，除了不久前归入帝国版图的伊斯兰地区喀什的叛乱。[①] 叛乱发生于1826年，道光帝第六年，叛军首领原是巴基斯坦的一位王子，名叫张格尔。与中国军队多次交战胜利后，他被人出卖，交给中国将军，押往北京。只需看看皇帝给平定叛乱的功臣的丰厚赏赐，就可以推断出这次叛乱曾引发了极大惊恐。扬威大将军"长龄"被赐予在帽子的顶端镶上一颗宝石，方形补服也升级为圆形的四团龙补服。

① 道光六年（1826）六月，萨木萨克的次子张格尔以二十万人据南疆西四城，清廷以长龄为扬威将军、署陕甘总督杨遇春，率军二万余人，历时近一年，收复喀什噶尔等南疆西四城。——译注

皇帝下谕道："朕心深为欣慰。晋长龄太保。著加恩赏戴双眼花翎。著赏寿字松石翎管一个。四喜白玉扳指一个。黄辫大荷包一对。小荷包四个。以示嘉奖。"①

① 据《清史稿》记录，长龄的封赏实为两次，首次为八年正月，赐封二等威勇公，世袭罔替，赐宝石顶、四团龙补服、紫缰，授御前大臣。五月，槛送张格尔于京师，上御午门受俘，磔于市。晋长龄太保，赐三眼花翎，图形紫光阁。另外《清实录道光朝实录》卷三十三记录有："著赏寿字松石翎管一个。四喜白玉扳指一个。黄辫大荷包一对。小荷包四个。以示嘉奖。"作者应是把两次封赏和道光朝实录中的记载混在一起了。——译注

张格尔处决后，举行了一次祭祀仪式，以请求神灵原谅平定叛乱时的冒犯举动。这次祭典祭拜上天、方地，先贤，帝国军队途经的桥梁山谷、五大山、四大河、帝陵、孔子墓、皇太后，等等。

皇帝还下令整修寺庙和帝陵，追封一些文官武官的父母，翰林院的学生放假一天，军队和衙门休养生息一个月，拨款给医院，以及无数类似的慈善举动。

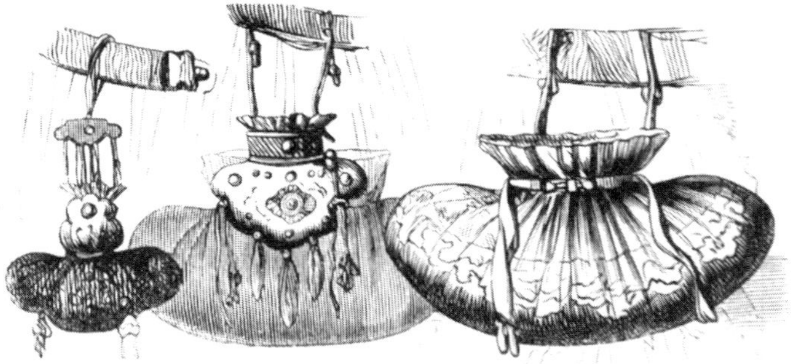

大清帝国最后一次危机就这样结束了。即使不考虑民间秘密组织所引发的显而易见的担忧，不考虑对那些秘密组织的镇压，我们也能够确信，几乎所有的世袭制皇帝，在一段或短或长的时间之后，不会再坐在今天的这张宝座上。

十一 “九重”显示威严—林琛得到宽恕—谋反者的极刑—棘手的使命

我们等候的圣旨终于到达。九卿的判决对林琛很宽容，对赵海则不然。对林琛，仅仅责备他身居要职却时而失误，予以从宽处理。至少，他们承认，林琛忠心耿耿，尽职尽责，平定布哈拉和土耳其斯坦暴动有功，任多省总督时期成绩斐然，且多次获得嘉奖。因此，他们只免去了林琛的某些殊荣。他必须归还花翎、红缨、黄荷包，以及皇帝慷慨赏赐的狐皮袍。不过，九卿允许他晋见“九重”(也就是皇帝，因为他的宫殿有九道围墙)，不是为了去接受裁判，因为这样会让皇帝伤心，而是去承认错误，感谢宽恕。

至于赵海，他的名字被列入天子签署的五百八十名死囚名单中。这类判决通常在固定日子执行。我们参加了这个不走运的人的处决。他和他的十七名同伙的处决将由南京官员现场执行。林琛没有忘记参加处决，以表示他与这些死囚毫无关联。我陪着他参加这次恐怖的仪式。

行刑地点定在一条空旷的大街上。大街一侧是一排房屋，另一侧是围墙禁闭的花园。街道两端架起临时栅栏，正中央摆放着死刑架。一个新木做成的十字架，底部放几个圆桶，听说是用来装砍下的头，送回死囚的家乡。

大约十点钟，按察使（法官）由几名行政官员和军官陪同，浩浩荡荡地抵达街道中央。大约一百名手持长矛的步兵立即四散开，守住各个出口，将群众赶到远处。一系列各式各样的仪式之后，官员们在一个竹棚内坐下。棚内早已摆放好桌子和椅子。

几分钟后，囚犯被带上来，有的关在囚笼里，有的关在柳条筐里。

大部分囚犯早已被酷刑折磨得半死不活，对衙役的举动全无反抗之意。衙役将他们扔在地上，又拖起来，押着跪下，就如同摆弄死人一般。囚犯每人背着一块木板，上面写着对他们的判决。“斩犯”（判处斩首的罪犯）被一批批带上来，每批三四个人，跪在地上，头向前伸。

按察使发了一个信号，鸣炮三响，宣告最后时刻的到来。卫兵首领举起刀，六名行刑人将手中的大刀砍向罪犯。虽然场面非常可怕，但我还是忍不住要赞赏行刑人动作强劲有力、干脆利落。他们的屠刀有三尺长，两指宽，锋利无比，几乎从来都不必补上第二刀。另外还有两名行刑官员，穿着绣有绿色图案的红色缎袍，头上两侧各插着一根长长的羽毛，一动不动地监督这场恐怖的屠杀。

处决结束后，还必须判决两名清茶门教的首领。他们两人都被判处“凌迟”，即剁成碎块。刚刚提到的绞架就是为他们准备的。此时，他们的头已经搁在凹形横梁上。实际的行刑避开了刑罚中最可怕的步骤，因为如果严格依据法律规定执行，那么他们将在无尽的痛苦中慢慢死去。要知道，凌迟的意思就是千刀万剐，就像在我们国家曾经有过的几次车轮刑[①]。行刑官员跑到绞架前，看似为了检查是否一切就绪，其实悄悄地用匕首刺死了罪犯，接着，行刑人上来做做样子地朝尸体砍了几刀。

皇帝的命令完成了，官员们随即离开。离开之前，他们没有忘记相互恭维一番。我还留在刑场，被一群好奇的人推来推去。流民几乎立即占领了街道中央。我根本没有预料到即将要发生一件可怕的事件。

中国民间医学有这样一种先见，认为人体各部位都具有特殊功效，例如喝了勇敢的人的胆汁就会变得勇敢。我曾经听说过这种奇怪的观点，我以为说的是古代食人民族的习俗，从来未曾想到竟然能够亲眼看到这种观点得到实践。然而，事实就是如此。一群人围住赵海的绞架，我也凑上前去看个究竟。我只见几个屠夫正手脚麻利地切割那个可怜人的尸体。其中一人手中已经拿着胆囊，正在将米粒塞进胆囊中。在场

① 将犯人打断四肢后绑在轮子上任其死去。——译注

南京城郊的桥

的几个人已经提前预订，用几个钱买下一小块这种令人恶心的药，给胆小的人治病。没人感觉恶心，也没有人觉得羞愧。目睹这样可笑又可怕的场面，我的心提到了嗓子眼。我不知道自己是怎样离开，又是怎样回到了家。我几乎无法再痴迷于这种所谓博大精深的中华文化。

现在，再也没有任何敌对的势力影响我在林琛心目中的地位，他对我的信任与日俱增。从他赋予我的那些职责就可以看出来，我不仅仅是他的秘书、医生、与高官们往来的中间人、隐私的倾听者，而且，他把我当作家里的一员。临出发去北京之前，他希望我前往景德镇接他的女儿。她应该还不曾听说自己许配给的那个男人的不幸下场。不过，并非仅我一人护送阿思小姐，中国的礼仪根本不允许这种自由。她将由一位姨妈陪同着，而且每时每刻，我们都处于林琛派给我的一大群仆人的注视下。当然，这样万无一失的考虑还是必需的，因为同时也为了避开途经的安徽山区的土匪。行程确定之后，林琛送给我一块叫作“如意”的物件作为友谊的表示。这种玉棒是达官贵人在节日期间相互赠送的礼物，玉棒的两头刻着圣莲花。对我来说，这绝对不仅仅是一个珍贵

的纪念，而且是一个敬意的表示和职责的保证。因此，我感激地接受了这份礼物。

几天后，我们出发了。这是我第一次自主地行走在这个非同寻常的国家，最微不足道的意外都可能让我陷入困境，不过，曾经的经历减轻了我的担忧，我的保护者已经重拾影响力，他的名字到处都可作为我的安全通行证。

番鬼游北京

一 旅程回忆—洋子江畔—农业与作物—白菜—人口太多—河流

搁笔已经两年。这两年里，发生了太多事情，寥寥几句根本无法说清！但我还是不愿让已经开篇的游记草草结束，事情的进展也许能使游记具有一定的重要性。

两年前，我从中部首府南京出发。那时的条件对一个观察家来说是最适宜的，我总能开心地想起当时在安徽平原的远足。洋子江两岸的平原长满了橘子树、崖柏和各种各样的树。正是农忙的季节。广阔的平原被刻意淹没在水中，灰色的水牛拉着钉齿耙在稻田上犁开一道道沟壑，

下半身陷在淤泥中的农民唱着歌，跟在这个大大的牲车后面。山岗上种满白色的山茶花，犹如覆盖在白雪之下，走近前去，又仿佛走进一座巨大的花园。女人们填补了牲口的不足，一会儿引锄，一会儿又专心把犁。整片田地上均匀分布着成百上千的用于灌溉的溪流，令我赞叹不已。山岗上是非常实用的小水库，水泵在山脚或山腰，巨大的水轮安置在赣江上，或许就是深深的河床和湍急的水流启发了这样巧妙的装置。这种灌溉设施尤其用于这一带最出名的甘蔗种植，其设施构造显示出中国人在机械创造上的天赋才能、静力学的深厚知识，这也使得他们在所有东方民族中脱颖而出。

中国人天资禀赋，却无法违抗自然力。人口持续增长，但游手好闲的贵族的封地仍需大量劳力耕种。这样的境况主导了中国文明的发展，使一个原本游牧的民族，一个以狩猎放牧为生的民族，变成一个尤其擅长耕作的民族。即使在孔夫子时代，国家财富绝大部分得益于畜牧。或许当时食兽肉更普遍，同时灌溉手法也较原始。如今，田地开垦激增，牲畜锐减，仅有尚不可耕作的山地才不得不畜牧。

如今，在这个国家，用剩菜剩饭喂食动物被视为犯罪。然而，肥饶土地皆不可做牧地，唯有被认为鲜有收成的贫瘠之地，才能牧牛羊马。牲口看起来羸弱无比。原本野性十足的苏格兰小种马，也被圈养在富有的满大人的马厩里。

林业和渔业弥补了这种全国性饮食制度所造成的空白。

放牛的农夫

这儿绝对找不到牛奶、黄油或奶酪。有钱人偶尔吃些牛肉或羊肉。白米、黑米、高粱、北部省的小麦、与高粱同时种植的蚕豆，这五种作物是大祀时呈送神的祭品。农夫在紧挨着茅屋的园子里种上无数种作物，最常见的是“荠菜”，一种绿色甘蓝，像莴苣一样平淡无味，中国人拌上一些非常辣的调料让味道变浓。

除了生活所需的第一作物，还有一些作坊所需的植物。可以说，桑树、棉株取代了绵羊。大片的芝麻田、蓖麻田和山茶花园，这些植物可以提取植物油，替代动物油。还有草乌桕树、漆树、樟树和许多药材。

然而，所有一切都表明，中国人的辛勤劳作使原本肥沃的土地不堪重负，而且，虽然极度节约粮食，他们依然时刻面临饥荒的威胁。他们缩减了公路的占地面积，铲除了山岗的坟地，夷平了贫瘠的山丘，禁止修建任何公园（除了皇家花园），但都无济于事。与这些细致但毫无效果的计算相比，导致人口增加的最根本因素是政策因素。家庭观念更是大大加剧不幸的现状。康熙皇帝在他的《祭典制》中将同一家族七百人同时用餐称为天伦之乐。国家法律赋予父系无限特权。那些轻率的法令没有制止人口的剧增，反而结合其他一些民族偏见将移居国外视为犯罪。任何一个远离国家的中国人都被看作是一个忘恩负义的人，如果回国的话，他将受到惩罚，罪行相当于叛国者。他的同胞们会厌恶地瞧着这个将祖先坟墓弃之不顾的人。

奴役制或许能缓解威胁着这个国家的人口剧增，至少减少一部分人口。但是，法律处处抑制这种有益的趋势，如果主人没有将女奴嫁出，就会受到严重的惩罚。

人口激增的唯一阻力就是或者说应该是传染病、饥荒、杀害婴儿。可是，这个国家的气候对健康十分有益，官仓分粮降低了旱年的影响。

其实，穿越这样的一个国家，不应该总是这些沮丧的思考，看看事物表面现象就可以。只该欣赏一下巧妙的国内贸易、丰富多样的活计、最简陋的房屋也能带给你看似井然有序的印象。例如，看到那些飘浮的小岛，载着房屋和花园的巨大木筏，应该首先欣赏这幅秀丽如画的风景，赞叹工匠们的巧夺天工。但是，想想建造这些人工岛屿的动机，那是某个没落皇族付出难以置信的努力创造出来的。理智让我不禁警觉地思考，倘若赋予中国一个祥和无战的年代，倘若上天让中国免于任何一次扼制强盛的灭顶之灾，这个中央帝国将会怎样?

木筏和渔排

二 工业村—瓷器—蛋壳—古董—神奇的青石—窑神

景德镇不仅仅是一个村镇，也就是说，不仅仅是一个没有城墙包围的人口聚集地。工业使当地的人口渐渐增加，今天已经达到了一百多万。我到达时已是夜晚，站在村镇近郊的山岗上，我以为发生了一场大火灾。浓烟滚滚的穹顶下，成百上千的火炉冒着熊熊烈焰，南边一里宽的河流倒映着闪闪火光。要不是蒸汽装置的汽笛声和轿子从容的摇晃，我准会以为走在曼彻斯特或伯明翰的守城桥上。不过，景德镇不是炼铁，而是生产一种脆弱、高贵的材料。五百名工匠为全中国供应焙烧过的陶土器皿，工艺之精湛一直以

来令我们欧洲的仿效者们感到懊恼。

瓷器（中文为tse-ki），欧洲之所以称为“Porcelaine”，是因为瓷器类似于一种贝壳（porcella），同时也因为圆圆的外形极像肥硕的年轻公猪（pourceau）。多亏了传教士们不屈不挠、兢兢业业的长久研究，尤其是长期住在景德镇的殷弘绪[①]（Père d' Entrecolles），瓷器制作各程序的原料已经众所周知。高岭土和白不子是制作陶瓷的两种主要原料。高岭土从鄱阳湖畔的花岗岩中提取，

① 殷弘绪（Père Francois Xavier d' Entrecolles，1664—1741），法国人，天主教耶稣会传教士。清康熙三十七年（1698）随白晋来华，在江西传教，后于北京任法兰西外方耶稣会会长。著有《中华风俗志》《人参考》等，并译《劝学篇》《养蚕术》《泉币志》等成法文。曾在中国景德镇居住过7年，1712年开始致信法国的传教士，详细地介绍了瓷器的原材料和制作方法，从而使法国人在法国本地仿造出瓷器，以后又传遍欧洲各地。殷弘绪之所以能长驻景德镇，主要与他在康熙四十八年（1709）通过江西巡抚郎廷极的私人关系，而将法国葡萄酒进呈康熙皇帝受到欣赏有关系。因为这样的关系而得到官方一定程度的庇护，殷弘绪乃能长驻景德镇，并自由进出当地的大小陶瓷作坊，逐渐熟悉窑场制造瓷器的各项工序与技术。1712至1722年间，殷弘绪两度将其在景德镇观察与探听而得的瓷器制作细节以及相关样本写成报告，寄回欧洲的耶稣会。

选择表面土质发红含云母的地点。白不子是一种石英质花岗岩，用一种带臼槌的研钵磨碎成糊状，一块块地卖给工匠。工匠们加入一种含碱蕨粉以使瓷器表面光滑如镜。最好的白不子产自江南省的徽州。其他原料还有滑石（“光滑的石头”，某种漂白石或皂石）和雪花石膏。

瓷器漂亮与否取决于这些原料的比例。一等陶瓷中，高岭土与白不子比例相等；二等陶瓷中，四分高岭土六分白不子；至于三等也就是最普通的陶瓷，高岭土与白不子的比例为 1∶3。滑石用来增强高岭土质量，使纹理更细腻，更容易入色，不过价格是高岭土的三倍。石膏用于上漆，同时加入生石灰和蕨粉共同烧制的混合物。

那些心不在焉端着这种称为“蛋壳”[①] 的易碎瓷杯的人，很少有人知道这样的瓷杯经过多少工匠的手。烧制依次需要二十几名工人，加工直至最后一道工序需要四十几名工匠。这世界上找不到另外一个国家像天朝帝国这样分工精细。微薄的工资（还是由于人口过多）也使手工工序得以无限细化，而我们欧洲的机械制作取消了某些工序，因为人工费用太高。

当然，这种制作程序同样也有不足之处。纯粹工序操作限制了工匠的创作才能。因此中国瓷器上的画总是略逊一筹，因为不是出自一位艺术家之手，而是十几位工匠共同创作，称为“画胚”，一位只懂得画花，一位只懂画宝塔，另一位只

① 蛋壳瓷，薄如蛋壳，也称薄胎瓷。——译注

懂得画美人或绅士……无怪乎这样的工艺停滞不前，不仅没有发展，而且渐趋萎缩。在中国，古瓷器比现代生产的瓷器价值高得多。这样的偏好引发了某些商人的舞弊行为，最常用的手法是加盖印记以提高商品的价格。每年，工匠们会将大量新瓷器埋入土内，一段时间后取出，能得到古瓷器的效果，提高价格。这些所谓的“古董”用黄土掩埋，形成一种海蓝色的色泽。第一次焙烧之后，工匠将瓷器放入一种十分黏稠的浆液中，在混浊的池中浸泡几个月之后，赝品就完成了。而且具有古董真品的另一个特点，即用手敲打不会发出鸣响。

几乎所有工艺都具有一段神奇的历史。在景德镇的四卷地方志中，我们也看到了很多传奇故事。曾经有一个陶瓷商，他的船在一片荒凉的海岸搁浅。同伴们忙着修船时，他在岸边上散步，发现了鹅卵石堆中的一块很大的天青石，他认为非常适于瓷器绘画，于是带回了很多这样的石头。故事说："从此，再也无法得到那样美轮美奂的纯正青色。商人和其他许多人回到那场暴风雨将他们带往的岸边寻找青石，但一无所获。"人们再也找不到这种石头。

史书中还说到了一位中国皇帝，他想出一种特殊的瓷器样式，希望能够烧制出这种瓷器。臣民纷纷上书，说不可能制作这样的瓷器，但是倨傲的天子根本听不进任何反对意见。朝廷下达一道又一道圣命，不停施加压力。商人们惶恐不安，转而加倍逼迫工匠。最终，一个绝望的工匠跳入熊熊燃烧的火炉中，顿时烧成灰烬。这一冲动之举竟然解决了皇帝下达的难题，这个火炉中烧制的瓷器呈现出一种完美的色泽。皇帝很满意，但没有坚持继续生产这种瓷器，同时追授这名工匠无上荣誉，至今他依然被奉为"窑神"。

三　医生的意见—颜色与疾病—人参—不死水—解剖学观点—预言的脉搏—主张顺势疗法的中国人—女性的地位

我到达景德镇的时候，提督师的女儿身患重病，她看到我时显露的快乐说明了她对当地的医生不甚信任。虽然我尊重当地同行，但我承认，她不信任他们是对的。除了借助对病症的细致观察得到某些发现，混合着星相学和迷信的中国医学可以说根本称不上是一门科学。我看到阿思小姐的医生十分担心她患了肝病，认为应该采用木元素绿色疗法，或者是心脏疾病，那么就应该用火元素红色疗法。治疗胃病则用黄色疗法，肺病用白色疗法，黑色疗法用于对付肾病。这位医生偏爱的药是“人参”，药名的字面意思就是“世界上最好的”，被视为万灵药。欧洲植物学家称为“panax quinquefolius”。这种药在中国倍受推崇，要用高达十倍重量的金子才能买到，连皇帝们都试图垄断销售。人参主要生长于山东省和辽东省的山区，必须是阴历二月、四月、八月采摘的人参才有价值。必要时它能够替代退热功效享誉全东方的“岩泽兰”(ophioriza-mengos)。

中国药中最常见的是植物。水银也是繁多的中药制剂中的一种，用十分落后的化学方法从硫化汞和朱砂中提取，称为“不死水”。虽然每天都会由于使用不当发生事故，但水银用药的频率还是很高。

现在，我对这个国家的习惯已经比较熟知，不再惧怕与临时搭档的医生进行讨论。他让我觉得，他引以为豪的那套科学根本毫无用处。他就像莫里哀笔下的庸医，对解剖学一窍不通，认为心脏在右边，肝在左边。我无法忘记中国人有一个格外奇怪的生理学观点，他们认为鼻子是人在母体中最先形成的器官，因此，将最古老的祖先称为“鼻祖”。与此类似的还有，称自己的孩子为“小儿（耳)”。

我的这位中国同行是一位蹩脚的化学家，对植物学一窍不通，对解剖学和人体生理学略知一二，可以想象他会怎样对待他的可怜的病人。把脉是他的强项，他有八十种不同的把脉方法。而且，无须其他检查，单凭把脉，他就能够判断出疾病的位置和性质，甚至能够推断出

疾病的发展趋势。脉搏的状态可以告诉他一个女人是否具有很强的生育能力或者不育，也能告诉他女人怀的是男孩还是女孩。总之，无论是过去、现在或是未来的病症，只需通过身体某个部位的或快或慢的血液流动就可以知晓一切。

这种荒谬的观点在中世纪欧洲的江湖医生身上同样可以看到。但不该忘记，治愈的技巧在于某些中国医生细致入微的实践。接种从中央帝国传到欧洲（事实上是和天花一起传到欧洲），其实就是在病人的鼻孔中放入一块浸有病毒的带枝的棉花。针灸也是中国的疗法，由荷兰航海家传入欧洲。此外，顺势疗法是汉人头脑中早已根深蒂固的观念，至少，这种疗法沿用了中国疗法中的某些方法。我认为必须放血治疗，阿思小姐的医生拒绝了我，他说："高烧应该看作是一个沸腾的壶，必须把火减小，而不是放掉壶里的水。水越少，外火越旺。"德国研究顺势疗法的哈尼曼和他的弟子肯定不会同意这种观点。

不论这种看法有何特殊性，我还是坚持用我的更可靠的方法治疗这位女病人。上天又一次保佑了我的努力。于是，我再次赢得这位年轻迷人的少女的信任和友谊。从此以后，她几乎把我当成了哥哥。

康复期一结束，我把命运中的那些不期变化告诉了她。这些事情对她的影响远比我预计的严重得多。对于嫁给赵海一事，阿思小姐别无选择，必须遵从父亲的决定。在这个国家，父亲的意愿无人能反抗。

女孩尤其无法反抗父亲。难道她一生下来就已经被看作是身份低一等的人？我们看到，受到鄙视的女性中不乏具有出色才华的人，但是才华并没有改变她们与生俱来的地位。一位名叫班婕妤的女诗人，跻身最著名的诗人之列。她在诗作中贬低女性，认为女性生来卑弱，女性的特权仅仅是恪尽本分。

“儿子出生后，”她对一位诗人说，“他有自己的床，穿着绫罗绸缎，玩着珍珠。每个人都随着王子的哭喊声忙里忙外。如果降生的是女孩，就让她睡地上，仅仅盖着一块毯子，玩瓦砖，让她明白，她没有能力做任何有影响的事，只能想着备酒做菜，不该让父母烦心。”

班婕妤还说，如果生了女儿，不需任何庆贺，让她穿着旧衣服，睡在地上的破棉袄上，整整三天。不过是增加了一个无足轻重的人，家族不会有任何特别举动。三天后，家族举行一次极其简单的仪式，与男孩降生的隆重庆贺根本无法相比。班婕妤承认这么做是明智的，可以让女孩切实了解到她的劣等地位。到处都可以看到这种男孩女孩的差异对待。正房已经有了儿子，丈夫再娶妾不合规矩，但是如果只有女儿，娶妾就变得合理合法。已婚女人不能犯下任何罪行，否则丈夫必须承担一切责任。中国有一句话表明了女性的三重所属：“未嫁从父，既嫁从夫，夫死从子”。

因此，长期的奴役自然抑制了智力的发展。女孩从十二岁起就不得出门，除了到寺庙上香，或是乘着盖有幔布的船出去呼吸新鲜空气。家中没有任何娱乐，除了梳妆打扮。偶尔能欣赏卖艺的女孩即兴而唱的曲子，看她们敲着锣鼓从一家走到另一家。最好奇但又最谨慎的女孩会拿着两面镜子躲在暗室，这样就能够观察每一位来访者。有时，主人为客人摆台唱戏，她们就悄悄地溜到餐厅的镂空竹屏风后，默默地观看表演。可是，中国滑稽戏言语暧昧，充斥着下流笑话，往往连丈夫也无法容忍妻子去看戏。

阿思小姐相当合情合理地向我解释了她对婚姻的厌恶。她对我说：“现在我只需要服从父亲一个人。父亲对我很满意，从来不责备我。一旦结婚，束缚变得沉重。不仅丈夫全权支配我，而且我还必须完全听从他的母亲，像仆人一样伺候她，她可以随时撤销我的任何一个命令。根据我们的规矩，婆婆在世时我一无所有，甚至不能把家里的任何一件东西借给别人，不管是什么东西。如果我得到一件礼物，我必须交给我

乐　宴

的婆婆，如果她拒绝接受，我还必须感谢她，就好像是她送给我似的。不顺从，或只是惹她不高兴，她就可以直接惩罚我，或者让我的丈夫惩罚我以讨好她。如果有小姑子的话，小姑子对我也具有不容辩驳的权力，我也必须顺从她。有位古人说道：‘新妇无如屋内一影一响而已。’丈夫可以打她而不受惩罚，如果她还手，官府会立即判她一百大板。而且，只要丈夫开口，任何微不足道的理由都可以休妻。不能生育、脾性不好、不顺从公婆、饶舌、长期生病、通奸、偷盗，只需一条即可休妻。如果没有愿意收留她的亲友，她会被遗弃在一个阴暗的小房间，远离她的前夫。她的前夫像对待最卑微的仆人一样供她衣食就行了。”

更让人哀叹的是，这位刚刚康复的少女拿出了一首关于女性可悲状况的诗。诗中说道：

还有更可怕更艰难的命运吗？女人被派给一个丈夫，从此一辈子都在他的手中。一旦嫁给他，她就要一辈子伺候他，就像佣人伺候主人一样。她与家人分开，不再有家庭，独自

迎亲队伍

哀叹苦涩的命运，她的眼睛变成泪泉。她听不见母亲的泣不成声的道别，她几乎绝望了。没有人在乎她的痛苦，兄弟姐妹欢呼雀跃，为她庆贺。当她迈进华丽的轿子，帘布落下，四周立即响起欢乐的乐声。头上戴着珠宝花饰，珍珠耳坠低垂，绫罗绸缎金光闪耀。

这是父母最后的一次温柔心意。夫家门上张灯结彩，可是在屋里，她能够看到什么？痛苦和权利的剥夺。而我呢，我的情况更糟糕，傲慢与贫穷。一个脾气暴躁的婆婆，一个瘫痪的公公，他们用尽一切办法让我明白，娶我进门就是为了让我伺候他们。而他们的女儿，像一个贵宾那样悠闲自在，整天都在梳妆打扮。繁重的家务总是让我汗流浃背。天未亮就要起床，夜深了还不能休息。

当了母亲之后，身上的铁枷更沉重了。为了孩子，我以泪洗面，丈夫一出现，必须立即擦干眼泪，因为我的忧伤总是会惹恼他。可怜的孩子增加了我的痛苦！他冻得手脚冰凉，可是我只有一条被子，他向我要吃的，缩在我的干瘪的胸前，吃不到乳汁，他嗷嗷大哭。有无数次我拿起一条绳子想就此了断生命！哦，我的儿子！看到你，手中的绳子落在地上，我不忍心让你变成孤儿，虽然等待着我的是无尽的痛苦。剪掉长发也只能换来一点点的钱。如果可能的话，我愿意卖掉自己来养活你。

应该读一读哲学家们推荐给公众的那些女性传记，可以对中国人希求的女性素质和性格有一个确切的了解，可以衡量中国人赋予女性的角色。这些文章简直令人难以置信。文章中的女子多聪颖好学，不喜欢梳妆打扮。曾经有人这样描述一位女子：“她那样专注，悄悄拿走灯罩，她都不会察觉。”文中赞扬她孝顺父母，悉心照顾他们。她习惯安静，谦虚谨慎。为了称颂她的德行，人们想将画像贴在镇上的一户人家的门口，但她拒绝了。她与一位文人订了婚，可是还未结婚，未婚夫就死了。她要为未婚夫坚守忠贞。父母极力反对，希望她结束长久的痛苦。可是，她在祖先祠堂内为未婚夫吊丧，随后斋戒禁食，很快，悲伤的她就病倒了。人们请来一位医生，可是她认为让医生触摸处女的手臂是一种耻辱，总是把手藏在长长的袖子里。这样让人尊敬的固执最终使她病入膏肓，临死前她对哥哥说：

> 我死后，我的痛苦也就结束了。我只担心父亲和公婆承受不了再次失去我。除此之外，我死而无憾。你知道，我从未佩戴过任何珠宝首饰，没有穿过鲜艳的漂亮衣裳。我不希望死后戴着这些无用的东西。

忠贞的小姐就这样死去了，年仅三十四岁。

这些描述和教诲的作者哲学家刘向看起来并没有责备这

种近乎自杀的行为，反而极力赞赏，似乎这是一种忘我的英雄主义的标志。很容易可以看出，在中国，尤其对文人来说，女性的德行就是逆来顺受、永远温柔体贴。

四　女子的礼仪—独轮篷车—北京—四城—有钱人的娱乐—热情的招待

阿思小姐完全康复之后，我们之间的亲密关系就应该要结束了。中国女子必须遵守的礼仪在我们之间架起了隔栏。从景德镇到北京的一路上，我只和她一起吃了一次饭。而且，为了这次用餐，人们特地做了谨慎的准备。我们见面的大厅分为左右两部分，由一块很大的竹屏风隔开。东侧放着一张桌子，桌上摆放着两只火红色的烛台。这张桌子是为我准备的。另一张桌子摆放在西侧，没有点灯。透过屏风，阿思小姐可以看见我的身影，害羞的她在黑暗中感到安心，我却什么都看不见。不过，这至少是这次漫长旅行中唯一一段值得关注的小插曲。一路上，我坐在轿子中，只看见各式各样的小车。其中有一种船型的车子，一种风帆装置加快了车子在平坦多沙的路上行走的速度。我们的“票”（官府盖章的通行证）使我们每到一处都得到热情的接待。每次，如果我感到人们的好奇过于冒失，具有危险性时，我便亮出我的护身扇。

祖先祠堂

您会明白，当我看到终于到达目的地时，我是何等的高兴。我们慢慢接近北京城，崎岖不平的道路让眼睛感到舒适，却苦了轿夫。终于，站在城郊周围的山上，我们看见了这座期盼已久的大城市。远远望去，墓地四周的树丛，寺庙和大宅子外成行的大树，使北京城犹如隐藏在浓密的森林中。不过这是南面的景象。如果游客从北边进入北京，高高的城墙遮挡住焦急的视线。每隔一段就有一座造型奇特的高大塔楼掩护着城墙。一旦过了城门，另一幅景象顿时呈现眼前。远处望见的高大塔楼不见了，富人的宅子和最普通的房子坐落在围墙环绕的院子中。街道宽敞笔直，房屋表面看起来斑驳陈旧。道路

中央立着水井，四处弥漫着恶臭，每条小巷的角落的坑里散发出令人难以忍受的臭气，这一切都表明中国有钱人的讲究和极度的挑剔尚未成为一种民风。不过，商业街倒是呈现了一幅美妙的景象：流动小摊上摆满各色瓜果，各类家禽，琳琅满目；商店门前挂着各种各样的装饰，尤其是朱红色和天青色的生动图画，各家相互攀比，令人眼花缭乱。广场四周耸立着门形纪念碑，称为“牌楼”，这些纪念碑不仅有凯旋门，还有某位名人的好友或子孙建造的纪念碑。牌楼或用木头或用石头建造，根据不同的布局有三个或五个出口。

北京城没有任何大河，只有一条运河，其实根本算不上是一条河，河床经常干枯，分出的几条水道通往皇宫里的水塘和运河。因此，当地的居民用水十分不方便，城内的大部分水井里是咸水，除此之外，必须到城门外取水。

中国的地图将这座大都城分为四部分。市中心是城堡，

或者说是皇宫（紫禁城）。外围是“朱城”，或者说是皇城，城墙确实漆成朱红色，屋顶铺着黄瓦。再往外是“内城”，四面城墙环绕，至今仍视为战地，虽然早已变成一个名副其实的市场。最后是“外城”，严格地说是北京南面的郊区，不过有城墙环绕，因为外城内有两座祭坛，而且有大量的游客在这里落脚，也可以看作是一个销往都城的货物的集散地。外城没有严格的军事管制，常常是悠闲的有钱人的散心之地。一般说来，城门“前门”、“鲜鱼口”和“大栅栏”是最热闹的享乐场所。

我们穿过外城和内城，到达林琛驻扎的兵营，他管理着那里的全部官兵。兵营位于朱城的东面，紧挨着俄罗斯馆。

一名清官祭拜先父的牌楼

不远处，有三座喇嘛寺，以及著名的西山。西山的五座对称的山峰居高临下地守护着皇宫。据说这座山富含煤，长期为整座城市提供燃料。

林琛见到我们——他女儿和我——就像见到两个一起回家的孩子。我问起我该住在哪里，因为我相信他会让我和阿思小姐住在同一个屋檐下。

“我早已经考虑过，”他对我说，“我为女儿在宫里请了一个差事。皇帝没有拒绝。所以她明天就离开，女教师要教她宫里的规矩。你是我的儿子，你留在我的身边。”

五　皇帝与百姓—古代社会阶层—现代社会阶层—夷人—奴隶—贱民—特权等级—九品—权利与现实

在北京的第一个月，我一直在学习有关政治的知识。我很快就发现，传教士们比较中国文明与欧洲文明之后得出的描述，与现实相去甚远。误差来自两个原因：首先，耶稣会士写作的那个年代已经过去了，社会发生了改变；其次，虽然耶稣会士的政治主张值得嘉奖，但却是狭隘的，他们总是希望将中国表现为一个理想的政府模式，民众完全服从皇帝。这是他们的兴趣所在，至少是他们期待的兴趣所在，他们希望建立一个绝对权力，而天朝上国的井然有序、和平稳定将保证这种权力不至于滥用。因此，他们的描述有所偏袒。

从哲学的角度看，中国政府不过是一个贫乏无力的专制政府，支撑这种专制政府的是活跃的间谍活动、无止境的遵从、以恐怖来保证权力的专制暴虐的家长制。

皇帝是上天的儿子（“天子”）和代理统治者，拥有至高无上的特权。从人们对皇帝的称呼就可以看出来：统治者（皇帝），高高在上的君主（皇上），一万岁的统治者（万岁爷），等等。一切权力和权利都来自皇帝。老百姓轻信文人的误导，视天下为皇帝所有，其他民族的君主都是皇帝的诸侯。只有天命能够削减皇帝的权力，而既然皇帝是天命的传达者，那么他的权力显然不会被缩减。事实上，皇帝唯一忌惮的是舆论，他们害怕舆论的力量，害怕遭遇前车之鉴，历史上那些被舆论所推翻的皇帝们。没有一项法令能够随意废除特权，逮捕是最后一招，只有皇帝一人有权宽恕罪人。一切行政权力都来自皇帝。帝国的一切开支和收入都由皇帝掌握，就像是他的私人所得，因为理论上说，整个天下都属于皇帝一个人。

广大的权力网络也在皇帝的掌控之下。没有任何法律可以限制皇帝的继承权。皇帝可以在亲生儿子之中或在其他王公之中挑选继承人。唯一的限制就是，出于皇族利益的考虑，不得挑选皇帝与汉族女子所生的私生子。

中国曾经存在一种同印度一样的种姓制，但是在不可抗拒的专制制度下，种姓制渐渐消失。不过，我们还是可以从传统的四等级划分中看出种姓制的影响，即划分文人、农民、工匠和商人为四等人。出生登记的相关法律中也可以看出，男孩世代从属父亲的工作身份，不过大多只限于理论。事实上，现代的社会阶层划分主要以国人和夷人为标准，其中有一些山区部落保留至今，他们拥有绝对自主权。河上的游牧民族也被视为夷人。

同时也区分统治者满洲人和被统治的汉族。满洲人拥有特权。为了保存血统纯正，满洲人禁止与外族人通婚。奴仆是位居满洲人和汉人之下的一个特殊等级。除了某些特殊情况，任何一个中国人都可以买奴仆，对奴仆的孩子也拥有所有权。一些罪犯出生时并不是奴仆，但由于逾越法禁而丧失了几乎一切人权，被贬为奴仆。

最后还有第四种划分。这种划分更多基于传统，而不是基于法律，即贵人和贱民之分。贵人可以发展仕途，贱民则无前途可言，不能参加科举考试。贱民有：夷人、奴婢、佃仆、罪犯、刽子手、衙门的最下等隶卒、倡优、乞丐、游民。为了获得发展仕途的权利，贱民家庭必须三代从事一项值得尊重的有用职业。

中国也存在特权等级，但人数极少，不至于社会中引发抵触情绪。中国法律列出了八种享有特权的理由：议亲（皇亲国戚）、议故（长期效忠皇帝的故旧之人）、议功（斩将夺旗、功勋卓著之将）、议贤（大德行之贤人君子）、议能（才华横溢的帝王之良辅佐者）、议勤（秉公职守、勤谨辛劳之人）、议贵（爵一品及文武职事官三品以上散官二品以上者）、议宾（前朝国君后裔被尊为国宾者）。

乔治·斯当东男爵对特权的研究确切中肯，他认为除了第一项和第七项理由，其他几乎不产生任何实质性结果。因此，我只谈这两种等级。皇亲国戚，指皇帝的同祖先的亲戚、皇太后和太皇太后的四族亲戚、皇后的三族亲戚、太子妃的两族亲戚，这些人因为血缘关系而享有特权。不过，这些特权通常只限于微薄的年金或某些荣誉，例如有权佩戴黄色或红色腰带，帽子上插孔雀羽毛，乘坐绿色的轿子，等等。但有一些规则限制他们的宅第规模和太监数量。有一个特殊法庭称为宗人府，负责依据法律和习俗管理这些皇亲国戚。

严格意义上的贵族是那些位居九品之首的人，二品负责公共事务，三品负责市政或军事事务。还有五种世袭头衔：公、侯、伯、子、男，可以说是公爵、侯爵、男爵、准男爵和骑士。最后两种头衔“子”和“男”几乎不算入贵族，公、侯、伯则拥有显赫地位，明显优越于所有官员，官员即使位居高位，随时可能会被摘了乌纱帽。

我经常提到的九品包括几乎所有政府官员，可以从帽子上的嵌石看出品级。一品为红宝石，二品为红珊瑚，三品为宝蓝色宝石，四品为深蓝色宝石，五品为水晶，六品为白色宝石或玉石，最后三品为精致黄金。低等官员不属于九品，但穿着第九品的官服。

不管身为几品，在皇帝面前一概平等。不可能有真正意义上的品级差别，除非是自由人，而真正意义上的自由在这个国家不存在。中国人甚至没有自由旅行或出于需要更换住处的权利。保护中国人不受压迫的法律有名无实，只有有钱有势的人才有权为不公平的判决上诉。下级官员官官相护，长官通常也不会严厉惩处下属。而且，最重要的统治原则就是让百姓惧官，以便控制。

这样的体制不可避免会带来可怕后果。中国排斥智慧，排斥对真理的探求，排斥对进步的渴望，总之，中国停滞不前。中国工业无疑表现了中国人的艰苦和耐心，也表明了中国百姓遭受层层剥削和强取豪夺的事实。与他们的奴役地位形成鲜明对比的是，中国人反而感谢这种体制，工业完全独立自主。中国人拥有土地的所有权，当然，确切地说，土地所有权集中于某些贵族家族，他们不必付出普通人的艰辛努力就拥有了一切。最终，现实超越权利，虽然从理论上说，皇帝是土地的绝对所有人，但是中国人牢牢掌握土地的所有权，就如同受到法律保护一样。

六 行政管理

中国的一般行政部门包括两个议院、六个部、一个边疆民族管理处、一个监管机构、一座学院和若干次级法庭。我们可以在《大清会典》或称为《大清朝章程辑录》中看到各部门的相应职权。《大清会典》最后一版发表于1822年。我将尽力作一次简要的论述。

两个议院为“内阁”和“军机处”，是皇帝与六部的中间人。“内阁”只负责处理日常事务，类似皇帝秘书处。内阁有六位大臣（“大学士”）、十位下属大臣（“学士”）和大量职官。根据官文，内阁大臣的责任是“辅佐帝国朝政、执行皇帝的意见和构想，调节各部门职权”。实际上，他们只负责发放圣旨、答复军机处传送的奏折。奏折来自监察官、各省长官，呈送到皇帝面前时已经加批赞成或反对意见。一旦决议已定，皇帝只需用毛笔轻轻一划，代表最高指示。接着起草圣旨，颁布圣令，圣旨加盖二十五种御玺中的一种。御玺由内务府官员保管。

军机处从内阁选派官员组成，同时高等法庭的法官和副官，各大城市的首要行政官员，也是常务成员。军机处官员称为军机大臣，即统领军队的大臣。每天早晨召开朝廷例会。大臣们跪在御座四周的绸缎垫子上。三十二名职官，称为上卿，负责例会事务。

六个最高部委（“六部”）分别负责行政事务。首先是吏部，可以看作是内务部。行政官员的推荐、文职的分派、各级官员的管理与监督、罢免、调度、提拔、增加薪酬、惩罚、世袭头衔的授予、追封先人，等等，都由吏部各部门负责。

户部可以说是财政部，负责赋税升降、工资分发、官仓管理、帝国地籍管理、人口统计，等等。遇上荒年灾年，也由户部负责救济灾民，开仓放粮。每年由户部的一位官员主

集 市

持农节。所有人都知道，皇帝也出席这一庆典，他将亲自耕作一块麦田。户部下设十四司，各司分管一省。户部还须每年向皇帝呈交一份选定的满族少女名单，以便充实皇帝后宫。宫内财物的管理也属于户部事务，由三位官员负责，称为“三库大臣”（管理三个宝库的大臣），三库为银库、缎疋库、颜料库。

广为人知的礼部负责监督五等祭祀仪式：吉礼、嘉礼（例如新帝登基）、军礼、宾礼、凶礼。

礼部制定奢华的礼仪仪规，保证衣着发饰不犯规矩，每人佩戴与身份和官品相当的标志，确保随从的数量、相互之间致礼的规范、书信往来的格式都必须与身份相符。同时监督公学院、科举考试、各等官员的数量、人员挑选与职权。礼部的一个机构“祠祭司”总管各类祭祀，祭先帝、祭圣贤、祭贤良，月食日食时举行仪式避免“巨蟾吞噬日月”。礼部另一机构“主客司”管理帝国与属国、藩国往来的公文，就是这个机构接受广东省的奏折，将夷人请求进入天朝领地的奏折递送皇帝。各国大使直接与礼部交涉，礼部是唯一设有翻译、处理外交事务的部门。

乐部，即音乐部，也只是礼部的一部分。乐部官员几乎都是最高官品，负责研究乐律乐均、发明乐器、作曲。娱乐歌舞与军舞也是他们的事务。

兵部，即战事部，负责一切军命下达、练兵、检阅。特

设机构“车马司”管理马、骆驼、各类交通、驿站、皇帝的车马。另有“职方司”负责军功评定、伤员抚恤。此外还有一个负责军事考试的机构，和一个惩罚机构。

刑部，管理刑罚的部门，制定刑法，审判刑事案件，记录法律条文中的变动，行使加刑特权。

工部，管理国家工程的部门，负责全国的基础设施、建造军事工程、修建寺庙、开凿与维护运河、度量衡管理、造钱、充公房屋的分配和使用。工部拥有建设团兵营、云梯设备等，负

责炮弹制作。派遣兵团修路，监察受水灾威胁的桥梁，修建、维护皇陵与先贤祠。

少数民族及边疆的管理属于“理藩院”[①] 事务。“外藩”这个词的字面意义为“来自外国的番人”，指那些既不属于中原也不属于满洲，但向天子纳贡、承认天子权威的国家。其他的国家甚至不算外国人，而是野蛮人（夷人）。因此，理藩院管理蒙古游牧部族、部落首领的婚姻、各部落的分合、征收各部落愿意缴纳的贡金。这个部门有权管理西藏和逐渐出现鞑靼独立的伊斯兰国家，虽然都是间接管理。

监管部称为都察院，即“监察一切”，独立于所有行政机构，监察所有行政机构。通常有两名都御史（总检察官）和四名副都御史（副检察官）。各省总督、巡抚、内河监察员均隶属于都察院。十八省、北京五城、六部由专员监察。重大事务由皇帝听取审判，亲自定夺。

此外，还有一个部门，可以称为谏诤部，即通政使司。只有六位成员，接受各省题本和各地上诉，校阅后送内阁。在宫门大鼓前守候的正是通政使司的官员。根据旧制，任何

① 理藩院为清朝政府统治蒙古、回部及西藏等少数民族的最高权力机构。洋务运动前也负责处理对俄罗斯的外交事务。理藩院初掌蒙古事，随着清廷全国政权的建立，更为总管蒙古、西藏、新疆等各少数民族地区事务的中央机构。清统治者通过理藩院实施对各少数民族地区的统治，加强与他们的联系。光绪三十二年（1906），理藩院更名为理藩部，辛亥革命后北洋政府改为蒙藏院。——译注

击鼓的人都可以即刻面见皇帝，可是事实上，击鼓人往往因为打扰了天子而随即因莫须有的理由遭受惩罚。

重大案件需请示刑事法庭大理寺，提交“三法司”审理。三法司为：都察院、刑部、大理寺。三法司必须达成一致意见，万一意见不一则请示皇帝，由皇帝最后定夺。

皇家学院翰林院负责起草重要文件。分为若干级部门，各部的负责人必须努力促进各类学科的发展，为皇帝培养尽忠尽职的人才。翰林院的两位主席“掌院学士”，与皇帝同住宫殿，监督学院里学士们的学习。每年两次向皇帝呈交学生名单，皇帝可从中挑选学生，作为传统节日的演说者。这些演说者必须用满文或中文撰写论文，在皇帝面前诵读。他们还负责撰写著作，由政府出资出版。院士们不时要参加严格的考试，以检测他们的水平，根据考试结果，他们将得到晋

进 贡

升，或者连降数级。

历史学院国史馆和年表编著部起居注馆是翰林院的两个下属部门。国史馆负责编写重要时期的史书。起居注馆有二十二名职官，四人一组，负责陪同皇帝的每一次出行，记录皇帝的每一个举动、每一句话。

皇家子弟的教育由一所学院特别负责，称为詹事府。

以上便是中央政府的大致结构。

每一省的统治与帝国的统治一样井然有序。省政府的管理官为：一名总督（字面意思为总管）和一名抚院（字面意思为监管员），有时也称为巡抚。省政府分为五个部门：行政、学政、税务、稽查、商务。

行政部门又分为两部，分管财政与司法。这两部的长官为布政使（财务司库）与按察使（法官）。学政部长官由皇帝亲自在翰林院院士中挑选，称为提督学政。“道”，也称为道台，是各区监司官，有时拥有军权，负责税务与稽查。他们独立于两位“使”，直接受命于总督和抚院。商务部的主要行政官员为监督，从皇宫职官中挑选任命，负责征收主要商业地区、主要工业区、沿海地区等的所得款。他们由总督直接管理。军务，包括海军，由提督师（总指挥官）负责，在一些有满洲部队驻扎的重要城市中则由将军负责。提督师和将军的权力极为有限，尤其在和平时期，从未有权插手所驻城市以外的事务。但若遇到战事，他们的权力不受任何管制，除了皇帝。他们的主要任务在于控制高级行政官员，确保他们不致利用手中权力参与叛乱或谋反。

省级官员之下，还有无数的职权和头衔差别细微的下级官员。要彻底了解，必须阅读《大清会典》，书中有最准确、最枯燥乏味的官衔罗列。可以看出由谁管理税务，包括银税和仓税，由谁负责衙门、驿传邮政、盐务、茶务、地籍、运河修建、边疆戍守、洋务省驻守，还可以知道有关圣旨颁布的规矩、诉讼法规、中国行政管理的主要原则、各级官员从属关系及其相互监督。

我曾经提过，各省的省级官员任职期限不超过三年。因为，一旦他们采取无数手段控制了当地势力之后，便具有一定危险性。六十岁以下的官员不得在距离出生地一百英里内的地区任职，不得在任职地结婚，如果有长辈去世，必须离开任职地。具有血缘关系、利益相关的两位官员不能在同一地区任职。总之，各级官员联手欺压民众，直至皇帝认为有必要制止他们的暴虐。成千上万的低级官员各谋私利，没有任何爱国精神，没有公众意识，骄奢倨傲，荒淫无度，竭力使人民无所事事，扼杀任何渴望进步的思想，民智停滞不前。

七　祠堂—政治远见—皇帝的惩戒—大炮与外交—夺取舟山和香港—停火休战

太和殿是一座举行重大集会、举办盛大宴会的宫殿或者说是大厅。沿着台阶拾级而上进入大殿，殿四周是汉白玉栏杆，殿前的月台上十八座三脚铜鼎、一对铜龟、一对铜鹤，烟氲袅绕。我在抵达北京两个月后登上这座大殿，那时，在我的保护者的帮助下，我刚刚谋得一个内阁翻译的职位。这份差事要求具备相当丰富的学识，属于最高级别的文人头衔。因此，我没有再次参加科考就晋升为进士。为了开始这份工作，我首先必须翻译一份关于英国政府代表与广东省当局交涉事务的文件。自从我离开广东以来，这是我碰上的最突如其来的困难。名叫“林”的特使对尊敬的修士所说的溢美之词无时无刻不让我感到厌烦。我早已经预见到这两个民族之间将会发生严重冲突，因为两个民族都试图满足各自无可避免的需求。如何能够想象大英帝国忍受得了被没收价值二百万英镑的两万箱鸦片？尤其是烦人的中国政府停止了与印度的贸易往来，大英帝国如何能接受？如何能够相信，中

清官携妻妾于府邸

国政府会接受号称“和平谈判”的诡计？我预见到了战争。在我的提醒下，林琛撰写了一份陈情书。虽然他不免心有畏惧，但是这份陈情书可以突出他的政治远见。

起初，没有人关注这份陈情书，没有人敢于表现出相信那些得到皇帝温和宽厚的准许、进入帝国领地的可怜蛮人竟然会随意破坏这种特权。第二年，皇帝下令将若干份英国报纸交送给我，于是，我更加确信地告诉林琛，很快就会听见红毛族的大炮轰隆声。林琛再次呈交了一份相关的陈情书。这一次，他差一点彻底失去皇帝的宠信。

“朕不曾料提督固执至此，”皇帝在他的答复中说，“汝衷心耿直，思虑过甚，然岂敢视真龙羸弱不堪欺？区区夷商，我朝何以畏惧。历代先祖抚驭英吉利国，全以恩义，先帝无不曲加优礼。此等外夷输诚慕化，航海而来，具表纳贡。夷人傲慢，不知礼数，不习跪拜，非分干求。万寿帝大为不怿，谕遣归国。

“自此，夷人不满，滋事不断。朕惟中外一体。念切怀柔。不以其侵犯在先。岂料逆夷敢要求无厌。近年以来，流弊愈大，夷船私带鸦片烟土于南部省公然易货，偷买内地官银出洋，使内地之精华，潜归远耗。林则徐奏，查收广东烟土，立大功，特晋嘉奖。若如汝所言，逆夷胆敢再遣军舰堵挡港口，火箭沿海城市，莫非大动干戈，方可平逆夷疯狂之举？我朝岂缺骁勇之火炮猛将？朕以为，不必劳动副将，著兵卒带刀，即能遣退逆夷，令其不敢妄生觊觎。”

我知道一支人数众多的舰队已经驶入新加坡海域，我为这番荒谬可笑的狂妄言辞感到难过和怜悯。1840 年 7 月初，我更加感到怜悯。强大的英国远征军，三艘载着七十四名士兵的舰艇，两艘快速护卫舰，十二艘双桅横帆船，四艘汽轮，堵住虎河口，挑起了战事。7 月 6 日，舟山岛被一部分登陆军占领。7 月 9 日，一封信送交宁波长官，让他呈交皇帝，然而这位不知事态严重的长官不屑地拒绝收信，导致从宁波直至洋子江口的海域被封锁。最终，8 月 11 日，英国舰队的一支中队占领白河口，对峙天津。北京近在咫尺，军机处不能不立即采取措施。于是，我目睹了与欧洲截然不同的中国外交政策是如何运作的。朝廷和议，争取时间最为重要，因为 10 月初西北风将影响整片中国海域。朝廷指望借助西北风不费吹灰之力打败夷人舰队。我不知道派去谈判的特使琦善到底

用了什么诡计说服我们的代表，使他们相信，要解决最重要的问题只能在广东港。不管怎样，9 月 15 日，曾使北京告急、停驻天津的五艘英国军舰重新启航，让北京高兴不已。两天之后，皇帝通告，番鬼只是一时糊涂，日后定会安分守己，因此仍需谦逊对待这些番鬼。我比任何人都更明白这份文件的作用，我很遗憾，也很痛心，因为担当英国政府使命的义律船长并没有明白他的使命，没有当场向天津下达最后通牒，没有从确实被吓坏了的六部手中获得最大的妥协。义律船长驶离天津的举动让六部看到希望，有足够的时间准备有力的抵抗。11 月 15 日左右，琦善到达广东，受命使整座城市进入战备，同时与番鬼周旋，让他们看到和平的希望。毫无作用的谈判一直拖延到 1841 年 1 月 7 日，自以为是的中国人认为那些毫不充足的准备已经足以抵抗任何进攻。要不是这样，这场谈判或许还会继续拖延下去。然而，事实与他们的期待完全相反。英国舰队一驶入广东河，就轻而易举地击毁了穿鼻和沙角两处碉堡。虎门炮台遭到炮轰，广东无疑也将遭炮轰。不过，琦善再次达成停火，赢得时间重建碉堡和炮台。这次停火获得了相应的妥协，1 月 20 日，允许英国舰队寄居香港岛。英国人随即占领了整座岛屿。

一个月之后，战事再次迫在眉睫。无论琦善如何巧舌如簧，他也无法将一部分中国领地让给英国，而且，他无法再让天子相信夷人已经被打败。于是，他再次拉开战火，理由是香港只是给英国舰队暂时停泊休息，让他们在岛上治疗伤员。这样的出尔反尔立即招致反击，英国舰队再次进入广东，刚刚升任陆军统帅的郭富（Hugh Gough）占领虎门炮台。3月15日，广东外围全部处于英国控制之中，同时英国缴获一百门大炮，摧毁若干艘战艇，击沉大量商船。就在英国军队看似必胜无疑时，义律和帝国特使“杨芳”又一次达成停火协议。

我毫不怀疑，能够达成这些协议的私下考虑都是担心战争中止了四百万英镑的中英贸易。错综复杂的利益关系形成一个特殊的局势，从未有国家出现过这种情况：两个交战的国家停止战争，以便让他们的商人有时间做交易，而一旦交易结束，便即刻操戈开战。[1]

---

① 1840年，欧洲资本主义国家英国发动侵略中国的鸦片战争，用炮舰轰开中国的大门。腐朽落后的清军虽有数量上的优势，又在本土作战，却抵挡不住英军坚船利炮的猛烈进攻，广州、厦门、定海、镇海、宁波、上海、镇江相继失陷。1842年8月，英军直逼南京城下，迫使清政府屈服，订立了中国近代史上第一个丧权辱国的不平等条约——中英《南京条约》。中国割让香港，开放广州、厦门、福州、宁波、上海为通商口岸，赔款洋银二千一百万元。鸦片战争成为中国历史的转折点。从此，西方侵略者纷至沓来，穷凶极恶地发动多次战争，迫使清政府妥协就范，把中国一步步地推入半殖民地的深渊。——译注

八 战备—大将军出征—西苑庙会

“务速会集各路官兵，即迅速进剿，克成大功！”休战刚开始不久，皇帝便下了这道圣旨。封号靖逆将军的奕山奉命剿清番鬼。内阁刚刚更换了一部分人，两名倾向降和的官员琦善和伊里布被革职，由两名主战派鞑靼官员顶替职位。总之，一切准备就绪，似乎再次开战已刻不容缓。皇帝每天都到太液池湖畔的紫光阁观看武科学士练习骑马射箭。紫光阁内悬挂着中国历代大将的画像，摆放着他们的雕像。若有军队凯旋，皇帝会在此摆设庆功宴。现在，皇帝只能到这里怀想好战武功的计划。不久后，大将军就将启程，林琛受命陪同。林琛把我当作他的随从，所以也让我参加了送别会。那是在宝座大殿。每年的第一天、冬至、寿辰，皇帝会在此接受万臣的祝贺。大殿前有一个平台，摆放着九座铜台，用于文武百官下跪朝拜。每个铜台上刻着官品，东侧为文官，西侧为武官。

这是我第一次有机会端详“道的祥光”(道光，嘉庆的儿子的年号)。他生于1781年农历八月初十。虽然他的皇位是

清　帝

一次英勇壮举的战利品，但他毕竟还是一个主张和平的皇帝。他身材高挑，瘦颀，皮肤晒得很黑，面容庄重慈祥。在他身边，“黄腰带”和“红腰带”、帝国的达官贵人、文武百官排列成行，气势辉煌。皇帝本人则一反日常的简单习惯，穿着锦缎皇袍，挂满珠宝玉饰，胸前四五排珍珠闪闪发光，紫色大氅上贴着绣花徽章，天鹅绒帽子上插着三支孔雀羽毛。他坐在一张雕着两个龙头的宝座上，面前摆放着一张祭台，或者说是横条桌，金色流苏的黄缎盖着某样东西。那是皇帝将要给将军的圣旨。这道专横跋扈、狂妄自大的圣命，将我的同胞们比作必须立即消灭的肆虐破坏的老鼠。

国学院的一位发言人高声诵读这道圣旨。随后，在锣鼓和军号的嘈杂声中，跪在一块丝垫上的奕山接过圣旨、缰绳、孔雀羽毛和其他礼物，这些赏赐算是皇帝对他此行的提前致谢。

晚上，在西苑举办一次模拟庙会，用以暂时排遣身居高位的天子的孤独。因为当他出宫时，他什么都看不到。所有的房屋，所有的商店，全都大门紧闭。随从撑起巨大的篷顶以免被人发现。途经的道路在几个小时前就已被侍卫将行人驱赶一空。在乡下，排成人墙的骑兵遮挡了他的视线。因此，必须找到一个可以偶尔造成自由幻象的方法。

模拟庙会就是皇帝所能想到的办法，偶然与民同乐，又不至于落得类似阿拔西王朝的哈伦·阿尔·拉细德在巴格达街头的惨遭杀害的下场。

于是，西苑的中央建起一座城市。庙会那一天，原本空荡荡的街道像施了魔法一般，顿时人头攒动，上百名太监扮演不同角色，穿着各种行业的衣服，扮成商贩、手工艺者、工匠，甚至是旧货商，闹哄哄地大声吆喝。这里成了一个真正的城市。几艘小船在港口靠岸，商店开门了，货摊摆开了，路上车水马龙。这边是一家露天餐馆，那边是卖瓷器的商业街。

这儿有人卖家具，那儿有人卖女人的衣服和首饰，不远处还有卖书的商人。流动小贩提供各色清凉爽口的饮料。买布料的商贩抓住你的胳膊，向你推销布料。就像是受到中国谦逊习俗影响的罗马农神节。街上有人争吵，也有人打架，不过只为了让皇帝开心。皇帝随处走，没有人敢表现出认出他。衙役赶来制止争端，抓住了一些所谓的捣乱分子，然后，一个假扮的官员判处责打闹事者。这些闹事者有时真的要受皮肉之苦。

这个节日足以以假乱真，自然少不了骗子和小偷。好几个敏捷灵活的太监担任这项光荣的使命。要是过于明目张胆而被人抓住，会受咒骂，挨打，还会被判刑。要是有人上当受骗了，人们会嘲笑他，为骗子鼓掌庆贺。不过，节日一结束，偷来的东西必须悉数归还。

节日刚开始时，皇后和嫔妃们也坐着双轮车上街。这些车子是专为贵妇们准备的。她们在商店门前下车，到商店买一大堆的东西。皇帝自己也买了很多东西。太监们出售的所有商品都是北京的商人寄存的，他们一定很高兴有这么好的机会卖出自己的货物。这次庙会允许某些大官们参加。但不用说，他们必须等待皇后和嫔妃们全部离开才能进场。这些嫔妃有“贵妃”“妃”“嫔”“贵人”“常在”，等等，分别指尊贵的夫人、梳妆的夫人、陪同出行的夫人、贴身伺候的夫人。

我和林琛乘着一艘华丽的官船，在五颜六色的灯火下，沿着太液池游览。一排排枝叶繁茂的榆树、檫树和古槐①，

---

① 槐，也叫作槐杉，是一种金合欢属植物。一般来说，中国人都很爱花，喜欢修建花园。他们的园艺的奇特之处在于，他们喜欢矮树林。为了得到这样的效果，他们将嫩树移栽到十二或十四指宽、最多五指深的瓷花盆内。这样，长成的树不会超过腰部。树芽和一半的新叶被细心摘除，余下的部分用铁丝圈住。总之，用尽一切方法阻止树的生长。这样长期生长不良、弯曲变形的树木成了一种奇怪的东西。一位诗人曾经将这种树比作中国帝国。

皇 后

时而挡住了从那座所谓的城市投射过来的灯光，也减弱了嘈杂的喧哗声。有时，在阴暗茂密的林子后现出一个挂着金铃的塔顶。那是一座建在假山上的塔。我们经过一个又一个楼阁，我欣赏着那些精致的雕花镶画，表面极其光滑的灰色砖墙和五彩的瓦顶。远处的山丘削成尖尖的山峰，山坡上的羊肠小道两侧种满缩微的柠檬树、无花果树和榆树。湖中用巨大的铜网围住上千条五彩鱼。无数只受惊的鸟儿在鸟栏内飞来飞去。小河里飘浮着睡莲和散发清香的水栗花。岩龛中摆放着香炉，终日香熏弥漫。白色的方尖碑在烟雾中若隐若现。大理石小岛上到处摆放着玉兰花、龙船花、菊花。所有这些奇迹般的胜地都有一个诗意的名字，例如“金湖”“秋风瑟瑟”“云起处”，等等。

走出仙境后，我们接到命令，第二天要参加大将军在首都东南部的平原举行的阅兵式。

路口的哨岗

九 阅兵

我们必须在天亮之前出发。大约凌晨三点，一种有篷的双轮马车来接我们——林琛和我，将我们送往阅兵地点。听见我们的车轱辘声，在灯笼的微光下，哨所的侍卫开始敲打木棒，用微弱的声音问“谁”。不过高贵身份的我们无须理会。在通往永定门也就是“和平的门”的大道上，我们逐渐看见一些朝着相同方向三三两两行走的士兵。有的手里拿着弓箭，有的扛着短枪，大部分人没有任何武器，大概是叫来充数的。

马路的尽头是一座哨站，守卫点着灯笼，检察每个人的身份和通行证。一出了城，我们的马车立即加快了速度。不

一会儿，我们就来到一片广场的中央。一些分队已经开始在广场上集合。由东至西挂着长长的一排巨大灯笼，灯笼上写着红色大字，指出每一分队的位置。大军官们在蓝色的帆布帐篷内等候。帐篷旁边，铺着红毛毡的小矮桌，卸了套的马车上摆满箭束、生锈的短刀、各种军帽、几叠制服。制服用绣白字的蓝色南京布或是绣黄字的红色南京布做成，胸前和背后都有一个“勇”字。一个山丘的顶部架着四五门铁炮，有些是荷兰或葡萄牙制造的，有些是一百多年前在汤若望、南怀仁（Verbiest）和其他传教士指导下铸造的。大炮搁在四轮木头炮架上，用绳子捆绑固定。另外有一些已经损坏的大炮，用篷布盖着。

天已经亮了。在长官的命令下，队列前的灯笼全部取下熄灭。要参加检阅的两“旗”（即满洲军团），即蓝旗和黄旗，各排成整齐的两行，呈半圆形，相距二十米远。士兵开始吹响作为军号的海螺，敲打四个人抬着的十字架上的大鼓，声音极不和谐。大炮上膛，一阵齐射，算是阅兵正式开始。

中国的弹药至今几乎还是最初（1275）发明弹药时的水平，含有大量硫黄，从难闻的气味上就可以判断出来。为了加固火门，中国人使用一种以硝石为主要成分的颗粒较小的弹药，发射时，点燃纸做的导火绞线。导火线燃尽之后，大炮开始噼里啪啦响，前后晃动足有一分钟，随后，炮弹突然冲膛而出。有时，炮弹用生铁或石头做成，与炮筒的口径不相吻合，最多只能落在离大炮几步远的地方。中国人既不知道炸弹也不知道榴弹，仅仅偶尔会用普通的火箭点燃敌人的帐篷。

火枪有很厚的铁枪筒，长七八分米，很少拭擦，漆黑无比，木头枪把，没有通条。枪的尾部是一个弯曲的铁杆，面对装着浸有钾硝的导火线，用来点燃没有封闭的药池。我想，装备如此落后的武器，士兵宁可用丝弦弓、制作精良的箭，或者宁可用重重的长刀、尖锐锋利的戟。

看看我们的英雄，半数以上的人甚至连这些破武器都没有。大将军坐在轿子里，林琛和几位高级官员坐在马车上紧随其后，八名或十名骑兵护卫，穿越两个旗的方阵，随后，排炮再次齐鸣，表示演习开始。每敲一次鼓，士兵们换一个动作，每个动作伴随一声吆喝，随着鼓声，时而左转，时而右转，举起军刀防身或进攻；一会儿操起盾牌，突然又放下，一会儿蹲下，接着又站起来，朝前迈一步，往后退一步，整个过程都不停地大声喊叫。有些人同时操两把剑。拿火枪的人朝空中开枪，以免伤到其他人，也为了避免弹药落在地上，因为中国士兵不懂得怎样装弹药，也不会用通条。刚开始时，骑兵们一动不动地站在大将军帐篷附近的插在地上的几杆旗子旁边，突然，随着一声海螺号，骑兵们冲向队伍的最前列。可是，场面混乱无序，骑着好马的士兵勇猛直冲，最差的那些马根本跟不上。阅兵就以这场混乱宣告结束。士兵们将武

练兵

器放回原来的马车上，随后四散开来，各自返回城内。

皇帝的军队由八个鞑靼军团（八旗）组成，每一军团一万名士兵。按照军旗的颜色和图案分为正蓝、正白、正黄、正红、镶黄、镶红、镶蓝、镶白。还有一种民兵（几本书中都估计人数为四十到五十万），称为“绿营军”。这两种军队的军饷悬殊极大。绿营军的军饷仅供糊口，而八旗军的军饷则可以让士兵过上比较安逸的生活。因为绿营军的士兵人员组成较为复杂，他们有的是工匠，有的是农民，参军只因为维持治安的需要，或者为了充数壮场面，阅兵，等等。偶尔有官员一时糊涂，认定他们疏忽操练兵器，或是发现出了差错，就罚他们一阵毒打。因此，表面看起来，他们不算是最糟糕的部队，不是装备最差的部队，不是最不守军纪的部队，不是最懒散的部队，也不是最可笑的部队。至少在需要大量人数剿灭蒙古或尼泊尔部族进攻时，他们表现不错。可是，如果要抵抗我们欧洲的军队，他们无能为力，即使是二十人对抗一人。因此，没有参加这次阅兵，我也毫不怀疑我们国家与中国交战的胜算。不过，我承认，我更加确定了我对天朝帝国的士兵的蔑视。

十　广东的投降协议—第二次出征—夺取厦门—夺取舟山—定海溃败—夺取宁波

阅兵后第三天，我们出发前往南京。路上，我们听说1841 年 5 月 21 日和 22 日两军再次开战，中国军队用防火小船进攻英国舰队。小船全部被摧毁，另有四十到五十艘战艇被击沉。总之，持续三天的战役之后，我们的同胞几乎已经成了广东的主人。这座城市的“广州府”（市长）愿意给“番鬼”六百万元，请他们撤出广州河。很快我们就得知，番鬼接受了这一建议，虎河的交通恢复顺畅。不过，英国人依然

占据香港。

这些消息使我们停留在南京，但是让林琛勉强同意了一项我曾多次向他建议的计划。我建议悄悄与英军统帅取得联系，以便适时争取和平，使谈判较为容易。于是，林琛派了一名最忠实的侍卫前往广东，佯装落入番鬼手中。在侍卫的衣服里藏着一封信，既作为护身符，同时可以取得英国军官的信任。我没有告诉他交给哪个人，但是我请求拿到这封信的人与我保持定期通信。

直到 10 月中旬，也就是说四个月以后，我才再次见到我的信使。他交给我下面的这封信：

宁波，拉科隆比纳号（La Colombine）舰艇

我亲爱的朋友，您无法想象，您的密件是怎样传奇地送到一位朋友手中。简直是天意！上帝让印度步兵队第三十七军的长官抓住了您的信使。后来，有一天，当我们一起在香港医院院长阿尔诺医生家吃晚饭时，这位长官提起了这件事。这位亲爱的朋友，他并不清楚这样一封陌生人的信是多么重要。他根本不想答复这封信，甚至根本没有想到需要将这封信交给他的长官。他不屑地聊起这件事，偶然间提到您的名字，引起了我的注意。请您相信，当时我真的大为震惊。自从我来到这里之后，我一直在打听您的消息，可是一无所获。那天，如此突然地获得您的

消息，太神奇了……

说了一些非常私人的话题之后，他继续写道：

现在，您一定渴望得到一些政治消息。我大致讲述一些您一定尚未得知的消息。首先，我要告诉您，两个月前您错过的一件有趣的事。大约是在7月底，义律统帅和舰队分遣队司令伯麦被一场台风刮到虎河的一座岛上，差点落入天朝上国的手中。那时，当地农民抓住了他们，将他们洗劫一空，然后关在一间屋子里。要是主人知道他手里是两个“大眼睛”夷人（您知道的，这是我们的高级军官的绰号），能够让他得到皇帝承诺的巨额悬赏金，那么，我们肯定难以支付他所要求的赎金。幸好这两位落难者没有透露他们的名字和身份。多亏了他们小心谨慎！支付了四千银元赎金后，他们被送回澳门。

然而，从那时起，这位过分谨慎、过分耐心的谈判官，我们的义律统帅，他彻底失去了宠信。伯麦和他命运相仿。现在，他们的职位由另两个人担任：璞鼎查和巴加。在这两位新长官的命令下，8月21日，十三艘军舰载着四千士兵再次出征。25日晚上七时，我们到达厦门港。第二天，在赛索斯蒂号、布朗埃姆号、威尔斯利号的炮火掩护下，士兵登陆厦门，攻占了中国炮台侧翼，轻而易举地夺取了可以俯瞰整座城市的陡峭山崖。我们在山上过了一夜。多亏两位长官极度谨慎，我们才没有连夜进攻厦门。27 日，稍微侦察了一番之后，我们长驱直入，到达一个重要港口。港口已经关闭，但是没有守卫，只需翻过围墙，就可以打开大门。于是，三四位身手比较敏捷的军官荣幸地得到这份简单的任务。

我们在一座大房子内扎营。在我们到达之前，那里是福建省海军司令的营地。现在，这位司令正在海上巡查，想剿灭我们。可怜的人庆幸没有遇见我们的军队，他一定是乘兴而归。不过，我确信，当他看到自己家里被洗劫一空，漂亮的花园一片狼藉，珠宝首饰不翼而飞，弹药库空空如也，他一定很震惊。那座弹药库原是用来对付我们，现在却让我们开心不已。在厦门的那段日子，我们一直痛快畅饮。

我们只能赞赏当地居民的坦然大度，让我们进入这座城市，或者说他们放弃希望的速度之快让我们惊叹不已。我从来没有见过比他们更放肆更狡猾的小偷。只要有一条街道看起来值得一抢，他们就在街道两端放火，迅速洗劫中部的房屋之后，从两边的小巷逃散。没等人们回过神来，他们已经完成了抢劫。

9 月 5 日，我们再次出发，只留下几支分队驻守鼓浪屿岛。一路上没有碰上什么值得回忆的事情。10 月 1 日，

我们开始进攻舟山。我们确实应该表扬那里的敌人。他们快速登上山谷顶端，挥舞着武器，叫我们下船。有一个士兵，举着一面红旗，在拉科隆比纳号和弗莱杰登号的炮声中无所畏惧地一动不动，弹片就落在他的脚边。最终，他倒下了，另一位勇士举起了他的红旗，几分钟后也倒下了。不过，我们还是登陆了，一个个地夺取了敌人本想守卫的阵地。当然，我们也遇到了一些抵抗。不

过，对他们来说，我们的炮弹威力强大，他们勇气可嘉，可是渺茫希望最终还是被我们粉碎了。

再次夺取舟山之后，去年曾经在此驻扎的军官检查上次撤离之后中国人重新建造的工程，他们感到十分惊讶。显然，在这七个月里，大部分居民都被征入中国军队。中国军队没有考虑修复受损的防御工事，而是全力建造新的工程。

我们的舰队只花了一天时间便到达定海海域，不费吹灰之力登陆定海。中国人守住一座桥头，但我们还是毫发未伤地过了桥。哦，我记错了，他们敲锣打鼓地朝第四十九军团发射了几枚炮弹，那可是他们引以为豪的武器！过桥后不久，我们遇上一次比较严重的交战。“帝国虎”的勇士们紧紧追随我们。被一条河和我们的两支军团包围之后，大多数士兵宁可被射击也不愿放下武器，虽然我们承诺放他们一条生路。随后，一座弹药库爆炸，替我们炸死了很多人。和舟山战役一样，这一次，我们也俘虏了几名中国军官。大部分人害怕皇帝的怒火，用自杀惩罚了自己的失败。定海总兵裕谦曾经信誓旦旦，声称将一举剿灭我们，当我们进城的时候，他逃之夭夭。后来，我们听说他自杀了。

占领了定海之后，我们稍事歇息。三天之后，汽船沿河北上，将部队带到了宁波。我们简直不敢相信我们从

未来过这里，然而城墙上的守卫都已经撤离，没有任何抵抗的迹象。唯一的阻碍就是一座由许多大船连成的桥。我们的汽船可不想就此停住，于是，我们用艏斜桅轻易地劈开桥。和厦门一样，宁波也是城门禁闭。必须用同样的方法翻过城墙，打开城门。我们队列整齐地进入城市，乐队（十八军团的乐队）悠闲地演奏着“上帝救了圣母”和“统治大不列颠”。只有一场倾盆大雨稍微搅了兴致。我们在按察使的官府扎营，只能拿一沓沓文件做床垫。我睡在一大堆中国纸上。真是绝佳的床垫！

我们在这座大城市等待进攻已经有三个星期了。在这里，我们住得很不舒适。这不是最糟糕的。如果营地很舒适，休整之后，我们很快就会发动进攻。但长官们挤在四间小屋里，持续不断的雨穿透了薄薄的屋顶。天气已经很冷，我们仍然风餐露宿。

这种状态看来会一直持续下去，如果没有新办法，我们将在这里度过最糟糕的季节。最多只是派几支分队到余姚（距离宁波五十英里），驱散那里的中国武装，夺取粮仓。我们的攻占方式从来都一样：进城之后，首先摧毁军火库，随后向百姓开放官仓，用皇帝的钱来结交朋友。

最终，大约六个星期的战役之后，我们陆续占领了四座大城市，牺牲人数没有超过二十人，估计杀死约三千名敌军。

我亲爱的朋友，这就是我能够向您讲述的关于过去、现在和将来的所有事情。我已经向陆军统帅郭富勋爵转达了您的请求。虽然这场战争没有多少危险，但也不应该长久持续下去。因为耗费的钱财已经影响了我们在印度的军

官仓，开仓分粮

事实力。因此，只要中国提出合理的协议，开放贸易港口，允许外交使臣驻扎，或再加上一笔战争赔偿，我们将会很快签署。所有促进协议签署的事情都对他们的国家有利！上帝保佑您，亲爱的岱摩！

在这几页纸的底部，写着帕特里克·多诺凡。读者们大概不会忘记，我和这位同窗好友之间的深厚情谊。我曾在广东给他写了最初的那几封信。你们一定能猜想得到，我是多么的惊喜！我立即将这份翔实的叙述交给林琛，竭力让他看到未来的希望。他阅历丰富，比我更容易明白这一切。他随即给皇帝写了一份奏折，请求返回北京，尝试让朝廷接受他的讲和倾向。皇帝同意了。于是，1842 年 2 月，我们启程返回北京。

十一 希望破灭—撤离宁波舟山—喜庆—婚礼习俗

当林琛第一次被允许在军机处陈述意见时，朝野上下已经被激怒了，作了危险的战争部署。几支刚刚成立的精锐部队已经出发前往南部省。大家相信，这几支部队会从帝国的敌人手中夺回宁波和舟山。几名俄罗斯军官传授的几个刺刀招数，这样就足以让人认为夷人部队对付不了人数众多、经验丰富的中国士兵。事实很快就粉碎了希望。3 月 10 日，中国军队同时攻打宁波和定海，结果一败涂地。牺牲了五六百名帝国虎军士兵和特地为这次战役训练的山东士兵。山东士兵以骁勇著称，打仗时总是在头上绑着一条红围巾。虎军的军服有斑纹，就像老虎皮，因而得名。胸前绣着虎爪，肩膀上绣着虎尾，盾牌刻着老虎头。

这场战败令皇帝暴跳如雷，他一次次下达可怕的命令，其中不乏过于轻率的命令。他派出不堪一击的士兵，意欲一举剿杀夷人，还让狱中谋反者和各类罪犯上战场戴罪立功。活捉一个敌军将领（英国将领）奖赏五万元，杀死一个敌军将领奖赏两万五千元，同时赏赐花翎，官晋一级。但是，如此诱人的悬赏最终也只不过杀死了几个落伍的英国兵。

5 月 7 日，战争没有打响，外国军队就撤出了宁波和定海。人们以为英国人撤退了，其实正相反，我很清楚他们的计划，我猜想一场新战役将要拉开。

林琛趁着这次暂时停火，将政治危机暂且搁置一旁，开始筹划把女儿嫁出去。我没有能够打消他的婚礼计划。“喜庆”也就是婚姻，被看作一种任务。独身，没有子女，是对父母和祖先犯下的三大罪过之一。这种思想存在于中国所有地方的习俗中。人们通常向您祝愿三件事：幸福、长寿、多子。四十岁之前、正房有希望生儿子时，娶妾不合规矩。但是，过了四十岁，不再指望正房时，最严厉的神学家也会同意一夫多妻。

说到阿思小姐，虽然她的父亲对她疼爱有加，但还是不允许她抱定独身。看到这种情况，我想到了一个让两个人不分离的办法。在我的建议下，林琛决定采用一个做法，对我们来说显得很可笑但在中国是允许的做法：招一个女婿上门。他宣布自己愿意嫁出女儿，特殊条件是对方必须让女儿留在他的身边。

消息刚传出几天，就有很多人上门提亲。阿思小姐提出条件，她希望嫁给一个最有才气的文人。于是，我主持了几场诗文会，理由是为了审核每位提亲者的水平，其实我是在

观察每个人的品行。对这位被保护着的少女来说，品行至关重要。

林琛参加了几乎每一场考试，最后，我们两人一致选定一位名叫苏亚为的进士。他在最近这一次秋试中表现过出色的诗才。

阿思小姐将终身大事托付给我们。定下人选之后，只需让一个占卜师挑选一个结婚的良辰吉日。在此期间，双方交换礼品。未来的女婿送给未来的妻子很多做成龙和鸟的形状的馅饼、甜点，酒，甚至还有钱。阿思小姐则送给未婚夫几套昂贵的衣服。

中国的婚礼习俗和我们国家差不多，除了礼品里有钱，婚宴上的客人男女分开用餐，男人在院子中搭起的棚子里，女人则在屋内。嫁妆事先摆在林琛家中，然后隆重地送到男方家。由于是特殊的招婿，我们没有举行告别仪式，虽然我很希望看到这个仪式。不过，接新娘过门的隆重程序不能省略。汉人在中午举行过门仪式，满洲人则在早上或晚上。于是，在火把的照耀下，轿夫穿着红腰带袍子、帽子上插着红色羽毛、胸前绣着幸福象征，轰轰烈烈地前来接年轻的新娘。乐队在前端开路，其他人扛着挂在木杆上的五彩球形灯笼。阿思小姐从头到脚盖着一块大红布，离开了父亲家。绕过了附近的几条路之后，她回到院子里。今天，这里代表新郎的家。这时，人们点燃了最漂亮的焰火。铜锣、单簧管、吉他、

扬琴、风笛、竖琴再次掀起了高潮。新郎走到轿子前，伸出手扶新娘下轿子。在中国家庭中，这个时候，新娘一般是由女人们扶着，在一盘烧红的炭火上站几秒钟。对满洲人来说，习俗则不同了。新郎要跨过一把弓、一支箭和一个马鞍。接着，新郎可以揭开新娘的盖头，将她领进屋里，坐在一起，喝下两杯酒，酒杯用红线绑在一起。这表示永不分离。还有几只活鹅，放在新娘的轿子前，表示婚姻和谐、忠诚相待。我不知道为什么这么解释。

整个婚宴期间，阿思小姐必须坐在她的位子上，一动不动，耐心地接受一个测试。她的父母用金钳子拔去额头和两鬓的几根头发。接着，当大部分宾客已经离开，我们开始“加冠”。就是在新郎的头上放上三顶不同的帽子，然后，新郎戴着这三顶帽子向父母鞠躬，父母则大声说出他们的祝福。第一顶帽子是一顶呢绒帽，第二顶是皮帽，第三顶是官帽。

当然，不同地方、不同身份的婚礼各不相同。对穷人来说，当新郎揭开新娘的盖头，不仅仅表示结婚，而且表示共同担负困难。在某些地区，新娘出发时人们在屋子里扔一把筷子，表示多子的祝愿。在一些大河的沿岸地区，婚礼不在新郎家举行。新娘和家中的所有男人待在一艘装饰华丽的船上，新郎在所有亲戚的陪同下，来到船上寻找新娘，一番象征性的打斗之后，将新娘强行带走。

十二 停火—南京议和—告别

广东的停战协议不能改变皇帝的大臣们的固执。英国人进攻其他重要城市也无济于事。在这种情况下，最高内阁本可以让这些城市支付赔偿金，只需给这些城市减少一些税收作为补偿，但是，英军占领港口、开放官仓，尤其是洗劫攻占的城市的举动，加深了朝廷的傲慢的固执。

情况日趋严重，英国舰队再次进攻，沿着洋子江北上(1842 年 5 月)，占领了乍浦、美丽的城市吴淞、小城宝山，和不愿支付赔偿金的上海。自后，虽然遇到抵抗，但还是攻破了镇江府城门。这次混战令朝野震惊，包括最极力主战的大臣。多亏了我，林琛比他的同事更有远见。皇帝还给他失宠时被收回的蓝宝石，命令他参加全权代表团与英国统帅交涉。代表团成员的名字将载入史册，他们是：广东水师统帅、皇帝的侄子、佩戴红腰带的耆英，前总理大臣、乍浦总兵、佩戴红腰带的伊里布，江苏、江西省总督牛鉴。

8 月初，我们与代表团会合。当时，英国人占据着镇江府和皇帝过去的行宫、现在是僧侣们住处的金山。英国人宣布将进攻四十英里外的南京。沿途，他们还将攻占帝国大运河，让国内贸易陷于瘫痪。8 月 4 日，卡里奥普号舰艇堵住江口，另一艘普罗塞宾号汽船堵住运河口，阻拦一切船只通行。7 日，舰队海军士兵攻破南京城门。8 日，帝国的第二座大城市落入我们的同胞的大炮控制之下。

两边的情势都十分复杂。攻占了镇江府之后，时局变得更加恐怖。这座城市的几位鞑靼族知名乡绅无力抵抗，为了躲避野蛮的夷人，他们纷纷自杀。井里、水池里，到处都是淹死的女人和孩子。一位官员义无反顾地坐在椅子上，命令侍卫将他烧死。另一方面，酷暑高温，缺水，疲劳，使英国士兵患上传染病。霍乱开始流行，患病的士兵与日俱增。中国官员希望活捉英国士兵，赏金也更高，但是无法活捉，于是，人们将还穿着制服的英国士兵放在袋子中，只割下他们的头去领赏。

因此，双方都渴望和平。当帝国的使者提出停火时，协议很快便达成了，甚至就在原本打算攻打南京的那一天。

我总是能够记起一生中最幸福的这一天。梅杜斯号汽船来岸边接林琛和我，将我们带往军舰。两位英国海军统帅和很多穿着制服的军官在军舰上迎接我们。他们之中，有去年被中国俘虏、被使者老伊里布解救的安斯特拉瑟。璞鼎查先生没有过分客气。和他的前任不停地“请请”相比，璞鼎查先生的态度有点骄傲，他只是向皇帝的使者鞠了一躬。

帕特里克·多诺凡也在英国将军们的随从中，他已经事先得到我将到来的消息。不必说，看到这位年轻时的好友，我是多么高兴。

会议如时进行。唯一阻碍和平谈判的是：中国外交官奉皇帝旨命，拒绝开放福州府。我的特殊身份禁止我讲述他们最终如何达成一致协议。8 月 30 日，和平协议在皇后号上正式签署。皇帝的黄旗挂在高高的旗杆上，表示彻底停火。

大家都知道，条约对英国很有利，洋银两千一百万元的赔偿，分四年交清，香港的所有权，广东、厦门、福州、宁波、上海五个港口的自由出入权。最后，还有释放战俘，饶恕所有与英国军队有关系的中国人。

协议签署的当天晚上，我向林琛辞行。我渴望再次见到我的国家。我已经获得允许，随奥克兰号回英国。奥克兰号将把这份珍贵的和解协议带回英国。我的朋友帕特里克是这艘船的医生。

在与我的老朋友永别之前，我和他在岸边，借着明亮的月光，进行最后一次交谈。整个城市一片寂静。只有英国舰艇上，水手们在一起唱歌。胜利的欧洲似乎在嘲笑战败的中国。

看到这幅景象，林琛似乎很忧伤。

“您了解您的同胞，”他对我说，“您觉得今天的协议是一项真诚长久的协议吗？”

“是真诚的，”我回答说，“至于长久，您能够预见到。如果皇帝能够忠实履行被迫签署的条约，英国就没有滋发事端的机会。但是英国再也不会忍受任何侵犯贸易利益的事情。没有人知道中国人是否会一天天、一点点地悄悄收回今天签订的那些优惠。您难道没有想过，这可能是中国人日后最有希望获胜的使命？”

林琛根本不想回答这个尴尬的问题，只是摇了摇头，叹了一口气。

我接着说：“帝国政府软弱无能，不久以后，对老百姓和外国人来说都将不再是一个秘密。难道您不认为有必要发动革命吗？您不认为至今仍统治着中国的黑马民族，虽然曾经战胜过这个人口众多的民族，但已经不能再无视这个民族了吗？”

老人又一次叹息，没有回答。

我继续说道：“不过，任何一个欧洲民族都没有能力长期战胜天朝上国。政治野心不能统揽如此广阔的疆域。贸易利益仅限于开放市场，固定关税，保证代理商的安全问题。有一种思想，会让你们再次受到番鬼的入侵。”

“老天啊！”林琛打断了我的话，“这种可怕的思想是什么？”

“就是让你们接受我们的宗教思想，在您的民族中宣传基督教。”

这时，这位无神论官员轻蔑地笑了。看来他并没有完全明白我想要说的话，他从不认为他的国家会经历一场不同信仰的战争。帕特里克听见我们的交谈，虽然听不懂，但是他被林琛的笑激怒了。依然为英国胜利而极度兴奋的帕特里克，突然大喊了一句：

“总之，中国是开放的。我们等着瞧！”

林琛问我：“你朋友说了什么？”

我试着传达帕特里克的想法，尽量掩饰他话中带着的威胁。

这一次，林琛又笑了，而且带着一种强烈的嘲讽口气：

“中央之花，”他说道，“不会在第一场暴风雨之后就开放。”

这就是他最后的告别。第二天，我启程离开。在这位好心的老人的目送之下，在他的祝福中，我心满意足地离开了。

附　录

司汤达之友——
批评家 E. D. 福尔格

吕西安·潘韦尔

我要感激乐于助人的史学研究协会会长欧仁·福尔格先生。读者在后续内文或许也会注意到这一点。他无私提供未曾发表的资料文档，让我得以探究他父亲、批评家埃米尔·福尔格与《帕尔马修道院》作者司汤达之间的关系。此文也献给与日俱增的司汤达的仰慕者们。

借此机会，我们再次回顾埃米尔·福尔格的作品。这位多产的作家备受同代人推崇。在浪漫主义萌芽的年代直至后来，他始终占有一席之地。这位司汤达的朋友，是浪漫主义的反对者，而且长时间致力于笔战浪漫主义。至少，他应该得益于这个年代，人才辈出、百花齐放的艺术复兴年代。可以看到，他那些已被人遗忘的大量作品，长长的作品清单，值得读者再次兴起对他的喜爱。

1

保罗-埃米尔·多朗·福尔格（Paul-Émile Daurand Forgues），1813年4月20日出生于巴黎。他的家庭来自于比利牛斯山地区。他父亲作为骑兵军官参加过拿破仑帝国战争，1815年波旁王朝复辟后，以上校身份退伍。福尔格最初在外省上学，随后转入巴黎圣维克托寄宿学校、波旁高中（如今的孔多塞高中），1833年在图卢兹获得法学学位。他在当地报纸发表了几篇论述，也让他手头有了余钱可以支持当时的先锋党派——自由党。从此，他成为自由党的毕生拥护者。回到巴黎之后，家里人为他谋得一个律师资格，他申请律师实习，进入德朗格勒事务所实习。当代有一篇传记提到，他成为"《法院公报》（*Gazette des Tribunaux*）最活跃的合作撰稿人之一"[①]。这一撰稿合作，我没有查到任何佐证，可能仅是一些匿名发表的庭审趣闻，类似今天的《爆笑法庭》（*Tribunaux Comiques*）。不久之后，福尔格成为律师公会的秘书。

很多人不了解律师公会。这是司法从业者的真正的组织，可以说是一个能让未来大法官们尽展才华的法庭之外的舞台。全年多场研讨会，每年年初一场隆重的论坛大会。论坛大会这一天有三场演讲，分别由律师公会会长、首席秘书和副席

① 路易·于阿尔，《媒体、文学和艺术珍藏》（*Galerie de la Presse, de la Litterature et des Beaux-Arts*），巴黎，1839年版。

秘书来作。公会会长将再次颂扬律师职业，给予年轻律师从业建议，宣布前一年不幸仙逝的同行名单。首席秘书宣读致某位前辈的悼词。副席秘书则讲述所谓职场“现状”的某个主题。

1837年11月25日，德朗格勒（Delangle）当选为律师公会会长，一位年仅40岁的公会会长！

作为首席秘书的福尔格，决定将演讲主题定为追思昂里翁·德·潘塞伊（Henrion de Pansay，1742—1829），此人曾任议会律师、最高法院法官、帝国国务委员、查理十世时期最高法院首席法官。副席秘书是埃内斯特·法尔科内（Ernest Falconnet），曾任审判官和最高法院顾问，才学渊博。他的演讲主题是《律师对自由党的影响》。

首席秘书的讲稿，文风鲜明有力，虽然今天看来有点过时，但文笔流畅、文字高雅。可见，青年才俊并非都比不上司法前辈。就好像拿破仑问他为何尚未结婚，他回复说：“我无暇顾及。”话说回来，福尔格利用此次机会理所当然地打造了勤勉努力的形象，在年轻同行们面前作才华尽现的长篇演说。

这些天命之子告诉我们，工作习惯短时间内就会控制灵魂，让他不屑于苦苦追求最炽热、有罪的激情所带来的粗俗快乐；于是，当开始喜欢上使命完成的满足感，学习和科学便成为纯粹的娱乐，生命浓缩专注于一心无悔的信仰。可以说，虔诚自我生发，不断浓烈，无需其他动力。天命之子们告诉我们，这种高尚、高雅、理想化的生活，不再忧郁，不再受诱惑于粗俗享乐，远离厄运，成功近在咫尺，一切都比不上这样的生活。

如同皈依神明的伟大，我们看到，内心深处的宁静，始终不渝的满足感。物质欲带来的兴奋总是昙花一现、不完整、扰乱人心，不值得孜孜以求，应该把目标定得更为高远，提升期望的精神境界，离开追求暴富的道路。这样，你或将获得荣耀，但肯定会得到幸福。

2

老板德朗格勒和这些桂冠先辈，预见福尔格未来的平步青云。他是否需要自问，如他在昂里翁·德·潘塞伊纪念文中所说，“听众因为厌倦而远离，工作中那些毫无用处的细枝末节，让天资禀赋的人变得脆弱”。当然，对法庭的雄辩家来说，这样的出色句子不会令他失了魅力。文人们迫不及待地招呼他。

《法院公报》得知这次演说之后[①]，赞扬作者“文笔细腻，遣词考究，观点中肯，作者的其他文学作品已崭露头角，如今读者们更是备加喜欢”。其实，福尔格实习期间，他已撰写多篇关于英国文学的稿件，投稿给重量级刊物《巴黎评论》

① 1837年11月26日。

(*Revue de Paris*)，而且这些稿件都不是毫无价值。

最早是一篇爱德华·布尔沃·利顿男爵《庞贝城的末日》(*Les derniersjours de Pompéi*）的评论[①]，福尔格认真研究小说，并翻译了好几长段的内文。要知道，这篇不完整的译文，是福尔格第一次在英语文学界崭露头角，虽然这本刊物当时是一本最新问世的刊物。福尔格表现得很苛刻，认为这是一本注定“昙花一现的书”。他指出小说粗俗的一面，糟糕的浪漫主义思想，既没有真正的历史色彩，也没有当地色彩。新教徒的色彩似乎并没有让他震惊，也没有打动他。那么，对于不久之前刚刚遭受的古代生活复兴，他会怎么说？

随后，福尔格大量研究骚塞[②]、彭斯[③]和柯勒律治[④]。这些都是法国读者眼中的英国文学届如雷贯耳的人物。他们所有新作品为人所熟知。骚塞依然健在，柯勒律治刚刚去世，彭斯的新书刚刚由艾伦·坎宁安出版。大家告诉我，福尔格写的这几篇文章很有用，可以一直为人援引。

福尔格文学记者的才华也逐渐展露出来。

继《迪多传记》之后，他应该还在“《1830年宪章》(*La Charte de* 1830）发表了连载小说”。但是我没有找到《1830

① 《巴黎评论》(*Revue de Paris*)，1835年1月，第80—96页。

② 《巴黎评论》，1836年10月，第297—320页。

③ 《巴黎评论》，1837年1月，第293—294页。

④ 《巴黎评论》，1837年4月，第167—186页。

年宪章》，这本刊物只存在于1836年9月至1838年7月这段时间。有趣的是，我们这位年轻的自由党人的签名，应该就在路易·弗约旁边，后者后来成为《世界》（*l'Univers*）的编辑。

1838年，福尔格参与了知名日报《商业报》（*Le Commerce*）的编辑。这是一份自由党刊物，类似巴约尔兄弟的报纸，后来被行政取缔的1817—1819年间的《立宪》（*Constitutionnel*）①。第一次用这个刊名问世的时候，刊首语这样开篇："《商业报》可以说就是《立宪》……"大家笑了，开始称这本杂志为《立宪》。②

福尔格负责文学批评和喜剧批评栏目。他将评论当日新书和当日剧。别忘了，那可是一个浪漫主义盛行的美丽年代！1838年4月8日，福尔格发表了首部连载文学，署名老尼克（Old Nick）。

Old Nick，其实是英国老百姓给魔鬼取的名字。这一笔名非常符合作者水平和他对英国的熟知。这种有点撒旦似的风格当时是一种时尚，激起了当代人的好奇心③，一直到他终于出名，不再是一个神秘人物。这一笔名被福尔格沿用终身。

---

① E. 阿坦（E.Hatin），《法国媒体分期资料库》（*Bibliographie de la Presse périodique française*），巴黎，1866年版，第259页。

② 巴尔扎克：《一个内地单身汉的生活》（《搅水女人》）。

③ 《英国评论》（*Revue Britannique*），1841年7月，第159页；1842年2月，第406—408页。

福尔格有建设性、中肯的、不失严厉甚至可以说是相当尖锐的独立批评思想，应该说获得了赞誉。

福尔格的连载戏剧署名为蒂姆（Tim）。蒂姆这一笔名，绝没有老尼克闻名持久，收入也远不及老尼克的稿酬。若不是我从福尔格儿子处得知，至今无人知晓蒂姆就是埃米尔·福尔格。

于是，福尔格开始就职于《商业报》，我之前曾说过，这本刊物就是《立宪》第二代。当时，人们更相信才华，而不是论资排辈。如今，哪一家大刊物愿意让一个初出茅庐的25岁新人负责两个重要栏目吗？

3

1838年，书商安布瓦兹·杜邦将由《红与黑》的作者创作的《旅人札记》摆上货架。

让我们首先来看看这部游记写作的背景。

在意大利的奇维塔韦基亚市（Civita-Vecchia），司汤达感到“无聊至极”。他曾经多次跑到罗马。但罗马毕竟不是巴黎。1833年10月，司汤达抵达巴黎，住了几个月。1836年，他再次告假。就在假期，他的保护者莫莱伯爵（le comte Molé）被任命为外交大臣和内阁首相。对司汤达来说，简直是天降喜事，他的假期由此延长，覆盖了莫莱伯爵的两任大臣的整段任期，也就是说整整三年时间。三年旅居巴黎，跻身于文人墨客、有志之士，简直就是梦寐以求的完美假期！

不过，他仍需要生计。这位休假中的顾问，仅能领到半数酬劳和一些微薄收入。当时，他最好的朋友是诗人梅里美。梅里美云游四方，堪称历史胜地巡视员，他带着司汤达一起走了几段，感受法国外省风光，顺便给好友上了考古课。这次出游就像一次启蒙教育，读了一些相关书籍，加上一点即通的理解力，司汤达迫不及待地描写了这几处他粗略了解的地区……加入了个人观察、相关著作引文、剪报、哲学论述、市井轶事、风景画、历史纪念文、社会和政治观点、文学概览、各种计划或者改革行动、各式各样的话题等，如同大杂烩一般包容万象。1837 年，司汤达把刚开始动笔的作品卖给杜邦出版社，于第二年出版面世。要知道，他还需要维护文人形象，他之前的作品，甚至是七年之前的《红与黑》都鲜有反响。

《旅人札记》问世之后，福尔格在 7 月 8 日的《商业报》向该报的读者分享了他对这本新书的思考。

这篇文章，以及福尔格后来发表的对于依然在世的司汤达的作品的论述（下文我将会提及），后来都未再出版。甚至在任何有关司汤达以及作品的文章中都未曾援引。阿道夫·波普（Adolphe Paupe）的《司汤达著作史》[①]、刚刚出版的高第 (Henri Cordier) 的《司汤达作品名录》[②]都未作任何引用。或许只有为数不多的司汤达迷会想到拜读福尔格的引文和批评文。

在开篇里，福尔格出其不意地将司汤达和狄德罗进行对比。在他看来，司汤达追随狄德罗，效仿狄德罗，模仿惟妙惟肖，简直让人相信是狄德罗转世。

> 他的效仿是全方位的。我们不仅可以在司汤达身上看到狄德罗的创作形式，更有狄德罗的思想、观点、判断。集道德家、学者、作家于一身。这是我们能想象到的最完整、最奇怪、最神奇的思想复制品。说这是复制品，也是因为狄德罗再世或复兴的说法不能准确表达我的看法。

如今，我们很了解司汤达，这种说法显得尤其独特，如果说无人可以复制，无人可以彻底模仿任何人，那么唯有司汤达可以超越。

不过，这种对比，是基于怎样的论点呢？

---

① 阿道夫·波普（Adolphe Paupe），《司汤达著作史》，卡齐米尔·斯特雷安斯基（Casimir Stryienski）作序，巴黎，1903 年版，第 446 页。

② 亨利·高第（Henri Cordier），《司汤达作品名录》，收录了原始版本（摘自爱德华·尚皮翁主编的《司汤达作品全集》），巴黎，1914 年版，第 14 章，第 412 页。

首先是风格相似："难以遏制的激情，尖酸刻薄的笑，伤人的嘲讽，在当时是非常独特的"。其次是思想的相似性。两人都是力主推翻者。只是福尔格自问，推翻有何意义？因为已经没有东西可以推翻。

显然，1838 年的自由党人预见不到推翻将走到哪一步。

> 看看这位再世狄德罗。他想要的就是出人意料，大胆创新。但是什么机会呢？他的浪花会打在哪一片礁石上？他会咬住什么样的羁绊？什么才是他大胆的动机？在这个狄德罗们无法存在的年代，我们着实可怜这位狄德罗。

看看司汤达先生嘲讽的那些阶级，他的批评里只看到失败者。应该说他攻击的是贵族阶级！但他又从何处见到贵族呢？

贝尔先生的笔名"司汤达"没有辜负批评家，批评家一方面阅读并品味了《红与黑》，另一方面专注于探索作者的身份。"司汤达先生是贩铁商人，所以此司汤达先生非彼司汤达先生。我觉得，巴黎从未有过任何由司汤达签署的发票或票据。但是老天还是让我接触到了这个神秘的笔名！笔名就是作家的面具，神圣如人的脸……"福尔格把司汤达写作 Stendahl，而非 Stendhal。彼时，书店届都在谈论 Frédéric Stendhal 先生[①]。

① H. 高第，《司汤达作品名录》，巴黎，1914 年版，第 131，136，149 页。

紧跟着，各种评论四起。太多细节描写，很多庸俗情节；而且作品不够普遍，不足以起到教导作用；有些不讲规矩。我想，这样的批评不会对贝尔先生造成影响，不守规矩也不是他被批评最多的点。

> 司汤达先生不守规矩、行文无条理，已经走得很远了，近乎病入膏肓……刚分析完一所博物馆，紧接着关于人种的对话，随后又是当代历史片段，其中还穿插了一段丑闻用来谈论女性，最后用一段考古讨论作为结尾。谈论的事不论是深层意义或者形式上都还算新奇清晰，也加入了一针见血的细致评论。但即便如此，诸如此类的行文，读了几页纸之后，如此杂乱无章，读者也陷入晕晕沉沉的状态，如同节食后低血糖的昏晕……若想旅行法国，《旅行札记》根本谈不上是最简单的导览。此外，司汤达先生的商业旅行，虽说态度积极，但缺乏组织性，也无法创作出纯粹想象的作品。他的作品不过是一个才华横溢、学识渊博、融会贯通，又让读者有些瞧不起的人写出的毫无条理的闲谈……

司汤达很高兴。他没有期盼得到颂扬，他境界很高，不在乎那些微不足道的保留意见，整体的语气也非常和善。在他个人书稿上（如今为普里莫利公爵所有），他写道：“作者应该会很幸福，得到如此赞誉……我从未见过《商业报》的老尼克，他说作者模仿狄德罗。”[①]

司汤达这句话，恰如其分：“我从未见过《商业报》的老尼克……”我从未拿到过普里莫利公爵的那本书稿，我也是从高第先生的作品名录中看到这句话。不过，在《司汤达作品名录》中写的是：“我从未见过《信使》的老尼克。”显然是一个笔误，可能是司汤达本人，也可能是高第先生的笔误。也许司汤达搞错了，或者写错，或者是别人误读。福尔格从未给《法兰西信使》投稿过。后来拿到《法兰西信使》原书之后，我们只找到如下信息：

1838 年 6 月 19 日刊，一篇题为《多菲内回忆》的文章，摘自当时尚未结集出书的《旅行札记》，讲述了拿破仑从拉米尔到格勒诺布尔的路线，以及进入格勒诺布尔的情景。这篇文章高第先生也提及过[②]。

1838 年 12 月 28 日刊，一篇颂扬文，署名欧仁·吉诺。这篇文章从未被收录于任何司汤达文集。

4

1839 年这一年，《帕尔马修道院》和《卡斯特罗修道院女院长》陆续出版。

---

① H. 高第，《司汤达作品名录》，巴黎，1914 年版，第 128 页。

② H. 高第，《司汤达作品名录》，巴黎，1914 年版，第 128 页。

司汤达送了福尔格一本《帕尔马修道院》，该书现为欧仁·福尔格收藏。书的扉页上司汤达写着："向公正不阿、勇敢的法官致敬。"这就是作家和批评家之间的个人关系。

1839年4月13日，《商业报》发布了评论文。这次是一篇充满激情的颂扬文。"我可以大胆地说，司汤达先生的作品可谓是一幅大师级的画作。类比画作，是我内心的想法。我还认为这部作品是一部相机，如实再现真实生活，无可比拟地准确呈现。"

这就是表扬一个想要被表扬的人：想想关于流动的镜子的那句名言。福尔格对这部小说赞赏有加。首先是主题。爱情是这本书的主题，不是女人典型的夸张病态的浪漫爱情，而是真正的活生生的人物的爱，性情本真的爱，不疯狂，不复杂。还有精彩的人物！批评家福尔格谈论到了每一个人物，法布里斯·德尔·东戈和姑妈公爵夫人，莫斯卡伯爵和主公恩斯特王子，浪漫的歹徒费尔兰特·帕拉，温柔的克勒里亚·孔蒂。在这些人物身上，爱情到来了，又远离，心痛悲伤，这是这部小说最精彩的地方，加上情节"跌宕起伏、扣人心弦"（福尔格还没提到小说精彩的开篇，和对滑铁卢之战的描述），还有"司汤达先生细腻入微、犀利的"政治讽刺。这些特点对1839年的自由党派来说格外醒目，而对现代读者来说就不足为奇了。

最后一部分，从法布里斯被捕关进凡尔内塞监狱里这一段开始，小说显得拖沓冗长，毫无新意，但我依然坦然接受，而且，这种藐视一切的语言，不可能不激起人们对司汤达的狂热。不过福尔格不认为这值得一提，在他的颂文中，他仅仅强调了事实，并以如下结论结尾。

> 我越思考，越觉得司汤达先生的这本书与众不同，一针见血的深刻和赤裸裸的现实，令人震惊。鲜有回忆录（我听到真心和诚意）对这个基层社会的风土人情描绘得如此真实。文中分析细致入微，简单明了又不拘一格，耐心，不时有充满新意的观点。不论是故事情节还是人物性格，都充满激情，变化多端。每一个人物，言行举止、思维模式都与角色定位浑然天成，全都符合意大利人而不是法国人的天性。思想、内心、品行，可谓一分不多，一分不少。这些人物是意大利人，但人性皆若如此，作家细致入微地观察了当地风土人情，又不失普世的人文现实。总之，熟悉的文笔风格，不张扬不标新立异。我认为，这是最优秀的小说作品之一，值得与同类小说的前辈作品《吉尔·布拉斯》和兄弟篇章《红与黑》相媲美。

福尔格在 1840 年 1 月 4 日专栏中再次称赞《卡斯特罗修

道院女院长》，但难以再给予如此高的赞赏。这一次，他仅仅长篇讲述了小说情节，既没有评论人物也没有评论风格。有一点还是奉承了司汤达。福尔格说，作者是“沙龙与上流社会”的常客，由此才有作者的现实主义，天赋异禀的人拥有对这个世界的广博认识，不在乎外在的优雅风度，他更在乎的是“朴实无华的简单真实，义无反顾的激情，积极清晰的想法，一气呵成的行文”。

5

这几篇评论文发表的时候，司汤达在意大利奇维塔韦基亚市。他给福尔格写了以下这封信，后来收录于《司汤达书信集》[①]。不过下文并非全文。司汤达寄送给福尔格的信件原件上，开篇影射的是古代石刻。

先生，是否有一位旅行者在您的花园里扔了几块石头？我在地下6尺深的地方，找到了几块用一块破旧的手帕包着的石头。

普林尼这个吹牛的人，他没有提到科内多（塔尔奎尼亚市的旧称）的坟墓。难道是因为这些坟墓并没有比他的

① 《司汤达书信集》（1800—1842），法兰西学院院士莫里斯·巴雷斯（Maurice Barrès）作序，巴黎，1908年版，第三章，第244—245页。

年代更早？

我只找到罗马帝国马克西米安时代的石头，找不到更早的了。

您无需回信。您不必顾及礼节而做回复这种无趣之举。

小说已死了吗？为什么？

在乡下无所事事的太太们，晚上八点到十点都做什么呢？

就是因为人们都不再读洛坦先生①。这个社会俗人越来越多，所以，会买洛坦的书的人，也会买巴尔扎克。

这两个月里，罗马总是让人开心。视线里没有勇士，只有文人雅士，仅此而已②。

先生，请您一如既往，做一位诚实的人，勇于表达您的想法，就算作家是一位有着漂亮脖子的女士。

奇（维塔）韦（基亚）市，（18）40年1月12日

司汤达提及的女作家是安瑟洛夫人（Mme Ancelot）。每次在司汤达或者梅里美的身边，只要有人提到那位有着漂亮脖子的女士，说的就是安瑟洛夫人。福尔格为安瑟洛夫人的

① 洛坦·德·拉瓦尔（Lottin de Laval），历史小说作家，小说主角为法国元帅弗朗索瓦-德-巴松皮尔（罗曼·科隆笔记）。

② 他说的是波尔多大公，1840年1—2月期间住在罗马。

《加布丽埃勒》写了一篇非常包容的评论[①]，反而撰文嘲笑洛坦·德·拉瓦尔（Lottin de Laval）的《巴松皮尔元帅的风流韵事》。司汤达很坦然地让他的笔友知道，他一直在读他的评论文。

这一年年末，司汤达还念念不忘地给好友找到了几块雕刻石头。12 月 5 日，他把石头寄给巴黎的迪菲奥雷（Difiore）（这个跑到巴黎避难的那不勒斯女人是《红与黑》中阿尔塔米拉的原型）。在石头转交者清单里，写着“福尔格先生，律师，马蒂兰家族新街 54 号”[②]。

1841 年 11 月 8 日，贝尔逃离奇维塔韦基亚市，疾病令他无法忍受这座城市。他逃到了巴黎。从此再未回去过奇维塔韦基亚市。

他找到了福尔格。他们在艺术会馆见面。欧仁·福尔格先生听他父亲提起很多次，他说，那天的贝尔倦容满面，晚餐都没有吃完，有些中风的征兆。看起来时日不多了。

下文将提及一些从未曾问世的资料，这补充了书信集中关于这一段的不足。

司汤达致福尔格：

我亲爱的晚会友伴，我搬离了圣奥古斯丁新街。我现在住在小田园路 78 号，和平路的附近。

---

① 《商业报》，1839 年 1 月 25 日。

② 《司汤达书信集》，第三卷，第 265 页。

我请求您，如果您去圣奥古斯丁新街，不要把可怜人的传记带过去，会被门卫占为己有。

我刚去了您之前住的地方，有人把我带到了拱廊路29号。

拱廊路没人知道您，就像在庇卡底省拉艾市，没人认得伏尔泰。

H. 贝尔

1841年12月20日

信封上写着：致福尔格先生，拱廊路29号。

这封信非常有意思，我们从中得知贝尔先生到了巴黎之后的第一个住处是我们之前未知的地址。这一住处，阿道夫·波普先生在书信集中插入的《传记提示》[①]或者是马蒂诺先生（Henri Martineau）的游记[②]都未曾提到过。

福尔格致司汤达：

先生，我刚刚津津有味地拜读了您的两小卷作品，阅读带来的快乐排遣了淡淡的窘态。我记得，约瑟夫二世曾遭到众人嘲讽，这给布封以灵感，成为他笔下多部作品的

① 《司汤达书信集》，第三卷，第8页。

② 亨利·马蒂诺（Henri Martineau），《司汤达游记》，巴黎，1912年版，第97页。

人物，由此布封特地说：“抱歉把他的轶事‘占为己有’。”

我可不愿如约瑟夫二世一般愚蠢，因我也没有他头顶上硕大的皇冠。如果可以有幸在我的小书柜里，在《帕尔马修道院》旁边摆上您的论文《论爱情》，我将非常高兴。无论如何，我剪掉几页的这一本，很可能是您手上的唯一一本。希望您能告知是否的确如此，免得我对好书太痴迷，尤其是您的书。

致以最诚挚的敬意。

E.D. 福尔格

1842年1月27日

这封信[①]的语气恭谦高雅，当代人早已不再如此谦逊。司汤达回复了这封信，回信收录在书信集里[②]。

相信您重新装订了书页，这本书不至于如此丑陋，远胜其他书卷了[③]。

我对收益毫不在乎，只想着寄了手稿，从未苛求书页的纸质。

---

① 司汤达在这封信笺的背面写了几个字，可惜我辨认不出写的什么字。

② 《司汤达书信集》，第三卷，第282页。

③ 他指的还有另外题为《论爱情》的两卷，出版制作粗糙，1822年首次出版（罗曼·科隆注）。

我担心比洛先生（Buloz）会让印刷商放弃我的书，三年前就有人和我说，他很嫉妒我。

我右手患了通风，倍感不适，就此搁笔。

1842 年 1 月 29 日，巴黎

下文是司汤达写给福尔格的最后一封信，从未公开过。信封上的邮票印着 C.A.（艺术会馆）的邮戳，没有日期，那么是什么时候呢？显然是司汤达生命的最后几天，他感谢福尔格撰写的即将发表的传记文章。这篇文章最终在司汤达逝世之后发表。或者这也是贝尔先生写的最后一封信。弥留之际，他书写了感人的童年回忆，最后一次致敬最崇敬的外祖父。

亲爱的先生，我用尽全心，拜读您慷慨出借的书卷。三天之后归还给您。

这篇文章不是……[1] 我欣赏受人尊敬的加尼翁先生对我说过的话。在格勒诺布尔市，他的精神力量备受瞩目。

可以有劳您，在这封信上写上迪里弗拉先生的名字？您知道他的地址。我想他应该是 1776 年出生，60 多岁。

哥萨克人（？）也是荣耀的强盗吗？

---

① 这部分字迹无法辨识。

您何时来饮茶畅谈?

H. 贝尔

(我推荐迪里弗拉先生的作品。他的文字读起来很开心,而且很准确。这是两个优点。)

我不知道这位迪里弗拉先生(Duriflar)是谁。这是绰号吗?对司汤达来说,完全有可能。我也不确定文中所说“哥萨克人”指的是什么。难道司汤达说的是他自己吗?12 年之后,圣伯夫(Sainte-Beuve)在一篇司汤达评论文中也借用这个词作了总结:“又是哥萨克人,一出手就咄咄逼人的哥萨克人,但评论起别人都友善谦和,这就是贝尔。”①

1842 年 3 月 23 日,司汤达逝世。

6

1840 年,福尔格离开了《商业报》。第二年,他参与了《国民报》(le National)的编撰。我们知道,阿尔芒·马拉斯特的这份刊物一直持续地公然对抗政府。福尔格蛰居二线,只负责与世无争的文学批评栏目,和读者保持着中立的关系……直到刊物被禁停。他的第一部连载小说发表于 1841 年

① 圣伯夫(Sainte-Beuve),《新周一》,第 9 卷,第 257 页。

2月18日。从此，他保留了老尼克这一笔名。

贝尔过世后几天，1842年4月1日，福尔格发表了一份关于贝尔的评论。这篇评论的初稿曾经交予贝尔过目，在他生命的最后几天带给他“快乐”，而贝尔的逝世，也让这篇评论意外地成为一篇悼念文。波普先生在《司汤达著作史》①中也引用过该文，很值得让更多人读到。

这篇评论题为《错误之名》（*Une erreur de nom*）。多家报纸简单发布了“Bayle先生”即多部署名“Frédéric Styndall”的作品的著者的讣告。（“Bayle”其实是一部至今早已被人遗忘的糟糕小说的书名，作者是Kératry。司汤达名字的正确拼写是“Beyle”，笔名是Stendhal，两个名字都写错了。）整个媒体都在发悼词，悼念一位“名列当今时代最独树一帜、最才华横溢的作家”。如此无视作家、草率了事，在福尔格看来，是对任何一位崇尚文学的文人的侮辱，他决定“接受挑战”，他要让人们看到这位“无故被侮辱的作家，甘心默默无闻却如此独特的作家”。

> 亨利·贝尔先生，1783年生于格勒诺布尔，父亲曾为国会律师。外祖父为加尼翁医生，管理家乡多家科学和慈善机构，长达近50年之久，是一位品位高雅、学识渊博的长者……

---

① Ad. 波普，《司汤达著作史》，第372—374页。

这一段说的便是上文提及的贝尔亲笔信中的内容。随后，福尔格讲述司汤达的工作经历。他没有提到俄罗斯战争，贝尔在这场战争中表现骁勇。他称贝尔先生是滑铁卢之战的“好战者”，其实并非如此。“他的最后一部小说，让人看到他对战争的看法，从未见过有人对战争有如此尖锐的看法。”我曾经指出，福尔格在《帕尔马修道院》评论中所疏忽的内容，在这里得到了弥补。随后是作家在意大利的生活，“这片土地让作家得以慵懒地享受文学”，担任奇维塔韦基亚市领事时，他经常不顾事务，来到巴黎旅居。在巴黎，“这位思维活跃、充满好奇心的人，带着孩童般的快乐，如同见异思迁的雅典人，不断被巴黎无数的小快乐所吸引！说到雅典，他一定听了副领事利西玛克[①]的判断，才如此冷静地看待那些奇闻轶事。这位副领事类似他的随从，他很放心地把许多外交特权交给他处理”。

“他带着思想、故事和令人愉悦的文学造诣，来到意大利。他很懂得聆听，也非常健谈、好辩、狡猾，懂得如何明哲保身。”您想要贝尔先生的真实画像和当时的景象吗？可以

① 利西玛克·塔韦尼耶（Lysimaque Tavernier），法国驻奇维塔韦基亚市副领事。关于这位人物，可参见《司汤达作品全集》（Champion 版本）中《Henri Brulard 的一生》，第 I 卷，第 59 页；C. 斯特雷安斯基（C.Stryienski），《司汤达俱乐部的晚会》（1899 年），第 236—242 页；A. 许凯（A.Chuquet），《司汤达 - 贝尔》（1904 年），第 532—533 页。

看看这段生动描述。

> 他对于评论意见所表现出来的真诚，接受自己是一名新手的谦逊，有时候会带来喜剧般的会面。比如，他让我们看到，一位多产的作家（巴尔扎克）郑重教育贝尔先生要让公众对笔下人物感兴趣。对乐为人师的巴尔扎克来说，重要的是极尽能事地描绘人物的外表、衣着、独特风格的小细节。《红与黑》的作者带着一副入学新生般、乖巧的、崇拜的神情聆听教诲。《帕尔马修道院》出版问世6个月之后，多产作家主编的巴黎刊物《巴黎杂志》用了一百多页的篇幅，把这部小说捧上了天。看来贝尔先生更喜欢把活儿留给副领事利西玛克，而自己则拿到了写作优秀证书。

这桩轶事描述得如此巧妙。不过福尔格不喜欢巴尔扎克，他可能没有意识到司汤达对巴尔扎克的高度评价。其实，他曾经参与巴尔扎克和司汤达的一场探讨，关于风俗小说以及后来的文学现实主义。当今研究浪漫主义的历史学家们，该如何呈现这样的讨论！总之，福尔格的描述非常好玩，我们仿佛看到沙龙的角落里两位敦实的大作家心无旁骛地探讨文学。巴尔扎克那篇轰动一时的文章，如果说并非一时兴起，那么福尔格的这一描述将非常有助于我们了解。

福尔格审阅了贝尔的作品。关于《罗马、那不勒斯和弗洛伦萨》《罗马漫步》，福尔格写道：

彰显贝尔先生才华的，是一朵博学的多姿的鲜花，夹杂着个人观察（没有被窒息，这可是很罕见），独立的个人观察，很少受骗，不尽信人言，不随波逐流，热衷于反驳他人。

《论爱情》一文激发了福尔格的赞扬和审慎：

他将大量细腻入微的观察写入真实的轶事，每一件自成一篇三五十行的小说。此外，他的叙述是无序的，有太多无神论自由主义的内容，略带矫揉造作，而且不知为何，最常见的事实也极尽微妙，简单事物也显得神秘，这让作家仿佛变成一个情人，在你耳边喃喃刚刚发现的这世界上最乏味的思考。

福尔格在《拉辛和莎士比亚》中看到了浪漫主义的萌芽。

虚无的礼教！思辨的机会！……贝尔先生显然重拾经典，至少非常拥护法语文学书写的年代……

既要完整表达他的想法，又不能用有失优雅的表达，尤其在维克多·雨果先生尚未成为法兰西学院院士的年代。用词“贝尔先生重拾”说明这篇文章为贝尔生前所作，去世后被修改。

《红与黑》引发了批评家的一段回忆：

> 很久以来我们一直在思考这本书的书名。您认为呢？书名与书的内容又有何关系？……都是无法解决的问题，如同丢进批评届的一个斯芬克斯之谜。无数迂回说法出现之后，一天，一位朋友斗胆去询问作家本人。这位不幸的达乌斯（Davus）给作者写信，坦言自己痛苦的无知。作者的回复就在我们的手上、我们的眼前，让人迫不及待：“红的意思是，如果故事发生更早，于连本该成为士兵，然而他的年代让他不得不穿上教士袍，于是，就成了黑。”这位机敏的同仁显然是在开玩笑，不仅取笑了写信人，也取笑了我们。

福尔格此处过于精炼。关于书名，司汤达给了他一份准确而真诚的解释。现在大家一致认为“红与黑”意为“军队与神学院”，或者可以说是“红色法兰西与黑色法兰西”。

关于《旅人札记》和《帕尔马修道院》，他写道：

> 从这两部作品以及作者的其他作品里，行家们找到了独特的信息，与众不同的品位，简约的风格，有时甚至过于简约近乎不修边幅，但行文不拘一格，情节跌宕起伏，

立意新颖，还有意识形态现象（心理表象？）的幸福观察。但不管哪一本书，都没有获得众多读者，也没有大赚一笔……贝尔先生风格简洁、男性、直接、有些唐突、不花言巧语、不花哨，就像一直穿着一件无人敢模仿的几乎透明的外套。

这一段没有更改任何一个字。必须承认，在历经时间沉淀、大浪淘沙之前，必须有强大的判断力，才能确信不疑地欣赏贝尔先生这样复杂的天才。重读上文的句子，完全可以签上当代批评届的任何一位大家的名字。

这篇文章以一段回忆结尾，那是艺术会馆里最后的交谈：

当死神前来敲打他的时候，这位勤劳的创造者想要用一种新形式，创作最后一部作品。他带着批判精神，刻意研究各种成见。比如，《帕尔马修道院》的一种做法就是小说女主角只在第二章才出现。他想在新构思作品中用大篇幅描写戏剧元素。他本已经大获全胜，那时的他性格安静内敛、喜欢思考，甚至有些冷漠，但才华横溢为众人所知。

这本新构思的作品指的是《拉米埃尔》（*Lamiel*）。司汤达想在这篇小说里采用更欢乐轻松的文风。我们知道，在卡齐米尔·斯特雷安斯基先生的关注之下，这部小说到 1889 年才出版。

7

该文发表的同一天，亚森特·德·拉图什（Hyacinthe de Latouche）致信福尔格[1]：

先生，

请允许我作为贝尔先生的朋友感谢您今天《国民报》上发表的文章。细细想来，我最近也有多处地方要感恩于您，但我认为您的境界很高，我也相信您欣然接受我真诚相拥的情谊，您对一位被庸俗读者追捧而赚了大笔钱的不知名作者作出了公正评价。贝尔先生临终前几年，我和他相见甚少。他说（并非毫无理由）相比我的年龄，我不够成熟，太年轻，容易发怒不开心，拥护共和。贝尔是公务员，很智慧，就像您所言，他是外交家。对于贝尔，我保有最珍贵的回忆，他是当代最优秀的笔者之一。您待他如亲人们的虔诚，我深受感动。您和贝尔之间的情谊，就像是深爱无继承权的兄弟，就像诺曼底家族对待小儿子一样真诚。

H. 德·拉图什

1842 年 4 月 1 日

① 署名“M（aurice）T（ourneu）x”，发表于《研究者和猎趣者的媒介》（*l'Intermediaire des Chercheurs et Curieux*），1888 年，第 415—416 卷。

这就是好性格的拉图什，可不是每天都能碰到的好人。要是他知道司汤达在信中给他取的拉伯雷式绰号，他又会说什么[①]？

8

说到司汤达，不能不提罗曼·科隆在给福尔格的信中所提及的话。那是在几年之后，罗曼·科隆开始负责整理司汤达的书信，他给所有有可能与司汤达通信的友人致信，也包括福尔格。福尔格把手上的信件寄给科隆，但我们可以看到，罗曼并没有收录福尔格所有信件。福尔格特地指出，他已经被收藏家们搜刮过，无法再给他更多的信件。若真如此，那么，我们是否可以期待有一天又能看到其他司汤达写给福尔格的信？

科隆回信道（该文未曾发表过）：

先生，

实在冒昧打扰，如您可赠贝尔先生的书信，必感激不尽。若能有贝尔先生的备注字据，更不胜感谢。只是我非常遗憾的是，那些手稿狂热者分抢手稿，我们只能来求助于您。

先生，之前是我在您门前放了那两块小小的古石头，非常开心。

---

① Ad. 波普，《司汤达的文学生涯》，1914 年版，第 178—179 页。

我不想掀开您放在那位女士的漂亮脖子上的那条手帕……因为像我这样的已婚年长男士，这么做实在不妥，可我还是忍不住各种猜测……

又是有着漂亮脖子的女士！信里没有提及人名，但我们都知道是哪一位。可怜的维尔日妮·安瑟洛，可怜的梅里美的“安西拉”！她从未料想到身边人拿她取笑，尤其是梅里美①。这一毫无意义的离题小插曲之后，科隆用这些毫无新意的话结束信文：

按理说，贝尔先生不会出名，我们很难对他杂乱无章的书信给予一个公正的评判。我从好几个地方收到寄来的书信，大家真的全部都寄给我了吗？先生，在这简短的开场白之后，我想说的是，我找到您的一小张信，贴着1842年1月27日的漂亮邮票，也佐证了贝尔先生29日的回信。

请再次接受我的致谢和最诚挚的致敬！

R. 科隆

美惠女神路3号

巴黎，1846年8月21日

---

① 《梅里美致司汤达的七封信》，巴黎，1898年版，第25—28页。

9

依循着埃米尔·福尔格文学生涯的不同阶段，就算粗略来看，我们也似乎离司汤达渐行渐远。但是我们不后悔能够借此机会整体回顾福尔格的创作，包括连载批评文、杂志杂文，还有我称之为的英国文学，也就是翻译作品或者模仿英国文学而创作的作品，以及他原创的作品。

说到连载批评文，盖拉尔说："非常出色的文章，批评届的朋友们都希望有一天能看到它们被结集成册。"

现在，这一评判有所保留。这些批评文中的一部分，是评论他们讨论作品那天晚上：Noxuna longa dormiendaest（拉丁诗人卡图拉 Catullus"漫漫长夜，我们永远睡在这里"）。其他批评文，我觉得很多在今天看来已过时无用。时评只限于当时。当时文学批评泰斗还不是圣伯夫，文学批评要摆脱文学界、统治者的意见以及思想潮流的影响是一件非常难的事！福尔格不是圣伯夫。他根本不理解特普费尔的《日内瓦新鲜事》的宝贵魅力，声称这本书毫无意义。而说到《高龙巴》，他则说梅里美幸亏……模仿了沃尔特·司各特！我不是编的："他简直就像扒光了衣服，一个线条一个线条地研究，女主角的优雅身段，因为他笔下的莱迪亚·内维尔小姐太像司各特的茱莉亚·曼纳宁小姐了……但这一现行犯罪，也不值得我们大喊大叫。我一直觉得沃尔特·司各特是值得推荐的最健康、最佳的典范。一眼就能看出梅里美在模仿，也很高兴他能仿效，如果说……梅里美先生偶尔会想起这一点，就算这样说，也不会伤害到梅里美先生……”[①] 我能想象出梅里美读到这番话时苦笑的情景。要想理解这一点，必须想到沃尔特·司各特在1841年时还是一位古典主义作家。

埃米尔·福尔格的大部分思想可以归结为一句话：他是古典主义者。他深受古典主义影响，他的文学评论离不开古典主义原则，虽然文字是无可指摘的奉承，可依然透着某种嘲讽精神，维护被他奉为文学意识的教义。没错，就是教义。不止一次可以看出，这位政治自由党人在文学上其实是教义主义和传统主义人士。还有新学派的领袖们，乔治·桑、戈蒂埃、大仲马、巴尔扎克、雨果，都有权持严厉态度，尤其最后两位。

对巴尔扎克来说，他不止一个理由。他的写作方式不同于伏尔泰、孟德斯鸠，而且他是正统派。他在《外省大人物在巴黎》里描述了记者和媒体界的戏谑画像，“恶毒的抨击文”被粗俗的现实主义玷污了。他有着“不容置疑的才华”，但被荒废了。《欧也妮·葛朗台》《驴皮记》都是“深思熟虑、有深度的作品”，《三十岁的女人》和《纽沁根银行》是“天马行空”，《乡村教士》和《夏娃的女儿》是“知识流产”，《两个新嫁娘》则是较为严肃的作品。《比哀兰德》更值得一

① 《国民报》，1841年7月23日。

读，因为对读者来说外省风俗更优于巴黎。“这位多产小说家的所有大师级作品，如果可以称为大师作品的话，都来自于对外省生活细致观察的启发……”不过书里依然有对自由党人的戏谑描绘。长篇大论、晦涩隐喻、不得体！总之，巴尔扎克自有他的怪癖！精于描绘，善于人物塑造，无所不知，时髦讲究（我们今天所说的雅痞），思想独特。

这让我们想起来一个题外话。巴尔扎克塑造了很多人物，并赋予神奇的人物思想（《搅水女人》里的画家劳拉、《外省大人物在巴黎》里围着卢斯托转的记者等诸多人物）。要判断赋予的人物性格，巴尔扎克让他们开玩笑，都是一些愚蠢的玩笑。不过公认的看法是：没错，玩笑是很愚蠢，那是因为对现在来说已经过时，而在当时那些玩笑是很有意思的。真是这样吗？读了福尔格下面这番话，我们会有质疑，同时也引发思考当代文学批评的作用：

> 在这本书里，每一句咄咄逼人的话，每一次幸福的敏捷答辩，尖刻讽刺的俏皮话，记者们的胆大行径让不幸的牺牲者们烦恼无比，一个个遭受攻击……然而，这些夸张的大肆宣扬，小说家其实是顺带一笔而过，这些放肆的嘲讽，在作品中塑造伶牙俐齿的人物，真是一件奇怪的事！这些记者自吹自擂，仅限于语带双关的文字游戏，长久以来传统传承，一直到登上了报纸……[1]

---

[1] 《商业报》，1839年8月2日。

10

即使是显赫的代表人物，也没有善待浪漫主义诗歌。的确，这一次，他就像一名敌军首领，狂妄自大的改革派，“走到对手面前，假装进入敌人的学院，就像路易十四冲进议会，马鞭在手，一阵乱抽，大喊：我要！”

《光与影》于1840年问世。福尔格作了一份严肃的评论。如今，我们看到维克多·雨果的全部作品，雨果的丰碑已树立，我们也知道后代读者将会忽略不计的内容，知道他的作品永远不会湮灭，所以，在今天，福尔格当初的那份评论不仅是严肃，甚至可以说是毫不留情。还有认为诗人奢望自诩为思想家，而他的社会理论晦涩不清，哲学思想不成体系，理想糊涂不明。雨果的诗也没有博得评论界的好感。“华而不实”“迷惑人”，矫揉造作、不自然，几乎就是打油诗。他自娱自乐地把其中一首诗《殊途同归》改编为散文（这做法很独特），如同翻译外国作品，让我们自己寻找诗的意义。如果说是出于文学创作好奇心，那么他达到目的了。让我们重读诗人朦胧的夸张描写：

猎人在林中遐想
静坐的草地美人
树荫下，他觉得恍惚间看见了
朦胧的身影翩翩起舞。

然后再看看这个平淡的版本，作一个对比：

树林里，猎人想着草地上坐的美人们，以为看见树荫下起舞的身影。

士兵一边看守帝国，一边思念命中情人，仿佛看见遥远记忆中模糊的微笑。

蓝天之下，牧人等待着和平星如火花一般在藏匿的枝桠一段闪亮。

看看他们，看看少女，夏娃的孩子，金色麦浪间奔跑，回响着歌唱美梦的歌声。

开满鲜花的田野里，诗人弓着腰、眯着双眼，慢慢踱步，就像捕鸟老手，想要捕捉思想。

看看海上的水兵。他们厌倦了浪花，踏上弥漫温柔芬芳的大地，找寻一个家。

他们想起来了，黑色海浪呜呜地拍击军舰船舷，日落时分，欢乐的小村庄，树林间响彻笑声。

看看牧师，为所有人祈祷，在殿堂里，他为我们的错误低垂纯洁的额头，跪在白色牧师袍的褶皱上，陷入沉思。

站在高岗上，看到你点名的思想者站起身，忧郁的精神支配者，人类森林里的伟岸橡树。

看看母亲，陶醉地端详自己的孩子，注视着她的宝贝，一颗还未有阴影的童心，空荡荡待生活来填满。

此后，这位评论家把想法投射到其他诗人，指出可以对当代诗歌的成就作一个选拔赛。“相比其他所有诗人，贝朗瑞、拉马丁和《复仇女神》的作者卡西米尔·德拉维涅更为优秀，通过了这场独特的考验。圣伯夫全军覆没，德·缪塞先生遍体鳞伤，维克多·雨果先生只能偶尔承受住”。我想，仅有少数的抒情诗大家能通过这样的选拔赛，卡西米尔·德拉维涅和巴泰勒米大获全胜。但这样的演示过程有用吗？一首失去诗歌羽翼的诗，那还剩下什么？我可以毫不犹豫地相信，缪塞没准备好面对这场比赛，就拿《四夜》先来比试一下吧！不过《四夜》到底是《四夜》，后代人似乎正在把这部诗集推上比德拉维涅的《复仇女神》和《美塞尼亚女人》更高的地位！

福尔格总结《光与影》是一部毫无任何超越的作品。

> 一样的单调乏味，一样缺乏真正的热诚，冗长篇幅一样让人不适的刺眼光芒，一样的古怪，一样不顺耳的多变音韵，频繁地左右诗人的思想：一样的夸张造作，一样难听的韵律，一样放肆的胡思乱想，一样幼稚的傲慢，还有一样永远都是自以为是地高高在上。[①]

或者是真的。我能说什么？信者为真。不过让我们重新把《光与影》等书放进书架，重读《奥林匹欧的忧伤》。

---

① 《商业报》，1840 年 6 月 20 日。

这段时间以来，福尔格负责《逗闹》(*Charivari*) 杂志的戏剧评论栏目。《比尔格拉夫一家》(1843 年) 上演，他带着严肃批评的态度评价了这部著名的三部曲。的确，总编阿尔塔罗什提出文章不要写得那么咄咄逼人。福尔格拒绝修改，宁可离开报社①。我想说，这其实是评论家的名誉，就在根本问题上错了一百次，也不妥协。上帝知道《比尔格拉夫一家》是否可以经受超过一次的审查！

不过，《逗闹》还保留着福尔格辛辣的文风。3 月 31 日那一期发表了为收藏家们所周知的一件杜米埃的画。硕大额头的维克多·雨果，忧伤地望着今天从大家头上飞驰而过的闪耀流星。画作下方是一首四行诗：

> 雨果，斜眼看蓝色穹顶，
> 上帝低头问，
> 为何彗星会有星尾，
> 而《比尔格拉夫一家》没有。

这几句诗经常被引用。当不久之前法兰西剧团再次郑重其事地重演《比尔格拉夫一家》时，人们又想到了这首诗。的确如此！今天谁会想到，这首诗竟然出自福尔格之手！这位心思缜密的散文家，文笔优美的作家，愤怒把他逼成了诗

① 路易·于阿尔 (L.Huart)，《媒体、文学和艺术珍藏》。

人，真如古罗马诗人朱文纳尔所言“愤怒出诗歌”。

不然怎么说，福尔格和总编阿尔塔罗什的矛盾，让我们失去了一篇有趣的文章，福尔格对戏剧的评判非常严厉。1840 年，巴尔扎克的《伏脱冷》在一片乱哄哄声中上演，但未获得成功。福尔格写道，这是为苦役犯监狱平反昭雪，伤风败俗，毫无才华可言，糟糕的演出，糟糕的剧本。对当代作家的种种严厉，至少证明了他对司汤达的崇拜，恰恰来自于他对当代文学的偏爱。

同样在 1840 年这一年，福尔格在巴黎剧院观看了由迪诺（Dinaux）和古斯塔夫·勒穆瓦纳（Gustave Lemoine）表演的五幕剧《卡斯特罗修道院女院长》。他说：“剧院里鲜有观众读过司汤达先生的小说原文。”这样更好，那些读过司汤达小说的人，看到小说被舞台表演削弱，一定是一种折磨。他补充说道：

> 如果说《卡斯特罗修道院女院长》的演员没有认为表演要忠实于司汤达先生的原著，这么说未免不公平。如果没说错，他们本可以摘取最细腻入微的最佳章节，尝试表演儒勒和埃莱娜的狂野爱情。而且，很遗憾的是，科洛纳王子这么有意思的人物并没有演好，他是机智诡谲的土匪头目，也是儒勒·布兰奇福尔蒂的保护人；还有司汤达先生用艺术手法在坎皮雷亚利这个人物身上投射的意大利风

情。显然，我的遗憾不仅仅是这些。只是剧院里的观众并非如我一般一丝不苟……

11

埃米尔·福尔格在多家杂志发表了大量文章。

他与《巴黎评论》合作。从1840年11月到1841年8月，我们发现他发表了：署名E.D.福尔格的小说《天赋之女》(*Une Femmedévouée*)①，署名F.的两篇文章《庇塞特地区的作家、散文家》②、《诗人》③，署名缩写O.N.的题为《伦敦文学通信》④的几篇文章。

从1843年到1870年，福尔格在《两世界评论》发表了逾百篇文章，大部分文章文字考究、字斟句酌、内容广博，涉及英国文学、美国文学、历史、政治、当代史、社会经济、旅游、艺术、英国好书推荐等。

1840年起，福尔格又不间断地与阿梅代·皮绍（Amédée Pichot）的《英国评论》合作。这是一本致力于翻译发表大英

---

① 《巴黎评论》，1841年6月，第246—256页。

② 《巴黎评论》，1841年1月，第239—255页。

③ 《巴黎评论》，1841年2月，第213—227页。

④ 《巴黎评论》，1841年2月，第25—40页；1841年3月，第266—282页；1841年5月，第112—126页；1841年6月，第283—299页；1841年8月，第113—129页。

帝国最佳美文的杂志。英国文学是福尔格的专业，正是他的强项。可惜这本杂志的目录总表很不适合查询，虽然总表里有几篇署名福尔格（第 603 页）或老尼克（第 621 页）的文章，但还需要查找到具体对应的栏目下的文章，而大部分文章内页都没有署名。

他也和《画报》合作，发表了几篇独创文章：《水畔》（*De l'autre côté de l'eau*）、《漫步回忆》（*Souvenirs d'une promenade*）（对一次英国徒步旅行的幽默讲述，有点类似法国版劳伦斯·斯特恩）、《伦敦回忆》（拜访狄更斯和塞缪尔·罗杰斯的记录，类似我们今天的访谈），还有英文新闻的改写或者仿写。所有文章都署名 O.N.。

我之前不知道，1912 年，法国举办了狄更斯诞辰百年纪念活动。《画报》借此机会再次发表了 1844 年的这篇报道。过了这么多年，在狄更斯光芒笼罩下，这篇报道都没有显得过时。

当时，《匹克威克传》《雾都孤儿》和《尼古拉斯·尼克尔贝》的作者狄更斯只有 32 岁。他住在舒适的伦敦德文希尔平台公寓，已经在英国家喻户晓，在国外也是颇有声誉。福尔格带着敬意，走进作家的工作室，“椭圆形的房间，堆满书的隔板架，简单的家具，学者风格”。非常符合作者的气质。

> 狄更斯是我见过的最活跃、最智慧的闪亮人物。年轻，棕色长发零散不齐，盖住病态苍白的前额，双眼炯炯有神，透露出一种罕见的远见卓识，智慧敏捷……谈吐谦逊文雅，思想开放，目光耿直，笑容诚恳……

这一画像与狄更斯的熟人尤其是卡莱尔的描述惊人一致。福尔格还谈到了作家内心的宁静。

> 我注意到一位漂亮的年轻女士，这个朴素家庭的女主人。门被轻声地打开，一位妇人带着天真的好奇走出来，身边跟着一个受宠的孩子，那孩子在我们身边围着转，低着头，手指含在嘴巴里。从长相上我一眼就能看出是妈妈和儿子。

时间让这一描述更加柔和，直到妈妈和大儿子离开这个家。

> 对话如何呢？我们的对话没有丝毫冷场……狄更斯谈起他计划的下一次旅行应该是法国，担心自己的作品在法国能否得到读者赏识……
>
> 他似乎执着于某些他正在关注的生理学研究：磁学、维也纳医生梅斯梅尔的人体磁场学。一切和人体现象有关的、所有当时无法解释但后来为生理心理学家卡巴尼斯的伟大课题所解释的现象，显然都让这位敏感多思的文人感到焦虑了。所以，当我听到他建议我们在伦敦期间找机会去参观感化院的时候，我惊讶至极。的确，没有一个地方比这种实验性监狱，更能凸显人的躯体与精神之间的神秘联系……

当时，正值监狱体制改革运动。狄更斯在《美国手记》（1842 年）谈到费城拘留所时用了昏暗悲伤的描述，该文后来成为隔离监禁制的反对者的例证之一。

12

英国文学是福尔格的最强项。多年以来，他潜心钻研，除了在刊物上发表诸多评论，更受到英语文学启发而创作、仿写、改编或翻译英国文学著作。

我们在“国家图书馆影印书籍总录”中找到福尔格的著作目录[①]。当然，这也不是完整的作品清单，仅仅是国家图书馆收录的部分著作。

在这些翻译作品中，有点亮童年的斯皮克和格兰特船长历险，“粉红丛书”的《尼罗河探源》，还有备受少年们喜爱的《一个假僧人阿米纽斯－万贝里在中亚的探险记》。

福尔格痴迷英国文学的人文风俗，比如他发表的《当代英国独特而美好的人物》。我们可以读到当时极为独树一帜、而且流传至今的各种人物，比如布鲁梅尔（Brummel）、公爵夫人安娜(Anna Maria Stanhope)、诗人罗杰斯（Samuel Rogers）、诗人艾略特（Ebenezer Elliot）、爱尔兰民族主义运动代表奥康纳尔（O’Connell）、诗人雪莱（Shelley）、作家布

① 由国民教育与艺术部出版。参见第53卷（1913年11月），第536—541部。另见洛伦茨（Cf.O.Lorenz），《法国书籍总录》，第2卷，第334—335页；维凯尔（G.Vicaire），《十九世纪图书爱好者手册》，第3卷，第756—758页。

威·利顿（Bulwer-Lytton）、诗人丁尼生（Tennyson）等等。福尔格的研究细致入微，非常有用，虽然在法国很快被遗忘，但在国外依然受到读者青睐[①]。

福尔格邀请小说家威尔基·柯林斯（Wilkie Collins）作评。柯林斯不久前也刚请福尔格为他的童话集《红桃皇后》（*The Queen of Hears*）作评，可见福尔格在英国的声望。福尔格写道："这本书值得一读，向法国读者展示了盎格鲁-撒克逊人多样的天赋。瑕不掩瑜……他们相信权利，蔑视专制。"英国民族刚刚让作者感受到了这一点。

在这些作品里，有一部我想特别提及，这可是回归了司汤达主题。这就是《红与灰》，一本收录三篇小说的书，全都仿写或者翻译自英文故事[②]。为什么选择这样的书名？作者自己作了解释，他把自己谦逊地放置于司汤达的光芒之下。以下摘自序言：

> 一天，在艺术会馆，我问老友司汤达，他的大作之一《红与黑》书名的动机是什么。
>
> 他礼貌而模棱两可地回应了我的问题，以至于两个小时的攀谈之后，我已经几乎忘记他是怎么说的。
>
> 我为这本书命名的理由，则非常明确。之所以书名为《红与灰》，就是因为司汤达的书为《红与黑》。

① 意大利文译本，米兰，Sonzogno 出版社，1890 年版，第 16 卷，第 101 页。

② E.M. 福尔格，《玫瑰与灰色》（*Le Rose et le Gris*），巴黎，1860 年版。

显然，“红与黑”这几个词对福尔格来说有一种神秘的意味。不管是什么，一定有东西打动了他。贝尔总是会让人觉得在故弄玄虚，顾左右而言他。我说的是，如今司汤达文学评论都围绕着解读“红与黑”这一书名。不过总是要有一个阐释。福尔格认为这是司汤达随意而为，而他也借用了这种随性，给自己的书题为《红与灰》，更多是纪念和致敬这位曾经的挚友，与故事集的内容其实毫无关联。

13

埃米尔·福尔格的著作中，有两部非常杰出的作品《人生的小不幸》（*Petites Misères de la vie humaine*）和《开放的中华》（*La Chine ouverte*）。

《人生的小不幸》，署名老尼克和格朗维尔（Grandville），1843 年出版。（H. 富尼耶出版社，八开本，第 8 章，第 391 页。文中文外有很多插画。[①]）

作家和画家极尽幽默地描绘生活中的倒霉事，可笑的乌龙，遭人嘲笑的遭遇，生活中分分钟可能遇到的细碎的不幸，既没有勇敢战胜苦难的自豪感，也得不到同病相怜者的同情。这些“小不幸”，不完全是我们如今的风俗，显得有些过时，

① 后来还有一个再版，巴黎，加尼耶兄弟出版社，1870 年版，第 3 章，第 520 页。

例如邻里关系、阅览室、脾气执拗、以身偿债、家里男丁为国家自卫队做杂役、公共马车。不过，现代人也有现代人的不幸，祖先未曾预料到的烦恼，比如电话和地铁，要是老尼克和格朗维尔在世，一定会对此兴致勃勃。总之，生活中的烦恼总是在不断被克服，进步，变革。

> 我们觉得，旅行者无数次天真地在西班牙山脉或是意大利山区寻找的那种悬崖、溪涧或花岗岩峭壁，法国政府让圣奥诺雷和绍塞·昂坦区的人民不出巴黎就能亲临其境。在一堆处心积虑的借口下，人们一年至少能享受一次登山体验：被撬开的铺路石，将马路一分为二的深沟，人造山丘让人行道变得陡峭起伏，陡峭的上下坡，绿篱护城墙，沙堆，湿漉漉的泥板，瓦砾金字塔……凹凸不平，摇摇晃晃。多亏了执政者的远见卓识，巴黎人才能每天得到体能锻炼，不仅如此，巴黎人还能练就步履敏捷、眼捷手快、山民的勇猛无畏，虽然有时候需要自付学费。

法王路易菲利普的幸福子民，一年一次体验阿尔卑斯山民的生活，还能如此坦然嘲笑、无视这些痛苦！①

这部优秀著作，催生了一出糟糕的喜剧，不过这也极大说明这本书的成功。1843 年 7 月 22 日的《画报》：“上帝保佑，滑稽戏《人生的小不幸》！奥德赛难道没找到两位诗人吗？

① 1914 年 6 月 15 日。

老尼克会怎么说？老尼克的旅伴格朗维尔看到如此可笑的不幸，他会怎么说？在两位大人物面前，我不敢发表拙见，让我们欣赏这本值得崇拜的书……至于那部滑稽剧和编剧克莱维尔先生，不过是沿着两个伟人足迹碎步小跑的小矮人。”

14

不久之后，这位作家再次发表了《开放的中华》，奥古斯特·博尔热作插画（共有215幅插画）。

《开放的中华》是一本应景的书。1842年8月29日，《南京条约》签定，中英战争结束，中央帝国向欧洲大陆“开放”，准许英国在部分港口进行贸易活动。

“番鬼”，指敌人、蛮夷、欧洲人。作者设想主角是一位远征中国的年轻英国医生，机缘巧合获得了一位中国高官的赏识，身历诸多体验（在此不赘述），也学会了中文。这位中国高官受命巡察，建议英国年轻人随同一起，于是，英国人伪装成中国学生，跟随高官游历中国沿海城市，一路抵达北京。真的是绝妙的构思，借此可以尽情展开描述这一刚刚成为关注焦点的神秘国度的风土人情。福尔格想要打造一个类似马可波罗的人物。

必须亲历中国，才能了解中国吗？未必如此，他的作品可以说是完全虚构的。这部著作配有丰富的插画，但插画内容绝非异想天开。出版推广书写道：“为了帮助作者描述那些模糊的记忆，我们邀请了一位刚刚从道光皇帝的帝国旅行归来的艺术家共同参与创作。”这位艺术家就是重要的奥古斯特·博尔热（August Borget，1809—1877）。奥古斯特周游世界，尤其是中国（著有《中国与中国人》），他是巴尔扎克的朋友，巴尔扎克还曾以《无神论者望弥撒》这篇文章致敬奥古斯特。不仅如此，书中涉及的内容，需要作者查阅广泛资料，并作全面的研习。“仅凭某部书籍或手记，抑或是个人提供的资讯，是无法完成如此一部举重若轻却又涉猎极广、内容严肃的作品。马可波罗、门多萨①、汤士选②、斯比赛尔③、

① 胡安·冈萨雷斯·德·门多萨（Juan González de Mendoza，1545—1618），西班牙人，17 岁至墨西哥，19 岁加入奥古斯丁修会，潜心研究神学、语法和艺术，热心传教。他曾受命出使中国，未遂。后应教皇之命，广泛搜集关于中国的资料，历时两年，于 1585 年印行《中华大帝国史》。他曾被任命为西西里岛利巴利主教、恰巴斯省主教和波帕扬地区主教。——译注

② 汤士选（Alexandre de Gouvea，1751—1808），天主教传教士。葡萄牙埃武腊（Évora）人。1767—1770 年间在埃武腊大学学习。1769 年入圣方济各教会一教派。1773 年 12 月 2 日在里斯本正式入会。1779 年获科英布拉大学数学博士学位。1782 年被选为北京主教。1783 年 2 月 7 日在里斯本郊区一修道院中领主教神品。1783 年 4 月离里斯本东来。1784 年 7 月 28 日入澳。1785 年 11 月 8 日抵达北京。1787—1807 任钦天监监副。钦天监是掌管观察天象、推算节气历法的机构，从顺治到乾隆、嘉庆，兼用欧洲传教士，索德超和汤士选二人均为葡籍传教士，在钦天监当差。钦天监由内务府大臣管理，所以禀贴由内务府大臣苏楞额转呈嘉庆皇帝。——译注

③ 斯比赛尔（Theophilus Spizelius，1639—1691），德国路德教会神学家，1660 年著有《论中国文化》一书，该书详细介绍了中国的太极阴阳八卦图，介绍了中国的“阴阳生二一，二一生八卦，八八六十四卦”的数学模型，有人认为其中就有“二进制”思想的“种子”。——译注

基歇尔[①]、小德金[②]、巴罗[③]、小斯当东男爵[④]、阿裨

① 基歇尔（Athanasius Kircher）是欧洲17世纪著名的学者、耶稣会士，1601年5月2日生于黑森-拿骚的富尔达，1680年11月28日卒于意大利的罗马。他是一个百科全书式的人物，一生兴趣广泛，著书四十多部，在物理学、天文学、机械学、哲学、历史学、音乐学、东方学上都有建树，"被称为最后的一个文艺复兴人物"。——译注

② 小德金（De Guignes, Chretien Louis Joseph，1759—1845），法国汉学家德金(Joseph De Guignes)之子。幼承家学。乾隆四十九年(1784)与罗广祥同船来华，曾任法王驻广州代表。五十九年，随荷兰特使德胜(Isaac Titsingh)至北京，觐见高宗。嘉庆二年(1797)离广州，六年返法。著有《北京、马尼拉、毛里西亚岛游记》(三卷，1808)、《汉法拉丁文字典》(1813)等。——译注

③ 约翰·巴罗爵士（Sir John Barrow，1764—1848），英国政治家、作家，1793年作为马戛尔尼内务审计参加英国第一个访华使团来华，他是第一份出版的开普敦南部地图的作者、第一个提出将圣海伦娜岛作为拿破仑流放地的人。早年在格林威治私立学校教授数学，1793年来华，期间迅速掌握大量有关中国知识，回国后将中国见闻写成文章发表，成为中国事务专家。后作为马戛尔尼私人秘书前往开普敦殖民地。曾大力提倡北极探险，现加拿大北极圈部分地点即以其名字命名。——译注

④ 小斯当东男爵（Sir George Thomas Staunton, 2nd Baronet，1781—1859），汉学家。在12岁时（1792—1793）曾陪同作为乔治·马戛尔尼使华团副使的父亲乔治·伦纳德·斯当东男爵（Sir George Leonard Staunton, 1st Baronet, 1737—1801）到过中国。小斯当东通六国语言，略识中文，乾隆对他格外喜欢。嘉庆二十一年（1816）小斯当东又以第一副使身份陪同阿美士德勋爵（William Pitt Amherst, 1st Earl Amherst, 1773—1857）率领的英国使团第二次访华。两次访华期间都发生了英国使团与清廷的礼仪之争。第二次使华觐见，小斯当东坚持不行三跪九叩之礼，使团被拒绝进京，未能谒见嘉庆帝。——译注

尔[①]、基姆科夫斯基[②]、阿贝尔·雷米萨[③]、德庇时[④]、儒莲[⑤]、

---

① 阿裨尔（Clarke Abel，1780—1826），英国人，植物学家、医生，曾来华旅行。编著有《中国旅行记(1816—1817)——阿美士德使团医官笔下的清代中国》，讲述了1816年，英国政府为解决中英贸易争端，派遣阿美士德使团前往北京，面见中国皇帝。使团离京后，从运河乘船南下广州，途径直隶、山东、江苏、安徽、江西和广东数省，历时四个月，于1817年1月1日抵达广州。——译注

② 基姆科夫斯基（Timkowski，1790—1875），1820年俄国使团团长，著有*Travels of the Russian mission through Mongolia to China, and residence in Peking, in the years 1820—1821*。——译注

③ 阿贝尔·雷米萨(M.Abel-Remusat，1788—1832)，法国著名的东方学家。1788年，雷米萨出生在巴黎，受过良好的教育，之后学习医药专业，从而接触到关于中医草药的论文并引起他的兴趣，开始自学中文。5年的学习之后，1811年，雷米萨发表了一篇关于中文和中国文学的文章。1814年，雷米萨担任法兰西公学院汉学讲席，他致力于研究和讲解遥远的大清帝国的文化和历史。1826年，雷米萨翻译的《玉娇梨》出版。——译注

④ 德庇时（John Francis Davis，1795—1890），英国人。他是一位中国通，18岁就到了广州，在东印度公司任职。1816年作为英国使团随员到过北京。1833年英国成立驻华商务监督署，被任命为商务监督。1844年5月7日，德庇时抵港，5月8日就职第二任香港总督，并兼任英国驻华公使，直至1848年3月21日，任期4年。他对中国文化很有研究，给自己起的中文名字叫德庇时。晚年，他隐居布里斯特尔，潜心中国历史文化的研究。1876年获英国牛津大学荣誉博士学位。——译注

⑤ 儒莲（Stanislas Julien，1797—1873），法国籍犹太汉学家。儒莲的研究范围很广泛，他向西方介绍有关中国农业、蚕桑、陶瓷方面的汉学书籍，并把一些中国小说、戏曲等译成法文。年轻时学过希腊文、阿拉伯文、希伯来文、波斯文、梵文，受过非常扎实的教育，后来追随雷米萨学习中文和满文。在法兰西学院教学中，儒莲放弃用系统方法讲授汉语语法，更喜欢通过诠释文献，来归纳汉语语法结构准则。儒莲的教材使用和教学方法有自己的特色。——译注

Ad. 巴罗[①]、唐宁[②]、基德[③]、郭士立[④]，以及《中国丛报》的编撰者们，可以说，每一位都为本书贡献了几页素材

---

① Ad. 巴罗（Théodore-Adolphe Barrot，1801—1870），法国七月王朝时期、第二共和国和第二帝国时期的法国外交官，著有 *Voyage en Chine*，1839 年发表于《两世界评论》。——译注

② 唐宁（Charles Toogood Downing），1838 年著有 *the Fan-qui in China in 1836—1837*。——译注

③ 塞缪尔·基德（Samuel Kidd，1799—1843，一称“修德”），英国新教传教士，汉学家。1824 年赴马六甲，历任英华书院中文教师、院长等职。1828 年，在马六甲创办了《天下新闻》。回国后为伦敦大学第一任中文教授，从事推广中国语文及文化的工作，培训西方汉语学者，对中西文化的交流影响至深，著有中英文著作多种。——译注

④ 郭士立（Karl Friedrich August Gützlaff，1803—1851），中文名也译作郭实腊、郭实猎、郭甲利、郭施拉、居茨拉夫，笔名“爱汉者”，德国基督教路德会牧师、汉学家。生于波美拉尼亚。1823 年加入荷兰传道会，后来脱离传道会成为一名自由传教士。1831 年到澳门任英国东印度公司翻译。曾七次航行中国沿海口岸，在上海等地贩卖鸦片并在“阿美士德”间谍船上活动，同时散发宗教书刊。1833—1837 年主编《东西洋考每月统记传》（月刊），该刊除传教文字外，还刊载政治、科学和商业方面的文章。鸦片战争期间，随英军到定海、宁波、上海、镇江等地进行侵略活动，一度任英军占领下的定海“知县”，1842 年 8 月参与签订《南京条约》，是英方三位翻译之一。1844 年在香港设立汉会，又名福汉会，意为汉人信道得福。他是德国教会传入华南的开创人。在华曾参与圣经汉译工作。在麦都思指导下学习马来语和汉语，学成后前往马来西亚、新加坡等南洋地区传教。他一生著述多至 80 多种，语种、内容纷杂，关于中国的就有 61 种，如《中国简史》（*A Sketch of Chinese History*，1834）、《开放的中国》（*China Opened*，1838）、《中国沿海三次航行记：1831、1832、1833 年》等，从横向、纵向介绍中国历史。——译注

或灵感。”总之，这是一部集众书之源的游记。或许，赫赫有名的旅行家们也是以这种方式旅行的。

对福尔格来说，欧洲人必将踏进中国，这无法避免。

> 每天一点点地前进，最终，欣欣向荣的西方文明注定将推翻围绕着中华帝国的古老藩篱。我们已经可以感觉到这种来势汹汹的入侵和薄弱的抵抗。怎样才能战胜三万万人的毫无生气的抵抗？怎样才能改变政府根深蒂固的专制？观念和语言的艰难传播需要多少时间？肯定没人能回答，但这也肯定是西方运动的领导人考虑的重大问题之一。

而亚洲“入侵”欧洲，威胁那些至少可以说是经济侵略的战胜者，这是1844年人们担心的事，最悲观的人甚至觉得是“黄祸”。福尔格认为欧洲入侵中国是不可避免，但同时他也觉得入侵并非易事，是一场长久战。他有理由如此预计，持这样的保守态度。在这本书的结尾，借用英国人和那位媚外的中国高官的谈话，作者表达了他的想法。英国人轻率地说：“总之，中国是开放的，我们走着瞧！”这位天朝老人笑了，“中央之花，不会在第一场暴风雨之后就开放。”很多传教士恨不得血签《南京条约》中的开放要求。《开放的中华》透露了福尔格有些操之过急的夸张结论。六十年之后，人们仍然可以低调地说“开放的中国”[①]。

15

不要忽视我们这位作家的其他独特作品，他署名或匿名与他人合作写了一些幽默文，给我们的父辈读者们带来了不少阅读快乐，比如《法国人画笔下的法国人》（巴黎，屈尔梅出版社，1840—1842，8卷八开本，由加瓦尼和其他画家作插画[②]）、《巴黎的外国人》[路易·德努瓦耶（Louis Desnoyers）、朱尔·雅南（Jules Janin）、老尼克等人合著，巴黎，瓦雷出版社，1844，八开本，加瓦尼和其他画家作插画]、《谚语百句》（巴黎，富尼耶出版社，1845，八开本，格朗维尔作插画，“戴同一顶帽子的三个人”撰文）。

《谚语百句》的作者署名“戴同一顶帽子的三个人”，福尔格便是其中一位。其实一共有四位，另外三位是塔克西勒·德洛尔（Taxile Delord）、阿尔努·弗雷米（Arnould Frémy）、阿梅代·阿沙尔（Amédée Achard）。

在《巴黎的外国人》里，不出意外，福尔格写了一篇在

① 勒内·皮农（René Pinon），让·德·马西亚克（Jean de Marcillac），《开放的中国》（*La Chine qui s'ouvre*），巴黎，迪迪埃 & 谢出版社，1900年版。

② 现有的注释中有很多选自《法国人画笔下的法国人》的插画。其他插画则来自《人生的小不幸》或者《开放的中华》。

巴黎的英国人（第 1—26 页）。我们这位英语文学研究者，在这里反对英国狂热者，尤其是英国政客的潮流，“这种偏见认为，倘若我们的孩子没有从小开始学习一门父母不懂的语言，就不会被视为是有修养的绅士。”福尔格还滑稽地模仿一句俗语说：“谁人来拯救我们免于深陷英国文化！”

然而拯救者没有来，对英国的狂热反而越来越烈。（我写这句话是在 1914 年 6 月，世界大战尚未爆发，依然认为事态将变好。然而……墨守成规、有些愚蠢，已经是国民性格的一种，因此，我无法作任何誓言。）

《法国人画笔下的法国人》中，福尔格写了两篇关于贝亚恩人和律师的文章（《贝亚恩人》，第 8 卷，第 105—120 页；《律师》，第 2 卷，第 65—72 页）。

关于贝亚恩人的这一篇，包括对这一地区的描述和历史人文介绍。文章对贝亚恩人并非很友好，以下截取片段供读者品评：

> 贝亚恩人比其他加斯科涅省人更敏锐更机灵，善于奉承逢迎，双手总是在身前，若是穷人就呵斥，若是富人就奉承。他们是天生的弄臣，狡黠的辅官，坏朋友，完美的议员。反对一切纯粹的政党，反对一切大胆的观念，明哲保身，小心谨慎，狡猾怕事，墨守成规，对家乡的爱成了拉帮结派的完美借口。

我迫不及待想说到律师题材。律师这一人物非常重要，也是福尔格非常熟悉的行业。

福尔格非常认真地描写这一人物。他设想了一名律师人物，名为奥维德·罗比内。他首先描绘了这位律师的形象，“他是司法角斗场上的主要人物之一……年轻，积极，坚韧，孜孜不倦”，每年赚 10 万法郎。以下是他的日程：

> 每天早上 7 点，他已经站在书桌前，桌上一叠整理有序的卷宗……那些担任重要职责的日子里，上午 9 点，他已抵达法庭[①]，从一个庭审间奔向另一个庭审间，从宫廷到民事法庭，到刑事法庭，到轻罪裁判所，再到股市的裁判法庭[②]。任何案件都不会令他气馁，每一次裁判都不会辱没他的付出……外省如果也需要他，那么支付时薪，他一定满足要求，顾客至上……下午 3 点铃响，他离开法庭……回到家时，他已是满头大汗、筋疲力尽、声音沙哑。客厅里，他看到了十个、十二个、十五个，甚至二十个顾客，就像在剧院门口一样，足足排队两小时。然后一个接一个，等着律师召唤进办公室面谈……

夜晚降临，他依然在工作，除非“尽可能地”参加社交

① 当时庭审都在上午进行。

② 当时尚未成立经济法庭。

活动。周日他也在工作。“这就是一年中十个月的生活”。如今，巴黎的律师生活也是如此，而一年或许还赚不到10万法郎。这位“未来的律师公会会长”其实是一个很普通的人，自命不凡，毫无个性和修养。看来福尔格并没有美化这一人物，他的前任老板德朗格勒也不是原型。这篇文章有讽刺意味，而且我相信，曾任律师公会首席秘书的福尔格是抵触律师行业的，也因此远离了这一行。

随后，作者描绘了各类律师：量产律师，几千法郎就能聘到一个急于支付学费的诉讼代理人；特别律师（今天称为专业律师），只懂得一个领域的法律、而对其他领域一无所知；官方律师，负责公共行政的集体诉讼；速记员律师，庭审日记的苦役；监狱律师，全城的酒馆里都有他们的业务联络点，为监狱里的犯人辩护或翻案；兼职律师，虽不是正规律师但似乎无所不能；最后是政界律师。福尔格还不认识任何女性律师，也未曾预想到女性成为律师，否则女律师一定会给他带来创作灵感。

至于政界律师，福尔格带着情感，生动地描绘这类人物。这就是众议员罗比内律师。他“信口开河”，应付了事，只关注那些能财源滚滚的重要案子。他对众议员的身份仍不满足。于是，他晋升为部长，外交部长。来看看我们的这位当代拉布吕耶尔，笔下毫不留情：

> 哦，苏利公爵，黎塞留，马萨林，科尔贝，卢瓦，利奥内！让我们致敬后继者罗比内！让他交代一下，外交学习到底是从几岁开始的，根本无人知道。他会告诉你，他通过外交会议记录自学了战略战术，到了你们手里可就是一门学问了。您的出身或者说命运无常，让你们在生活中被培养成该担当的角色。不思进取，甘于平庸，不会让你一夜成名……你们被这个口若悬河的暴发户取代了，他在皇宫接待大厅里可是滔滔不绝，卖弄口舌，拙劣地套近乎，和某位西班牙高管称兄道弟，或和某位神情严肃的英国贵族礼节性地握手！

这是 1840 年左右的文章。我无法谈论政治，在此跳过此话题。一天，当罗比内不再是外交部长的时候，所有事件，都让“如此处心积虑的安排显得野心勃勃又让人可怜”。但不要以为他会重新开始这份辛苦的工作。他不知道，就算是不出众的高级职位，也未必毫无收益。“于是，这位大官员急功近利，在他的坟墓里留出至高无上的地方给这具权力的木乃伊。想想罗比内的最后一梦，真的可怜人，不要提说他以牙还牙，就当一个聆听者。他人的辩护对他来说根本不值一提！”

在这群人物中，缺少了一类人，那就是老实人，无论是否有才华，但至少是值得尊敬的正直人。规则如此，其他人物都是有生动也有乏味的例外。很久之前，我亲历了一次律师会议，看到一位学识渊博、兢兢业业、有意识、谦逊的律师。我想在福尔格的讽刺文中找出这样的人物，但是我没有找到。福尔格只想痛斥行业恶习流弊。

这些恶习流弊依旧如此吗？留给读到此文的律师同仁们去下结论吧。结党营私者？我不知道指的是谁。政治家？我不知道是否有律师只想利用这一身律师袍来谋取从政资本，而后再利用权势再谋求律界仕途。至于兼职律师……我宁可换一个话题。

16

埃米尔·福尔格交友甚广。司汤达临终前如此亲近的人，一定有着强大的社交力。但笔握在手，他对待写作则非常严肃。令人惊讶的是，一位如此严厉的批评家，竟然没有招致敏感的作家们的憎恨。我们仅能看到一段对《开放的中华》的微不足道的嘲讽和波德莱尔的一个负面词。

对《开放的中华》那句嘲讽，来自于一本克拉贝出版社在 1844 年出版，“莱城堡王子”著的诗集《笔下的伟人和小人》。暂且不提这一夸张的笔名，文献学家约瑟夫·玛丽·凯拉尔（Joseph Marie Quérard）未曾提到这部作品。这部早已为人遗忘的诗集，收录了讽刺当时主要作家的短诗，非常庸俗乏味。以下是对《开放的中华》的作者的嘲讽。

英国首相罗伯特·皮尔要关上的中华之门，
老尼克，为我们打开了，
老尼克，经常抨击我们，
（选抨击这个词，只是为了押韵）
却要复兴文学批评，
提升文学批评的地位，
没有辩论的根基，
越是批评，越招致批评。

波德莱尔的话并非是公开的，其实直到最近才被人知晓。在诗人的私人日记里，有一篇《赤裸的心》，我看到了这样一句话："可以为文学恶棍作一幅完美图画。不要忘记还有福尔格，一个海盗，文学剽窃者。"1887年，欧仁·克雷佩把《赤裸的心》收录进波德莱尔的遗著集，他认为"不得不删除多处诗人对记者或当代学者的抨击，有些甚至是如暴风雨般的攻击"。他删除了上述的这段对福尔格的抨击。多亏不久之前出版的法兰西信使出版社，收录了波德莱尔的手稿，让我们得以看到这一句评论①。

我不知道波德莱尔缘何有这样的感觉。在他的笔记里，

① 《Ch.波德莱尔遗著集》，巴黎，法兰西信使出版社，1908年版，第121页。

有一些尖锐评论，一些评论很有意思，尤其是关于乔治·桑和缪塞。

其实就是一个重病人的没有意义的讽刺、尖酸的话，来应对对当代人的指责，仅此而已，也只能如此。福尔格的众所周知的独立性，使他的思想得到读者的信任，文风亲和，也让人忘记批评文的严苛。1842年邦雅曼·鲁博（Benjamin Roubaud）漫画集《逗闹名人录》（*Panthéon charivarique*）中有一幅版画描绘了批评家福尔格：半倚在沙发上，露着邪恶的笑容，手握一支笔插向一个倒霉的作家的咽喉。地上还倒着一些作家，和一堆杂乱的书。漫画下方写道：

> 老尼克笑着紧握铁笔，
> 毫不怜悯地刺向批评的作家，
> 笔下的牺牲者，若看起来尚有生气，
> 也只是批评家笔下留情，如用了防腐剂。

莱昂·戈兹朗是福尔格笔下的牺牲者之一。这位《商业报》的严厉而公正的评论家，并没有否认作家的才华，批评的是作家的简单和朴素。他觉得《法国城堡史》如同“优雅的闲谈，虽然有点做作”，但批评《尚蒂伊的公证员》“想象力过于无节制”，《来自佩克的医生》“喜欢冒险、难懂、拐弯抹角的作风”，《不眠夜》“比该有的风趣和精心更过了一点”。当时另一幅版画，福尔格左手拿书，右手挥动教鞭，上半身坐在一条蛇尾上，蛇身缠绕着一个面目痉挛的人。这位牺牲者，就是莱昂·戈兹朗。

这位《尚蒂伊的公证员》的作者并非总是随和，剧作家协会的其他同仁也知道这一点。1843 年 1 月 1 日，他给福尔格写了一封信（发表于莫里斯·图尔纳的《居间报》，题目有点浮夸，为“文学主张声明”①）。这封信有点酸溜溜，他请求批评家放过他的作品。“亲爱的福尔格，自从 8 年前您的批评精神开始波及我的作品，您力图鞭笞我，可您应该看到，或许有些遗憾，我并没有立即走上正途……可能您是一位不幸的老师，碰到我这样倔强的学生……您可以才华横溢、细腻、尖刻、仁慈，尤其对其他作家的时候，但是我是不会改变的，永远不会……”信末他又写道：“我敬重您的个性……请您理解这封信的意图，我只是请您继续做我的朋友，而不是我的批评家。”

被尊敬的个性，同仁义气，福尔格虽然严厉，但绝对不缺朋友。

17

福尔格最老的朋友，是思维方式和生活方式截然相反的加瓦尔尼（Gavarni）。

① 《居间报》（*L'Intermédiaire*），XX 卷（1887 年），第 127 页。

1826年，22岁的纪尧姆·舍瓦利耶（Guillaume Chevallier），也就是后来的加瓦尔尼，在法国西南部的塔布旅居时认识了还是孩子的福尔格。后来，他们在巴黎再次相遇。长大成人的福尔格成为“可靠的听众，可以在起床时倾诉胡思乱想的人”[①]。加瓦尔尼还是一如既往地喊福尔格“小家伙，小家伙”，总能回忆起在比利牛斯山里，福尔格躺在地毯上，读着一本比他身体还大的书。

在龚古尔兄弟的书里，可以看到两人亲密关系的生动描述。龚古尔兄弟还保存着一些加瓦尔尼写给福尔格的信。而且，很显然，加瓦尔尼经常和龚古尔谈起福尔格，他们马上就能找出哪些描述说的是福尔格[②]。例如：这位年轻的实习生建议艺术家不要冒险创办《世人报》（*Journal des Gens du Monde*）（1833年），这份报纸问世不久就夭折，令他负债累累。早该听了福尔格的话！还有巴黎白街的那些不眠夜，尤其在一个极度崇尚自由的社团，福尔格的中产阶级的一丝不苟和严谨，把大家都逗笑了。“这律师笑死我了！”主人家的一位年轻女友噗呲一声笑了出来。不久后，他成了圣乔治喷泉路上著名的周六之夜的座上客，当时还有巴尔扎克、亨利·莫尼耶（Henry Monnier）、特龙夸（Tronquoy）等等。

---

① Edm.& J. 德·龚古尔，《加瓦尔尼，艺术家与作品》，巴黎，1873年版，第176页。

② 同上，第79页注释，第123—124页注释，第120—132，147页。

在这个新的艺术小团体里，圣伯夫也指出同样的事，更文绉绉地说："要是让我挑选有趣的朋友相聚，我会选……福尔格，天资与众不同，精神自由……[①]"

批评有时候是一种友谊的形式。加瓦尔尼看了《人生的小不幸》之后，他写信给作者讲述自己的读后感。这封信鲜有人知，收录在1842年12月8日的《国民报》，还附上了福尔格的回复。这封信很有意思，加瓦尔尼很欣赏格朗维尔。他在信中表达了对文学批评的观点：

> 因为批评，我听到了批评。我不想说那些嫉妒、诽谤、蔑视的批评，甚或是老学究的吹毛求疵，我听到的是一个勤勉、无私、让人信服、严肃的人的谆谆教诲，就像你一样，我的老尼克……

从批评角度而言，加瓦尔尼只是想要一种持乐观主义、不吹毛求疵、懂得领会人生疾苦、珍视快乐的批评。《人生的小不幸》里的文与插画，对加瓦尔尼来说，都不尽如人意，他不用这样的表述，他指出这本书仅仅写出了命运的某一面而已。书中何处表述了人生之德？还有人的品质？

> 在你那部该死的书《人生的小不幸》里，两个人手牵

① 圣伯夫，《新周一》，第6卷，第190页。

手，可这两人并没有相互理解，这样是不对的！[1] 他们为做了恶人沾沾自喜。的确，老尼克，你需要格朗维尔的忠实叛徒，形式上需要做到真正的喜剧的难能可贵的天真，才能缓解思想的苦涩。格朗维尔太好嘲弄人！伪善，毫无同情心！到了文末，他藏不住内心的开心，他的面具掉了下来，他不能放过可怜的中产者，可怜的爵爷，可怜的奇迹，可怜的女人们，甚至还有猫，还有狗……哦！你们可以牵手。你们对彼此都毫无怜悯心。没有一种小不幸可以逃过你们笔下的殉道。瞧瞧，老尼克，真的要这样吗？你从我们这里拿走的，你一点都没有还给我们吗？……

老尼克本可以反对，被他们写到的那些倒霉人其实并没有被描述得如此悲惨。但他非常机智地再次邀请加瓦尔尼点评作品：

现在，你应该意识到世人的生活，这个似乎被我文字玷污的人生，这个“小不幸”里的无望人生。不是吗，我的朋友？如此，说真的，我也许不该这样看……好吧，但是我想到的，不是你借给我望远镜吗？我可以讲述爱情的快乐，就像你在《复仇的丈夫们》里写的那样；或是父子亲情，就像《可怕的孩子》那样；或是如《年轻人的生

① 影射书中的一幅插画，老尼克和格朗维尔两人。该图后来再次被引用发表。

活》赤裸裸展示的单身优势；还有你的《装卸工》《洛雷特》里常见的推崇备至的享乐。

从此以后，格朗维尔和我得到了认可那些天真的灵魂的权利，不是吗？在许多绘画中受人尊敬，被读者追捧，尤其是你，我的老朋友，每天早上要感恩天主？

无法辩驳。但谁能怀疑这位讽刺诗诗人的这种微笑哲学的信仰？

他的风格也并非总是如此一本正经。福尔格结婚的时候，他又写了一封信，风趣地表达了失落感，龚古尔兄弟保留了这封信："我的朋友，你让我伤心了！你笑着与青春告别！哦，薄情的人！可怜的老尼克！是的，周四我会盛装出席的！……我认识一位先生，他会在你的灵柩后追着哭泣！总之！我们周四见！——加瓦尔尼，1844 年 3 月 11 日。"如此取笑，也不能阻止艺术家自己也在次年结婚了。

欧仁·福尔格在一篇对加瓦尔尼的注释中援引的信，把这两类信进行了对比[①]。欧仁提到的这封信里，加瓦尔尼和他的这位好友谈及了生活中的琐事，那些对艺术家来说有意思却常被我们忽略的事（偶遇，歌剧，一个有趣、快乐而疯狂的年轻孕妇，很多小细节）。尤其提到生活的拮据，还感谢福

① 欧仁·福尔格，《著名艺术家》（*Les Artistes célèbres*），巴黎，J. 鲁安出版社，1887 年版，第 71 页，附插图。

尔格给予的帮助……他敦促福尔格给维莱德伊伯爵（comte de Villedeuil）的戏剧报《巴黎》（*Paris*）投稿，他自己也投稿了一些插画。他非常支持福尔格策划《街巷史》的想法，但不参与。最后，他极力推荐福尔格去见龚古尔兄弟，称他们为“勇气可嘉的年轻人，热情不失严肃”。

1866 年，加瓦尔尼去世。福尔格一定非常感伤。追悼室里似乎发生了阴森恐怖的事。龚古尔兄弟的《日记》里写道：“12 月 6 日，加瓦尔尼刚离世……我到福尔格家中，他向我们描述了可怕的葬礼，渗水纸板屋，他打开一扇门，有人又把门关上，对他说：模压工来了……[①]”

可怜的老尼克！这回轮到他“追着灵柩哭泣”！

18

要结束加瓦尔尼这一话题，让我们暂且不提艺术家本人，转而来看看作品。

上文曾提到欧仁·福尔格先生为加瓦尔尼撰写的一篇很有意思的文章。我们知道，龚古尔兄弟了解加瓦尔尼，这位艺术家先作画，再根据画作寻找（他其实已找到！）配文。提笔写信时，是否就已经心怀信任，对此，我不敢肯定。加瓦尔尼本人也承认有一篇配文得益于福尔格。奇怪的是，这

① 《龚古尔日记》，第三卷，第 89 页。

篇配文是诗，再次丰富了我们这位作者的作品风格。该诗是《装卸工》系列中的一篇：

可怜的埃尔维，跟着逍遥音乐会随波逐流
你想在音乐会上寻找唐璜，却只找到希康达尔[①]。[②]

不过，欧仁·福尔格先生注意到，还有另外两篇配文，也是加瓦尔尼从这位好友处得到。“《野蛮人，你真想救他吗！》这一篇是我父亲即兴写出，送给加瓦尔尼。”另外一篇配文，在一幅画作下方，如此署名：“加瓦尔尼，引自 E. 福尔格”。毫无疑问了。

这是一幕舞台剧。一位身穿中世纪服饰的贵族父亲，递了一杯酒给一位乔装打扮的少女。配文：“Gonzalès，喝掉吧，年轻的 page，喝干了这杯西班牙人开光的酒！干了，干了，干了，干了，喝完！小心，打你的头。去吧！”

1839 年，加瓦尔尼给了福尔格一本画册，里面有 28 张画稿样张。后来，他又寄了生前最后的版画给福尔格，画上亲自用潦草的小字写上了配文。画册题为《一周的成果！》，真是心血之作！想想他那微不足道的酬劳！

① 希康达尔是亨利·梅亚克（Henri Meilhac）《红衣主教的狂舞》（*La Sarabande du Cardinal*）的剧中人物。——译注

② 《逗闹》，1840 年 4 月 27 日。J. 阿尔梅托 & Emm. 布歇（J.Armelhault & Emm. Bocher），《加瓦尔尼作品集》，巴黎，1873 年版，第 8 卷，第 128 页。

加瓦尔尼为福尔格，应该说是老尼克，创作了两幅肖像画。

一幅发表于1853年4月26日的*Paris*，作为由9幅肖像画组成的组画*Messieursdu Feuilleton*中的一幅。其他几位分别是：龚古尔兄弟两人，Henri Murge，Théodore de Banville，欧仁·克雷特，Alphonse Karr，Henry Monnier，Léon Gatayes和Louis Enault。福尔格可是名列榜单。龚古尔兄弟的这幅肖像版画非常出名。

另一幅版画则极为罕见，是加瓦尔尼没有出售的肖像画之一，只为肖像本人印制。福尔格的这幅只印制了几张，都没有套印文字说明。这幅版画，按版画商的说法是"A claire-voie"，也就是说没有边框。画中的福尔格为右边侧身像，一手持鹅毛笔放在脑后。这幅肖像一定创作于1840年之前，和之前那幅肖像，除了善意的讽刺味之外，并无太大相似处（福尔格近视很厉害）。

最后还有一幅非常出色的水彩画，从未面世，所有专家都未曾见过，该水彩画上签署日期为1835年。在这不久之后，埃米尔·福尔格快速来到巴黎，结果被警察误以为是乔装打扮的duchesse de Berry而抓起来。

现在，打开《新周一》，我们将看到对这位作家的这两幅亮相的评论。

圣伯夫在对加瓦尔尼的重要研究中肯定地指出，这位大艺术家有一支“天真无邪的笔”，并不善于夸张，杜米埃最拿手的讽刺画也不是加瓦尔尼的领域。我不想展开讨论这一观点是否公正，我仅转述如下：

> 我看到他典型的创作方式，一幅好友老尼克的肖像水彩画，这是一位年轻人，身材高挑纤细，微笑，斜躺着，头靠后，两腿伸直，这种艺术家喜欢创作的平躺或半躺的诱人姿势，他想表达这种慵懒、闲散的陶醉，幸福的第一要义。他还想再给身边的老尼克作一幅漫画，不过新作差很多，显得又丑又忧伤。加瓦尔尼有自己的擅长，严格意义上的讽刺画不在他的领域……[1]

圣伯夫是如何知道这两幅完全为世人陌生的画作？圣伯夫什么都知道！

19

福尔格与格朗维尔之间的情谊，我们知之较少。

不过，证明两人关系最显而易见的，就是两人共同创作

① 圣伯夫，《新周一》，第 6 卷，第 151 页。

的《人生的小不幸》。画家在不少插图中都画了作家，尤其作品开篇。似乎他想在所有插图中都画上作家，但最终放弃了，虽然这计划尽显情谊，但并不实用。

一天，加瓦尔尼意欲结识格朗维尔。可两人性格截然不同。加瓦尔尼最善于交际。格朗维尔则离群索居，远离各种圈子，圣伯夫说他“只在他的画中可见他的灵魂”。但是加瓦尔尼执意不放弃，他写信给福尔格，后者同意引荐。又是圣伯夫幽默地告诉我们这场撮合的结果：

> 格朗维尔简直被捧上天。可他却搞成一桩事故。福尔格邀请两人晚餐，或在艺术会馆，或在某个餐厅。听说要去艺术会馆，格朗维尔吓坏了。听到这个词，他仿佛看到摄政王时代的晚宴。三人的晚餐就这么敲定了。格朗维尔涂发蜡，喷香水，认为从未如此郑重其事。加瓦尔尼以为他生性如此，实在无法和他深交。于是，这场精心安排的晚餐之后再无后文。[①]

圣伯夫没有说的是，格朗维尔夫人瞧不起丈夫如此上心，对他这一身不同往常的矫情装扮非常不屑。

格朗维尔一直将《小不幸》的合作者视为好友。1844年，他与塔克西勒·德洛尔合作出版一部题为《另一个世界》

---

① 圣伯夫，《新周一》，第6卷，第193页。

（*Unautre Monde*）的书，这本书极尽幽默，天马行空，非常精彩。扉页上的题词一定是格朗维尔的想法，写道：“旅行，就是生活。——老尼克”。

20

从格朗维尔，加瓦尔尼到拉梅内（Lamennais），这其中找不到任何过渡期。

埃米尔·福尔格曾是拉梅内最亲密的友人之一，衷心忠诚的挚友，直到最后一刻。福尔格自己说，第一次见到拉梅内时，他还是一个孩子。他的叙述非常用心，原谅我在此只能节选。福尔格妈妈把他带到了比利牛斯山区的圣索沃尔河谷区，做病后康复。拉梅内（或者应该称为德·拉·梅内先生，因为当时还是1826年）也在那里疗养，当时他刚刚经历高烧，体力虚弱。一天，福尔格太太收到一封来自维特罗勒男爵的信，想要引荐拉梅内。维特罗勒男爵是福尔格家的老友，同时又和拉梅内相交甚深，与他共同创办了报纸《保守党人》。年轻的福尔格奉母亲之命，给病中的画家送信。他这样回忆说：

> 当时我十三岁。拉梅内这个名字对我来说像是一个谜……在我童年想象里，这个名字就代表壁画或是彩绘

玻璃上的教堂王子，手持钥匙、金色的书或佩剑，身着华服，髭须垂到胸前，受神灵启示的手势，昂首望天……这个比利牛斯小镇只有唯一一条马路，两边石砖镶面的房子，而我被带到这些房子后面的一间小房间里。远处比利牛斯山脉的激流传来沉闷单调的隆隆声。更近的一个小瀑布哗哗作响。在阴沉的光线中，我看到两个人，一人瘦而羸弱，身边另有一人缩着肩膀，昂着头，目光炯炯有神，坐在一张棕垫大沙发上。前一人是拉梅内，另一人是他的旅伴兼医护——萨利尼修道院院长，南方人，黝黑粗壮，身型结实壮硕，看不出什么性格，但有一股教士圆帽下独有的典型教士气质，如同军帽下的军人气质。

两人都迎接了我，表达对母亲的致谢。两人都保证说，只要我愿意，我随时可以去找他们，不论白天还是晚上。我这个小人物就这样拥有了地球上很多能人都渴望的亲密关系。

很快，这种关系变得格外珍贵，对我来说更是独特。借用别人的说法，在两位修道士身边，“我乐在其中”。他们带着我一起散步，每次时间都很久……

我们在一些老墙上，用石子练习投掷。拉梅内在树下为少年福尔格演绎《仿效》中的一章，绘声绘色地评论。要理解这段回忆中身为少年的福尔格是何等激动，必须先说明拉梅内当时的地位。当时人们认为他是基督教国度出现的第二个波舒哀，他已经拥有躯体受难、观念受折磨的光环。

埃米尔·福尔格就这样开始了他所说的“在生命中占据重要地位”的交往。他永远不会放弃这位“出色的朋友”。1841 年，拉梅内在圣佩拉吉监狱关了整整一年，但他依然是坚持不懈为拉梅内提供帮助的人之一。（他由此结识了贝朗瑞。）

聚散终有时。1854 年 2 月 27 日，可怜的拉梅内在白衣大街区的一座旧房子的楼上结束了受难，与世长辞。距离圣索沃尔树荫下的愉快散步，已经过去了很久！

福尔格收到了拉梅内临终前的告别。福尔格不像那些期待死讯的人，他忧心忡忡地期待会有一线转机，然而转机并没有到来。

> 预感大限将到来时，他召唤了我。我附身在他身边，听见他给老友维特罗勒男爵的最后告别……我没有离开……这天还是到来了……他仍有一丝气息，我走到窗边，不忍看这残酷的一幕。从窗户望去，可以看见几个小花园，夹在高高的房子之间，树叶凋落，只留下树枝灰暗的影，凋萎的草坪，四周阴暗的小道。几只白鸽在邻居屋檐上行走。突然，两只凌空飞起，两道白色身影划过天空，停在了逝者的窗前。我忍不住想象，这是两位天使来

引领受难的灵魂，带他前往永恒的安息地。不久之后，他的灵魂彻底解脱了。

21

拉梅内临终前两个月立下遗嘱，将书房里一个密封箱子中的除商务文件之外的所有手稿赠予某一个人，但当时并未指定是谁。

两天之后，他追加遗嘱，将这位受赠人指定为福尔格。

“我声明，我将这些手稿全数留给埃米尔·福尔格先生，托付于他来决定哪些手稿付梓和后续事宜。我已口头告知，他知晓我对出版的想法。由此，我在这份追加遗嘱中指定他为所有手稿、《关于宗教和哲学的多种思考和批评讨论》以及于多份杂志中发表的文稿的继承人……”

就这样，福尔格在拉梅内临终最后一刻授命，负责出版这位出色友人的遗作。这些遗作明确坚定地表达了作家的哲学思想，如福尔格所言，反映了作家所“建立的信念”。

最早出版的是《根据作者遗愿出版的遗作集——哲学与政治》，这本文集包括：批评思考和多主题想法，关于衰老的想法，关于四月审判和共和国的思考。

后来，福尔格又整理编辑了书信集，但是经历了一场波折，出版因故搁置。

遗嘱中提及的手稿箱里，还有几摞信件，拉梅内亲自分类、贴标签、做笔记。福尔格在书信集出版简介里指出，出版可能会延误，因为他需要收集“在其他人手中”的部分信件和资料。

拉梅内的侄女、所有财产的继承人德·凯唐吉夫人（Mme de Kertangui）提出上诉，要求福尔格这位特殊受赠人只有权出版“在遗赠者家中找到的”那部分信件。

1856年8月9日，塞纳河民事法庭下达裁定，驳回德·凯唐吉夫人的上诉，明确肯定了特殊继承人的合法权利。判决写道：

“鉴于立遗嘱人对受遗赠人的信任，他无意限制文件箱或书房书柜中其他文件的使用。他做了一份非专属简单指示，受遗赠人有权收集，包括从第三人手中获得书信或手稿，并从立遗嘱人立场出发挑选出版，他的思想也传给了受遗赠人……”

对此判决，德·凯唐吉夫人再次上诉。

1857年5月4日，上诉法院第一分庭下达禁令，撤销上一份裁决，宣布财产继承人的要求合理，由此，禁止福尔格出版除上述箱子里的文件之外的其他文件。上诉法院，与前序裁决完全相反，认为“已故罗伯特·德·拉梅内的遗嘱与追加遗嘱的表述明确”，“追加遗嘱不能延展至与遗产相关的所有文稿”。

福尔格希望在出版清单中加入自他处获取的已故者拉梅内遗作，此举超越已故者给予的信任和馈赠。

除了拉梅内本人知悉并整理、认可思想价值的作品之外，将他记忆中遗忘的信件出版发表，将玷污已故者的名字和声誉。

遗嘱并无明确授权，仅为福尔格个人意愿，已故者家人有权提出异议。

福尔格输了官司。

我承认，我难以理解为何他可以赢得第一次的裁决。对法庭来说，拉梅内的遗嘱立得不好，没有表达出自己的全部想法。这有可能。而且表述不明确。至少可以确认的是，他授予福尔格出版一部分信件而不是其他信件的权利。如果说遗嘱中的内容必须严格是可执行性的表述，那也需要遗嘱本身就具有限制性。

福尔格委托代理这次官司的律师是瑟纳，一位自由党人。叫停裁决的大法官，是上诉法庭的首席主席，也是福尔格的老熟人：德朗格勒。他和当年这位秘书一样，也离开律师行业，投身效忠帝国。

埃米尔·福尔格被迫只能向公众展示一部分书信，法庭要求他对其他部分保密。于是有了：《根据作者遗愿出版的遗作集——书信集》。

其中有一篇长篇导言，题为《注解与回忆》。文章中提到作者生平的细节，值得我们关注[①]。福尔格在文中表现出非常高贵、坚定、中肯的拉梅内风格——爱憎分明的上流社会人士。就文学角度而言，我们发现几页最精彩的文字。我正是从这篇介绍中获得了上文的信息和引文。

后来，福尔格又发表了：拉梅内《神曲译文及关于但丁戏剧、生活、教义和作品的导言》。

福尔格介绍这部未完成的导言是“令但丁三部曲无数演绎者最为受益的最精彩论述”。无论怎么说，要研究拉梅内反对天主教思想最新状态，至少不能忽略了这篇文章。

总之，拉梅内值得当代人的关注，涉及到他的这场官司绝对是一场斗争。不过并未涉及到文学作品的所有权。圣伯夫突然站了出来，带着骁勇，带着最智慧的人有时候对于自己缺乏特殊能力的问题所激起的那一股劲儿。圣伯夫说：“这份书信集，遭到家人反对，引发了一场我们都没有参与的官司，导致只能出版一部分书信。很遗憾，两部书信集因为缺失了部分内容，显得断断续续。在这种情况下，读者抱怨文学知识产权没有得到执行，这也无可厚非。倘若如某些人希望的那种，再次扩展这种权利，那么同样的事还会再次发生。”

---

① 最近一篇博士论文，克里斯蒂安·马雷夏尔（Christian Maréchal）的《德·拉·梅内的青年时代》，作者就忽略了这篇文章。

圣伯夫这番话影射当时的一项立法计划，最终，这项计划于 1866 年 7 月 14 日正式立法。该法令将作者知识产权继承者的支配权年限从作者去世后 30 年延长到 50 年，在此期间，继承者有权自由决定一切出版事宜。圣伯夫对这样的权利延伸感到不满。他是站在学者朋友的立场上，而不是法官。他伤感地补充说："家人的想法未必与文人或哲学家一致，甚至有可能完全相反。"[①] 不幸的是，对于受折磨的学者和批评家来说，只看到越来越多的法律权威。当然，法令制定也是在摸索中完善。一些作家曾经希望有一条特别的法令介入，如今终于成文。但有用吗？最近的学说回复说：现有的法律就足够了。"书信集的知识产权严格属于书信所有人，或者他的遗产继承者或受遗赠人"。[②]

22

1848 年，制宪议会大选中，福尔格参加了上比利牛斯省选举，但落选了。热尔省的补选中，幸运也没有降临。

1848 年法国革命，在福尔格眼中从来都是一场残酷之

① 圣伯夫，《新周一》，第 1 卷，第 22 页（1861 年 9 月 23 日，福尔格先生出版的拉梅内书信）。

② 卢多维克·雅德尔（Ludovic Jardel），《论书信的新实用理论》（该作获得法兰西思想科学与政治科学学术院颁发的奥迪隆·巴罗奖），巴黎，1911 年版，第 270—288，298—311 页。

战，他从此回归新闻界。

1852年10月，文学日报《巴黎》问世（新媒体，可谓大胆尝试！）。主编是维莱德伊伯爵（lecomte de Villedeuil）。他把当时文坛最闪亮的人物汇聚一堂，米尔热（Murger）、肖勒（Scholl）、邦维尔（Banville）、卡尔（Karr）、梅里（Méry）、小仲马（Alexandre Dumas fils），还有他的表兄、写了卷首语的龚古尔兄弟俩。每一期发表一幅加瓦尔尼首次问世的版画。

在龚古尔兄弟的日记中，我们看到："编辑室大桌子上每天都坐着……还有朋友福尔格，一位冻僵的南方人，有种类似中餐油炸冰点一点就爆的风格，外交性地带来了一些有巧妙批判的文章。"这一描述并非很和蔼，龚古尔兄弟毕竟是龚古尔兄弟。不过，这向我们展示了这位人物的独特、忍耐和谨慎的特性，这一点我们之前都见证过了。

我们上文提到的加瓦尔尼作的福尔格肖像收录于《连环画先生们》，足可见福尔格是《巴黎》编辑部的朋友。加瓦尔尼把全部精力献给了《巴黎私密会——门厅之上和牌局之下》，一部上流社会的画像，看似过分简单，但无可挑剔。

不幸的是，《巴黎》号称是"一份非政治的日报"，没有取悦当权者，1853年12月被勒令关闭。

大家看到福尔格"1859年重返投身于战地报道，与《新闻社》（*Presse*）积极合作，直到吉拉尔丹回来"[①]。

其实，从1861年10月8日至1862年11月13日，福尔格陆续在《新闻社》发文。这些都是首页专栏，频次很高（一共51篇），署名E.D.福尔格，只谈论外国文学。作者当然会谈论英国文学，还有美国文学（当时正值南北战争），意大利罗马文学（人们猜测福尔格不支持临时政府），最后还有奥地利和德国的日耳曼文学。俾斯麦伯爵刚刚肆无忌惮地宣传国家意志，人们都宽容地一笑而过。

1862年底，埃米尔·德·吉拉尔丹（Emile de Girardin）复任《新闻社》总编，此后，福尔格的名字再未在该刊出现。

从此，福尔格的名字只出现在文学集，我清点了这些文学集（可见这些文章是很大的工作量）。还有其他一些刊物，比如《伦敦图文新闻》。

1870年，他自此搁笔。在遭受非常长时间、痛苦难忍的病痛折磨之后，1883年10月22日福尔格于戛纳与世长辞[②]。

* * *

回到我们的出发点，首先，这是一位司汤达主义者，一

① Ch.勒·戈菲克（Ch.Le Goffic），《福尔格》，引自《大百科》，第7卷。

② 《藏书家公报》（*Bulletin du Bibliophile*），1883年版，第539页。

开始，我一直力图还原人物，今天看起来或许过于谦逊。福尔格在媒体上致敬司汤达作品，他和司汤达相交甚好，为他的离世而哭泣。他赏识司汤达的才华，没有忘记这位消逝的友人。他是一位思虑周全、文雅的人。